ELLA BERMAN
Das Comeback

DAS COMEBACK

ROMAN
ELLA BERMAN

Übersetzung aus dem Englischen von
Elina Baumbach

pola

Die Bastei Lübbe AG verfolgt eine nachhaltige Buchproduktion. Wir verwenden Papiere aus nachhaltiger Forstwirtschaft und stellen unsere Bücher in Deutschland und Europa (EU) her. Mit den Druckereien arbeiten wir kontinuierlich an einer positiven Ökobilanz.

pola-Verlag

Titel der englischsprachigen Originalausgabe:
»The Comeback«

Für die Originalausgabe:
Copyright © 2020 by Ella Berman

Für die deutschsprachige Ausgabe:
Copyright © 2024 by
Bastei Lübbe AG, Schanzenstraße 6–20, 51063 Köln

Vervielfältigungen dieses Werkes für das
Text- und Data-Mining bleiben vorbehalten.

Textredaktion: Susanne George, Bergisch Gladbach
Umschlaggestaltung: Christin Wilhelm, www.grafic4u.de nach einem Design von © Colleen Reinhart
Umschlagmotiv: © Allan Jenkins/Trevillion Images;
Cover Design: © Colleen Reinhart
Satz: hanseatenSatz-bremen, Bremen
Gesetzt aus der Warnock Pro
Druck und Verarbeitung: GGP Media GmbH, Pößneck

Printed in Germany
ISBN 978-3-7596-0009-7

5   4   3   2   1

Sie finden uns im Internet unter: luebbe.de
Bitte beachten Sie auch: lesejury.de

Was mir von dem Unfall in Erinnerung geblieben ist: seine Stimme, die in krassem Gegensatz zu allem anderen an ihm ein sanftes Flüstern ist. Seine Hand auf meinem Bein, kurz bevor ich das Lenkrad herumreiße. Irgendein vertrautes Gefühl, das sich kribbelnd durch meinen Körper zieht, zu komplex, um es zu beschreiben. Der Vollmond, der seit langer Zeit zum ersten Mal wieder klar am Himmel steht. Als ich ihn schließlich ansehe, lacht er, weil er nicht glauben kann, dass ich es wirklich machen werde. Wenn ich jetzt darüber nachdenke, war es genau das, was mich dazu gebracht hat, es zu tun. Ein kleiner Ruck am Lenkrad und dann dieser perfekte Moment dazwischen: kurz nachdem wir von der Straße abkommen, aber noch bevor wir in die Tiefe stürzen. Tom Pettys Stimme, während wir stürzen und immer weiter stürzen, hinunter bis auf den Grund der Erde. Etwas reißt auf, gellend und scharfkantig, und dann nichts als Stille.

VORHER

1

Sechs Wochen vorher

Ich werde im CVS-Drogeriemarkt wiedererkannt, als ich gerade Diätpillen für meine Mutter kaufen will – die einzige Marke, die sie nicht um den Verstand bringt.

»Sie sind doch Grace Turner, oder?«

Die Frau scheint stolz darauf, mich erkannt zu haben, und eine tiefe Röte breitet sich von ihrem Hals über ihre Wangen aus. Ihre Begleiterin ist klein, drahtig und hat schmale Augen, und ich weiß jetzt schon, dass sie der Typ Frau ist, der mich am liebsten nach meinem Ausweis fragen würde – als ob ich noch irgendetwas zu beweisen hätte.

»Grace Hyde«, korrigiere ich sie höflich und schenke ihr mein bescheidenstes Lächeln, bevor ich mich wieder der überwältigenden Auswahl an Diätprodukten zuwende. Auf der Packung der Tabletten, die meine Mutter nimmt, steht ein Cartoon-Frosch auf einer Waage.

»Wohnen Sie jetzt hier in der Gegend?«, fragt die größere Frau mit unverhohlener Neugier. Sie hat jetzt schon Angst davor, sich nicht an jedes einzelne Detail unserer Begegnung erinnern zu können, wenn sie später ihren Freundinnen davon erzählt.

»Ich besuche meine Eltern.« Vielleicht stehe ich ja vorm falschen Regal.

»Wie hieß noch mal Ihr letzter Film?« Die Frage kommt

natürlich von der Kleinen. Sie sieht mich finster an, und ich fange an, sie sympathisch zu finden. Man trifft heutzutage nicht mehr so leicht auf Frauen, die glauben, die Welt sei ihnen irgendwas schuldig.

Ihre Freundin, die schon die ganze Zeit ihr Gewicht von einem Fuß auf den anderen verlagert, als ob sie pinkeln müsste, meldet sich zu Wort. »Ihr letzter Film war *Lights of Berlin*. Sie waren für einen Golden Globe nominiert, aber da waren Sie schon verschwunden.«

»Volle Punktzahl«, erwidere ich und ringe mir ein Lächeln ab, bevor ich mich wieder dem Regal zuwende und eine absolut oscarreife Vorstellung hinlege: ein ehemaliger Kinderstar im Drogeriemarkt, der brav Gesundheitsprodukte für die Mutter einkauft.

»Haben Ihre Eltern Sie zu Hause gebraucht?« Die Frau legt mir die Hand auf die Schulter, und ich gebe mein Bestes, nicht zusammenzuzucken. »Tut mir leid. Ich frage nur, weil Sie … Sie eines Tages einfach verschwunden sind. War das, weil Ihre Eltern Sie brauchten?«

Ihre Erleichterung ist spürbar, jedes ihrer Worte ist davon durchtränkt. Und darum geht es. Denn nicht nur hat mich diese Frau trotz meiner schlecht blondierten Haare, der fünf Kilo zu viel und der Jogginghose von Target wiedererkannt, nicht nur habe ich mit meiner bloßen Anwesenheit in demselben beschissenen Laden in derselben beschissenen Stadt wie sie ihre Existenz anerkannt, ich habe ihr auch nach einem Jahr des Wartens den Glauben an etwas zurückgegeben, das sie selbst vielleicht nie in Worte wird fassen können. Diese Frau wird diesen Gang mit Diätprodukten heute mit der Überzeugung verlassen, dass die Menschen von Natur aus gut sind und, was noch wichtiger ist, dass die Menschen von Natur aus berechenbar sind. Dass niemand auf der Welt ohne erkennbaren Grund eines Tages sein perfektes Leben einfach so hinter sich lassen würde. Und all das ausgerechnet an einem Montagnachmittag in Anaheim.

»Würden Sie vielleicht den Satz aus *Lights of Berlin* sagen?«, fragt sie schüchtern, und ihr schiefes Lächeln erinnert mich plötzlich an meinen Vater.

Ich starre auf den Boden. Es wäre ein Leichtes, den Satz zu sagen, aber die Worte bleiben mir im Hals stecken.

»Sie haben da Nudelsauce auf dem T-Shirt«, sagt die Kleine.

2

Ich nehme einen Umweg nach Hause, entlang identischer Straßen, gesäumt von Palmen und Vorstadthäusern im Stil der fünfziger Jahre. Meine Eltern leben seit beinahe acht Jahren hier, aber ich kann immer noch nicht glauben, dass so ein Ort außerhalb nostalgischer Teenagerfilme und albtraumhaften Spießbürgertums überhaupt existiert. Es ist die Art von Stadt, in der man sich niemals verlaufen kann, egal wie sehr man sich anstrengt, und deshalb lande ich auch wie immer vor dem adretten blassrosa Bungalow meiner Eltern. Eine Holzveranda schmückt die Vorderseite, und ein türkisfarbener Pool schimmert im Garten dahinter, genau wie bei jedem anderen Haus in der Straße.

Als ich die Haustür öffne, schlägt mir der Geruch von brutzelndem Fett entgegen. Mein Dad brät Eier mit Schinken zum Abendessen, dazu gibt's ein paar kümmerliche Brokkoliröschen, um meinem früheren Lebensstil Respekt zu zollen. Seitdem ich wieder zu Hause bin, weiß ich, wie schlecht die Essgewohnheiten meiner Eltern tatsächlich sind und auf wie viele verschiedene Arten man Kartoffeln braten kann. Als ich nach Anaheim zurückkam, war ich Veganerin, aber während ich an meinem ersten Abend hier meinem Vater dabei zusah, wie er gewissenhaft einen Salat mit Ranch-Dressing und Speckwürfeln für mich zubereitete, wurde mir klar, dass ich nicht lange Veganerin bleiben würde.

Meine Mutter sitzt auf dem Sofa und sieht fern. Ein leichtes Lächeln umspielt ihre Lippen, und ohne hinzusehen weiß ich, dass entweder die Kardashians oder die Real Housewives von wo auch immer laufen. Früher, als wir noch in England wohnten, war sie ein mehr oder weniger erfolgreiches Model, doch jetzt ist sie einfach nur noch dünn und ständig müde, auch wenn sie das Haus mittlerweile kaum noch verlässt. Sie lebt stattdessen für ihre Reality-Shows und spricht von den Frauen darin, als wären sie ihre Freundinnen. Ich setze zu einer Entschuldigung an, da ich ihre Diätpillen nicht finden konnte, aber sie schüttelt nur leicht den Kopf, was ich als Zeichen dafür deute, dass sie keine Energie hat, darüber zu reden. Seit Kurzem hat sie sich angewöhnt, mit ihrer Energie zu haushalten und sie auf keinen Fall auf etwas zu verschwenden, das ihr missfällt oder Stress verursacht. Sie mag zwar penibelst auf ihren Energieverbrauch achten, aber die Kardashians sieht sie sich trotzdem jeden Tag stundenlang an.

Ich setze mich im Schneidersitz neben sie und achte darauf, die rosa Decke, die sie sich über den Schoß gebreitet hat, nicht in Unordnung zu bringen. Dad reicht uns beiden je ein Tablett mit einem darunter befestigten Kissen, sodass wir auf dem Sofa vor dem Fernseher essen können. Auf Moms Tablett ist ein Aquarell mit Mohnblumen gedruckt, auf meinem ein Bild von schlafenden Cockerspanieln. Dad setzt sich in den mit grünem Cord bezogenen Sessel neben Mom, und ich weiß jetzt schon, dass er sie während des Abendessens mit einem zärtlichen Gesichtsausdruck beobachten wird, was sie jedes Mal ärgert, wenn sie ihn dabei ertappt. Schwäche hat uns beide schon immer abgestoßen, was angesichts meines derzeitigen Zustands einer gewissen Ironie nicht entbehrt.

Ich fange mit dem Brokkoli an, und während ich mich langsam vom Kopf bis zum Stiel vorarbeite, wünschte ich, ich hätte nicht so getan, als wäre Salz eine Erfindung des Teufels. Der

Brokkoli ist bis zur Ungenießbarkeit zerkocht. Ich ertränke ihn in Ketchup, bis er einigermaßen erträglich ist, und mache mich dann über den Schinken her. Die Kardashians legen eine Werbepause ein, und meine Mutter schaltet den Fernseher stumm. Das ist ihre Art, das System auszutricksen – sie würde niemals einen Mopp kaufen, nur weil es ihr irgendein frisch beförderter Werbechef ans Herz legt.

Ich beobachte sie dabei, wie sie mit einem Stück Schinken auf ihrem Teller spielt. Wir alle wissen, dass sie nicht mehr als ein Drittel davon essen wird, aber Dad zuliebe inszeniert sie diese Farce unbeirrt weiter.

»Und? Wie war euer Tag?«, fragt Dad, wobei er eine Schnittwunde an seinem Daumen begutachtet.

»Wunderbar«, antworte ich, und Mom lacht leise.

»Ganz ausgezeichnet«, sagt sie, bevor sie die Lautstärke wieder aufdreht. Ich schaue aus dem Fenster und beobachte Mr. Porter, den Nachbarn meiner Eltern, der seine Einfahrt mit Thanksgiving-Dekorationen schmückt; wie jedes Jahr wird er sie bald durch eine aufwendig gestaltete Weihnachtskrippe ersetzen. Ich weiß jetzt schon, dass er noch vor Ende des Jahres mindestens dreimal mit seinem Auto gegen beides fahren und allen anderen dafür die Schuld geben wird. In Momenten wie diesen kann ich beinahe verstehen, wieso meine Eltern nie aus Anaheim weggezogen sind. Die Unausweichlichkeit von alldem hier hat etwas Tröstliches an sich.

Beinahe ein Jahr ist es her, dass ich bei meinen Eltern vor der Tür stand, über der Schulter eine armeegrüne Reisetasche mit all den Dingen, ohne die ich, wie ich dachte, nicht leben könne und die mittlerweile fast alle verloren gegangen sind. Ich war nach sechs Monaten, an die ich mich nur noch bruchstückhaft erinnere, seit sieben Stunden nüchtern, und an dem Gesichtsausdruck meiner Eltern konnte ich erkennen, wie schlimm es um mich stand, noch bevor ich in den Spiegel blickte.

Ungeachtet dessen, was ich den beiden Frauen im Drogeriemarkt erzählt hatte, war ich, seitdem ich vierzehn war, nicht mehr wirklich Grace Hyde gewesen, und so musste ich mich anstrengen, um meine Rückkehr für meine Eltern so reibungslos wie möglich zu gestalten. Ich studierte ausführlich ihren Alltag, bevor ich mich in ihren Zeitplan einfügte – und begab mich nur zum Frühstück und zum Abendessen in ihre Nähe, niemals dazwischen. Sogar meinen undefinierbaren Akzent passte ich wieder an den ihren an, nahm meine Vokale an denselben Stellen zurück wie sie, um sie daran zu erinnern, wer ich gewesen war, bevor wir hierherzogen. Auch ich habe gelernt, am Altar der Fertiggerichte und Reality-Shows zu beten und dabei so zu tun, als wären wir wie jede andere Familie tief verwurzelt in den Vorstädten Südkaliforniens.

Tagsüber, wenn Dad bei der Arbeit ist und Mom ihre Nägel lackiert oder QVC schaut, spaziere ich durch Anaheim und lande in der Regel immer in demselben gepflegten Park, in dessen Mitte ein Springbrunnen aus rosa Marmor steht. Wenn ich hier aus dem Haus gehe, werde ich nur selten angesprochen, und wenn ich doch einmal um ein Foto gebeten werde, dann lehne ich höflich ab. Leute in Kleinstädten sind anders – sie stellen weniger Ansprüche an einen. Ich dachte, es würde schwer sein zu verschwinden, aber wie sich herausstellt, ist es das Einfachste auf der Welt. Ganz gleich wer man ist, sobald man das San Fernando Valley hinter sich lässt, ist man vergessen.

Was meine Familie betrifft, so stellt sie keine Fragen. Die diesjährigen Preisverleihungen der Filmindustrie standen vor der Tür und waren schon wieder vorbei, doch wir alle taten so, als hätte es meine achtjährige Karriere nie gegeben. Vielleicht respektieren sie meine Privatsphäre, oder vielleicht kümmert es sie einfach nicht, weshalb ich hier bin. Vielleicht habe ich ihre Aufmerksamkeit verloren, als ich wegzog, oder als ich das erste Mal Weihnachten nicht zu Hause war oder all die Male danach. Wenn ich ehrlich bin, muss ich mir eingestehen, dass ich jetzt nur zurückgekommen bin, weil ich wusste, dass es so sein würde: Genauso wie ich es nicht schaffe, um etwas zu bitten, weiß meine Familie nicht, wie sie es mir geben könnte.

3

Ich fühle mich relativ gut, als ich aufwache; draußen ist es so frisch wie schon lange nicht mehr. Als ich zu einem Spaziergang aufbrechen will, hält Mom mich auf.
»Hast du Lust, mit mir eine kleine Tour zu machen?«, fragt sie.
Verwirrt stehe ich im Flur, denn ich wohne jetzt seit dreihundertsechzig Tagen wieder zu Hause, und sie hat mir noch nie diese Frage gestellt. Meine Eltern fahren einmal in der Woche zum Einkaufen, und ich übernehme den Gang in die Drogerie, um die Sachen zu besorgen, die meine Mutter auch nach dreißig Jahren Ehe nicht vor den Augen meines Vaters kaufen will: ihre Diätpillen, Slipeinlagen und meine Tampons. Jeden zweiten Sonntag gehen wir zum Mittagessen in die Cheesecake Factory, und mein Vater bestellt drei Arnold Palmers und extra Brot, noch bevor wir uns gesetzt haben. Meine Eltern teilen sich die Fisch-Tacos, und ich nehme entweder das Hähnchen in Orangensauce oder die Spaghetti Carbonara. Gelegentlich gehen meine Eltern zu einer Party bei einem ihrer Nachbarn, und hinterher tut meine Mutter so, als hätte sie drei Stunden Waterboarding über sich ergehen lassen müssen, statt sich einfach nur über die besten Schulen in der Gegend zu unterhalten oder darüber, wie man die Bauordnung in Anaheim umgehen kann, um eine Sauna in seinem Gartenhaus zu installieren. Wir machen keine kleinen Touren zusammen. Es ist schon komisch, wie leicht es ist,

zum Gewohnheitstier zu werden, selbst wenn die Gewohnheiten nicht die eigenen sind.

»Musst du irgendwas besorgen?« Ich versuche, nicht allzu misstrauisch zu klingen.

»Wenn du schon was vorhast, dann sag es einfach«, erwidert meine Mutter gereizt.

Ich schüttle den Kopf. »Nein, nein. Natürlich nicht«, sage ich, während sie nach ihrem marineblauen Steppmantel greift und in ein Paar alte UGG-Boots schlüpft. Die Sohlen sind auf der Innenseite abgelaufen, sodass ihre Knöchel ein wenig einknicken. Ich schaue weg und konzentriere mich stattdessen darauf, den Reißverschluss meiner Jacke zu schließen.

Als wir vor ihrem Auto stehen, drückt sie mir die Schlüssel in die Hand. Ich kann mich nicht daran erinnern, meine Mutter jemals in meinem Leben irgendwo hingefahren zu haben. Ich setze aus der Einfahrt zurück, dann schalte ich das Radio ein, das sie sofort leiser stellt.

Ich werfe ihr einen Blick zu, sie runzelt die Stirn.

»Augen auf die Straße, Grace, und nicht so schnell. Denk dran, ein Stoppschild nach dem anderen. Wer bitte hat dir das Autofahren beigebracht?«

Ich versuche, mich daran zu erinnern, wer mir das Fahren beigebracht hat, aber die Erinnerung ist irgendwo zwischen den verschwommenen Gesichtern und Orten verloren gegangen, die meine letzten Teenagerjahre ausmachen. Es war weder sie noch Dad, darauf will sie hinaus. Vor dem nächsten Stoppschild bremse ich extrafrüh ab, um sie glücklich zu machen.

»Nächste Woche ist es dann schon ein Jahr, dass du bei uns wohnst.« Meine Mutter kramt in ihrer Tasche, während sie redet.

»Sieht ganz danach aus«, erwidere ich und fahre langsam am nächsten Stoppschild vorbei.

»In zwei Wochen kommt ja auch deine Schwester zu Thanksgiving.«

»Auch das ist mir klar«, sage ich, obwohl ich es ganz vergessen hatte.

Meine Schwester Esme ist in einem Internat in Nordkalifornien und kommt viermal im Jahr nach Hause, und wir sind gezwungen, für die Dauer ihres Aufenthalts so zu tun, als wären wir eine halbwegs funktionale Familie: allabendliche Ausflüge in verschiedene Restaurantketten, die zur Pizza eine Beilage harmloser Vorhersehbarkeit servieren. All unsere Äußerungen müssen fröhlich und konstruktiv sein, und ich muss mich bemühen, nicht neidisch zu werden, wenn meine Mutter Esme zuliebe ihre Gleichgültigkeit gegenüber uns allen verbirgt. Sobald meine Schwester wieder weg ist, flaut ihr Interesse augenblicklich ab.

»Besteht denn die Gefahr, dass du bis dahin weißt, was du mit deinem Leben anfangen willst?«

»Ich habe mir eine Auszeit genommen, Mom«, antworte ich.

»Und wer würde sonst deine Hormone aus der Apotheke holen, wenn ich nicht hier wäre? Esme hat keinen Führerschein.«

Bei meinem Ton runzelt sie die Stirn, wie ich mit einem kurzen Seitenblick sehe. Ich frage mich, ob das hier ihre Idee war – mich in einen geschlossenen Raum zu locken, um mich über meine Zukunftspläne auszufragen.

»Ich dachte, ihr habt mich gerne zu Hause.«

»Das hat überhaupt nichts mit uns zu tun«, erwidert sie. »Das hatte es nie.«

Das war das Ass, das sie im Ärmel hatte: Ich war diejenige, die sie verlassen hat, und dem habe ich nichts entgegenzusetzen.

»Du weißt schon, dass es nicht gut ist, wieder zu Hause zu wohnen, wenn man erwachsen ist, oder? Das nennt man Entwicklungsstillstand. Cynthia hat mir davon erzählt.«

»Mrs. Porter hat mit dir über Entwicklungsstillstand gesprochen?« Ich bin einigermaßen überrascht, denn ich hatte immer angenommen, Mrs. Porter sei so gut wie senil. Ich sehe sie immer in einem dicken Bademantel, bedruckt mit fluffigen gelben Enten, die Pflanzen in ihrer Einfahrt gießen.

»Dir ist klar, dass selbst ein paar der Kardashians immer noch zu Hause wohnen, oder? Wenigstens bin ich schon einmal ausgezogen.«

»Das stimmt nicht. Kim und Kanye sind nur bei Kris eingezogen, weil sie ihr Haus renoviert haben. Und selbst die jüngeren Mädchen wohnen nicht mehr dort. Kylie hat ein Haus in Calabasas gekauft und es für drei Millionen wieder verkauft. Außerdem ist sie jetzt Mutter!«

»Das ist einfach nur traurig, Mom. Du weißt viel zu gut Bescheid. Du solltest nicht einmal wissen, wo Calabasas ist.«

»Hier müssen wir nach links«, sagt meine Mutter, ohne darauf einzugehen.

Ich biege links ab und sage mir, dass ich nach drei Häuserblocks wieder links abbiegen kann. Dem Rasternetz sei Dank. Ich bremse ab, um eine alte Frau mit einem Rollator über die Straße zu lassen. Mom schnalzt ungeduldig mit der Zunge, und ich muss ein Grinsen unterdrücken.

»Grace, du hast ein Haus in Venice und mit deinem letzten Film 3,2 Millionen Dollar verdient. Du kannst mir nicht ernsthaft erzählen, dass du hier glücklich bist.«

»Woher willst du das wissen?«

»Google«, entgegnet sie.

»Super, dann weißt du ja auch, dass ich für das Haus auch Steuern und Maklergebühren zahlen muss«, sage ich und reibe mir die Augen. »Und ihr seid von London nach Anaheim gezogen, in ein pinkfarbenes Haus, und du willst mir erzählen, ihr seid glücklich hier?«

»Wir sind älter als du. Glücklich zu sein ist nicht mehr wichtig«, antwortet sie wie aus der Pistole geschossen, und ich wünschte, sie hätte das nicht gesagt, denn der Satz schlägt irgendwo tief in meinem Inneren Wurzeln. Ich mache das Fenster auf, und ausnahmsweise ist es so kalt in Südkalifornien, dass ich meinen Atem sehen kann.

»Na gut, Little Miss Sunshine. Versuchen wir es mal so. Nenn mir nur einen Moment, in dem du glücklich warst, seitdem du wieder hier bist. Und ich meine wirklich glücklich. Wenn du das kannst und es auch noch glaubhaft klingt, dann lass ich dich in Ruhe.«

Ich halte an einer Ampel und sehe sie an. Das Haar meiner Mutter ist immer noch rot, aber dünner geworden, und vereinzelt blitzen graue Strähnen am Ansatz hervor. Ihre Schönheit wirkt mittlerweile leicht verzerrt, als ob ihre Züge mit dem Alter zu groß für ihr Gesicht geworden wären.

»Letzte Woche, als wir bei Costco einkaufen waren und es diese Megapackung der scharfen Sauce gab, die wir so gerne essen, da war ich glücklich.«

Meine Mutter sieht mich an, als sei ich verrückt geworden, und ich zucke mit den Schultern.

»Kannst du hier reinfahren?«, fragt sie und zeigt auf den Parkplatz eines Bioladens, in dem ich noch nie war. Ich tue ihr den Gefallen.

»Ich brauche nur eine Minute«, sagt sie. Ich sehe ihr hinterher, als sie den Laden betritt. Während ich warte, starre ich auf die Schaufensterauslage, in der mindestens zwölf Abzüge desselben Fotos in verschiedenen Größen zu sehen sind. Es zeigt einen Mann mit einer Metallhantel in der Hand, der in einer tiefen Hocke sitzt und dessen Stiernacken von geschwollenen Adern überzogen ist. Nicht unbedingt die vorteilhafteste Pose.

Mom öffnet die Autotür und steigt wieder ein.

»Meine Tabletten haben sie hier nicht«, sagt sie.

»Okay«, erwidere ich, weil ich nicht weiß, was ich sonst sagen soll. Meine Eltern mögen keine Veränderung. Mir kommt es vor, als hätten sie beschlossen, dass der Umzug von England hierher die letzte Umstellung in ihrem Leben sein würde, und so haben sie sich einfach zurückgelehnt und warten nun darauf, alt zu werden und zu sterben. Man könnte fast vergessen, dass beide noch nicht einmal fünfzig sind.

Ich lege ihr die Hand auf den Arm. Sie zieht ihn instinktiv zurück, und mir wird klar, dass ich mich nicht erinnern kann, wann wir das letzte Mal bewusst Körperkontakt hatten. Wahrscheinlich bevor ich nach L. A. gezogen bin.

»Wohin soll's gehen? Nach Hause?«, frage ich.

Sie nickt und stellt im Radio einen Country-Sender ein.

»Dir ist bewusst, dass diese Pillen nichts anderes als Speed sind?«, frage ich nach einer kurzen Pause. »Die sind nicht gut für dich.«

»Bist du sicher, dass du in der Position bist, mir einen Vortrag über Drogen zu halten, Grace?«

»Keine Ahnung. Warum lässt du nicht noch ein paar Mahlzeiten aus, und dann unterhalten wir uns«, antworte ich reflexartig.

Sie zuckt zurück, als hätte ich sie gebissen.

Ich starre auf die Straße und denke den Rest der Fahrt an all die Dinge, die ich stattdessen hätte sagen können.

4

Der Tag, an dem sich meine Rückkehr nach Anaheim jährt, kommt und geht, ohne dass meine Mutter etwas dazu sagt, und ich frage mich, ob sie unser Gespräch über meine Zukunft vergessen hat. Es ist eher untypisch für sie, so schnell von etwas abzulassen, aber sie hat die letzten paar Tage in einem neurotischen Zustand verbracht, weil sie alles für den Besuch meiner Schwester vorbereiten musste: Sie hat die zehn Jahre alten Familienporträts, die die grünen Wände unseres Flurs schmücken, mit militärischer Präzision abgestaubt und das Zimmer meiner Schwester bereits zweimal gründlich geputzt, obwohl Esme erst in einer Woche kommt.

Ich für meinen Teil habe währenddessen in Gegenwart meiner Mutter wie verrückt gelächelt, um ihr zu beweisen, wie glücklich ich bin. Wie sich herausstellt, ist es ziemlich anstrengend, ständig glücklich zu sein. Keine Ahnung, wie die Mormonen das aushalten. Sonst gehe ich meinen Eltern so gut wie möglich aus dem Weg und lasse sogar das morgendliche Kaffeeritual ausfallen, obwohl das bedeutet, dass ich für meinen Kaffee vier Straßen weiter bis zum nächsten Starbucks laufen muss.

Eines Morgens werde ich von ungewöhnlich lautem Haustürknallen geweckt und höre, wie im Flur vor meiner Schlafzimmertür etwas abgestellt wird. Während ich mich noch im Bett räkele, höre ich gedämpft Stimmen durch den Spalt unter der Tür dringen und etwas, das sich wie ein Schluchzen anhört. Es ist noch früh, und wenn ich wollte, könnte ich wahrscheinlich wieder einschlafen, aber ich bin einigermaßen interessiert daran, was da vor sich geht, denn es entspricht nicht der üblichen Morgenroutine meiner Eltern.

Ich stehe auf und gehe in meiner grauen Jogginghose und einem alten Winnie-Pooh-T-Shirt auf den Flur, wobei ich über einen großen lila Koffer stolpere. Meine Eltern sitzen im Wohnzimmer am Esstisch, den wir sonst nur benutzen, wenn sich ausnahmsweise einmal Besuch zu uns verirrt. Ein Strauß gelber Tulpen steckt in einer Vase, und die rosa Glitzertasse, die in Esmes Abwesenheit niemand anfassen darf, steht auf dem Tisch vor einem leeren Stuhl.

»Seit wann trinkst du Kaffee?«, frage ich meine Schwester, als sie aus der Küche ins Wohnzimmer kommt. Ihr schwarzes Haar ist im Nacken zu einem Pferdeschwanz zusammengebunden, und ihre Haut ist seit unserer letzten Begegnung noch schlechter geworden – stellenweise, vermutlich da, wo sie an ihren Pickeln herumgedrückt hat, irgendwie weich und roh. Wir umarmen uns kurz, aber wie immer passen wir nicht richtig zusammen, und ihre Schulter bohrt sich in meinen Hals. Ich nehme mir einen Stuhl und setze mich ihr gegenüber an den Tisch. Einen Moment lang schweigen wir uns alle an.

»Worüber sprechen wir?«, frage ich.

Mein Vater zupft an einem Stück trockener Haut auf seinem Handrücken, und meine Mutter sieht mich stirnrunzelnd an. Irgendetwas stimmt nicht. Ich war schon immer sehr empfänglich für Stimmungen, auch wenn ich mich dann nicht immer entsprechend verhalte.

Nach einer kurzen Pause, in der klar wird, dass meine Eltern mir nicht antworten werden, sagt Esme: »Ich bin bis zum Ende des Jahres suspendiert worden.« Sie versucht, gelangweilt zu klingen, und meine Mutter zuckt leicht zusammen.

Ich kann mir kaum vorstellen, wie sehr es ihr gegen den Strich geht, dass ich hier bin, um den Niedergang der zweiten Tochter mitzuerleben.

»Wieso?«, frage ich. Die Suspendierung interessiert mich aus mehreren Gründen, nicht zuletzt deswegen, weil sie meines begrenzten Wissens über Esme als Teenager nach völlig undenkbar ist. Meine Schwester, schon immer ein nachdenkliches Kind, ist zu einem ernsthaften Teenager herangewachsen, der sowohl dank der grenzenlosen Liebe meiner Eltern als auch durch den Sonderstatus, den sie in ihrem Eliteinternat genießt, von allem abgeschirmt wird. Selbst ihre blasse Haut scheint zu verletzlich zu sein für die unbarmherzige südkalifornische Sonne hier, als wäre sie bisher von allem Rauen verschont geblieben.

Meine Schwester kommt äußerlich gesehen nach meinem Vater, was jemand, der meinem Vater nie begegnet ist, als Kompliment verstehen könnte. Während meiner Kindheit, bevor ich begriff, wie die Welt funktioniert, wie manche Dinge eher Fluch als Segen sein können, fühlte ich mich immer schuldig, wenn Leute mir Nettigkeiten über meine Haare oder meine perfekten weißen Zähne sagten, während Esme für ihre Mathenoten oder ihr Klavierspiel gelobt wurde. Ich bildete mir ein, dass das hieß, ich sei irgendwie besser, und dass meine Eltern sie nur mehr liebten, um ihre Schlichtheit zu kompensieren. Dabei war Esme in Wirklichkeit wohl einfach freundlicher als ich, leichter zu fassen und weniger aufmerksamkeitsheischend. Wenn ich zu viel darüber nachdachte, wurde ich manchmal eifersüchtig auf sie, aber ich vermute, dass es ihr mit mir genauso ging.

Esme streckt sich und zuckt gleichzeitig mit den Schultern, eine Bewegung, die mich so sehr an mich selbst erinnert, dass ich innehalte.

»Ich will nicht darüber reden«, sagt sie, wobei ihr Akzent ausgeprägter ist denn je. Ich versuche, in dieser sechzehnjährigen Amerikanerin die Schwester zu finden, die mir einmal so vertraut war, doch es scheint aussichtslos. Ich weiß noch, wie Esme, als sie klein war, alles zerlegte, was ihr irgendwie wichtig war. Sie nahm ihre heiß geliebte American-Girl-Puppe auseinander oder das Transformers-Spielzeugauto, das sie zum sechsten Geburtstag bekommen hatte, nur damit sie, sollten sie einmal wirklich kaputtgehen, wusste, wie man sie reparierte. Und so war in unserem Haus in England der Boden ständig mit einsamen Gliedmaßen und einzelnen Gummirädern übersät, doch sie stellte ihre Logik nie infrage.

Meine Mutter neben mir seufzt hilflos, und sie tut mir leid, auch wenn sie höchstwahrscheinlich bereits überlegt, wie sie mir die Schuld für das Ganze in die Schuhe schieben kann. Was ihr nicht allzu schwerfallen wird, weil wir England einzig und allein meinetwegen verlassen haben.

»Was ist passiert? Schlechte Noten?«, frage ich in dem Versuch, die Stimmung aufzulockern. Schon als sie noch ein Kind war, gab es keinen Zweifel daran, dass Esme schlauer war als Mom, Dad und ich zusammen.

Esme schüttelt den Kopf.

»Hast du endlich diese hässliche Schuluniform verbrannt?«

Esme sieht mich stirnrunzelnd an, und ich bemerke zu spät, dass sie unter ihrem Wollpullover immer noch den grünen Faltenrock trägt. Jetzt fällt mir auch wieder ein, dass meine Schwester diesen besonderen Blick hat, so als könne sie bis tief ins Innere der Menschen schauen.

»Alkohol?«, frage ich. »Drogen?«

»Ich bin nicht du«, murmelt Esme, gerade laut genug, dass es alle hören können.

»Na ja, ich wage zu bezweifeln, dass es wegen Sex war«,

sage ich etwas gekränkt, da sie meinen Konsum vor unseren Eltern erwähnt, auch wenn mir im gleichen Atemzug klar ist, dass ich es verdient habe.

»Grace!«, sagt meine Mutter und kommt Esmes Tränen zuvor, indem sie nach ihrer Hand greift. Ich schiebe meinen Stuhl zurück, stehe auf und gehe in die Küche, während ich überlege, ob ich mich schon entschuldigen soll. Wann ist es für mich so schwierig geworden, eine zivilisierte Unterhaltung mit anderen Menschen zu führen? Ich schenke mir den Rest Kaffee aus der Kanne ein, den Teil mit dem schlammigen Kaffeesatz, der einem immer in den Zähnen hängen bleibt, und spiele mit dem Gedanken, einfach wieder ins Bett zu gehen.

Ich sehe mir gerade alte Fotos an, als Mom an meine Tür klopft. Ohne abzuwarten, kommt sie herein. Es ist das erste Mal, dass sie mein Zimmer betritt, seitdem ich wieder hier bin.

Zögernd steht sie neben dem Bett, also mache ich Platz, und sie setzt sich ans Fußende. Sie lehnt sich gegen die lila Glitzerwand und legt die Hände in den Schoß. Allein das fühlt sich schon viel zu vertraut an. Ich winde mich unter der Decke und wünschte, ich würde nicht wie ein Pflegefall im Bett liegen.

»Wer ist das?«, fragt sie und blickt mit zusammengekniffenen Augen auf die Fotos auf meinem Bett.

»Das da ist Anna.« Ich zeige auf ein hübsches dunkelhaariges Mädchen, das neben mir steht und ein Peace-Zeichen in Richtung Kamera macht.

»Ach, genau, du hattest Ballettunterricht mit ihr. Ich erinnere mich an ihre Mutter. Sie hatten einen Fernseher, der fast größer war als ihr Haus«, sagt sie und legt das Foto wieder auf den Stapel. Früher wollte sie damit sagen, dass solche Leute geschmacklos und unkultiviert waren. Aber sie vergisst den

62-Zoll-Fernseher, der unten über dem elektrischen Kamin hängt. Sie verlagert ihr Gewicht, und ich kann ihre spitzen Knochen sehen, die sich unter dem Baumwollhemd abzeichnen.

»Esme hat es dieses Jahr nicht leicht gehabt«, sagt sie.

»Sie war kaum zu Hause«, erwidere ich. »Woher soll ich das wissen?«

»Das musst ausgerechnet du sagen«, sagt meine Mutter, und ich erkenne zu spät, dass ich ihr direkt in die Falle gegangen bin. Denn natürlich bin ich der Grund dafür, dass sie ans andere Ende der Welt gezogen sind, nur um dann von mir verlassen zu werden. Und sie haben keine andere Möglichkeit gesehen, mich dafür zu bestrafen, als ihre Welt immer mehr zu verkleinern, bis es für mich keinen Platz mehr darin gab.

»Hab schon verstanden. Ich geh mich nachher bei ihr entschuldigen«, sage ich nach einer kurzen Pause, nur für den Fall, dass ich zum ersten Mal in meinem Leben ein Gespräch mit ihr in andere Bahnen lenken kann.

Meine Mutter zuckt mit den Schultern, als hätte ich nicht verstanden, worum es geht.

»Ich habe das ernst gemeint, was ich neulich gesagt habe. Du kannst dich nicht für immer hier verstecken.«

»Mom, müssen wir das schon wieder durchkauen? Ich bin kein kleines Kind mehr.«

»Sagt das Mädchen im Disney-Schlafanzug, das seine Schwester zum Weinen bringt«, entgegnet meine Mutter. »Dir hat es nie an etwas gefehlt, darum bist du so, wie du bist.«

Man kann über meine Mutter sagen, was man will, aber sie lässt sich keine Gelegenheit für einen Seitenhieb entgehen.

»Ich habe den Großteil meiner Teenagerjahre allein an Filmsets verbracht, also erzähl mir bloß nicht, mir hätte es nie an etwas gefehlt.« Ich versuche ruhig zu bleiben, aber da ist etwas in meinem Tonfall, das ich nicht ganz unter Kontrolle habe. Mit ihr zu streiten ist mir in Fleisch und Blut übergegangen. Die unbedeutendste Kleinigkeit war früher Anlass zum Streit, wobei es uns beiden relativ egal war, was die andere sagte. Bis es dann irgendwann nicht mehr so war. Wir sagen viel, was nichts bedeutet, aber es ist ein bisschen wie bei einem dieser Münzschieber in einer Spielhalle: Jede Beleidigung schiebt uns ein wenig näher an den Rand des Abgrunds, bis es schließlich zu spät ist.

»Wenn du was zu sagen hast, dann sag es einfach«, sagt Mom und sieht mich mit schmalen Augen an, aber ich weiche ihrem Blick aus und ignoriere das Adrenalin, das jetzt durch meinen Körper pulsiert. Sie schüttelt den Kopf. »Du hast alles gehabt.«

»Und trotzdem würde ich jederzeit mit dir tauschen«, erwidere ich, und wir sind uns beide sofort bewusst, was ich da gerade gesagt habe: wie klein ihr Leben ist, da sie sich an meines anpassen musste, und wie viel mehr sie geopfert hätte, um nur einen Bruchteil meines Erfolges zu haben.

»Du warst schon immer egoistisch, Grace. Schön zu sehen, dass du dich nicht geändert hast.«

»Ich erwarte wirklich keine Vorzugsbehandlung von dir, aber ich dachte, dass du wenigstens so tun könntest, als würdest du mich mögen«, flüstere ich. »Ich hab doch gesagt, ich werde mich entschuldigen.«

Wir sitzen einen Augenblick einfach nur da, bevor sie aufsteht. Es sieht so aus, als würde sie gehen, doch mit der Hand auf der Türklinke hält sie noch einmal inne und sieht mich mit festem Blick an.

»Willst du die Wahrheit wissen, Grace?«

Ich zucke mit den Schultern, denn sie wird es mir so oder so sagen.

»Ich glaube nicht, dass es deiner Schwester im Moment guttut, mit dir zusammen zu sein.«

Ich stehe auf und wäre plötzlich am liebsten ganz weit weg.

»Ach herrje, keine Ahnung, wie es so weit kommen konnte«, sage ich und lasse das Polaroid, das ich in der Hand halte, aufs Bett fallen. Das Foto wurde in Disneyland aufgenommen, kurz bevor sich unser Leben für immer veränderte. Ich war damals zwölf. Dad und ich stehen zu beiden Seiten eines lebensgroßen Pluto und grinsen in die Kamera. Meine Schwester hält meinen Vater an der Hand und lugt schüchtern hinter ihm hervor. Mom steht neben mir, sie hat den Arm um meine Schultern gelegt und paillettenbesetzte Micky-Maus-Ohren auf dem Kopf. Ich frage mich, ob ihre Abneigung mir gegenüber schleichend kam, sodass sie es selbst kaum merkte, oder ob sie wie eine Flutwelle plötzlich über ihr hereinbrach.

»Ist dir eigentlich bewusst, dass du mich nie gefragt hast, wieso ich zurückgekommen bin?« Ich dränge mich an ihr vorbei, gehe aus dem Zimmer und durch die Vordertür ihres rosa Hauses hinaus und die Verandastufen hinunter, bis ich unter dem endlos blauen Himmel stehe. Dann renne ich los, vorbei an kilometerlangen Reihen von Bungalows mit ihren Stuckverzierungen, ihren Geländewagen und wehenden amerikanischen Flaggen in der Einfahrt.

5

Als ich dreizehn war, kam ein Casting-Chef an meine Schule in London, um ein neues Gesicht für die Besetzung eines Dreiteilers über ein Trio von jugendlichen Auftragskillern an einer internationalen Spionageschule zu finden. Wir alle meldeten uns zum Vorsprechen für die Rolle. Die anderen Mädchen bereiteten sich kichernd den ganzen Vormittag darauf vor und stritten sich darüber, wer von ihnen es am meisten verdient hatte. Ich ignorierte sie genauso, wie ich den prüfenden Blick des Casting-Chefs ignorierte, und gab stattdessen vor, in meine zerfledderte Ausgabe von *Der Fänger im Roggen* vertieft zu sein, weil ich fand, dass mich das interessant erscheinen ließ. Ich hatte langes, glänzendes rotbraunes Haar, ein blaues und ein grünes Auge und Grübchen, was zusammengenommen bedeutete, dass ich bereits beliebt war. Ich konnte es mir also leisten, überheblich zu sein. Wie sich herausstellte, sind Grübchen nicht nur an einer staatlichen Schule in London von Bedeutung, sondern überall.

In den ersten dreizehn Jahren meines Lebens waren in unserer Erdgeschosswohnung in Islington ständig zahlreiche Freunde meiner Eltern anzutreffen, wobei jeder eingeladen wurde, den meine Mutter auch nur halbwegs interessant fand. Die Erwachsenen tranken viel und diskutierten lautstark über alles Mögliche, von Princess Diana bis hin zum Marxismus, und obwohl mein Vater über seinen eigenen bodenständigen Arbeiterklassencharme verfügte, verstand ich schon damals, dass meine Mutter der Grund war, weshalb die Leute immer wieder kamen. Sie konnte ausgesprochen witzig sein – eine Mischung aus messerscharfer Beobachtung und gelegentlich erstaunlicher Abgebrühtheit –, und sie war wunderschön, mit dichtem kastanienbraunem Haar und Augen von der Farbe eines Swimmingpools, über dem eine dünne Eisschicht liegt.

Als ich älter wurde, sagten die Leute, ich sei ihre Doppelgängerin, nicht nur, weil ich ihr ähnlich sah, sondern auch, weil ich mich bemühte, ihr Lachen, ihre Intonation und den Klang ihrer Stimme zu imitieren. Alle sollten sehen, dass wir nicht nur gleich waren, sondern auch besser waren als alle anderen. Als meine Schwester geboren wurde, stellte ich zu meiner Überraschung fest, dass sie, die mit ihrer Blässe und Ernsthaftigkeit eigentlich keine Bedrohung für mich darstellen sollte, von meiner Mutter abgöttisch geliebt wurde. Wie sich herausstellte, hatten sich meine Eltern schon seit einer ganzen Weile ein zweites Kind gewünscht, und Esme war der Hauptgewinn.

Als es in der Mittagspause Zeit für das Vorsprechen war, stand ich neben den anderen Mädchen auf der Bühne unserer Schulaula, schämte mich dafür, dass wir alle so gleich aussahen, und tarnte meine Scham als Langeweile. Die anderen Mädchen wippten vor Aufregung auf den Zehenspitzen und sprachen mit kippenden Stimmen, als sie ihren Text vortrugen, wobei sie versuchten, sich von ihren Freundinnen, die in der Aula saßen, ihnen wie verrückt winkten und Grimassen schnitten, nicht zum Lachen bringen zu lassen.

Als ich an der Reihe war, war mein Kopf völlig leer. Natürlich hatte ich nicht geprobt und war einfach davon ausgegangen, ich würde meinen Text wie geschmiert vortragen, von der Bühne gehen und vielleicht den Mittelfinger in Richtung Auditorium strecken, um die anderen Mädchen zum Lachen zu bringen. Stattdessen stand ich auf der Bühne, versuchte mir nicht in die Hose zu machen – selbst ich hätte mich nie von so etwas erholt – und stellte fest, dass ich diese Rolle unbedingt, ohne jeden Zweifel haben wollte. Diese Tatsache genau in dem Moment zu realisieren, in dem ich dafür sorgte, dass es nie passieren würde, ließ mich in Tränen ausbrechen. Alle anderen erstarrten, denn ich war zu alt, um so hemmungslos zu weinen. Schließlich brachte ich heftig schluchzend und kaum verständlich meine Zeilen heraus. Am selben Abend noch riefen die Produzenten meine Eltern an und fragten, ob ich für Probeaufnahmen nach L. A. fliegen könne. Von diesem Moment an sahen mich meine Eltern mit anderen Augen, und zum ersten Mal seit der Geburt meiner Schwester wusste ich wieder, wie ich ihre Aufmerksamkeit auf mich ziehen konnte.

Wenn ich daran zurückdenke, schäme ich mich dafür, wie sehr ich das alles wollte.

6

Als Disney mir eine Eintrittskarte auf Lebenszeit schenkte, weil ich einen Film mit ihnen gedreht hatte, konnte ich mir beim besten Willen nicht vorstellen, sie je zu benutzen – geschweige denn ein ganzes Jahr einmal pro Woche, so wie jetzt, seitdem ich wieder in Anaheim bin. Jede Woche spaziere ich vom Haus meiner Eltern zu dem Hotel, in dem wir übernachteten, als wir das erste Mal nach Kalifornien kamen, noch bevor wir überhaupt daran dachten, hierherzuziehen. Ich weiß, es klingt merkwürdig, aber manchmal geht es mir einfach besser, wenn ich an einem Ort sein kann, der allein dafür konzipiert wurde, die Leute an etwas glauben zu lassen. Ich gebe ungern zu, dass Disneyland mich schlicht an unbeschwertere Zeiten erinnert, deshalb schiebe ich meine regelmäßigen Besuche auf das Büfett und die Micky-Maus-Waffeln.

Außerdem ist dies der einzige Ort, an dem ich an einem Donnerstagvormittag ungeniert in Schlafanzug und Turnschuhen aufkreuzen kann. Nachdem man mir einen kleinen Tisch in der Nähe der Küche zugewiesen hat, stelle ich mich am Büfett an. Ich lade mir das Übliche auf mein Tablett: drei Micky-Maus-Waffeln, zwei Schnitze Honigmelone und eine Tasse schwarzen Kaffee, der wie immer so sehr nach Asche schmecken wird, dass ich versucht bin, nach einer darin schwimmenden Zigarettenkippe zu suchen. Ich setze mich wieder an meinen blank gewienerten Tisch und beobachte die Kinder, die um mich herum dank eines ahornsirupbedingten

Zuckerhochs Krawall machen. Sie stehen brüllend auf Stühlen, stürmen zwischen den Tischen hindurch, stoßen dabei Gläser und Flaschen um und vibrieren förmlich vor Adrenalin. Während ich ihnen zusehe, kann ich mich vage daran erinnern, wie es ist zu wissen, dass man glücklich ist, genau in dem Moment, in dem man es fühlt, und nicht erst hinterher.

Ich habe zwei meiner Waffeln gegessen, als Dornröschen das Restaurant betritt. Sie bleibt kurz am Eingang stehen, lässt den Blick durch den Raum schweifen und setzt sich schließlich auf den Platz mir gegenüber. Das überrascht mich, denn ich komme seit einem Jahr hierher, immer mit Sonnenbrille und Baseballkappe, und bisher hat mich nie jemand angesprochen oder wiedererkannt.

»Geht's dir gut, Süße?«, fragt Dornröschen mit piepsiger Stimme. Sie hat einen leichten Südstaatenakzent. Ich versuche, nicht auf die bröckelige Foundation zu starren, die ihr im Mundwinkel klebt.

»Alles in Ordnung, danke.« Ich lächle sie höflich an und widme mich meiner letzten Waffel, in der Hoffnung, dass sie sich an einen anderen Tisch setzen wird. Ein vorpubertärer Junge am Nachbartisch blickt sie eindringlich an.

»Wow, du bist ja Britin.« Sie blinzelt angestrengt unter dem Gewicht ihrer falschen Wimpern. »Ich hab dich hier schon mal gesehen. Ich mag deine Filme.«

»Oh, danke. Ich mag deinen … Film auch«, erwidere ich, unsicher, wie der Verhaltenskodex für Erwachsene in Disneyland wohl aussieht und ob es sie beleidigen könnte, wenn ich ihr ihre Rolle nicht abnehme.

»Nett von dir, dass du lügst«, sagt sie, und ich frage mich, ob ihr Job es mit sich bringt, sich über so etwas Gedanken zu machen. Mein letzter Film war ein Biopic über eine Prostituierte, die sieben ihrer ehemaligen Kunden ermordete, und es würde mir wohl selbst heute noch sehr nahegehen, wenn jemand diese Frau kritisieren würde. Es überrascht mich immer wieder, wie bereitwillig wir jemandem verzeihen, wenn wir glauben, die Person zu verstehen.

»Wenn meine einzigen Freunde ein Haufen Ungeziefer und drei senile Schlampen wären, würde ich denjenigen, der mich aufweckt, umbringen«, sagt Dornröschen und zupft an ihrer Perücke herum. Der Haaransatz unter dem synthetischen gesponnenen Gold ist dunkel.

»Es juckt«, erklärt sie. »Willst du ein Foto mit mir?«

»Ich habe keine Kamera.«

»Aber du hast ein Handy. Jeder hat ein Handy«, sagt Dornröschen und sieht mich misstrauisch an.

»Ich habe keines.« Ich klopfe auf meine Hosentaschen und nicke in Richtung des Jungen am Nachbartisch, der uns mittlerweile mit unverhohlenem Interesse beobachtet. Sein Micky-Maus-Sandwich mit Erdnussbutter und Marmelade schwebt vergessen vor seinem geöffneten Mund. »Der Junge da hätte vielleicht gerne eins.«

»Glaub ich kaum. Die Kinder wollen alle nur noch Elsa und Anna. Ich kriege dafür die widerlichen Väter ab.«

»Tut mir leid zu hören.« Ich schiebe meine Sonnenbrille auf dem Nasenrücken nach oben. Dornröschen spielt mit den Zuckerpäckchen und bringt sie in ihrem Behälter durcheinander, sodass der Süßstoff jetzt zwischen braunem Zucker und Stevia steckt. Sie macht keinerlei Anstalten, aufzustehen und zu gehen.

»Hör mal, ich will nicht unhöflich sein, aber ich bin wirklich nur wegen der Waffeln hier.« Ich deute auf meinen Teller.

»Na gut, kein Grund, gleich zickig zu werden.« Ihre Stimme klingt jetzt tiefer und rau. Sie schiebt ihren Stuhl zurück und steht auf.

»Der Hotelmanager hat mich gebeten, mit dir zu reden, weil du immer so traurig aussiehst, und dass du, na ja, die anderen Gäste verschreckst. Die da oben haben schon Meetings wegen dir abgehalten, um zu besprechen, was sie mit dir machen sollen.«

Sie wartet auf eine Antwort von mir, und als diese nicht kommt, streckt sie mir ihren Mittelfinger entgegen und geht. Der Junge am Nachbartisch starrt ihr mit offenem Mund und weit aufgerissenen Augen hinterher.

Ich komme mit einem zweieinhalb Meter hohen Weihnachtsbaum nach Hause zurück, den ich hinter mir her schleife. Eigentlich ist es Anfang November noch zu früh dafür. Aber die Begegnung mit Dornröschen hat mich aufgemuntert, und wenn ich es schaffe, den richtigen Ton zu treffen, wird die Geschichte vielleicht sogar meine Mutter lustig finden. Nach unserem Streit fühle ich beinahe so etwas wie Euphorie – als ob sich endlich die dicke Luft aufgelöst hat, die zwischen uns steht, seitdem ich wieder in Anaheim bin. Vielleicht kann ich ihr sogar ein bisschen mehr von meinem wahren Ich zeigen, hin und wieder die Maske fallen lassen. Das war schon immer so: Nachdem wir uns von unserer schlechtesten Seite gezeigt haben, zeigen wir uns gleich darauf von unserer besten. Wenn alles so läuft wie immer, werden wir uns nicht entschuldigen und die Angelegenheit nicht mehr erwähnen müssen.

Als ich sechzehn war, sagte mir meine Mutter bei einem besonders schlimmen Streit, dass sie mit Zwillingen schwanger gewesen war, aber ich meinen Zwilling im Mutterleib tötete und allein zur Welt kam. Ich habe meinen Tutor am Filmset danach gefragt, und er erklärte mir, dass der andere Fötus wohl eines natürlichen Todes starb und ich wahrscheinlich das

Embryonalgewebe in mich aufnahm, da es im Mutterleib eben nur begrenzt Platz und Entsorgungsmöglichkeiten gibt. Dieses Phänomen ist als Vanishing Twin Syndrom – verschwundener Zwilling – bekannt, aber laut meiner Mutter habe ich, noch bevor ich geboren wurde, zu viel Platz eingenommen. Ich habe sonst nie jemandem davon erzählt, nicht weil ich traumatisiert wäre oder so etwas, sondern weil ich weiß, wie sich das anhören muss. Es wäre einfach nicht fair, jemanden anhand eines einzigen, furchtbaren Moments zu definieren, geschweige denn die eigene Mutter.

Ich nicke Donna, der anderen Nachbarin meiner Eltern, zu, die gerade von Kopf bis Fuß in Samt gekleidet das Haus verlässt, und zerre den Baum über die Veranda durch die Vordertür ins Haus, wobei ich eine Spur von Tannennadeln zurücklasse. Mein Vater steht in der Küchentür, die Hände in die Taschen seiner Cordhose gesteckt. Ich lehne den Baum gegen die Wand. Er sieht mich einen Moment lang an, als wäre ihm nicht ganz wohl bei der Sache. Meine Mutter lässt nicht lange auf sich warten, und ich kann sehen, dass sie geweint hat. Ich atme tief durch und versuche den Ärger, der in mir hochkommt, zu unterdrücken.

»Wisst ihr schon, dass Donna einen neuen Hund hat?«, frage ich und versuche, einen möglichst heiteren Gesichtsausdruck aufzusetzen, um zu signalisieren, dass ich ihr verziehen habe. »Ich glaube, sie hat ihn aus einer Tötungsstation gerettet, aber ich bin mir nicht sicher. Vielleicht hat sie ihn auch nur vor ihrer Tochter gerettet. Die mit dem Drogenproblem. Und vielleicht kommt es mir ja nur so vor, aber hat sie irgendwas an ihren Lippen machen lassen?«

Meine Eltern verschwinden in der Küche, während Esme und ich den Weihnachtsbaum schmücken. Jeder Zweig wird mit grell glitzernden Kugeln behängt, eine hässlicher als die andere. Dad hat die Kiste mit Weihnachtsschmuck auf dem Dachboden gefunden, und als er damit vor uns stand, musste ich mich anstrengen, nicht an das erste Weihnachten zu denken, das ich nicht zu Hause verbrachte – oder an all die anderen danach. Ich würde gerne sagen können, dass es nicht das erste Mal war, aber das wäre wahrscheinlich gelogen. Während wir den Baum schmücken, summe ich Weihnachtslieder, um den Streit meiner Eltern auszublenden. Esme weigert sich noch immer, mit mir zu reden. Es erinnert mich an früher, als wir jünger waren und unsere Eltern sich noch laut und hitzig anschrien, anstatt sich in eisigem Tonfall anzuzischen. Damals kletterte Esme immer zu mir ins Bett, setzte sich mit dem Gesicht zur Wand und legte ihre Stirn dagegen, während unsere Eltern darüber stritten, dass meine Mutter zwölf Pfund für eine Feuchtigkeitscreme ausgegeben hatte oder mit ihren Freundinnen abends tanzen ging, wo doch die Nebenkosten noch nicht bezahlt waren. Ich dachte mir Geschichten und Lieder über eine Meerjungfrau namens Patrice aus, die gegen Piraten kämpfte, um Esme abzulenken. Sie war damals noch klein und erst acht, als ich wegging. Zu jener Zeit dachte ich, sie würde ganz allein mir gehören.

Ich werfe ihr verstohlene Blicke zu, während wir dekorieren, und kann kaum glauben, dass dieser ernste dunkelhaarige Teenager mir genauso fremd ist wie der Nachbar meiner Eltern. Sie hat dunkle Ringe unter den Augen und eine kleine Lücke zwischen den Schneidezähnen, die sie vermutlich entweder liebt oder verabscheut.

Das Ergebnis des Streits in der Küche ist ein Abendessen aus Tiefkühl-Kartoffelpuffer, aufgewärmten Hot Dogs und dazu einem Haufen zerkochtem Spinat. Esme wirft einen kurzen Blick auf ihren Teller und verkündet, sie müsse in ihr Zimmer und sich hinlegen. Sie ist normalerweise der Inbegriff von Höflichkeit, dieses Verhalten ist gänzlich untypisch für sie. Einen Moment lang starrt mein Vater meine Mutter hilflos an, doch schließlich lassen sie es ihr durchgehen, und ich sehe, wie es anfängt, wie sich ein Mensch von denen entfernt, die ihn doch so sehr lieben, dass es wehtut.

Ich setze mich zu Mom aufs Sofa, um eine Folge *Real Housewives* anzusehen. Dad reicht mir versehentlich das Tablett mit den Mohnblumen darauf, und Mom und ich tauschen schweigend, bevor wir zu essen beginnen. Ich fange mit dem Spinat an und arbeite mich zu den Hot Dogs vor, denn die Puffer sind natürlich das Beste und werden als Letztes gegessen. Ich mag Puffer wirklich gerne. Wie kommt Mom nur darauf zu behaupten, ich sei nicht glücklich?

»Grace ...« Dad beginnt zu reden, als gerade etwas Entscheidendes passiert, und ich werfe ihm einen ungeduldigen Blick zu. Mom stellt den Fernseher stumm.

»Ich weiß, dass deine Mutter vorhin mit dir gesprochen hat, und ich wollte nur sagen, dass ich sie zu hundertzehn Prozent unterstütze. Was auch immer sie gesagt hat, ich stimme ihr vollkommen zu.« Er sieht aus, als würde es ihm körperliche Schmerzen bereiten, sich in diese Sache einzumischen. Allerdings ist das immer noch nicht gut genug für meine Mutter, denn sie gibt einen unzufriedenen Laut von sich.

»Toll, ich auch. Dann ziehen wir ja alle an einem Strang«, gebe ich zurück. Meine Mutter hält den Blick erwartungsvoll auf meinen Vater gerichtet. Ich schaue stirnrunzelnd zum Fernseher, aber keiner der beiden stellt den Ton wieder an, obwohl die Folge nach einer Werbepause wieder weitergeht. Wie in einem stummen Kräftemessen harren wir alle für ein paar

Minuten wie eingefroren aus. Ich könnte ewig so weitermachen, aber ich will wissen, wie die Folge endet.

»Was ist der Maßstab?«, frage ich schließlich. Mein Vater sieht mich verwirrt an, während meine Mutter nur den Kopf schüttelt, denn sie weiß, was kommt.

»Du hast gesagt hundertzehn Prozent, aber ich habe keine Ahnung, was der Maßstab dafür ist. So funktioniert das nicht. Wie wäre es mit fünfhundert Prozent? Du könntest sie sogar zu einer Million Prozent unterstützen, wenn du dich wirklich anstrengen würdest.« Ich meine, Esme in ihrem Zimmer am Ende des Flurs losprusten zu hören, aber vielleicht bilde ich mir das ein.

»Grace!«, schnauzt meine Mutter. Ich lasse mich ins Sofa zurückfallen.

»Ich will euch nur ungern daran erinnern, dass ich euch dieses Haus gekauft habe. Also ist es eigentlich mein Zuhause«, erwidere ich und hasse mich mit jeden Wort mehr, das aus meinem Mund kommt. »Ihr könnt natürlich so lange bleiben, wie ihr wollt«, füge ich gnädig hinzu.

»Grace, bitte«, sagt Dad, und ich fühle mich schrecklich, denn er sieht so aus, als würde er gleich weinen. Manchmal wünschte ich, er könnte seine Gefühle genauso gut unterdrücken wie wir anderen auch.

»Das ist doch absurd«, sagt Mom und lässt in einer Geste der Fassungslosigkeit die Hände in den Schoß fallen. »Du kannst doch nicht so tun, als hätte es dein Leben in L. A. nie gegeben. Als würde es nicht mehr existieren ...«

»Mom«, unterbreche ich sie und zähle in Gedanken bis fünf. »Können wir über etwas anderes reden?«

Ich gehe zum Fernseher und schalte den Ton wieder ein. Eine der Real Housewives ist ganz aufgelöst, weil ihre Freundin meint, sie habe ein Alkoholproblem. Ich lasse mich von ihrer Stimme berieseln, während mein Puls sich wieder einigermaßen normalisiert. Vielleicht ist es das, was Menschen außerhalb von L. A. oder New York tun, um zu meditieren.

»Ich habe heute übrigens etwas über die Independent Film Awards gehört«, sagt meine Mutter einen Augenblick später. Ich starre weiter auf den Fernseher, auch wenn sich mein Herzschlag wieder beschleunigt.

»Und wo in Anaheim hast du bitte davon gehört?«

»Das sagt man doch nur so, Grace. Ich habe es auf Facebook gelesen. Jedenfalls soll es eine Ehrung für Able Yorke geben. Ihm wird ein Preis für sein Lebenswerk verliehen, für sein Engagement in der Filmbranche. Ich dachte nur, das würde dich interessieren.«

Ich schlucke schwer, aber ich wende den Blick nicht vom Fernseher ab. »Nicht wirklich«, entgegne ich, sammle unsere Teller ein und bringe sie in die Küche.

Ich sehe mir mit meinen Eltern noch den Rest der Folge an, bevor ich mich entschuldige und aufstehe, aber ich weiß, dass meine Mutter denkt, sie habe gewonnen. Sie hat an mein aufgeblasenes Celebrity-Ego appelliert, weil sie denkt, dass ich der Anziehungskraft einer Preisverleihung niemals widerstehen könnte. Ich würde es mir doch nie entgehen lassen mitzuerleben, wie Able für sein Werk, das ohne mich gar nicht existieren würde, ausgezeichnet wird. Die ganze Zeit über, die ich vorgab, wieder Grace Hyde sein zu wollen, wussten wir alle, dass letzten Endes mein Alter Ego gewinnen würde.

Ich versuche, nicht an seine papyrusartige Haut zu denken oder an den Kupfergeruch seiner Hände, aber verzerrte Bilder wabern hinter meinen geschlossenen Augen, bis sie sich wie in einer Zeitrafferaufnahme zusammenschließen. Ich öffne das Geheimfach meines alten Schmuckkästchens und hole das orangefarbene Röhrchen mit den Tabletten heraus, die ich nicht mehr angerührt habe, seit ich aus Los Angeles weggegangen bin. Ich streiche mit dem Daumen über das glatte Etikett: Oxycodon. Einer anderen Version meiner selbst verschrieben – die, die man als Häuflein Elend auf dem Badezimmerboden findet. Ich schüttle zwei Tabletten auf meine feuchte Handfläche und schlucke sie ohne Wasser herunter. Wenig später nehme ich noch eine, denn sie wirken nicht schnell genug, um die Scham zu unterdrücken, die tief in meinem Inneren wütet. Ich kann mich unmöglich dem stellen, was als Nächstes kommt: zwanghaft bis ins kleinste Detail aufzulisten, wie ich wen in meinem Leben bereits enttäuscht habe.

Ich setze mich an meine Zimmertür gelehnt auf den Boden und warte darauf, dass die Taubheit mich übermannt, dass die Gegenwart die Vergangenheit ersetzt, während ich mir nur des gesegnet Greifbaren bewusst bin: des rauen Materials des Teppichs unter meinen Fingerspitzen, des Summens des Geschirrspülers in der Küche, der Lachkonserve aus dem Fernseher am Ende des Flurs. Gerade als meine Muskeln sich entspannen und mein Puls sich wieder verlangsamt, höre ich, wie meine Schwester in ihrem Zimmer nach meiner Mutter ruft. Ich schleiche mich in das Bad neben meinem Zimmer, stecke mir den Plastikstiel meiner Zahnbürste in den Hals und kotze angestrengt in das fleckige Waschbecken, während mir heiße Tränen über das Gesicht laufen. Danach rolle ich mich auf der Bademattte zusammen und lege meine Wange auf den kühlen Linoleumboden. Vielleicht hatte Mom recht, als sie sagte, ich sei nicht glücklich. Was sie allerdings nicht weiß, ist, dass ich seit meinem sechzehnten Lebensjahr nicht einmal im Traum daran denke, glücklich sein zu wollen. Ich versuche nur, irgendwie am Leben zu bleiben.

7

Das erste Mal seit Monaten bekomme ich nachts kein Auge zu. Schlaf ist zu etwas Schlüpfrigem geworden, zu etwas fast Unerreichbarem, und ich weiß, dass jetzt alles wieder von vorne beginnt. Able hat sich in dieses Haus geschlichen, und bald schon werde ich sein Gesicht neben meinem im Badezimmerspiegel sehen und die Silhouette seines Profils auf einer Scheibe verbranntem Toast. Meine Mutter mag diejenige gewesen sein, die seinen Namen erwähnt hat, aber ich bin die, die immer wieder die Tür für ihn offen lässt. Hier sollte niemals Platz für ihn sein, aber nun, da es so ist, rollt dieses Gefühl über mich hinweg wie eine Flutwelle.

Wenn ich bleibe, weiß ich jetzt schon, wie es weitergeht. Mit etwas, das schlimmer ist als das Abstumpfen, das ständige Verbiegen und Nachgeben, um mich einem Ort anzupassen, an den ich schon lange nicht mehr gehöre. Denn ich werde nachtragend und bitter werden, und dann wird es nicht mehr lange dauern, bis ich den Wodka wieder mit meinen Tabletten mische und den Blackouts hinterherjage, nur um für eine Minute zu vergessen, wer ich bin. Meine Eltern werden nicht länger ignorieren können, was aus mir geworden ist, genauso wenig wie meine Schwester. Mir wird klar, dass ich seit meiner Rückkehr nur geduldet wurde und sie darauf warten, dass ich sie nicht mehr ertrage und wieder gehe. Sosehr ich es möchte, ich kann es ihnen nicht einmal verübeln.

Draußen wird es langsam hell. Ich packe meine Sachen zusammen, lege Kleidung und Bücher in meinen kleinen Koffer, ohne sie auch nur anzusehen. Ich hatte wenig Gepäck, als ich ankam, und ich werde mit noch weniger nach L. A. zurückkehren.

Auf dem Weg nach draußen werfe ich einen Blick in das Schlafzimmer meiner Eltern. Sie sehen älter aus, wenn sie schlafen: Sie liegen auf dem Rücken, und ihre Mundwinkel hängen nach unten. Ich spüre ein Ziehen tief in meiner Brust, schließe leise die Tür und schleiche zur Haustür.

»Wolltest du gehen, ohne dich zu verabschieden?«

Mom steht auf einmal hinter mir im Flur und stützt sich mit einer Hand an der Wand ab. In der Hinsicht ist sie wie ich, ein Schatten ihrer selbst, bis sie ihren Kaffee hatte.

Ich zucke mit den Schultern, den Schlüssel, den sie mir gegeben hat, in der Hand, bereit aufzuschließen. »Ich komme bald mal zu Besuch.«

»Du wirst Thanksgiving verpassen«, stellt sie fest.

»Wir feiern Thanksgiving doch kaum«, erwidere ich mit einem leichten Lächeln.

»Kommst du wenigstens an Weihnachten?«

»Weiß ich noch nicht«, antworte ich.

Mom fährt sich mit der Hand durch ihr feines Haar, und ich frage mich zum ersten Mal, ob es nicht vielleicht auch für sie schwer ist. Ich denke daran, wie ich sie vergötterte, bevor wir hierhergezogen sind, und in diesem Moment würde ich am liebsten alles ungeschehen machen. Ich möchte es ihr sagen, und wenn ich nur die Worte fände, wäre es wahrscheinlich das Ehrlichste, was ich je gesagt habe.

»Ich wollte einfach eine Weile normal sein«, sage ich leise.

Der Ansatz eines Lächelns.

»Du könntest nie normal sein, Grace, das weißt du nur noch nicht.«

Ich sage nichts und wende mich zum Gehen.

»Willst du dich nicht von Esme verabschieden?«

Vor meinem geistigen Auge sehe ich Esme als kleines Kind, aber ich schüttle den Kopf. Ich war schon immer gut darin zu gehen, es kommt mir seltsam vor, dass sie das bereits vergessen hat.

»Grace?«, sagt Mom, als ich die Stufen der Veranda hinuntergehe, doch ihre nächsten Worte werden von einem vorbeifahrenden Auto übertönt.

»Was hast du gesagt?«, frage ich, und plötzlich schnürt mir etwas die Kehle zu, sodass ich kaum noch Luft bekomme.

»Ich habe gesagt, pass auf der 710 auf, da ist immer viel Verkehr«, wiederholt sie etwas lauter.

Ich nicke wortlos, und sie schließt die Haustür.

8

Nach meinem Vorsprechen wurden Vorbereitungen getroffen, damit ich in den Sommerferien für die Probeaufnahmen nach L. A. fliegen konnte. Meine Eltern ließen Esme bei Freunden, und zum ersten Mal seit ihrer Geburt stiegen wir ohne sie in ein Flugzeug. Während des Starts hielt ich die Hand meiner Mutter, und obwohl mir bewusst war, dass unser Aufstieg in die Wolken eine platte Metapher für meine Gefühle war – selbst mein langweiliger Englischlehrer hätte das rot angestrichen –, kam es mir doch mehr und mehr so vor, als wären all die anderen Passagiere nichts anderes als Statisten. Meine Eltern verbrachten den Großteil des Flugs schlafend, während ich mir einen bodenlos schlechten Vampirfilm ansah, den man mir zu Hause verboten hatte, und ich fragte mich, ob ich mich je wieder geerdet genug fühlen würde, um schlafen zu können.

Wir landeten am späten Nachmittag, eine schwarze Limousine brachte uns direkt zum Hotel. Die Produktionsfirma hatte für uns eine Suite im Four Seasons gebucht, und kaum standen wir in der noblen marmornen Lobby, wusste ich, dass die neuen Reeboks, die meine Eltern mir gekauft hatten, vollkommen fehl am Platz waren.

Das ganze Hotel war in einem wunderschönen satten Cremeweiß mit goldenen Akzenten gehalten, und überall gab es dekorative Details, auf die wir von nun an nicht mehr würden verzichten wollen. Mom und ich liefen zusammen durch unsere Suite und befühlten andächtig die weichen, luxuriösen Bademäntel im Bad und den filigran bestickten Einband des Buches in der Nachttischschublade. Dad folgte uns blind, sichtlich benommen von diesem Erlebnis. Das Studio hatte einen riesigen Präsentkorb mit amerikanischen Süßigkeiten auf meinem Bett platziert. Mom und ich verschlangen Tootsie Rolls und Twinkies, während wir durch die Fernsehkanäle zappten. Ich fühlte mich ein wenig schuldig, weil Esme nicht dabei war, aber auf der anderen Seite schenkten mir meine Eltern so viel Aufmerksamkeit wie schon seit Langem nicht mehr. Bisher hatte ich mir nicht eingestehen wollen, wie sehr ich das vermisst hatte.

In der darauffolgenden Woche standen drei Vorsprechen an, und mit jedem Mal fühlte ich mich mehr mit dem Text, den ich las, verbunden. Es war, als würden die Zeilen in mir an die Oberfläche steigen, von einem Ort, von dem ich bis dahin nicht gewusst hatte, dass er überhaupt existierte. Es war mir sogar egal, wenn die Erwachsenen an dem Tisch vor mir mich unterbrachen, um mexikanisches Essen zu bestellen, oder dem Assistenten, der mit einem Klemmbrett hinter ihnen stand, etwas im Flüsterton diktierten. Ich glaube, meine Eltern machten sich Sorgen, dass ich das alles viel zu sehr wollte, aber für mich fühlte es sich nie so an, als würde ich etwas riskieren, denn in meiner Vorstellung gehörte die Rolle bereits mir.

Natürlich wurden wir am Abend vor unserem Rückflug nach London gemeinsam mit Able Yorke und seiner Frau Emilia zum Essen im Nobu eingeladen. Außerdem waren noch Nathan und Kit mit von der Partie, die beiden Männer, die mein Agent beziehungsweise mein Manager werden sollten. Ich hatte alle im Laufe der Woche bei verschiedenen Anlässen kennengelernt, damals waren sie aber bloß weitere Erwachsene, die ich beeindrucken musste. Als wir das dunkle Restaurant betraten, erinnerte mich meine Mutter daran, dass Able

Yorke derjenige war, den ich am meisten für mich einnehmen musste. Able war schön im klassischen Sinn, aber ich war ja auch schön, weshalb ich mir nicht weiter Gedanken darüber machte, sondern nur feststellte, dass er genau wie ich zwei perfekte Grübchen besaß. Seine Frau war anfangs leichter zu übersehen, weniger schillernd, weniger glamourös, abgesehen von ihrem Haar, so cremig blond und dicht, wie ich es noch nie gesehen hatte. An der sanften Wölbung ihres Bauches, versteckt unter einem Kaschmirpullover, konnte ich erkennen, dass sie schwanger war. Sie legte instinktiv immer die Hand darauf, wenn sie sprach.

Mein Vater trug denselben schwarzen Anzug mit Schulterpolstern, den er auch an seiner Hochzeit getragen hatte, und seine Hose fiel in Falten auf seine Clarks. Während ich ihn beobachtete, wie er mit nur einem Stäbchen in Sushi-Rollen und Krebsfleisch herumstocherte, kam es mir so vor, als gehörte er einer anderen Generation an als die anderen Männer am Tisch, obwohl sie alle ungefähr gleich alt waren. Meine Mutter trug ein enges Samtkleid, das sie Anfang der Woche in einem Secondhandladen auf der Melrose Avenue entdeckt hatte, und sobald ich Emilia in Jeans und Pulli sah und die Blicke der anderen Gäste bemerkte, war ich nicht mehr stolz auf die Schönheit meiner Mutter, sondern schämte mich zutiefst. Ich konnte nicht genau sagen, weshalb, aber ich wusste, dass meine Eltern alles falsch gemacht hatten, und ich konnte nicht begreifen, wieso sie das nicht selbst realisierten.

Ich hielt den Atem an, als Able mir die Rolle noch beim Essen anbot, auch wenn er dabei aus irgendeinem Grund meine Eltern ansah. Er sprach sehr leise, sodass sie näher an ihn heranrücken mussten, um ihn zu verstehen. Nach einer Weile merkte ich, dass er meine Eltern zu überreden schien, mich die Rolle annehmen zu lassen, was ich für selbstverständlich gehalten hatte, da wir dafür immerhin um die halbe Welt geflogen waren. Ich sah zu, wie Able meinen Eltern versicherte, dass ich rundum versorgt sein würde, sollten wir uns entscheiden, nach L. A. zu ziehen, um die Trilogie zu drehen. Ja, die Ausbildung mit erstklassigem Privatunterricht wäre sogar eine Verbesserung. Er sagte, es ginge ihm nicht nur um dieses Projekt, er wolle längerfristig mit mir zusammenarbeiten. Able kannte alle Stolpersteine in der Karriere einer jungen Schauspielerin und hatte vor, alles anders zu machen. Er wollte Marilyn ohne Überdosis, Winona ohne Ladendiebstahl, Gwyneth ohne Gesundheitswahn. Ich würde meine Zeit nicht vergeuden und meinen Ruf nicht durch irgendwelche billigen Projekte einbüßen, weil ich ausschließlich mit Able arbeiten sollte. Er wäre mein Berater, Übersetzer und Beschützer in einer Person. Ich würde nicht in Schwierigkeiten geraten, und ich sollte alles bekommen, was ich mir jemals gewünscht hatte.

Meine Eltern hörten ehrfürchtig zu, während Able seinen Plan erläuterte. Ihr stillschweigendes Einverständnis entging ihm nicht, denn er verlagerte seine Rhetorik geschickt vom Hypothetischen auf Konkretes. Noch bevor mein Gesicht je auf der Leinwand erschien, würden die Menschen, die an diesem Abend mit uns am Tisch saßen, alles an mir perfektionieren – meine Vorgeschichte, meinen natürlichen, klassischen Stil und selbst meine sarkastische Art, Interviews zu geben. Sie sprachen davon, meinen Nachnamen in Turner zu ändern, um die Bilder zweier Hollywoodikonen, Lana Turner und Grace Kelly, heraufzubeschwören, aber auch, um meine beiden Identitäten voneinander zu trennen, sodass ich immer wieder zu der Person zurückkehren könnte, die ich vorher gewesen war. Es sollte meine Wiedergeburt werden, und das Beste daran war, dass ich keinerlei Risiko eingehen müsste. So viele Menschen würden sich um mich kümmern, Menschen, die ein persönliches Interesse an meiner Karriere hatten, sodass absolut nichts schiefgehen konnte. Able und Emilia würden mich in Abwesenheit meiner Eltern beschützen. Ich würde nie ein Sextape drehen, mir den Kopf rasieren oder betrunken Auto fahren, denn ich wüsste, was lief, und würde mitspielen. Ich war nie wirklich Grace Turner gewesen.

Ich würde gerne behaupten, dass ich nicht verstand, worauf ich mich einließ, doch das wäre eine Lüge. Schon damals war mir klar, dass ich einen Teil von mir aufgeben würde. Aber als ich an jenem Abend dort am Tisch saß und zuhörte, wie diese schillernden Fremden über mich sprachen, während kühles, butterweiches Sashimi in Sojasauce auf meiner Zunge zerschmolz, schien es nicht die schlechteste Entscheidung für mich zu sein. Was ich nicht vorhersehen konnte, war, dass die Leute immer mehr von mir wollen würden. Ich wusste damals nicht, wie eng Lob mit Bestrafung verknüpft ist oder dass mein Wert von da an immer fremdbestimmt sein würde, weil ich nicht so sehr eine Person als vielmehr eine Vorstellung war, die nicht nur von den Menschen geprägt wurde, die an jenem Abend mit mir am Tisch saßen, sondern auch von den Millionen von Menschen, die in den kommenden Jahren dafür bezahlen würden, meine Filme zu sehen.

Meine Mutter benahm sich seltsam während des Essens, lachte zu laut und im falschen Moment und klimperte mit den Augen in Richtung Able wie eine Marionette. Emilia lächelte mich beruhigend an, wann immer ich sie ansah, aber ich merkte, dass sie mich für die Theatralik meiner Mutter bedauerte. Ich warf meiner Mutter missbilligende Blicke zu und sah, wie mein Vater während dieses ersten Abendessens – genauso wie bei allen darauffolgenden – über den Kopf des Managers hinweg Löcher in die Luft starrte.

Letztlich war es sowieso egal, denn diese Fremden gaben

sich mit meinen Eltern nur ab, um an mich heranzukommen. Ich bemühte mich, lebhaft und unterhaltsam zu sein, wann immer sie mit mir sprachen, und ich redete mir ein, dass ich es für uns alle tat. Ich ließ die Männer wissen, dass wir den Witz als Eingeweihte verstanden, als ich mich mit einer Geste zu meinen Eltern hin dafür entschuldigte, die Addams Family mitgebracht zu haben. Sie schüttelten sich vor Lachen, Able hieb wiederholt mit der Faust auf den Tisch, noch während er sich bei meinem Vater entschuldigte, und selbst Emilia erlaubte sich ein kleines Lächeln. Meine Mutter schien erst verwirrt, doch dann grinste sie und lachte lauthals mit den anderen mit. Es war mir zuwider, dass sie sich so zum Narren machte, aber die Männer, die mich seit meiner Ankunft so genau studiert hatten, waren entzückt – und dafür hatten wir uns schließlich alle herausgeputzt, oder? Sie war die ganze Woche über so aufgeregt gewesen, und ich sagte mir, dass ich meiner Mutter all das hier für den Rest ihres Lebens geben könnte, wenn dieser Abend nur gut verlaufen würde. Ich versuchte, nicht auf die Schweißflecken zu achten, die sich unter ihren Achseln abzeichneten, oder darauf, wie sie ständig ihre Lippen leckte, bevor sie etwas sagte.

Je mehr sie trank, desto unverblümter wurden ihre Anekdoten. Wir waren daran gewöhnt, dass sie immer der Mittelpunkt der Aufmerksamkeit gewesen war, aber wie sich herausstellte, wusste sie nichts über diese neue Welt, in die ich eintreten würde, und sie erzählte peinliche Geschichten, die immer wieder bei ihrer Modelkarriere endeten. Sie beschrieb peinlich genau, wie es mit ihrer Karriere bergab ging, als sie im Teenageralter meinen Vater heiratete, anstatt nach Los Angeles zu gehen. Able hörte geduldig zu und stellte an den richtigen Stellen Fragen über die Baufirma meines Vaters, aber bereits da war mir klar, dass er die beiden einfach nur geschickt abfertigte. Zum ersten Mal sah ich meine Eltern mit den Augen einer anderen Person, und ich schämte mich für sie. Als ich meine Mutter kurz darauf mitten im Satz unterbrach, war ich mir bewusst, dass ich damit den Männern die Erlaubnis gab, das Gleiche zu tun. Meine Mutter hörte auf, so viel zu reden, und ich bemühte mich, die Enttäuschung in den Augen meines Vaters zu ignorieren. Nach einer Weile war es am einfachsten, keinen der beiden mehr anzusehen.

Die Rolle, die meine Eltern in diesem Plan spielen sollten, war von Anfang an festgelegt. Sie mussten einfach nur zu Hause ein liebevolles und stabiles Umfeld für mich schaffen. Und da ihre Aufgabe darin bestand, mich wie ein normales Kind zu behandeln, war es besser, dass ich sie in keiner Weise mit meiner Arbeit in Verbindung brachte oder meine Arbeit mit ihnen. Sobald die Visa ausgestellt waren, machte meine Familie sich eiligst auf den Weg in ihr neues Zuhause. Wir kannten bisher nichts anderes als Anaheim, und ich vermute, meine Eltern betrachteten die Nähe zu Disneyland als Pluspunkt. Vielleicht war es auch die Tatsache, dass ständig die Sonne schien, oder die rechtsgerichtete Politik – letztlich weiß ich bis heute nicht, wieso sie sich für Anaheim entschieden haben. Wie auch, bis letztes Jahr habe ich auch kaum mehr als fünf Nächte hintereinander bei ihnen geschlafen. Seit jenem ersten Filmprojekt streiten Mom und ich wie zwei tollwütige Hunde beziehungsweise wie zwei Menschen, die einander ähnlicher sind, als sie zugeben würden. Soweit ich weiß, hat meine Mutter nie versucht, in Kalifornien Arbeit als Fotomodell zu finden, und meine Eltern haben sich nie bemüht, Freundschaften zu schließen. Ich war mir nie sicher, ob meine Mutter gelangweilt, einsam oder neidisch war oder eine Mischung aus allem, und ich blieb auch nie lange genug, um es herauszufinden. Natürlich verstehe ich, dass ich diejenige war, die weggegangen ist, aber sie waren es, die das zugelassen haben. Und so war ich im Alter von fünfzehn Jahren mehr daran gewöhnt, allein an einem Filmset zu sein als zu Hause bei meiner Familie, theoretisch unter der Aufsicht eines Vormunds, aber in Wirklichkeit ohne jeglichen Rückhalt.

Ich bemühte mich darum, den Kontakt zu Esme aufrechtzuerhalten, und schickte ihr Geschenke, wann immer ich daran dachte. Doch schon bald nach ihrem Umzug nach Anaheim bewarb sie sich an einem Internat für Hochbegabte und wurde mit der Zeit ebenfalls zu jemandem, dem ich etwas vorspielen musste. In ihrem Fall tat ich so, als sei ich immer noch ihre große Schwester.

Able war Drehbuchautor und Regisseur aller Filme, die ich gedreht habe, mit Ausnahme eines katastrophalen Horrorfilms, den man mir als den neuen *Scream* schmackhaft gemacht hatte. Der Film sollte mich aus Ables Schatten treten lassen, aber er floppte, und auf Anraten meines Agenten, meines Managers, meiner Eltern und so ziemlich jeder einzelnen Person, der ich auf der Straße begegnete, landete ich wieder bei Able. Mein Schicksal war besiegelt, so endgültig wie nie zuvor: Ich war seine Muse, er mein Svengali. Er übertraf sich selbst mit seinen Werken, wenn ich darin eine Rolle spielte, und ich für meinen Teil strahlte von der Leinwand herab wie niemand sonst um mich herum. Die anderen beiden Auftragskiller verschwanden nach dem zweiten Film in der Senke jugendlicher Bedeutungslosigkeit, aber nicht ich. Ich war unantastbar, unaufhaltsam, und ich bahnte mir so rasant den perfekten Weg in die Unsterblichkeit, dass nicht eine Menschenseele innehielt und sich fragte, wie das alles so reibungslos funktionieren konnte, wie ein Mann in den Vierzigern und ein Teenager so untrennbar miteinander verbunden sein konnten.

9

Ich komme mit dem Sonnenaufgang in L. A. an. Man vergisst schnell die Dinge, die man an einer Stadt, von der man ruiniert wurde, geliebt hat, doch dieses kleine Zeitfenster, in dem Los Angeles aussieht wie jede andere Stadt, habe ich schon immer gemocht. Es tut sich genau dann auf, wenn das Funkeln der Straßenbeleuchtung erlischt und noch bevor die Sonne die Stadt in Gold taucht wie eine Filmkulisse. Das war die einzige Tageszeit, zu der ich mich in L. A. je zu Hause gefühlt habe.

Ich halte vor dem gläsernen Haus in Venice. Da ich keinen Schlüssel mehr habe, läute ich. Neben der Tür steht ein Kaktus, an den ich mich nicht erinnern kann. Ich strecke die Hand aus und stupse ihn mit dem Finger an, aber er ist weicher, als ich dachte, und mein Fingernagel hinterlässt einen feuchten, halbmondförmigen Abdruck.

Mein Ehemann öffnet mir in weißem T-Shirt und Boxershorts die Tür. So geht er jeden Abend ins Bett, und irgendwie sieht er zugleich ganz genauso und doch ganz anders aus, als ich ihn in Erinnerung habe. Ich muss daran denken, wie wir uns kennengelernt haben. Zwei Teenager, die die ganze Nacht in seinem Apartment in Los Feliz Tequila tranken und über all die Menschen redeten, die wir zurückgelassen hatten, um es dorthin zu schaffen, wo wir waren. Für mich waren das meine Eltern und meine Schwester, die für mich um die halbe Welt gezogen waren, und für ihn war es eine eng miteinander verbundene Familie in einer Kleinstadt, in der Glühwürmchen durch die Nacht flogen und die Leute Waffen im Handschuhfach hatten. Als ihm von dem Tequila schlecht wurde und er sich übergeben ging, schlich ich mich leise aus dem Haus und ließ einen Zettel zurück, auf dem in betrunkener Schrift mit viel zu viel Abstand zwischen den Buchstaben stand: Du bist perfekt. »Verdammt, Grace«, sagt er und sieht mich kurz an, bevor er den Blick abwenden muss. Er sieht schon jetzt verloren aus. Ich habe ihn mir während meiner Abwesenheit immer nur lächelnd vorgestellt, seine hellbraunen Augen funkelnd in der Sommersonne, feine Lachfältchen in den Winkeln, aber jetzt erinnere ich mich auch wieder an diesen Gesichtsausdruck. Ich folge ihm ins Haus.

»Na dann, willkommen zu Hause«, sagt er, obwohl wir beide wissen, dass das Haus nur auf dem Papier mir gehört. Es riecht sogar nach ihm, leicht nach Zitrone und Holz. Als ich sehe, dass Dylan auch schon einen Weihnachtsbaum aufgestellt hat – einen echten, nicht bloß einen vom Raumausstatter –, weiß ich nicht, ob ich lachen oder weinen soll. Er ist über und über mit bunten Weihnachtskugeln behängt und unbeholfenen Scherenschnitten in Tierform mit Eisstielen als Schwänzen. Nichts passt zusammen.

»Ein bisschen früh für den Baum.« Ich schaue an ihm vorbei. »Hast du einen Holzofen einbauen lassen?«

Eine Frau mit langem dunklem Haar und Sommersprossen sitzt im Schneidersitz auf dem Sofa. Sie trägt einen karierten Schlafanzug und hält eine Tasse Kaffee in der Hand. An ihrem breiten Lächeln, das ihre gesamte Erscheinung zum Leuchten bringt, sehe ich sofort, dass sie besser ist als ich – und auch daran, dass sie mit ihrer Freundlichkeit nicht hinterm Berg hält, als wäre sie immer nur den Bruchteil einer Sekunde von ungebremster Euphorie entfernt. Aber diese Einsicht macht mich nicht traurig, ich fühle einfach nur eine merkwürdig stille Erleichterung darüber, dass meine Vermutungen sich endlich bestätigen.

»Wo ist Doina?« Ich blicke fragend zwischen Dylan und der Frau auf dem Sofa hin und her. Doina war unsere Haushälterin.

»Sie arbeitet nicht mehr hier«, erwidert Dylan achselzuckend. »Du hättest anrufen sollen.«

»Jetzt oder vor einem Jahr?« Ich versuche, witzig zu sein, aber wie sich herausstellt, schaffe ich es immer noch, ihn zu verletzen, denn er sieht mich an wie ein geschlagener Hund.

»Ich bin fix und fertig«, erkläre ich mit einem sehnsüchtigen Blick in Richtung oberes Stockwerk und Schlafzimmer.

»Der Tag hat gerade erst angefangen«, sagt Dylan.

»Ich bin übrigens Grace«, rufe ich an ihm vorbei der Frau auf dem Sofa zu.

»Ich weiß! Ich bin Wren. Wirklich toll, dich endlich kennenzulernen.«

»Sie scheint wirklich nett zu sein«, sage ich zu niemand Bestimmtem und gehe die Treppe hinauf zu unserem Schlafzimmer, weil ich weiß, dass Dylan dort nicht ein einziges Mal geschlafen hat, seit ich weg bin.

Das Zimmer ist leblos, unberührt. Als ich das Licht anschalte, wirbeln um mich herum Staubpartikel durch die Luft. Ich nehme ein gerahmtes Foto von unserem Hochzeitstag in die Hand, das immer noch auf dem Nachttisch steht, und würde mich darauf gerne wiedererkennen. Wir haben im Januar in Big Sur geheiratet, am Abend meines einundzwanzigsten Geburtstags. Während der Trauung hielt ich meinen Brautstrauß so fest umklammert, dass ich mir in den Finger stach und meinen weißen Jumpsuit vollblutete. Für den Rest des Abends hatte ich einen metallenen Geschmack im Mund, aber das war mir egal, denn ich trug meinem frisch angetrauten Ehemann ein Gedicht von Richard Brautigan vor, während unsere Gäste Wunderkerzen in Herzform hochhielten, und zum ersten Mal sah ich mich selbst so, wie alle anderen mich sahen.

Es dauerte kein Jahr, bis ich ging.

10

Meinen ersten Morgen zurück in L. A. verbringe ich im Bett und schlafe immer wieder ein. Irgendwann wache ich auf, weil jemand vorsichtig an die Schlafzimmertür klopft. Mein Mund ist trocken, die Zunge klebt mir am Gaumen, und das Bettlaken riecht nach meinem Schweiß. Die Sonne steht bereits hoch am Himmel, und hinter den bodentiefen Fensterscheiben sehe ich nichts als den blauen, blauen Pazifik. Ich weiß noch, wie ich einmal dachte, dass die Nähe zum Wasser mir das Gefühl geben würde, wieder atmen zu können, aber jetzt vermisse ich die flache Vorstadtebene Anaheims, die sauberen öffentlichen Plätze und die im Wind flatternden Fahnen. Ich fühle mich bloßgestellt, weil ich zurück bin in L. A., und ich frage mich, wie es wohl wäre zu wissen, was ich für etwas empfinde, bevor ich es verliere.

Die Tür schabt leise über den Teppichboden, als sie geöffnet wird. Schnell nehme ich das Röhrchen Tabletten vom Nachttisch und schiebe es unter mein Kopfkissen. Dylan steht vor dem Bett und lässt, ohne mich anzusehen, seinen Blick durch das Zimmer wandern, bevor er schließlich das Filmplakat für *Breathless* fixiert, das über dem Kopfende hängt.

»Ich habe Laurel angerufen. Sie wartet unten auf dich.«

»Warum? Du kannst Laurel nicht ausstehen.« Laurel war meine sporadische Freundin, sporadische Assistentin und stets verlässlich ineffektive Entzugsgefährtin.

»Ich mag Laurel zwar nicht, aber du bist nicht du selbst«, erwidert er langsam.

»Du hast mich seit einem Jahr nicht mehr gesehen. Das hier ist jetzt mein neues Ich.« Ich lasse eine Strähne meines schulterlangen Haars mit dem dunklen, fettigen Ansatz und den blonden Spitzen durch meine Finger gleiten.

»Ich rede nicht von deinen Haaren.«

»Gefallen sie dir? Stripper chic, n'est-ce pas?«

Dylan schnaubt verärgert. Zu unseren besten Zeiten beruhte unsere Beziehung darauf, dass ich mich zum Affen machte, um Dylan zum Lachen zu bringen, aber ich sehe ein, dass ich durch das, was ich ihm angetan habe, auch darauf das Recht verloren habe.

»Entschuldige. Laurel. Kannst du sie bitten zu gehen? Ich ruf sie später an.«

»Na gut. Sag mir nur, auf was du gerade drauf bist.«

Ich schüttle den Kopf.

»Drogen- und alkoholfrei seit dem Tag, an dem ich L. A. verlassen habe.«

Das ist beinahe wahr, aber Dylan wirkt noch verwirrter als vorher.

»Was ist dann mit dir los?«

Ich starre auf meine Hände und stelle fest, dass Dylan bemerken muss, dass ich meinen Ring nicht mehr trage. Ich weiß nicht, ob ich mich deshalb schlecht fühlen soll oder ob es noch merkwürdiger wäre, weiterhin so zu tun, als ob. Trotzdem stecke ich meine Hände unter die Decke.

»Ich muss mich noch daran gewöhnen, ich selbst zu sein.«

Ich bleibe noch eine Stunde im Bett liegen, beobachte, wie die Sonne die Wasseroberfläche zum Glitzern bringt, und versuche, hierfür und für alles andere in meinem Leben irgendetwas anderes als Gleichgültigkeit zu empfinden. Manchmal ist es, als würde man wie auf Wolken schweben. Alles, was man anfängt, ist unendlich vollkommen, und das Beste daran ist, dass man es ganz allein geschafft hat, nur weil man so glücklich und strahlend und brillant ist. Dieses Gefühl gibt es nicht, wenn man nicht auf Drogen ist. Sie liegen nicht länger im Bereich des Möglichen. Und das hat vielleicht funktioniert, als ich noch bei meinen Eltern in Anaheim war, wo das Leben langsamer und bodenständiger verläuft, aber ich weiß, dass die Leute in L. A. etwas von mir wollen werden – etwas, das ich ihnen nicht geben kann. Sie werden eine Erklärung wollen oder eine Bilanz oder am allerbesten irgendeine hollywoodreife Geste emotionaler Erkenntnis. Ich kann ihnen nichts davon bieten. Die Zeit stand still, als ich in Anaheim war, und vielleicht war das auch der Grund, warum ich dorthin gegangen bin. Ich wusste, ich konnte jeden Tag meilenweit laufen und trotzdem immer wieder an exakt denselben Ort zurückkehren.

Als ich die Treppe hinunterkomme, um mir einen Kaffee zu holen, sitzt Wren mit einem etwa elfjährigen Jungen am Esstisch. Er könnte auch vierzehn sein, ich habe keine Ahnung. Wren hält eine Karte mit dem Foto eines Mädchens im Teenageralter hoch, und er zieht dieselbe Grimasse wie ich, wenn man von mir erwartet, etwas über Technologie zu wissen.

»Okay, Barney, versuch das hier als Nächstes. Wenn Amy zu dir sagt, ›Ich glaub dir nicht‹, und sie macht dieses Gesicht, was glaubst du, meint sie dann wirklich?«

Sorgfältig studiert Barney das Foto. Darauf ist eine grinsende Amy zu sehen, die aussieht, als wäre sie einfach nur eine blöde Kuh, aber ich schaffe es, mich nicht in das Gespräch einzumischen.

»Hmmm ...« Barney runzelt die Stirn und hält sich die

Karte in unterschiedlichen Abständen vors Gesicht, als wäre es ein Stereogramm.

»Kein Problem, nimm dir so viel Zeit, wie du brauchst. Erinnerst du dich noch an den ersten Hinweis, nach dem wir suchen müssen?«

Ich gehe in die Küche, wo Dylan gerade einen Karton Wasser aus dem Kühlschrank nimmt. Ich schätze, man trinkt in L. A. jetzt Wasser aus Kartons.

»Was macht Wren da drüben?«

»Sie ist Sprachtherapeutin.«

»Cool.«

Dylan geht in die Defensive. »Ich habe ihr angeboten, das Haus für ihre Pro-bono-Fälle zu nutzen.«

»Klar, kein Problem.«

»Ich bitte dich nicht um Erlaubnis, Grace. Du warst seit über einem Jahr nicht mehr hier.«

Wir stehen uns schweigend gegenüber, während ich überlege, was ich darauf antworten soll. Ich nehme mir eine Banane aus der Obstschale auf der Küheninsel, doch mir wird sofort bewusst, dass ich sie nicht gekauft habe. Allerdings habe ich die Schale und die marmorne Küheninsel gekauft. Unschlüssig fummele ich an der Banane herum.

»Meinst du, deine neue Freundin kann mir etwas über nonverbale Signale beibringen? Oder ist eine katastrophal selbstverliebte Schauspielerin ein hoffnungsloser Fall?«

Dylan schüttelt den Kopf, aber ich merke, dass er sich ein Lächeln verkneift.

»Du bist nicht katastrophal selbstverliebt, Grace. Menschen waren einfach noch nie deine Stärke. Das ist etwas anderes. Und sie ist nicht *neu*.«

Ich denke an all die Fragen, die Dylan mir fairerweise stellen sollte, mir aber nicht stellen wird, weil er die Antworten nicht hören will. Er packt einen Laptop und eine Kamera, die ich noch nie gesehen habe, in seinen Armeerucksack.

»Du ziehst dich immer noch an wie ein Teenager«, sage ich.

»Die Teenager bei der Arbeit nennen mich Sir«, sagt er mit einem leichten Lächeln.

»Du bist noch nicht mal vierundzwanzig.«

»Ich arbeite den ganzen Tag mit Sechzehnjährigen. Ich bin ein alter Mann«, erwidert Dylan.

»Noch mehr Surfer?« Als ich ihn kennenlernte, drehte Dylan einen Film über Surfer in Malibu. Er verbrachte drei Jahre damit, eine Gruppe Jugendlicher zu begleiten, und machte daraus einen Dokumentarfilm über das Unglück von Vorstadtteenagern und den Missbrauch verschreibungspflichtiger Medikamente, der beim Sundance Film-Festival ausgezeichnet wurde.

»Dieselben. Aber es ist schwieriger. Sie sind sich ihrer Präsenz in den sozialen Medien und ihrer ›Ästhetik‹ dieses Mal überaus bewusst.«

»Und es wurde auch noch niemand verstümmelt.« Ich kann nicht widerstehen. Er hat nie bestritten, dass sein erster Dokumentarfilm weniger erfolgreich gewesen wäre, wenn einer der Surfer nicht im Drogenrausch einen Autounfall gehabt und während des Drehs eine Hand verloren hätte.

Dylan bleibt an der Tür stehen, und ein unbestimmbarer Ausdruck huscht über sein Gesicht.

»Was hast du heute vor?«, fragt er.

»Ich habe später ein Treffen mit den Narcotics Anonymous.« Die Lüge geht mir leicht über die Lippen – mein früheres Ich, das sich zu Wort meldet. Dylan nickt, erleichtert, dass ich nicht vorhabe, mir vor den Augen der autistischen Kinder in seinem Haus Koks reinzuziehen.

Sobald er weg ist, gehe ich aufs Dach zum Pool. Die Wasseroberfläche ist mit einer schleimigen Schicht überzogen, und in einer Ecke treibt ein Haufen toter Insekten, aber ich steige trotzdem hinein. Ich drehe mich auf den Rücken, schließe die Augen und lasse mich in der Wintersonne treiben. Zum ersten Mal seit Langem fühle ich mich unbeschwert.

Ich verabrede mich mit Laurel im Gjelina, einem Restaurant auf dem Abbot Kinney Boulevard. Als es Zeit wird, mich fertig zu machen, stehe ich fast eine halbe Stunde vor meinem unberührten Kleiderschrank und streiche über die Seidenkleider und Kaschmirpullover, die von der Kleiderstange hängen. Ich entscheide mich für ein roségoldenes, bodenlanges Calvin Klein Slip Dress, das ich an meinem achtzehnten Geburtstag auf der Met Gala trug, ein Abend, den ich hauptsächlich damit verbrachte, mich auf der Toilette zu verstecken, um der tödlichen Kombination aus Smalltalk und Selfies zu entgehen. Nicht weil ich mich für etwas Besseres hielt, sondern weil ich mir so dermaßen fehl am Platz vorkam.

Ich ziehe das Kleid über das fleckige T-Shirt mit dem Winnie-Pooh-Aufdruck, das ich immer noch trage, und starre mich im Spiegel an, bis es Zeit wird aufzubrechen. Ich gehe zu Fuß zu dem Restaurant, wobei der Saum des Kleides über meinen Converse auf dem Boden schleift und Tannennadeln und Dreck aufwirbelt. Alles kommt mir irgendwie zu grell vor.

Abbot Kinney hat sich seit meiner Flucht aus L. A. nicht verändert, es scheint nur mehr von allem zu geben. Die Straße ist nur zehn Minuten zu Fuß vom Strand entfernt und hat sich von einem Wohnviertel mit ein paar Restaurants zu einem spießigen Farm-to-Table-Influencer-Paradies entwickelt. Beverly Hills am Meer. Ich dränge mich an Teenagern vorbei, die mit knallbunten Säften vor eigens für sie rosa gestrichenen Ladenfronten posieren, während Frauen, die aussehen wie Victoria's Secret Models, vor einem minimalistischen Lokal mit Amphitheaterbestuhlung für einen Kaffee anstehen. Mittlerweile gibt es hier kaum noch Läden, die Heilkristalle verkaufen, dafür umso mehr Geschäfte, die Hemden für achthundert Dollar anpreisen, und Männer mit Vollbärten, die an einem Freitagvormittag ziellos umherstreifen und Säuglinge mit Namen wie Hudson oder Juniper in Tragetüchern vor der Brust schleppen.

Als ich in dem Restaurant ankomme, ist Laurel bereits da und sieht genauso aus wie immer: kurzer schwarzer Afro, ihr unverschämt dünner Körper in Schichten von Biobaumwolle gehüllt. Nur die Falte zwischen ihren Augenbrauen ist verschwunden. Ich widerstehe dem Drang, die Hand auszustrecken und die glatte, wächserne Haut zu berühren.

»Du brauchst ein neues Projekt«, sagt sie, kaum dass wir uns gesetzt haben. Leichter Unmut überkommt mich, und ich frage mich, ob ich früher so gerne in ihrer Gesellschaft war, weil sie mich an meine Mutter erinnert.

Die Bedienung kommt, um unsere Bestellung aufzunehmen.

»Ich hätte gerne das Fladenbrot mit Ziegenkäse und karamellisierten Zwiebeln.«

Laurel sieht mich entsetzt an. »Was zur Hölle?«

Es ist völlig in Ordnung, so viel zu trinken, dass man aus dem Hinterausgang eines Stripclubs getragen werden muss, aber sobald man Kohlehydrate zum Mittagessen bestellt, ist man nachweislich geisteskrank.

»Du weißt schon, dass Fladenbrot eigentlich Pizza ist, oder? *Pizza*. Muss ich dich zu einem Treffen von Overeaters Anonymous bringen? Ich habe gehört, dass momentan alle zu dem in Silver Lake gehen.«

»Herrgott, Laurel.«

»Okay. Sag einfach Bescheid.«

Ich gebe etwas Zucker in meinen Kaffee, rühre aber nicht um, denn ich mag die warme süße Paste, die sich am Boden absetzt. Laurel sieht mich eindringlich an. Diesen Blick, mit dem mich alle betrachten, hatte ich schon vergessen: So als würden sie darauf warten, dass ich gleich zusammenbreche.

»Soll ich den Leuten sagen, dass du wieder da bist?«

Den Leuten. Sie kennt die Leute nur wegen mir.

»Nein.«

»Okay, kein Problem. Du musst dich erst wieder einleben. Soll ich Maya fragen, ob du bei ihr wieder mit Barre und Pilates anfangen kannst?«

»Ich will weder Barre noch Pilates machen.«

»Okay, Süße.« Laurel zieht eine Augenbraue hoch und fixiert einen Punkt über meiner Schulter, als wären wir in einer Reality Show und ich würde mich unvernünftig verhalten. Dann beginnt sie, mir mit der Hand vor dem Gesicht herumzuwedeln und mit den Fingern die Luft um mich herum zusammenzuzwicken.

»Hör auf, meine Energie zu regulieren«, sage ich gereizt.

»Ich reinige deine Aura. Warum bist du zurückgekommen, Grace?«

Die Bedienung kommt mit meiner Pizza an unseren Tisch, und der Duft von geschmolzenem Käse steigt mir in die Nase. Warum bin ich zurückgekommen? Ich muss an all das denken, was ich hinter mir gelassen habe, an die Erinnerungen, die gerade dann wieder in mir hochkommen, wenn ich mich in Sicherheit fühle. Ich spüre, wie sich die Scham in mir regt. *Ich bin zurückgekommen, weil ich auch dort das Gefühl hatte zu ertrinken, Laurel. Ich bin zurückgekommen, weil ich nicht weiß, wo ich sonst hingehen soll. Ich bin zurückgekommen, weil ich* neu anfangen wollte. Aber jetzt, wo ich hier bin, weiß ich nicht mehr, wie ich jemals so tun konnte, als sei ich normal.

»Weil meine Mutter mich dazu gezwungen hat«, sage ich, aber Laurel bleibt ernst.

»Wie ist es mit ihr gelaufen?«, fragt sie ohne Umschweife, als wäre ihr nicht gerade erst wieder eingefallen, dass meine Mutter und ich uns nicht verstehen.

»Ganz okay, schätze ich.« Ich zucke mit den Schultern. Sie legt ihre Hand auf meine. An ihrem Handgelenk hängen klobige Kristallarmbänder, die unangenehm auf meine Finger drücken. Ich muss den Impuls unterdrücken, meine Hand wegzuziehen.

»Hast du irgendwas genommen?«

»Wieso fragen mich das alle?«

Laurel sieht mich stirnrunzelnd an. »Meinst du, du solltest vielleicht für eine Weile in Kur gehen? Oder du könntest der Kirche beitreten, in die alle gehen. Die mit dem tätowierten Priester, der immer Cowboystiefel trägt.«

»Was?«, frage ich und blinzle sie an. »Was für Cowboystiefel?«

»Glaub mir, das ist gerade voll im Trend.«

»Ich trete keiner Kirche bei, weil es *gerade voll im Trend* ist«, erwidere ich langsam. »Außerdem ist meine Mutter Halbjüdin.«

»Was hat das damit zu tun?«, entgegnet Laurel. »Ich mache mir einfach nur Sorgen, dass du noch nicht wieder bereit für L. A. bist. Die Leute werden Antworten verlangen.«

»Ich habe keine Antworten«, sage ich und zucke wieder mit den Schultern. »Wieder hier zu sein … Ich weiß nicht. Ich fühle mich wie betäubt. Das ist nicht das Schlechteste.«

»Betäubt tut Leuten wie uns nicht gut«, sagt Laurel, aber sie kann wegen des Botox nicht mehr richtig die Stirn runzeln. »Wo warst du, Grace?«

11

Zur Abwechslung mal eine schöne Erinnerung. Eine der wenigen, an die ich mich klammere, als könnten sie jeden Moment verschwinden, wie das gute Dinge so an sich haben.

Sechs Monate nachdem ich die Rolle in der Auftragskiller-Trilogie bekam, veranstaltete das Studio in New York, Beijing und London Events für Fans. Da es sich bei der Reihe um die Adaptierung eines Comics handelte, gab es bereits eine eingefleischte Fangemeinde. Von Anfang an machten sie sehr nachdrücklich ihren Anspruch auf diese Adaption geltend, indem sie von dem Moment an, als die Lizenzvergabe verkündet wurde, jeden Schnipsel Info verschlangen und verbreiteten. Das Studio nutzte das natürlich aus.

Die Veranstaltung in London sollte mein erster öffentlicher Auftritt überhaupt werden. Man warnte uns im Voraus, dass es einen Livestream im Internet geben und er wahrscheinlich von TMZ und E! sowie von anderen Medien übernommen würde. Damals sagte mir das nicht besonders viel, außer dass Able daraufhin eine Visagistin und eine Hair-Stylistin für mich engagierte, die mich davor bewahren sollten, so früh in meiner Karriere grobe Fehler zu begehen.

So saß ich also vor dem großen Spiegel in meinem Hotelzimmer, während sich meine neue »Glamour-Gang« an die Arbeit machte. Im Radio lief ein Lied der Black Eyed Peas, das mit der Geräuschkulisse eines Football-Spiels konkurrierte, das mein Vater sich im Fernsehen ansah, und ich musste mich zusammenreißen, nicht jedes Mal zu niesen, wenn mir die Nase gepudert wurde. Meine Mutter hielt stolz neben uns Wache und klärte die Visagistin über meine Schokoladenseiten auf, während Esme sich neben meinem Vater auf dem Sofa zusammengerollt hatte und uns alle über den Rand ihres Buches, *Anne auf Green Gables*, beobachtete.

»Deine Schlüsselbeine sind ein wahres Kunstwerk«, sagte die Hair-Stylistin zu meinem Spiegelbild, während sie mir die Haare ausbürstete. Mom nickte zustimmend, und ich versuchte, mir meine Überraschung nicht anmerken zu lassen. Bis zu diesem Zeitpunkt war mir kaum bewusst gewesen, dass meine Schlüsselbeine überhaupt existierten, geschweige denn, dass sie etwas waren, das besondere Erwähnung verdiente. Ich schob den Träger meines hellblauen Tops zur Seite, um besser zu verstehen, was sie meinten, doch da waren sie schon zum nächsten Punkt übergegangen.

»Haben Sie ihr Philtrum gesehen?«, fragte meine Mutter stolz. »Das ist schon seit ihrer Geburt so.«

Die Visagistin drehte mich auf meinem Stuhl zu ihr um und blickte mit zusammengekniffenen Augen auf meine Lippen. Sie quietschte begeistert. »Ein perfekter Amorbogen. Du kannst dich echt glücklich schätzen«, klärte sie mich auf.

Philtrum. Ich merkte mir das Wort, um es später zu googeln.

»Ich würde über Leichen gehen für dein Kollagen«, seufzte sie, und ich versuchte den Blick meiner Schwester im Spiegel aufzufangen, aber sie hatte inzwischen die Nase in ihr Buch gesteckt.

Mom sah zu, wie die Visagistin mit einem weichen Pinsel über mein Gesicht strich und meine Wangen in schimmernde Halbkugeln verwandelte, während die Stylistin mein Haar zu Zöpfen flocht, die sie mir wie eine Krone um den Kopf wickelte. Hinterher versuchte ich mich an all die Komplimente zu erinnern, die die Frauen mir gemacht hatten, aber aus irgendeinem Grund konnte ich mich nur an das fünfminütige Gespräch darüber erinnern, wie man am besten mit meiner Nase »arbeiten« könne.

Während sie an mir herumhantierten, stellten mir die beiden eine Frage nach der anderen und lachten dabei so aufgekratzt, als wären sie ganz verzückt von meinen Antworten. Noch nie hatte ich so viel Aufmerksamkeit von einem Erwachsenen bekommen – jedenfalls nicht auf diese Weise –, und ich fand es aufregend, bis ich begriff, was Sache war: Ihre Jobs hingen davon ab, dass ich sie mochte. Zum ersten Mal in meinem Leben mussten die Erwachsenen in meinem Umfeld sich anstrengen, mir zu gefallen. Ich fragte mich, wie weit das wohl gehen würde. Würde irgendwann der Tag kommen, an dem Able und der Rest meines neuen Teams mich mehr brauchten als ich sie? Galt das vielleicht sogar für meine Eltern?

Als sie endlich mit mir fertig waren, reichte man mir ein Outfit, das eine Stylistin in Los Angeles für mich ausgesucht hatte: ein weißes Jeanskleid und glitzernde Turnschuhe. Ich lieh Esme die rosa Perlentasche, um die ich meine Eltern jahrelang angebettelt hatte und die, wie die meisten Dinge, ihren Reiz verlor, sobald ich sie besaß. Die Visagistin machte ein Foto von uns vieren, und ich lächelte so breit, dass meine Lippen einrissen.

Wir stiegen in ein Auto mit getönten Scheiben und witzelten darüber, einen Umweg über McDonalds zu machen, um die angespannte Stimmung ein wenig aufzulockern. Niemand von uns wusste, was uns erwartete. Wir hielten vor dem Veranstaltungsort – einer alten Feuerwache –, und ich dachte, ich hätte meine Nerven unter Kontrolle, bis ich aus dem Auto stieg. Da drehte sich mir beinahe der Magen um. Draußen standen massenhaft Fans, die etwas skandierten, das ich nicht verstand, und die alle bereits genau zu wissen schienen, wer ich war. Ich war zu überwältigt, um irgendjemanden direkt anzusehen, also beeilte ich mich, an der Menschenmenge vorbeizukommen, und blieb auch nicht stehen, um Autogramme zu geben oder für Fotos zu posieren.

Drinnen wurden wir sofort an den wartenden Wettbewerbsgewinnern vorbei und in den VIP-Bereich geführt. An der Champagnerbar standen Mitarbeiter:innen des Studios und der Produktionsfirma sowie ein paar Reality-TV-Stars und Models, die zu dem Fototermin eingeladen worden waren. Die Leute kamen einer nach dem anderen zu uns, um sich vorzustellen, und ich schüttelte ihnen mit festem Druck die Hand und küsste einige der Frauen sogar auf die Wange, so wie ich es meine Mutter hatte tun sehen. Egal wohin ich schaute, die Leute sahen mich entweder an oder wichen meinem Blick absichtlich aus, und es fühlte sich an, als ob alle über das unbekannte Mädchen sprachen, das Hollywood vor einem schrecklich banalen Leben in England retten würde.

Ich hatte alle meine alten Schulfreundinnen eingeladen, obwohl sie nicht mehr mit mir sprachen, seitdem ich die Rolle bekommen hatte, und mich während der letzten Monate in London eiskalt ausgeschlossen hatten. Es überraschte mich nicht, sie trotzdem in der Menge sitzen zu sehen, alle nebeneinander und in ihren identischen gelben Steppjacken. Auf dem Weg zur Bühne winkte ich ihnen kurz zu. Sie saßen mit offenem Mund da, zu beeindruckt, um sich daran zu erinnern, dass sie es eigentlich nicht zeigen wollten.

Man befestigte ein Mikrofon an meinem Kleid, und ich nahm auf einem Sofa Platz, auf dem schon die anderen beiden Auftragskiller und der Schauspieler saßen, der in dem Film unseren Mentor spielen sollte (ein altgedienter Actionstar aus den Neunzigern). Ich versuchte, die ganzen Kameras, die vor mir herumgeschwenkt wurden, zu ignorieren und nicht daran zu denken, dass sie von Menschen aus Fleisch und Blut bedient wurden, deren einzige Aufgabe es war, jeden Ton, den ich von mir gab, einzufangen und an Gott weiß wie viele Menschen vor ihren Bildschirmen zu Hause weiterzuleiten.

Sobald die Menge sich beruhigt hatte, wurden wir vom Moderator, einem berühmten Fernsehstar, nacheinander vorgestellt. Ich war vierzehn, sah aber jünger aus (in dem Film würde ich eine Zwölfjährige spielen), und von Männern wie ihm wurde ich immer noch wie ein Kind behandelt. Es sollte noch ein weiteres Jahr dauern, bis man mir gegenüber doppeldeutige Kommentare machte, anzüglich zwinkerte oder pikante Fragen zu eventuellen Freunden, Schwärmereien und ersten Küssen an Filmsets stellte.

Ich saß neben dem nach Bier riechenden, älteren Schauspieler, und als ich auf die Reihen der erwartungsvoll dreinblickenden Fans sah, einige von ihnen mehr als doppelt so alt wie ich, merkte ich, wie mein Selbstvertrauen sprunghaft anstieg. Ich hatte nicht ein einziges Mal das Gefühl, es nicht verdient zu haben, dort zu sein. Auf die Fragen des Moderators antwortete ich mit eigens vorbereiteten Anekdoten und lernte schnell, dass, wenn das Publikum nicht reagierte, ich einfach nur kichern musste, und alle lachten mit mir mit. Irgendwie beruhigte mich das, und eine Wärme breitete sich in mir aus, die mir das Gefühl gab, endlich mein Talent entdeckt zu haben.

Als der Moderator mich nach meinen Eltern fragte, zeigte ich auf sie im Publikum und erzählte ihm, dass ich ihnen vor Kurzem von meinem allerersten Gehaltsscheck ein Haus gekauft habe.

»Wow, du bist erst vierzehn und hast deinen Eltern schon ein Haus gekauft. Wie fühlt sich das an?«, fragte er. Sein Gesicht war so nah an meinem, dass ich sehen konnte, wie das Make-up in seinen Falten hing.

Ich hielt einen Moment inne und sah wieder zu meinen Eltern. Mom lächelte, und Dad lehnte sich mit Tränen in den Augen auf seinem Sitz nach vorn. Able saß ein paar Plätze weiter und fixierte mich. Ich zeigte ihm ein kurzes Lächeln und wandte mich wieder dem Moderator zu.

»Na ja, das Haus ist in Anaheim«, antwortete ich trocken. »Sozusagen am A... Kaliforniens.«

Die Menge brüllte vor Lachen, und der Moderator tat so, als wäre er schockiert. Ich ließ meinen Worten wieder ein Kichern folgen und blickte instinktiv zu Able, um zu sehen, ob er meine Antwort billigte. Er nickte einmal kurz, und ich fühlte mich unbesiegbar.

Als das Interview vorbei war, kamen die Mädchen aus meiner alten Schule aufgeregt angerannt und stellten mir endlos dumme Fragen zu Dingen, die für mich überhaupt keine Bedeutung hatten: Wie lange hatte es gedauert, meine Haare so zu flechten? War der Junge, der den männlichen Auftragskiller spielte, aus der Nähe genauso niedlich, wie er auf der Bühne ausgesehen hatte? Während sie durcheinanderredeten, verspürte ich eine leichte Enttäuschung – als hätte ich mich auf einen Kampf vorbereitet, der es am Ende nicht wert gewesen war.

Ich verließ die Veranstaltung flankiert von meinen Eltern und Esme. Die draußen wartenden Fans flippten wieder aus, als sie mich erblickten. Dad hatte das Auto ausfindig gemacht und hielt mir schon die Tür auf, als Mom sich bei mir unterhakte und sich zu mir beugte.

»Warte«, sagte sie, ihr Atem warm und leicht säuerlich vom Champagner. »Nur einen Augenblick, Grace.«

Sie zeigte auf die Menge, und ich begriff, was sie meinte.

Mom wollte, dass ich all das hier bis ins kleinste Detail in mich aufnahm. Ich sollte mich an diesen Moment erinnern, sodass ich ihn jederzeit abrufen konnte, wenn ich einmal nicht mehr jung und schön sein würde und vielleicht nicht mehr wüsste, wie es war, von Menschen, die ich nicht kannte, geliebt zu werden. Also blieb ich stehen, Mom immer noch an meiner Seite, und zusammen ließen wir unseren Blick über die Menge schweifen. Gänsehaut lief mir über die Arme. Ich konnte mich nicht erinnern, meine Mutter je so stolz auf mich gesehen zu haben, und jetzt schienen auch noch all diese Fremden mir ihr Herz zu Füßen legen zu wollen. Als ich ihnen lächelnd zuwinkte, wurden ihre Stimmen nur noch lauter.

Als wir schließlich ins Auto stiegen und uns auf den Weg zurück zum Hotel machten, klang mir der Sprechchor der Fans immer noch in den Ohren. Endlich begriff ich, was sie die ganze Zeit gerufen hatten:

Grace Turner, Grace Turner, Grace Turner.

Sie hatten es so oft gerufen, dass es sich in etwas völlig anderes verwandelt hatte.

12

Als Dylan von der Arbeit nach Hause kommt, sitzen Wren und ich zusammen auf dem Sofa, teilen uns eine Flasche Rotwein und schauen *Scarface*. Wren kennt den Film auswendig und murmelt die ganze Zeit den Text von Al Pacino mit. Dylan steht in der Tür, die Hände in die Hüften gestemmt, und blickt zwischen Wren und mir hin und her.

»Grace, kann ich kurz in der Küche mit dir reden?«

Wren starrt weiter auf den Fernseher. Ich frage mich, ob sie wirklich nicht merkt, wie seltsam das hier ist, oder ob sie Dylan zeigen will, wie gelassen sie mit der Situation umgehen kann. So oder so, ich glaube, sie weiß einfach noch nicht, was es heißt, zu verletzen und verletzt zu werden.

Dylan hat sich an die Kücheninsel gelehnt und schüttelt langsam den Kopf. »Du trinkst also wieder.«

»Na ja, das habe ich zumindest, bis du aufgetaucht bist«, erwidere ich und verdrehe die Augen, aber er lächelt nicht, und ich bereue es sofort.

»Ein halbes Glas Rotwein, Dylan. Keine große Sache.«

»Sucht ist nichts, was man mal eben ein- und ausschalten kann. Es ist sehr wohl eine große Sache. Wren hätte in deiner Gegenwart nicht trinken dürfen.«

Ich hatte ganz vergessen, dass er angefangen hat, zu den Angehörigentreffen der Narcotics Anonymous zu gehen. Jetzt, wo ich zurück bin, weiß ich wieder, wie es sich anfühlte, tagtäglich von seinen Erwartungen erdrückt zu werden. Es ist alles andere als schön, wenn man genau weiß, wann man jemandes Erwartungen nicht gerecht wird, und es trotzdem nicht verhindern kann. Am Ende unserer Beziehung tat ich es, glaube ich, absichtlich – einfach nur, um uns beiden einen Grund zu liefern, uns schlecht zu fühlen.

»Kann ich dir ein Geheimnis verraten?« Ich setze mich auf einen der Küchenhocker und stütze das Kinn in meine Hand. Mir ist schon wärmer geworden von dem Wein, und auch wenn ich es nicht zugeben will, fühle ich mich ruhiger, ausgeglichener. Ich nutze es aus, dass Dylan mir nicht in die Augen sehen kann, und mustere sein Gesicht. Er nickt angespannt und schaut auf seine Hände hinunter.

»Ich weiß nicht, ob ich je wirklich von irgendetwas abhängig war. Es schien mir einfacher, das zu sagen, als zuzugeben, dass ich einfach für ein paar Stunden vergessen wollte, wer ich war.«

»Das ist immer noch destruktiv«, entgegnet er. »Es zu benutzen, um zu vergessen, wer du bist.«

»Da bin ich mir nicht so sicher. Eigentlich war es eine der am besten funktionierenden Beziehungen, die ich hatte«, sage ich und bereue augenblicklich meine Wortwahl.

»Grace ...« Plötzlich spüre ich ein schmerzhaftes Ziehen in der Brust.

»Okay.« Ich schiebe ihm mein Weinglas zu und nehme mir vor, das Fläschchen Percocet irgendwo anders als unter meinem Kopfkissen zu verstecken. Dylan war dabei, als mir die Tabletten nach einer (nur ganz leichten!) Nasenkorrektur zum ersten Mal verschrieben wurden, aber er hat keine Ahnung, wie oft ich seitdem das Rezept habe erneuern lassen.

»Aber mach das nicht nur für mich«, sagt er, sichtlich erleichtert. Laurel nannte ihn immer Dylan den Heiligen, und er ist immer noch der einzige Mensch, den ich kenne, der sich nicht anstrengen muss, das Richtige zu tun. Es liegt ihm einfach im Blut. Ich schaue an ihm vorbei zum Kühlschrank, an dem fünf bunte Strichmännchenzeichnungen von Wrens Patient:innen hängen. Dylan tut so, als hätte er bereits die perfekte Großfamilie gegründet – genau wie die, die er zurückgelassen hat.

»Würdest du bitte Wren nichts davon sagen?«, frage ich.

»Wie du willst, Grace«, antwortet er, aber ich sehe ihm an, dass er stattdessen lieber tausend andere Dinge loswerden möchte. Schließlich entscheidet er sich für eines davon, indem er fragt: »Bist du zurückgekommen, um es offiziell zu machen?«

Nun sieht Dylan mir doch direkt in die Augen, und ich spüre ein vertrautes Ziehen in der Magengrube.

»Ich weiß nicht. Wenn du es wegen Wren tun möchtest, dann können wir anfangen ...«

»Schieb nicht alles auf mich«, unterbricht er mich kopfschüttelnd. Ich weiß, es gibt nichts, das ich sagen könnte, um alles wieder in Ordnung zu bringen. Die Leute sind nur dann an der Wahrheit interessiert, wenn es auch das ist, was sie hören wollen. Wie soll ich ihm sagen, dass wir nie eine Chance hatten?

»Kannst du mir nur eines erklären? Es ist so viel schiefgelaufen, aber es gibt da eine Sache, an die muss ich immer wieder denken ...« Er bricht ab, und diesmal zeichnet sich der Schmerz so deutlich auf seinem Gesicht ab, dass ich diejenige bin, die sich abwenden muss. Er holt tief Luft und starrt auf den minimalistischen Kronleuchter, den wir zusammen ausgesucht haben. »Du hast nie angerufen. Nicht ein einziges Mal.«

»Ich dachte, damit würde ich alles nur noch schlimmer machen.«

Er steht mir gegenüber und sieht aus, als wäre ich nur zurückgekommen, um sein Leben noch einmal zu ruinieren.

»Bist du glücklich, Dylan?«

»Was hat das bitte mit der ganzen Sache zu tun? Fuck.«

So etwas hätte der Dylan, den ich kannte, nie gesagt. Wir schweigen uns einen Moment lang an.

»Es hatte nichts mit dir zu tun. Warum ich gegangen bin.«

Ich merke sofort, dass ich genau das Falsche gesagt habe. Dylan tritt einen Schritt zurück, als hätte ich ihn geschlagen.

»Ganz toll, danke.«

Er fährt sich mit der Hand durch die dunklen Haare, die wild in alle Richtungen abstehen, und blickt mich an, als würde er mich zum ersten Mal wirklich sehen. Mein Herz zieht sich zusammen, und ich weiß, dass er mich endlich fragen wird, warum ich gegangen bin. Und wenn er das tut, werde ich die richtigen Worte finden müssen.

Wieder holt er tief Luft und sagt stattdessen langsam: »Du trägst deinen Ehering nicht mehr.«

Ich sehe auf meine nackten Hände. Eigentlich sollte ich nicht überrascht sein. Wir haben schon immer verschiedene Versionen der gleichen Geschichte gelebt.

»Wo ist er? Ich hätte ihn zurückgenommen. Du weißt, dass es der Ring meiner Großmutter war.«

Wo ist er?

Es war mein erster Abend in Anaheim. Ich fühlte mich schwach, war zum ersten Mal seit Monaten nüchtern, und es kam mir so vor, als würde ich alles um mich herum in mich aufsaugen. Doch ich fühlte mich nicht schwer, sondern leichter als je zuvor, als ob ich jeden Moment davonfliegen und einfach verschwinden könnte. Ich ging früh zu Bett und tastete nach dem Medaillon, das Dylan mir kurz nach unserer ersten Begegnung geschenkt hatte, aber es war nicht mehr da. Ich durchwühlte meinen Koffer, und als ich es immer noch nicht finden konnte, verkroch ich mich unter der Decke und spürte am ganzen Körper den Schmerz darüber, dass alles, was ich unbedingt hatte sein wollen, nicht mehr war. Am nächsten Morgen stand ich früh auf und verschenkte all meinen Schmuck an die erste Frau, die ich auf der Straße sah – die Putzfrau eines unserer Nachbarn. Es regnete, als ich ihr den Schmuck in die Hand drückte und sagte, sie solle ihn ihren Kindern oder Enkeln geben, ganz wie sie wolle. Ein paar Monate später entdeckte ich meinen Ehering an der Hand der gelangweilten Kassiererin im CVS, als sie meine Tampons eintütete.

Ich sehe Dylan an und verstehe, dass das, was ich ihm jetzt sagen werde, wichtig ist. Die Wahrheit. Gerade als ich den Mund öffne, fängt Wren an, im anderen Zimmer einen Werbejingle mitzusingen. Dylan wartet. Er starrt mit verbissenem Gesichtsausdruck zu Boden. Es gibt so viel, das ich sagen könnte, um mich aus der Verantwortung zu ziehen. Aber damit würde ich ihn doch nur wieder und immer wieder verletzen, so lange bis keiner von uns sich selbst mehr erkennen würde.

Ich atme tief durch. »Ich habe ihn verkauft.«

Dylan schnaubt und schafft es kaum, mich anzusehen. Unsere schlimmsten Auseinandersetzungen hatten wir immer in der Küche. Zwei Kinder, die in einem Acht-Millionen-Dollar-Haus Erwachsene spielten, ohne dass ihnen etwas wirklich gehörte.

13

Eine kurze Geschichte über Dylan. Oder vielleicht eher ein Satz. Dylan sieht aus wie Johnny Depp in *Cry-Baby*, aber er sagt ständig *okeydokey* und führt, wenn er sich die Zähne putzt, einen kleinen Tanz auf, um mich zum Lachen zu bringen. Oder nein ... etwas anderes. Als ich ihn kennenlernte, hatte Dylan einen gerahmten Druck von David Hockneys *Pearblossom Hwy.* in seinem Schlafzimmer hängen. Er hatte das Bild seit Jahren und trotzdem nie den Müll am Straßenrand bemerkt. Ich fühlte mich schlecht, nachdem ich ihn darauf hingewiesen hatte, weil er vorher nur den endlos blauen Himmel gesehen hatte und die freie Straße, die einen dorthin brachte, wohin man wollte. Würde man Dylan aufschneiden, fände man dort wohl die amerikanische Seele. Und vielleicht noch ein paar süße Welpen.

Von nun an gehen Dylan und ich uns aus dem Weg, wenn wir beide zu Hause sind. Ich habe eine Routine entwickelt, die zwar nicht aufregend, aber in ihrer Alltäglichkeit doch ziemlich befriedigend ist. Den Großteil meiner Zeit verbringe ich damit, an den beschaulichen Kanälen in Venice entlangzuspazieren. Die Häuser, die hier am Wasser stehen, spotten allen Regeln der Architektur: Eine rosafarbene toskanische Villa mit violetten Tudor-Türmchen steht neben einem Bungalow im Craftsman Style mit einer Photovoltaikanlage auf dem Dach.

So ist es überall in L. A., als wollte man unbedingt zeigen, dass man sich aussuchen kann, wer man in dieser schönen, jungen Nation sein will.

Eines Morgens beobachte ich, wie ein Paar mit einem Boot vom Steg vor ihrem zu einem anderen Haus rudert und dabei mit einer Champagnerflasche winkt, die in eine Ausgabe des *Hollywood Reporter* eingewickelt ist.

Als einmal ein einsamer Paparazzo halbherzig vor unserem Glashaus wartet, stehle ich mich zur Hintertür hinaus und gehe zum Strand hinunter, bevor ich wieder in Richtung Abbot Kinney Boulevard und Rose Avenue laufe. Die Bewohner von Venice haben meine Privatsphäre immer respektiert, trotzdem schaue ich auf den Asphalt oder gen Himmel, nur nicht in die Gesichter der Leute, die mir begegnen. Wir essen meistens zu Hause zu Abend: Wrens Ramen mit fleischigen Shiitake-Pilzen, die in der öligen Suppe schwimmen. Wren isst kaum etwas und kippt ihre schleimigen Nudeln in das Spülbecken, wenn wir fertig gegessen haben. Dann tue ich so, als würde ich es nicht bemerken.

»Happy Thanksgiving«, sagt Wren eines Abends vergnügt. Es ist meine sechste oder siebte Nacht hier im Haus. Sie hält mir ihr Weinglas entgegen, und ich stoße leicht mit meinem Wasserglas dagegen.

Dylan vermeidet es, uns beide anzusehen, und starrt stattdessen in seine Nudelsuppe, während mir (zu spät) bewusst wird, dass er sich Thanksgiving wahrscheinlich anders vorgestellt hat. Normalerweise fährt er zu seinen Eltern nach Ohio, und für einen Augenblick frage ich mich, wieso dieses Jahr nicht. Dann fällt mir ein, dass er mich wohl nicht allein lassen wollte. Vermutlich sind Dylans Eltern schon ganz verliebt in Wren. Selbst ich kann sehen, dass sie perfekt für ihn ist. Wahrscheinlich begrüßt sie Dylans Eltern am Flughafen mit selbst gebackenen Keksen und von Häftlingen geflochtenen Freundschaftsarmbändern. Ich versuche nicht mehr daran zu denken und auch nicht an meine eigene Familie, die in Anaheim irgendeinen grottenschlechten, natriumfreien Vogel auftischt, den mein Vater bis zur Unkenntlichkeit verkohlt hat und der von meiner Mutter kaum angerührt wird.

»Nathan hat wieder angerufen. Diesmal klang er richtig angepisst. Er hat gesagt, ich soll dich daran erinnern, dass du immer noch bei ihm unter Vertrag stehst«, erzählt Wren, während wir essen.

Ich schlucke einen Löffel Suppe runter und versuche mir nicht anmerken zu lassen, dass ich bei der Erwähnung meines Agenten nervös werde, auch wenn Dylan mich sowieso nie ansieht. Nathan, Kit und Able. Die einzige heilige Dreifaltigkeit, die in meinem Leben Platz hat.

»Außerdem hat noch John Hamilton angerufen. Er wollte wissen, ob du morgen Mittag mit ihm essen willst. Du kannst dir aussuchen, wo. Er hat ein neues Projekt, eine ganz tolle Liebesgeschichte, die im Weltraum spielt, aber einen feministischen Touch hat. Er muss unbedingt mit dir darüber sprechen, sagt er.«

Wren nimmt einen kräftigen Schluck Wein, bevor sie hinzufügt: »Es hört sich *super* originell an.«

»Ja, vielleicht, könnte ganz interessant sein«, sagt Dylan und klingt dabei alles andere als interessiert. John Hamilton führt Regie bei Actionfilmen mit großem Budget, also im Wesentlichen hundertzwanzig Minuten ausschweifender Verfolgungsjagden und halb nackter Frauen, weshalb ich weiß, dass Dylan nicht wirklich zuhört.

»Ach, komm schon. Hollywoods Vorstellung von Feminismus ist ein Victoria's Secret Model im Bikini, das reihenweise Männer ausknockt. Stimmt's nicht, Grace?«

Wren sieht mich an und verdreht die Augen, und ich lächle zurück. Dylan runzelt die Stirn, und mir werden im selben Moment zwei Dinge klar: Erstens, ich mag Wren, und zweitens, ich könnte wahrscheinlich ewig in diesem Haus bleiben, in dem nie auch nur das Geringste von mir verlangt wird. Allerdings würde ich damit für Dylan alles kaputtmachen und möglicherweise auch wieder mich selbst. Ich lege meine Stäbchen zur Seite und picke mit den Fingern ein Stück schwammigen Tofu aus der Suppe, die mir von den Fingern tropft.

»Ich wollte euch beiden sagen, dass ich diese Woche ausziehen werde«, sage ich, nachdem ich den Tofu heruntergeschluckt habe. »Ich denke, es ist an der Zeit, etwas Neues auszuprobieren.«

Wren setzt an zu sprechen, aber der Ausdruck auf Dylans Gesicht lässt sie für einen Moment auf ihren Schoß starren, bevor sie ihre Miene wieder unter Kontrolle hat und mich anlächelt.

»Bist du dir sicher? Ich kann mich nach etwas anderem umschauen ... Das hier war sowieso nur vorübergehend. Mein alter Mietvertrag ist vor ein paar Monaten ausgelaufen, also dachten wir ...«

... dass Dylans Frau ihn vor einem Jahr verlassen hat, ohne ihm auch nur eine Telefonnummer zu hinterlassen, also sollte es in Ordnung gehen ... Ich beende in Gedanken ihren Satz für sie und widerstehe dem Drang zu lachen.

»Nein«, widerspreche ich stattdessen mit lauter Stimme, und die beiden starren mich an.

»Ich sehe mich morgen nach Häusern um. Oder ... Laurel macht das. Venice ist sowieso *so was* von gestern, oder?«, sage ich und äffe dabei Laurel nach, um Dylan zum Lachen zu bringen. Doch er lächelt nicht einmal, deshalb fange ich an, den

Tisch abzuräumen, während meine ätzenden Worte in der Luft hängen wie ein Galgenstrick.

Happy Thanksgiving.

Am nächsten Vormittag treffe ich mich mit Laurel im *Butcher's Daughter* zum Lunch. Sie verzieht keine Miene, als ich Toast mit Eiern und Kartoffeln bestelle. Ich erweise ihr die gleiche Höflichkeit, als sie ein Glas Rosé bestellt. Es ist eine Erleichterung, nicht mehr so zu tun, als seien wir beide clean, vor allem nachdem Dylan mir erzählt hat, er habe, kurz nachdem ich ihn verlassen hatte, auf einer Party in den Hollywood Hills gesehen, wie sie jeden um Koks anbettelte.

»Hast du mit Nan gesprochen? Du bist überall Gesprächsthema Nummer eins, und nicht im positiven Sinn«, sagt Laurel, als ihr Wein gebracht wird. Nan ist – oder war – meine PR-Agentin. Sie hat große Schneidezähne, sehr viel Haar und sieht aus wie ein Mitglied der Königsfamilie, das sich bald als Labradorzüchterin zur Ruhe setzt. Sie war eine sehr gute Pressefrau, kompromisslos, und sie hätte mich eigentlich mehr beeindrucken und weniger in Schrecken versetzen sollen.

»Nicht, seitdem ich wieder da bin. Ich bin Gesprächsthema Nummer eins?«

»Schätzchen, es war ja okay, dass du keine Ahnung von Tuten und Blasen hattest, als sich ein komplettes Team um dich gekümmert hat. Aber wenn du jetzt alles allein machen willst, solltest du mich wenigstens in deine Pläne einweihen.«

»Ich habe keinen Plan. Man muss nicht *immer* einen Plan haben«, erwidere ich, um die Tatsache zu vertuschen, dass ich offenbar erst merke, dass ich keinen Plan habe, wenn mich jemand darauf aufmerksam macht. Überraschenderweise ärgert es mich, dass ich nicht einmal mehr meine eigene Zeit vergeuden darf.

»Dir ist klar, dass du wieder ganz unten anfangen musst, wenn du es zu lange aufschiebst.«

»Wieso bist du so sicher, dass ich wieder schauspielern will?«, frage ich stirnrunzelnd.

»Weil du gut darin warst. Und weil du nichts anderes kannst, außer du hast Ukulele spielen gelernt, seitdem ich dich das letzte Mal gesehen habe.«

Laurel tippt auf ihrem Telefon herum und reicht es mir. Es ist ein Artikel auf einer Klatschseite, von der ich noch nie gehört habe. Die Schlagzeile »Auf Drogen und allein« prangt über einem Foto meines blassen, aufgedunsenen Gesichts. Es muss aufgenommen worden sein, als ich neulich am Kanal entlangspaziert bin. Ich sehe aus wie Charlize Theron in *Monster*, aber ich rede mir ein, dass es am Licht liegt. Allerdings sollte ich mir wohl mal wieder die Haare waschen.

»*The Snap Online* schreibt, dass du wieder in Venice bist und mit Dylan und seiner Freundin zusammenwohnst«, sagt Laurel. »Sie zitieren eine Quelle, die schwört, du hättest das Jahr in einer Entzugsklinik in Nicaragua verbracht, um dich wegen deiner Opioidabhängigkeit behandeln zu lassen. Die Story wird überall aufgegriffen.«

»Warum jetzt?«

Laurel starrt mich verwirrt an.

»Ich meine, warum haben sie nichts geschrieben, als ich weggegangen bin?«

»Als du weg warst, hättest du überall sein können – beim Filmdreh in Kanada oder in der Ukraine oder im Studio, um ein Album mit schottischem Piraten-Metal aufzunehmen, was weiß ich. Die Presse stellt keine Fragen, wenn die Fans keine Fragen stellen. Aber jetzt bist du wieder da, du hast nichts vorzuweisen und nichts zu sagen, und das fällt den Leuten langsam auf. Außerdem ziehst du dich an wie meine Großtante Meryl, und – nichts für ungut – du bist grenzwertig pummelig.«

»Wow, Laurel«, sage ich und versuche ein paar Tränen herauszudrücken, um ihr ein schlechtes Gewissen zu machen. »Mit Freunden wie dir hatte ich sowieso nie eine Chance.«

»Meinst du, du hast vielleicht Borreliose?«, fragt Laurel und sieht mich forschend an.

»Ich habe keine Borreliose.«

»Okay, dann streng dich ein bisschen an und hilf mir. Was soll das hier werden? Britney 2007? Oder irgendwas in Richtung Marilyn? Dafür bist du doch zu schlau, Grace.«

»Warum machen sich alle jetzt um mich Sorgen und nicht, als ich tatsächlich einen Zusammenbruch hatte?«

»Weil du damals wenigstens eine anständige Frisur hattest«, sagt Laurel, und ich strecke ihr meinen Mittelfinger entgegen. Ich hasse sie nicht so sehr, wie ich sollte, was wohl einiges über meinen Charakter aussagt.

»Ehrlich gesagt will ich einfach nur normal sein, Laurel.« Ich höre selbst sofort, wie klischeehaft das klingt, vor allem weil ich ja zurück in Hollywood bin. Außerdem ist es wahrscheinlich nicht besonders hilfreich, sich mit seinem Ehemann und dessen neuer Freundin ständig nur zu Hause zu verkriechen.

»Das willst du nicht, Grace. Du bildest es dir nur ein«, erwidert Laurel und sieht enttäuscht aus. »Sollen wir die Bedienung fragen, ob sie mit dir tauschen möchte? Soll ich fragen, ob sie hier Personal suchen?«

»Ich kriege das hin«, sage ich und ignoriere ihren Kommentar.

»Du kannst dir nicht aussuchen, wann du normal sein

kannst. Ist dir das nicht klar?«, fragt Laurel kopfschüttelnd. »Das war der Deal.«

Über Laurels Schulter hinweg beobachte ich, wie eine Frau in einem Lakers-Shirt den Mann am Nebentisch etwas über mich fragt. Er zuckt verlegen mit den Schultern, als er meinen Blick bemerkt. Reflexartig verziehe ich die Lippen zu einem Lächeln.

»Ich schicke dir den Link zu der Nicaragua-Story«, sagt Laurel. »Und du sagst mir, wie du darauf reagieren willst.«

»Ich habe immer noch kein ...«

»Du hast immer noch kein Telefon. Natürlich hast du das nicht, du kleiner Freak«, sagt sie beinahe liebevoll. »Dann drucke ich den Artikel für dich aus und gebe ihn dir, wenn ich dich das nächste Mal sehe. Oder vielleicht schreibe ich ihn ab und lasse ihn dir von einer Brieftaube bringen. Du hast es ja offenbar nicht eilig, ihn zu lesen ...«

Die Bedienung kommt und bringt meine Eier mit Toast, während Laurel ein weiteres Handy zückt, diesmal ein schwarzes.

»Warum hast du zwei Handys?«, frage ich mit vollem Mund.

»Eins für die Arbeit und eins fürs Vergnügen.«

»Was ... was genau arbeitest du gerade?«

»Ich bin Life Coach. Ich bin darauf spezialisiert, berufliche Ziele so zu gestalten, dass sie deine Stärken zur Geltung bringen«, antwortet Laurel in vollem Ernst.

»Hattest du jemals einen anderen Beruf als Berufsberaterin?«

»Natürlich hatte ich das«, entrüstet sie sich und sieht mich an, als sei ich ein Volltrottel. »Dich.«

Ich esse in Ruhe zu Ende, denn Laurel scheint meine Anwesenheit vergessen zu haben und verschickt in rasanter Abfolge E-Mails und Textnachrichten. Sie hat zwar ein Glas Wein bestellt, aber offenbar hat sie ihr Leben in den Griff gekriegt, seitdem ich sie das letzte Mal gesehen habe.

Eigelb läuft mir die Finger hinunter, und ich lecke jeden einzelnen ab, bevor ich mir die Hände an einer Serviette abwische. Laurel sieht mich angeekelt an.

»Sei bloß nicht sauer auf mich, nur weil du seit zehn Jahren nichts Anständiges mehr gegessen hast«, sage ich, und sie muss lachen.

»Da ist sie ja wieder.«

Ich lächle sie an, aber unser Schlagabtausch beginnt mich bereits zu langweilen. Die beiden Turteltauben neben uns, die Fotos von mir machen, wenn sie denken, ich sehe gerade nicht hin, langweilen mich ebenfalls, genauso wie dieser Lunch mich langweilt, aber auch alles andere, das ich stattdessen jetzt tun könnte.

»Also die Sache mit dem Haus«, setzt Laurel an und beobachtet mich dabei genau. »Ich habe hier ein paar Optionen für dich. Zwei sind ganz bei mir in der Nähe in Silver Lake, und zwei sind am Strand. Ich weiß, du willst weg von Dylan und wie auch immer seine Neue heißt, aber du kannst nicht zulassen, dass sie dich komplett aus der Westside vertreibt.«

»Wren. Und sie ist richtig nett.«

»Was ist mit dir passiert, als du zu Hause warst? Hast du Eltern, die dich lieben, oder so was?«, fragt Laurel. Ich hatte beinahe vergessen, dass sie mich hin und wieder auch zum Lachen bringen kann.

»So ähnlich. Zeig mal die Häuser am Strand.«

Ich warte, während sie etwas in ihr Handy tippt. Es gibt bestimmte Dinge, die einem niemand beibringt, wenn man Leute dafür bezahlt, alles für einen zu tun. Allein zu sein ist eines davon, wie man Onlinerecherche betreibt, ein anderes. Wenigstens war das bei mir so. Mein Agent und mein Manager machten sich die Tatsache zunutze, dass ich als Kind kein Smartphone haben durfte, und beschlossen, mich als aussterbende Spezies im Zeitalter der Profilierungssucht darzustellen: eine Millennial, die nicht in den sozialen Medien zu finden ist. Keine Werbung für Detox-Tees oder Dating-Apps. Stattdessen war ich die zurückhaltende, junge Indie-Schauspielerin, die einfach nur zusammen mit ihrem talentierten Dokumentarfilmer-Ehemann in Venice ein normales Leben führen will. Es wurde viel darüber geredet, dass ich ein Klapphandy benutzte und keine Selfies von mir postete. In Wirklichkeit waren meine Filme nie echte Indiestreifen, und ich war nie besonders cool, aber das schien keine Rolle zu spielen. Die Zusammenarbeit mit Able verschaffte mir alle Aufmerksamkeit, die ich brauchte, ich musste mich der Öffentlichkeit nicht aufdrängen, um relevant zu bleiben. Es war ein Luxus, auch wenn er seinen Preis hatte.

Ich hatte zwei sorgfältig ausgewählte Markenpartnerschaften – die eine mit einem französischen Modelabel und die andere mit einem Unternehmen, das Filme für Sofortbildkameras herstellte. Außerdem lief ich bei Modeschauen in Paris und London, wenn befreundete Designer mich fragten. Abgesehen davon wurde meine Eigenwerbung auf ein Minimum beschränkt. Ich ging zu den Premieren meiner Filme und zu Preisverleihungen, wenn einer meiner Filme für etwas nominiert worden war, aber ich bemühte mich dabei stets, einen so unbehaglichen Eindruck wie möglich zu machen (ohne dabei undankbar zu erscheinen). Da Dylan nicht so berühmt war wie ich, ließ die Presse uns meistens in Ruhe. Wir gingen nie zu Restauranteröffnungen und in irgendwelche Clubs in Malibu oder West Hollywood, und ich wurde nie im Bikini auf einer Jacht oder auf der Silvesterparty eines Popstars fotografiert. Wenn ich mich schlecht benahm, tat ich es hinter den verschlossenen Türen verschiedener Privathäuser in Venice und den Hollywood Hills, weshalb ich zum Großteil von den Schmutzkampagnen der Boulevardpresse verschont blieb, die andere Berühmtheiten über sich ergehen lassen mussten. Ich lebte in meiner eigenen Welt, und obwohl es nicht meine Idee gewesen war, bildete ich mir ein, es zu mögen.

»Also, Venice ist zwar eigentlich out, aber ich habe dieses eine Haus da gefunden. Wunderschön, und das Sicherheitssystem ist der absolute Hammer. Irgendein russischer Oligarch hat dort gewohnt, bevor er von der Bildfläche verschwunden ist.« Laurel zeigt mir ihr Telefon. Das Haus ist kantig, imposant, und ich sehe sehr viel Beton.

»Offensichtlich das Haus eines Drogendealers«, sage ich kopfschüttelnd.

»Du hast recht. Miese Vibes. Und damit kennen wir uns ja aus. LOL.« Ich habe ganz vergessen, dass Laurel hin und wieder tatsächlich LOL sagt.

»Okay, das hier ist vielleicht was. Aber die Gegend ist ein bisschen komisch. Es liegt direkt neben dieser Trailersiedlung in Malibu. Weißt du, welche ich meine? Der Typ, der James Bond gespielt hat, ist dorthin gezogen, als er diesen B12-Mangel hatte und wahnsinnig geworden ist.«

Das Haus ist ein Bungalow im Cape-Cod-Stil mit weißen Schindeln, marineblauen Fensterläden und einer kleinen weißen Veranda, von der aus drei Stufen zum Strand hinuntergehen. Ich lese die Informationen unter dem Bild.

»Coyote Sumac?«, frage ich in möglichst neutralem Ton.

»Genau. Ich bin da mal in einem Haus aufgewacht, und der Typ hatte tatsächlich ein im Dunkeln leuchtendes Wandgemälde in seinem Schlafzimmer. Ein erwachsener Mann. Echt unheimlich. Die Häuser stehen allerdings direkt am Strand. Ich glaube, da war in den Achtzigern eine Sekte ansässig, und die Bauunternehmer in Malibu sind immer noch total angepisst, weil es top Grundstücke sind, aber nur Loser da wohnen, die den ganzen Tag kiffen und surfen und, noch viel schlimmer, den ganzen Tag vom Kiffen und Surfen reden.« Ich gebe Laurel ihr Telefon zurück, und sie schüttelt den Kopf. »Du hast recht. Den Scheiß musst du dir nicht antun. Und es gibt nicht mal ein einziges Foto der Zimmer. Wahrscheinlich ist da irgendwo ein Sex-Verlies drin versteckt.«

Ich weiß genau, wo Coyote Sumac ist, ich kannte nur bisher den Namen nicht. Vor drei Jahren, als ich meinen absoluten Tiefpunkt erreicht hatte, sah ich auf diese perfekten, von Blauregen umrahmten Häuser hinab und wünschte mir mehr als alles andere auf der Welt, mich in einem von ihnen verstecken zu können. Ich versuche, mich auf das nächste Haus, das Laurel mir zeigt, zu konzentrieren, aber als sie zu sprechen beginnt, ist es, als wäre jedes der Worte, das meine Ohren erreicht, ein völlig neuer Laut für mich.

14

Einen Tag vor meinem Umzug in ein Haus, das in derselben Straße in Silver Lake liegt, in der auch Laurel wohnt, steht am späten Nachmittag eine Frau bei uns vor der Tür und klingelt. Sie trägt ein dunkelblaues Seidenwickelkleid und Pumps, ihr dunkles Haar ist zurückgebunden, kein Schmuck, kein Makeup.
Dylan ist gerade auf dem Weg nach draußen, als sie klingelt, und entdeckt mich, wie ich in meinem alten weißen Bademantel an der Tür stehe und auf den Bildschirm des Sicherheitssystems starre. Wir beobachten sie einen Moment lang gemeinsam, Schulter an Schulter, der erste Körperkontakt seit über einem Jahr.
»Soll ich ihr sagen, sie soll verschwinden?«, fragt er.
»Weißt du, wer sie ist?«
»Nein, aber sie sieht aus wie eine Reporterin.«
»Ich spreche mit ihr.«
Als ich die Tür öffne, drückt sich Dylan an mir und der Frau vorbei, wobei er sich an die Schläfe tippt. Die Frau nickt ihm kurz zu und wartet, bis er das Treppenende erreicht hat, bevor sie sich wieder mir zuwendet.
»Ich heiße Camila Amri. Ich arbeite an einem Artikel für *Vanity Fair*, der Sie womöglich interessieren könnte.«
Wortlos drehe ich mich um und gehe ins Haus, wobei ich die Tür für sie offen stehen lasse.
Sie folgt mir ins Wohnzimmer. Mit jedem ihrer Schritte

hämmert sie eine kleine Kerbe in den Holzboden. Sie bewegt sich so, wie es Menschen tun, die als Kinder übergewichtig waren – als könnten sie sich nie so recht an die neue Leichtigkeit gewöhnen.

Ich setze mich auf das Sofa, streife mir die verschwitzten japanischen Hausschuhe ab und lege die Füße hoch. Camila setzt sich mir gegenüber auf den grünen Samtsessel, der eines Tages im Wohnzimmer auftauchte, etwa zur gleichen Zeit, als all die teuren Kunstwerke an die Wände gehängt wurden. Ständig wuselten Leute um mich herum und stellten irgendwelche Möbel um, was ich allerdings nie infrage stellte. Für mich war mein Haus einfach eine weitere Filmkulisse.

»Mir gefällt Ihr Weihnachtsbaum. Er ist so ... authentisch.«

»Danke. Die Dekorationen wurden von echten, authentischen Kindern aufgehängt.«

Ich beobachte Camila, während sie überlegt, was sie als Nächstes sagen soll. Der Weihnachtsbaum hat sie ein wenig aus der Fassung gebracht.

»Sollten Sie nicht erst mit meiner PR-Agentin oder meinem Manager sprechen, anstatt hier einfach so aufzukreuzen?«

»Gibt es die denn noch?«

»Ich bin mir nicht sicher.«

»Ich will ehrlich mit Ihnen sein. Wenn wir das hier richtig angehen, könnte es eine Riesensache für uns beide werden«, sagt Camila, doch sie runzelt dabei die Stirn, weil das Ganze jetzt schon nicht so läuft wie geplant. Ich verziehe keine Miene und sehe ihr direkt in die Augen, was sie noch mehr verunsichert.

»Warum sind Sie aus L. A. weg?«, fragt sie und rutscht auf dem Sessel hin und her.

»Sind Sie nicht ein aufsteigender Stern am Journalismushimmel?«, frage ich.

Sie wischt sich die Hände an ihrem Seidenkleid ab und hinterlässt dunkle Flecken darauf. »Ich verstehe die Frage nicht ganz.«

»Sie haben mir gerade dieselbe Frage gestellt, die mir der Typ an der Tankstelle gestern gestellt hat.«

»Sie wissen, dass ich das fragen muss«, sagt sie ruhig. Sie ändert die Position ihrer Hände im Schoß, ihre Wangen sind gerötet.

»Waren Sie früher mal dick?«, frage ich. Ich finde, dass ich mir diese Frage erlauben kann, weil ich selber mittlerweile fast schon dick bin, bilde ich mir ein.

»Haben Sie das alles gemacht, damit man Sie nicht mehr als Sexobjekt betrachtet?«, kommt es wie aus der Pistole geschossen zurück, und sie zeigt dabei auf meinen Schoß. Als ich nach unten blicke, sehe ich, dass mein Bademantel Falten schlägt und meinen weichen weißen Bauch entblößt sowie meine beigefarbene Unterhose, aus der mein Schamhaar hervorquillt.

»Tut mir leid«, sagt sie, wobei sie entschuldigend die Hände vorstreckt, und ich verstehe, dass ich sie dazu genötigt habe, so bösartig zu sein.

»Frauen entschuldigen sich zu oft«, erwidere ich.

»Grace, ich glaube, Sie wissen, was ich Sie fragen will. Möchten Sie mir von Able Yorke erzählen?«

Ich falte die Hände in meinem Schoß und beuge mich vor, meine Brust zieht sich fest zusammen und dehnt sich dann wieder ruckartig aus. Mein Atem kommt schnell und stoßweise, raus, raus, raus, wie bei einem Pferd, das in den Wehen liegt. Ich weiß, was sie von mir will, aber ich kann es ihr nicht geben, weil meine Geschichte nicht das sein wird, was sie erwartet. Das ist es nie.

»Raus aus meinem Haus.«

Als sie weg ist, verriegle ich die Tür und lasse mich dagegensinken, meinen Bademantel wie eine Decke fest um mich gewickelt. Ich spüre ein Stechen im Magen, und das Blut rauscht mir immer noch in den Ohren, als sich ein seltsames Gefühl seinen Weg durch die Panik bahnt. Irgendwie hat diese Fremde etwas in mir erkannt, das allen anderen verborgen blieb. Etwas, das genauso Teil von mir ist wie meine Kindheit, meine Ehe, meine Arbeit, aber das ich in den einsamsten Tiefen meiner Psyche versteckt gehalten habe. Ich weiß, dass ich ihr meine Geschichte nie in all ihren Nuancen, mit all ihren Grautönen erzählen kann. Doch sie erkennt, dass etwas möglicherweise nicht in Ordnung war, und diese Erkenntnis, selbst wenn es nur eine Vermutung ist, selbst wenn sie es morgen wieder vergessen hat, macht mir bewusst, dass ich existiere. Und zwar nicht vor zehn oder vor fünf Jahren, sondern genau jetzt in diesem Scheißmoment.

Zum ersten Mal seit Langem schlafe ich die Nacht durch. Am Morgen darauf rufe ich Laurel an, um ihr zu sagen, dass ich es mir anders überlegt habe. Ich möchte jetzt doch das Haus am Meer.

15

Am Set meines ersten Films waren wir zu dritt – drei Hauptdarsteller:innen im Teenageralter –, doch jeder konnte sehen, dass ich Ables Liebling war, sein Projekt. Seine heiß geliebte Großmutter war Britin gewesen, und er brachte speziell für mich englische Köstlichkeiten mit ans Set. Einmal veranstalteten wir in seinem Wohnwagen eine Teeparty mit einem Korb voller Shortbread und exotischen Teesorten, die er eigens von Fortnum & Mason hatte liefern lassen. Die Keksdose war ein kleines Karussell und spielte blecherne Zirkusmusik, während wir aßen. Able war der einnehmendste Erwachsene, den ich je getroffen hatte, und ich vergötterte ihn vom ersten Moment an. Ich wusste, ich würde alles schaffen, um das er mich bat, weil sein Glaube an mich mir das Gefühl gab, unbesiegbar zu sein.

Ich lernte außerdem schnell, dass Able hartnäckig, einfallsreich und unbeirrbar war und dass seinem außergewöhnlichen Talent und seinem Einfluss in der Branche niemand das Wasser reichen konnte. Bevor er Regisseur wurde, war er Schauspieler gewesen. Ganz nach dem Motto »Die besten Geschichten schreibt das Leben« war seine Vergangenheit so ungewöhnlich, dass sie dem Mythos des amerikanischen Traums näher kam als jeder seiner Filme. Man erzählte sich, dass Able der Sohn einer jungen Heroinabhängigen in Kansas war und die ersten zwei Wochen seines Lebens mit ihr auf der Straße verbracht hatte, bevor er von ihrer Mutter adoptiert wurde.

Mit seiner Großmutter zog er dann nach Salt Lake City, wo er im Zentrum ihrer Liebe, Zuneigung und Frömmigkeit stand, bis sie unerwarteterweise an seinem achten Geburtstag an einer Lungenentzündung starb. Man fand Able zwei Monate nach ihrem Tod allein in dem heruntergekommenen Keller der Kirche, die sie besucht hatte. Er kam in eine Pflegefamilie, bis er im Alter von zwölf Jahren von einem Model-Scout entdeckt wurde, der seine perfekt geformten Grübchen und leuchtenden Augen in einer Autowaschanlage in einer Stadt namens Lark erblickte.

Von seinem ersten Job als Model an arbeitete Able wie jemand, der sich geschworen hatte, nie wieder Ratten zu Mittag essen zu wollen. Seine Geschichte wurde zur Legende und sein Gesicht bekannter als das zahlreicher Schauspieler:innen, die er für seine Filme castete. Medien und Kinobesucher liebten ihn gleichermaßen. Als ich anfing, mit ihm zu arbeiten, hatte er bereits alles erreicht, was man als Mann erreichen konnte, und sein gutes Aussehen diente nur noch dazu, sein heftiges Temperament am Set abzumildern. Tagtäglich sah ich intelligente, mächtige Frauen vor ihm dahinschmelzen, und auch wenn niemand wusste, wie viel von seiner Geschichte tatsächlich der Wahrheit entsprach, erkannte ich früh, dass das anscheinend keine Rolle spielte.

Eines Morgens, nachdem ungefähr die Hälfte der Dreharbeiten zu diesem ersten Film abgeschlossen war, nahm Able mich beiseite, um mir zu sagen, dass ich einen der Stunts selbst machen solle. Bis zu diesem Zeitpunkt hatten wir alle Stuntdoubles gehabt, aber Able bestand darauf, diese spezielle Szene in einer einzigen Einstellung zu drehen, um mein Gesicht ununterbrochen zeigen zu können. Er hatte sich mit düsteren, charaktergetriebenen Filmen einen Namen gemacht, weshalb diese Comic-Adaption eine große Umstellung für ihn bedeutete, und er war oft sichtlich frustriert wegen der Einschränkungen, die ihm dieses Genre auferlegte.

In der fraglichen Szene kämpfte meine Figur mit einem Bombenleger in einem Apartment in New York City, bis ich schließlich rückwärts von einer Feuerleiter gestoßen werden sollte. Der Stunt war nicht sonderlich anspruchsvoll, ich musste lediglich von der Feuerleiter im ersten Stock auf eine darunterliegende Matratze fallen. Das einzige Problem an der Sache war, dass ich, seit ich denken konnte, an akuter Höhenangst litt. Trotzdem nickte ich, als Able mich fragte, und lauschte aufmerksam dem Stuntkoordinator, der mir Polster unter mein Kostüm steckte und mir erklärte, wie ich bei dem Sturz landen sollte: auf dem Rücken, die Knie angewinkelt und Füße aufgestellt und mit seitlich, in einem Winkel von fünfundvierzig Grad ausgestreckten Armen, wobei ich beim Aufprall kräftig ausatmen musste. Nachdem ich den Fall aus geringer Höhe auf der Matte geübt hatte, kletterte ich gehorsam die Feuerleiter hinauf.

Oben angekommen, hielt ich mich mit schweißnassen Händen am Geländer fest, während Able von unten herauf Action rief. Leicht schwankend stand ich am Rand der Feuertreppe, mehrere Kameras schwirrten bedrohlich um mich herum. Als der Mann, der den Bombenleger spielte, fragte, ob es mir gut ginge, hörte ich seine Stimme wie durch das Brausen eines Wasserfalls hindurch. Panik machte sich in mir breit, und ich sank auf die Plattform der Feuertreppe und legte den Kopf auf meine angezogenen Knie. Meine Ohren klingelten, als ich irgendwo unter mir, in einer anderen Welt, Able »Cut!« rufen hörte. Der Stuntkoordinator wollte mir schon die Treppe hinunterhelfen, doch Able hielt ihn mit einer Geste davon ab.

Der Gang über die Feuertreppe nach unten war der fürchterlichste Moment meines Lebens – bis heute. Jeder Schritt dauerte gefühlte fünf Minuten. Als ich unten angekommen war, zitterte ich am ganzen Körper. Niemand sah mir in die Augen. Alle wussten, dass ich Ables Problem war, denn so hatte unsere Beziehung bis dato funktioniert, und ich hatte deutlich gemacht, dass ich sonst niemanden brauchte. Able verkündete, es sei Mittagspause. Die Crew verließ das Set, und der ein oder andere murmelte ein Klischee wie, man solle besser nicht mit Tieren oder Kindern arbeiten. Sie wussten, dass sie mir nichts schuldig waren.

Able, der sich im Flüsterton mit dem Regieassistenten unterhielt, winkte mich zu sich. Als ich vor ihnen stand, warf der Assistent Able einen kurzen Blick zu und verschwand sofort in Richtung Bühnenbildner, um uns beide allein zu lassen.

»Was war da oben los?«, fragte Able so leise, dass ich mich anstrengen musste, ihn zu verstehen. Zum ersten Mal bemerkte ich, dass seine Schneidezähne leicht hervortraten, scharf und glänzend von Speichel.

Ich trat einen Schritt zurück und zuckte mit den Schultern, als wäre es keine große Sache. »Ich habe Höhenangst. Ich dachte, das weißt du.«

Able sah mich mit zusammengekniffenen Augen an, und mir war sofort klar, dass es die falsche Reaktion gewesen war. Dies war nicht der richtige Zeitpunkt für Unbekümmertheit oder Nihilismus oder was immer es auch war, zu dem er mich normalerweise ermunterte. Ich trat von einem Fuß auf den anderen und versuchte, die Person zu sein, die ich für ihn sein sollte.

»Tut mir leid«, sagte ich.

»Du sollst dich nicht entschuldigen, Grace. Du sollst dich nur anstrengen«, erwiderte Able. Obwohl seine Worte nicht böse waren, klang seine Stimme anders, als ob er krampfhaft

etwas verbergen wollte, das ich nicht identifizieren konnte.
»Kannst du mir den Gefallen tun?«

»Ich weiß nicht«, antwortete ich, weil ich dachte, es sei als Frage gemeint.

Ables Lippen wurden zu einem dünnen Strich. Später sollte ich Expertin darin werden, seine Körpersprache zu deuten und mich darauf einzustellen, aber da Able bis zu diesem Zeitpunkt nie etwas anderes als großzügig und freundlich zu mir gewesen war, hatte ich nicht die geringste Ahnung, wie ich mit dem umgehen sollte, was jetzt kam. Hinter ihm konnte ich Lorna und Ted sehen, die beiden anderen Auftragskiller. Sie beobachteten uns, und ich fragte mich, ob ich mir die Genugtuung, die sich auf ihren Gesichtern abzeichnete, nur einbildete. Ich hatte noch nie darüber nachgedacht, wie es sich anfühlen musste, meinetwegen nicht beachtet zu werden.

»Jeder hat hin und wieder Angst«, sagte Able langsam, und ich richtete meine Aufmerksamkeit auf ihn, und alles andere trat in den Hintergrund. »Angst interessiert mich nicht. Ich bin nur daran interessiert, wie wir die Angst überwinden können. Und wie schaffen wir das?«

»Indem wir das tun, wovor wir Angst haben«, antwortete ich, und Able lächelte leicht. Ich hatte zugehört.

»Ganz genau, Gracie. Also, willst du es noch einmal versuchen? Ich passe auch höchstpersönlich auf, dass nichts passiert.«

Ich blieb stehen, wie erstarrt bei dem Gedanken daran, Able zu enttäuschen. Zugleich war mir bewusst, dass ich nicht imstande war zu tun, was er von mir verlangte. Als ich ihm keine Antwort gab, begann Abels Miene sich zu verändern. Ich sah zu, wie das Leuchten aus seinen Augen verschwand und seine Lippen sich kräuselten, während er mich mit kaum verhohlenem Ärger musterte. Erst als der Ausdruck wieder verschwunden war, erkannte ich, dass er tatsächlich schön war und wie sicher ich mich fühlte, wenn er mich ansah.

»Hast du bereits vergessen, dass du dich glücklich schätzen kannst, hier zu sein?«, fragte er. »Es ist schon interessant, dass wir all diese hart arbeitenden, talentierten Leute um uns herum haben und ausgerechnet du jedermanns Zeit verschwenden musst.«

»Es tut mir wirklich leid«, sagte ich, aber meine Stimme klang dünn und fremd. Ich hatte Angst, war verwirrt, und mein Herzschlag beschleunigte sich immer mehr.

»Das hast du schon gesagt«, erwiderte Able. Er beobachtete mich genau, während er sprach, als wollte er unbedingt mehr über meine Formbarkeit erfahren und über mein Bestreben, mit allem, was ich tat, zu gefallen. »Ich frage mich, ob Lorna oder Ted vielleicht statt dir den Stunt machen wollen. Lorna war in ihren letzten Szenen wirklich beeindruckend. Sie ist in den letzten Monaten reifer geworden.«

»Wenn Lorna es macht ... bekommt sie dann meine Rolle?«, fragte ich, unsicher, wie ich in Worte fassen sollte, was ich wirklich meinte. Genau in diesem Moment knurrte mein Magen laut, und ich fühlte mich von meinem Körper verraten, weil er Schwäche zeigte.

»Momentan kann ich dir nichts versprechen«, antwortete Able. »Ein Filmset ist wie ein Ökosystem, Grace. Wenn du dich weigerst, deinen Teil beizutragen, bringst du alle in Gefahr.«

»Nathan hat gesagt, ich muss nichts mit Höhen machen.« Meine Stimme war rau vor Sorge, ihn zu enttäuschen. »Als wir unterschrieben haben. Er hat gesagt, du würdest dafür ein Stuntdouble nehmen.«

»Nathan ist mir egal«, sagte Able, verärgert, dass ich meinen Agenten erwähnt hatte. »Mir geht es einzig und allein um den Film.«

»Kann ich nur schnell meine Mom anrufen?«, fragte ich verzweifelt. Meine Familie war zu diesem Zeitpunkt schon nach Anaheim gezogen, aber meine Mutter wohnte für die Dauer der Dreharbeiten mit mir in einem Hotel in L. A. Anfangs hatte sie sogar mehr Gefallen daran gefunden als ich, jeden Tag ans Set zu kommen, aber als das Studio eine Lehrerin für mich bereitstellte, die mich auch am Set betreute, teilte Able meiner Mutter mit, dass ihre Anwesenheit nicht mehr notwendig sei. Ich glaubte, diese klare Trennung von Arbeit und Privatem sei Teil der Vereinbarung, die wir mit ihm getroffen hatten, aber wenn ich abends zum Hotel zurückgebracht wurde, war ich so erschöpft, dass ich keinen zusammenhängenden Satz mehr herausbrachte. Meine Mutter hatte längst aufgehört, Fragen zu stellen, und es war ihr anzumerken, dass es nicht nach ihrem Geschmack war, wie die Dinge sich entwickelten. Aber es war immer noch so, dass ich beim Einschlafen meine Atemzüge den ihren anpasste, während die Klimaanlage leise im Hintergrund summte.

»Du kannst deine Mutter anrufen, wann immer du willst«, erwiderte Able. Seine Miene war für mich unmöglich zu deuten. »Aber ich wüsste nicht, was das ändern sollte. Sie weiß bereits Bescheid.«

»Du hast mit ihr gesprochen?«, fragte ich, unsicher, ob ich die Situation falsch verstanden hatte. Insgeheim war ich immer der Meinung gewesen, dass Able meine Mutter verachtete. Aber vielleicht war sie ihm am Set immer willkommen gewesen, und ich war diejenige, die sie nicht hier haben wollte.

»Ich habe heute Morgen mit ihr gesprochen. Sie hat mir versprochen, dass du es durchziehen wirst.«

»Kommt sie her?«, fragte ich. Meine Mutter wusste, wie groß meine Höhenangst war. Sie hatte mich unzählige Male vom Sprungbrett in unserem örtlichen Schwimmbad heruntertragen müssen, als ich jünger war. Die Erinnerung an ihre warme, nach süßer Sonnencreme duftende Haut trieb mir Tränen in die Augen.

»Grace, du hast mir doch selbst gesagt, dass es dich ablenkt, wenn sie ans Set kommt. Ich versuche ja, dich zu verstehen, aber was du sagst, ergibt keinen Sinn. Das fällt mir in letzter Zeit immer öfter auf. Du verzerrst die Realität so, dass sie zu dem passt, was du dir einredest.«

»Was meinst du damit?« Ich geriet in Panik.

»Ich meine, dass das etwas ist, worauf wir achten müssen.«

Ich nickte, doch je mehr er redete, desto mehr entglitt mir die Realität.

»Deine Mutter ist mir egal, Nathan ist mir egal, und auch Lorna ist mir egal.« Sein Ausdruck verlor an Härte. »Nur du bist mir wichtig. Glaubst du denn, ich würde zulassen, dass dir irgendjemand wehtut?«

Ich schüttelte den Kopf, wobei ich immer noch gegen die Tränen ankämpfte.

»Wenn du sagst, du willst den Stunt nicht machen, dann bedeutet das für mich, dass du mir nicht vertraust. Weißt du noch, was ich dir gesagt habe? Die anderen werden immer versuchen, sich zwischen uns zu drängen, aber das macht nichts, solange wir uns verstehen.«

Ich nickte, aber meine Knie waren ganz weich vor Angst, ihn zu enttäuschen.

»Es gibt niemanden auf der Welt, der dich so gut kennt wie ich«, sagte Able. »Vertraust du mir?«

Als ich zu ihm aufblickte und sah, dass er mich kaum merkbar anlächelte, begann mein Herz etwas ruhiger zu schlagen. Ich nickte wieder.

»Also, willst du es noch einmal probieren? Für mich?«

»Ich probiere es noch einmal«, sagte ich, und als er mir sein berühmtes breites Lächeln schenkte, war ich so erleichtert, ihn glücklich gemacht zu haben, dass ich bereit war, wieder die Feuertreppe hinaufzusteigen.

Als ich am Ende der Mittagspause in meinem Wohnwagen die Polster wieder anlegte, musste ich trotz meines Vertrauens in Able ein paar Tränen verdrücken. So fand mich meine Lehrerin Carrie schließlich vor. Ich mochte Carrie sehr. Ihre Aufgabe war es, dafür zu sorgen, dass ich meine Ausbildung nicht schleifen ließ, aber sie sollte mir am Set auch den Rücken stärken und sich für mich einsetzen. Sie hatte eine sanfte, beruhigende Stimme, und bei unserem ersten Treffen sagte sie mir, dass sie meine Verbündete sei und mein Sprachrohr am Set, wann immer ich sie brauchen würde. Carrie war die erste Person in meinem Leben, die mir erklärte, dass Frauen es nicht immer leicht hatten, ganz besonders in Hollywood. Sie war auch die Erste, die mich je als intelligent bezeichnet hatte. Sie nahm mir das Versprechen ab, meinen Highschoolabschluss zu machen, denn die Branche war besonders unbarmherzig gegenüber Frauen, die von Männern für leichte Beute gehalten wurden. Selbst als sie schon lange nicht mehr mit mir arbeitete, dachte ich gerne an meine drei Stunden Unterricht pro Tag bei ihr zurück. Es war mehr gewesen als nur eine lästige Unterbrechung zwischen den Takes, auch wenn Able mir zu verstehen gab, dass es meiner Konzentration schadete und wir dadurch jedes Mal Stunden verloren. Bald nahm er kaum noch Rücksicht darauf, sodass Carrie sich anstrengen musste, die nötigen drei Stunden in kurze Zeitfenster von zehn oder zwanzig Minuten zwischen den Takes zu legen.

Als Carrie fragte, warum ich weinte, erzählte ich ihr alles. Noch während die Worte unzensiert aus meinem Mund purzelten, erschienen rote Flecken auf ihren Wangen. Nachdem ich geendet hatte, ging sie schnurstracks zu Ables Wohnwagen und öffnete ohne zu klopfen die Tür. Ich versteckte mich in unserem Unterrichtszelt, aber schon bald stöberte mich einer der Assistenten auf und brachte mich zu Abels Wagen, dem Ort, der bis dato immer mein sicherer Hafen gewesen war.

Carrie stand drinnen neben der Tür, die Arme vor der Brust verschränkt. Sie hatte ihre Brille abgenommen, machte ein grimmiges Gesicht und sah aus, als hätte sie geweint. Able hatte sich im Stuhl hinter seinem Schreibtisch zurückgelehnt und die Beine übereinandergeschlagen. Er beobachtete mich neugierig, als ich hereinkam.

Ich blickte zwischen den beiden hin und her und schließlich auf die Stahlkappenstiefel hinunter, die meine Figur immer trug. Ich hatte jetzt schon weiche Knie.

»Carrie hat mir erzählt, dass du geweint hast. Stimmt das?«

Die Frage klang harmlos, aber ich konnte heraushören, was er eigentlich sagen wollte: Vertraust du mir nicht?

»Du kannst mir sagen, was los ist. Machst du dir immer noch Sorgen wegen dem Stunt?«

Ich hob den Kopf, um diesen Mann anzusehen, der mein Leben in so kurzer Zeit auf den Kopf gestellt hatte. Ich dachte daran, was passieren würde, sollte er mich feuern: Mein Visum würde annulliert und meine Familie ohne viel Aufhebens nach London zurückgeschickt werden. Mein Leben würde wieder zu dem trostlosen Einheitsgrau werden, aus dem es bestanden hatte, seit ich denken konnte. Ich müsste wieder in meine alte Schule gehen, wo niemand mehr mit mir sprechen würde. Ich hätte nicht nur die gesamte Filmcrew enttäuscht, ich würde auch keine Aufmerksamkeit mehr von meinen Eltern bekommen, könnte nicht mehr verkleidet auf dem Studiogelände herumlaufen, und es gäbe keinen Zimmerservice mit Waffeln, Sirup und Erdbeeren um Mitternacht mehr. Und keinen Able. Ich konnte mich kaum daran erinnern, wie meine Welt ohne ihn ausgesehen hatte, vor diesem Film. Ich hatte mich stark gefühlt, weil Able mir gesagt hatte, ich sei stark und beeindruckend, und er mich so behandelt hatte, seit dem Tag, an dem wir uns zum ersten Mal getroffen hatten. Jeder einzelne Schritt, den ich seither gemacht hatte, war auf seine Anweisung hin erfolgt, und ich war wie erstarrt vor Angst bei der Aussicht, dass das alles hier enden könnte. Vielleicht hatte Able ja recht, wenn er sagte, er kenne mich besser als alle anderen – er hatte immer gewusst, wie sehr ich das alles hier wollte.

Ich biss mir auf die Lippe und starrte wieder zu Boden. »Es stimmt nicht.«

Able nickte kurz.

»Willst du damit sagen, dass Carrie lügt?«

Ich wandte mich Carrie zu, und in ihrem offenen, kummervollen Gesichtsausdruck konnte ich eine Version meiner selbst erkennen, deren Existenz ich nicht wahrhaben wollte. Ich konnte ihre Schwäche geradezu riechen, und das machte mich wütend.

»Sie lügt«, murmelte ich, ohne auch nur einen der beiden anzusehen.

»Ich kann dich nicht hören, Grace«, sagte er, und ich richtete mich ein wenig auf.

»Carrie lügt.«

Es fällt mir immer noch schwer zu vergessen, wie Carrie mich danach ansah – als hätte sie einfach nur Mitleid mit mir. Able entließ sie auf der Stelle, und sie sollte die letzte Lehrerin bleiben, der ich mich anvertraute. Diesen Move sollte Abel in den darauffolgenden Jahren mit verschiedenen Lehrern und Betreuern, die ich am Set hatte, wiederholen, und irgendwann auch mit meinen Eltern. Aus dem Mitleid, das ich damals noch in Carries Gesicht gesehen hatte, wurde schon bald ein Ausdruck des Verrats, da die Leute immer mehr davon überzeugt waren, dass ich mit Able unter einer Decke steckte. Am Ende war es am einfachsten, niemandem mehr zu nahe zu kommen.

An jenem Tag ging ich aus dem Wohnwagen und wieder die Feuertreppe hinauf, als sei ich auf dem Weg zu meiner eigenen Beerdigung. Meine Hände rutschten immer wieder vom Geländer, und ich musste mich zusammenreißen, nicht wieder zu weinen. Ich wusste, dass dies meine letzte Chance war. Oben angekommen, sagte ich dem Schauspieler, der meinen Widersacher spielte, er solle mich hinunterstoßen, sobald Able Action rief, und schloss die Augen.

Ich spürte seine Hände auf meinem Brustkorb und dann den Sturz ins Leere. Der Wind rauschte zu allen Seiten, und ich fühlte mich mit einem Mal so lebendig, dass ich mir kaum das Schreien verkneifen konnte. Es fühlte sich an, als würde ich fliegen. Als ich auf der Matte landete, jubelte mir die gesamte Crew zu, aber ich hörte sie kaum. Das einzig Wichtige für mich war, dass Able die ganze Zeit über recht gehabt hatte. Meine Erleichterung war überwältigend. Ich war wieder mit mir im Reinen.

Able ließ mich den Stunt immer und immer wieder machen, bis ich müde und unvorsichtig wurde und mir im Sturz den Kopf am Geländer anschlug. Hinterher nahm Able mich mit in seinen Wohnwagen und streichelte mir über die Haare, während im Radio Fleetwood Mac lief. Der dumpfe, pochende Schmerz fühlte sich köstlich an, jetzt, da er wieder freundlich zu mir war. Ich hatte ihm gezeigt, dass er mir vertrauen konnte.

Ich gab mir selbst das Versprechen, dass er nie wieder einen Grund haben würde, an mir zu zweifeln. Danach war immer er es, zu dem ich mich flüchten wollte, wenn ich Angst hatte.

16

Die Straße, die vom Pacific Coast Highway zu meinem neuen Haus hinunterführt, ist steil und kurvenreich. Im Rückspiegel kann ich Dylan sehen, der hinter mir fährt und die Ray-Ban-Sonnenbrille trägt, von der ich glaube, dass sie mal mir gehört hat. Aber vielleicht habe ich sie ihm auch gestohlen. Unten angekommen, steigen wir aus und werden von einer dicken Staubwolke eingehüllt.

Coyote Sumac ist eine kleine, hufeisenförmige Siedlung direkt am Strand unterhalb einer Steilküste in Malibu. Hier stehen größtenteils verschindelte Bungalows und ein paar wenige modernere Häuser aus Stahl und Glas. Bougainvillea und Blauregen ranken sich entlang der Holzveranden, und in einigen Einfahrten stehen neben Jeeps und Pick-ups Golfwagen, auf die Surfbretter geschnallt sind. Wie Laurel sagte: Es ist eine Gemeinde von Hippies und Surfern und ab sofort auch von berühmten ehemaligen Kinderstars, die einfach nur in Ruhe gelassen werden wollen.

Mein Haus steht näher am Strand, ein wenig abseits von den anderen, und im Inneren herrscht unergründliches Dunkel. Der Bungalow verfügt über einen Fernseher, ein cremefarbenes Ledersofa mit Fettflecken auf den Armlehnen und ein rotes Doppelbett im Schlafzimmer. An der Decke darüber zeichnet sich ein feuchter Fleck in der Form von Russland ab. Nach der sehr kurzfristigen Besichtigung in Begleitung eines sehr verschwitzten Immobilienmaklers, der sich pausenlos entschuldigte, sagte Laurel, es sei »die Art Haus, das ein gewalttätiger Ehemann mietet, wenn er noch nicht akzeptieren kann, dass er endgültig von seiner Frau auf die Straße gesetzt wurde. Also besorgt er sich das Haus hier, damit ihn die Kinder am Wochenende besuchen können, aber das machen sie natürlich nie, und so rächt er sich, indem er sich in der Dusche erhängt. In *dieser* Dusche, Grace.« Während der ganzen Besichtigung tat sie so, als würde sie mich bei nächster Gelegenheit einweisen lassen. Man kann über Laurel sagen, was man will, sie findet immer die richtigen Worte.

Dylan und ich laden schweigend meine Kisten aus seinem Auto. Als wir fertig sind, steht er in der Tür und steckt die Hände in die Hosentaschen.

»Danke, Dylan«, sage ich steif. Hier stehen wir nun mit zehn Kisten, die mein ganzes Hab und Gut enthalten. »Den Rest schaffe ich schon allein.«

»Okay.« Er nickt, macht aber keine Anstalten zu gehen. »Bist du sicher, dass du das Haus nicht willst? Ich meine es ernst. Ich kann in höchstens zwei Tagen draußen sein.«

»Auf keinen Fall. Ich will da nicht mehr bleiben. Zu viele ... Treppen«, ende ich lahm. Dylan sieht mich einen Augenblick lang an, bevor er zu meiner Überraschung in Gelächter ausbricht.

»In Ordnung, Grace. Wir wollen natürlich nicht, dass du dich mit Treppen abmühen musst.«

Er schüttelt den Kopf, und ich muss grinsen. Mir fällt wieder ein, dass ich manchmal, wenn Dylan lächelt, alles dafür tun würde, damit er so glücklich bleibt.

»Wren kommt in ein paar Tagen vorbei und sieht nach dir. Du solltest dir wirklich ein Handy zulegen, es ist doch verrückt, dass du immer noch keins hast.«

»Ich weiß, werd ich machen.«

»Frag Laurel. Sie kann dir bestimmt helfen«, sagt er, und ich bleibe gelassen bei diesem Kommentar, der mich früher geärgert hätte. Er wendet sich zum Gehen, hält aber noch einmal inne.

»Du bist dir sicher, dass du das hier durchziehen willst?«, fragt er.

»Natürlich. Warum nicht?«, frage ich zurück. Er hält meinem Blick stand und zuckt dann nur mit den Schultern. Eine Hand zum Gruß erhoben, dreht er sich um. »Ruf mich an, wenn du etwas brauchst.«

»Wird gemacht.«

Ich sehe ihm nach, als er die Veranda hinuntergeht, ohne sich umzudrehen. Aus unserem Schweigen könnte man eine ganze Sinfonie komponieren.

Als das Ende kam, war die Stille ohrenbetäubend. Es war an einem kalten Novembermorgen, ein paar Tage nach dem Start meines letzten Films, *Lights of Berlin*. Ich saß im Morgengrauen auf dem Balkon unseres Schlafzimmers, rauchte eine Zigarette und sah zu, wie die Brandung gegen die Küste donnerte. Ich trug einen Strickpullover und eine karierte Schlafanzughose und hatte den ungerechten klaren Kopf der Übermüdeten, weil ich gerade von einer Party zurückgekommen war, auf der ich mir Molly in meinen Drink gestreut hatte, als wäre es Zucker.

Dylan war aufgewacht und kam auf den Balkon. Die Anspannung stand ihm ins Gesicht geschrieben. Vermutlich hatte ihm jemand erzählt, wo ich gewesen war und was ich dort getrieben hatte, auch wenn er es nicht zur Sprache brachte. Das tat er nie, und ich entschuldigte mich auch nie. All die Dinge, die er nicht sagte, konnte ich ganz einfach an seinem Gesicht ablesen. Diesmal allerdings setzte er sich neben mich, zündete eine Zigarette an und wandte sich mit einer Frage an mich, die er mir noch nie gestellt hatte.

»Warum fällt es uns so schwer, glücklich zu sein?«

Es liegt an mir, wollte ich sagen, aber manche Dinge sind zu offensichtlich, um sie auszusprechen. Es war einer dieser Momente, Tage, Monate, die mich alles um mich herum zu intensiv fühlen ließen. Ich war nackt und verwundbar und musste die ganze Welt in High Definition und 3D Surround Sound über mich ergehen lassen. Der Anblick eines alten Mannes allein beim Eisessen oder das unglückliche Schweigen eines Paares, das ich nicht einmal kannte, setzte sich irgendwo tief in mir fest. Das Hupen eines Autos oder Sirenengeheul zwei Straßen weiter brachte mich zum Zittern, und ich hielt jedes Stückchen Müll auf der Straße für ein totes Tier. Mein Gehirn verzerrte die Realität und spielte mir Streiche, genau wie Able es immer behauptet hatte. Jeder Augenblick forderte einen weiteren Teil meines Verstandes, bis er irgendwann nicht mehr mein eigener war. Ich war ausgelaugt und so müde davon, zu viel zu fühlen, dass es schließlich einfacher war, gar nichts mehr zu fühlen.

Ich blickte zum Horizont, wo der graue Morgenhimmel im Meer verschwand, und beschloss, Dylan das zu sagen, was ich die ganze Zeit hatte verdrängen wollen. Das, worauf alles immer wieder hinauslief. Zum ersten Mal in meinem Leben erkannte ich mit absoluter Klarheit und bevor es zu spät war, dass ich dabei war, etwas zu versauen, und ich kannte sogar den Ausweg.

»Ich muss dir etwas sagen«, begann ich, und meine Kehle war wie zugeschnürt, als wäre mein Körper noch nicht bereit, die Worte preiszugeben, die ich noch nie laut ausgesprochen hatte. Dylan wartete geduldig.

»Als ich für meinen ersten Film nach L. A. gekommen bin, wusste ich nicht, was ich tat. Ich war auf mich allein gestellt, und es sind Dinge passiert, die meiner Meinung nach nicht hätten passieren dürfen. Ich würde gerne glauben können, dass es nicht meine Schuld war, aber ich war zu nahe an der Sache dran. Ich weiß nicht, ob ich je in der Lage sein werde, es zu erklären, selbst dir, aber ich weiß, dass ich es versuchen möchte, und vielleicht reicht das auch erst einmal.«

Die Sätze verließen meinen Mund wie schwere Fragmente, aber ich wusste, dass Dylan verstand, wie wichtig es für mich war, denn er saß neben mir wie versteinert. Ich schlang die Arme um meinen Oberkörper und wagte einen Blick in seine Richtung, bevor ich weitersprach. Ich wollte sein offenes Gesicht sehen, wie seine hellbraunen Augen sanft wurden, wenn sie sich auf mich richteten, doch stattdessen sah ich etwas vollkommen Unerwartetes. Dylan, der mich eigentlich mehr als alles andere auf der Welt lieben sollte, dessen bedingungslose Liebe ich brauchte, vor allem wenn ich sie nicht verdiente, wollte, dass ich aufhörte zu reden. Er wollte, dass ich ihm die Last meiner Wahrheit ersparte.

»Grace, ich kann nicht ...« Er beendete den Satz nicht, aber ich verstand ihn auch so, denn er sah genauso aus, wie ich mich fühlte. Er wollte nicht Bescheid wissen, denn er wollte, dass meine Geschichte nur seine war: zwei einsame Teenager, die sich in der merkwürdigsten Stadt der Welt verliebt hatten. Denen es gelungen war, eine funktionierende Beziehung aufzubauen. Er wollte nichts von der Geschichte vor ihm hören, von dem Ding, das sich an meinen Rücken klammerte, wenn ich das Haus verließ, und das auf meiner Brust saß, wenn ich versuchte einzuschlafen.

Mein Herz zersprang in tausend Teile.

Als ich wieder sprechen konnte, wechselte ich das Thema,

und wir unterhielten uns über unseren nächsten Urlaub. Dylan sprach davon, unter freiem Himmel in Holbox zu schlafen, so wie er es als Kind auf Campingausflügen getan hatte. Mir war bereits klar, dass ich weggehen würde, und vielleicht wusste Dylan es auch, denn seine Worte kamen mit einer ungewöhnlichen Kraft, ganz so, als ob er mich mit ihnen festnageln wollte.

Doch ich konnte mit für mich untypischer Klarheit sehen, was passieren würde, wenn ich blieb. Ich würde ihn immer und immer wieder verletzen, bis keiner von uns mehr dem anderen in die Augen sehen konnte, und dann wäre es unwiderrufbar und mit unverzeihlicher Absicht.

Bald darauf gingen wir ins Bett, und Dylan schlief sofort ein, wie immer mit einem leichten Lächeln auf den Lippen, während ich mich an ihn kuschelte und seinen Sandelholzduft tief einatmete. Nachdem er am nächsten Morgen zur Arbeit gegangen war, nahm ich sechs Percocets, rollte mich auf den Badezimmerfliesen zusammen und heulte, wie ich es seit meiner Kindheit nicht mehr getan hatte. Als alles um mich herum endlich begann zu verschwimmen und nichts mehr greifbar war, rief ich Laurel an, die einen privaten Krankenwagen schickte, um mich in die Notaufnahme zu bringen.

Zwei Tage später war ich zurück in Anaheim.

Niemand hat mich je gefragt, warum ich es getan habe.

Es ist still im Haus, nachdem Dylan gegangen ist. Ich verdränge den Gedanken an ihn, so wie ich es das ganze letzte Jahr über getan habe, und fange an, die Kisten auszupacken. Ich wusste beim Packen nicht mehr, was mir gehörte und was Dylan, deshalb habe ich nur Kleidung mitgenommen. Seitdem ich wieder in L. A. bin, trage ich zwar jeden Tag dasselbe Slipdress mit einem College-Pullover darüber, aber was soll's. Wren hat mir erzählt, dass sie in Venice schon drei Frauen in dem gleichen Outfit gesehen hat. Vielleicht können sie den Anblick ihrer Haut auch nicht ertragen.

Ich gehe auf die Veranda und blicke zu dem pfirsichfarbenen Haus auf dem Hügel vor mir. Ich kann nicht erkennen, ob jemand zu Hause ist oder ob Ables Auto in der Einfahrt steht, aber mir stockt der Atem und ich fühle mich schwach, mein Herz sticht, als hätte ich ein Messer in der Brust stecken. All meine Albträume drehen sich um dieses Haus, und doch bin ich wieder hierher zurückgekommen. Vielleicht habe ich gehofft, die Nähe würde mir eine Art Sicherheitsgefühl geben. In Wahrheit aber kann ich hier alles genauso wenig kontrollieren wie in Anaheim.

Ich gehe zurück ins Haus, setze mich auf das Sofa und starre die leere Wand vor mir an, während ich gegen das vertraute Gefühl ankämpfe, an einen dunklen Ort hinuntergezogen zu werden. Ich versuche, die Schatten abzuschütteln, die sich an meine Fersen geheftet haben, seit ich wieder in L. A. bin. Die schlimmsten Dämonen waren schon immer meine eigenen, und ich habe nie wirklich gelernt, mich vor ihnen zu schützen. Ich habe versucht, mein Leben still und leise zu leben. Ich dachte, ich könnte einfach weitermachen, wenn es mir gelänge zu vergessen, was passiert ist, aber vielleicht funktioniert das so nicht. Vielleicht hat es nie so funktioniert.

17

Alle haben mir immer wieder gesagt, dass ich mich glücklich schätzen könne, weil Able mich als seinen Schützling auserkoren hatte. Mein Agent nannte es ein Geschenk. Auch Able benutzte dieses Wort, als er zum ersten Mal von mir verlangte, ihn zu berühren. Ich war fünfzehn, und es war der letzte Drehtag unseres ersten Films. Er nahm meine Hand, legte sie auf seine Erektion, die sich deutlich unter seiner Jeans abzeichnete, und sagte, dass es ein Geschenk sei, nur für uns beide, weil wir diese besondere Verbindung hätten, die außer uns niemand verstehe.

Und so ging es über die nächsten Jahre hinweg bei etlichen Dreharbeiten: Zunächst überhäufte er mich mit Geschenken und Aufmerksamkeit, nur um sich dann plötzlich zurückzuziehen, sodass ich ihm hinterherlaufen musste, weil ich seine Aufmerksamkeit und sein Lob brauchte wie die Luft zum Atmen. Genau wie an jenem Tag, als ich den Stunt auf der Feuertreppe machen sollte, trieb er mich in jeder Hinsicht an meine Grenzen. Er kritisierte alles an mir, von meinem Gewicht über meinen amerikanischen Akzent bis hin zu meiner mangelnden emotionalen Tiefe in irgendeiner Szene. Am Set setzte er mich ständig herab und trieb mich körperlich und geistig zum Äußersten. Wenn ich dann unweigerlich zusammenbrach, musste sein Team sich um mich kümmern. Ich war erschöpft, wollte unbedingt gefallen, war abgemagert wie ein streunender Hund und voller Wunden, und trotzdem zwang er mich, dieselbe Szene bis in die frühen Morgenstunden zu wiederholen, bis die Crew meinen Anblick kaum noch ertragen konnte. Und immer dann, wenn ich die Hoffnung beinahe aufgegeben hatte und mir sicher war, dass mein neues Leben vorbei sei und Able endlich erkannt habe, dass ich nicht die war, für die er mich hielt, hieß er mich wieder in seinem strahlenden Orbit willkommen. Wenn ich versuchte, mit ihm darüber zu sprechen, wie er mich behandelte, entgegnete er nur, ich habe alles offensichtlich falsch verstanden, denn mein Gehirn habe ja bekannterweise die Angewohnheit, gegen mich zu arbeiten. Ich könne froh sein, dass er mich gut genug kenne, um meine Launen zu verstehen. Oft war meine Erleichterung über seine Worte so enorm, dass ich nicht anders konnte, als zu weinen. Er war mein Ein und Alles – mein Mentor, mein Arbeitgeber, meine Familie –, und die Nähe zu ihm gab mir das Gefühl, endlich etwas richtig zu machen. Nur dass Able ab einem gewissen Punkt auch immer seine eigene Belohnung einforderte und dann am letzten Drehtag oder bei der Abschlussparty erwartete, dass ich ihn küsste und streichelte. Sobald das passierte, wurde mir schlecht, und ich war zutiefst verwirrt und bereute, je um seine Aufmerksamkeit gebuhlt zu haben. Ich sagte ihm nie, er solle damit aufhören. Hatte ich nicht so viel härter als die anderen gearbeitet, um sein seltenes Lob zu verdienen? Hatte ich nicht die Kälte gespürt, wenn er mich ignorierte? Ich war überzeugt, dass ich etwas Furchtbares getan haben musste, wenn er sich so verhielt, aber ich hatte keine Ahnung, was es war oder wie ich damit aufhören konnte. Ich wusste nur, dass ich es verdiente.

Ich zweifelte an mir selbst und an allen anderen, aber kaum je an Able. Alle hatten mir von diesem kostbaren Geschenk erzählt, also nahm ich es an.

18

Eine Stunde später fahre ich die unbefestigte Straße hinauf, während eine schlechte Power-Ballade aus den Achtzigern aus dem Autoradio dröhnt. Gelegentlich, wenn es das richtige Lied in der richtigen Lautstärke ist, kann Musik selbst die hässlichsten Gedanken in meinem Kopf übertönen.
Die Dezemberluft ist angenehm frisch, also lasse ich die Fenster herunter, doch ich muss sie sofort wieder schließen, denn der Staub, der von den Autos auf dem Pacific Coast Highway neben mir aufgewirbelt wird, weht mir ins Gesicht. Ich fahre langsam, da ich nicht weiß, wohin, und nur eine vage Vorstellung davon habe, was ich machen will. Trotzdem muss ich immer wieder scharf bremsen, wenn einer der Fahrer vor mir ohne Vorwarnung beschließt, in einen der freien Strandparkplätze entlang der Straße abzubiegen. Nach ein paar Kilometern sehe ich das Schild eines Drogeriemarktes, und ich blinke und fahre auf den Parkplatz.
Die Kassiererin ist ein paar Jahre jünger als ich und spielt an ihrem Handy herum. Sie hat zwei Piercings in der Lippe und schaut kaum auf, als ich sie anspreche.
»Hi, ich brauche ein Fernglas.«
»Tut mir leid, Ma'am, das hier ist eine Drogerie.« Sie spielt mit der Zunge an einem ihrer Lippenpiercings herum. Ich warte darauf, dass sie weiterspricht. »Wir verkaufen keine Ferngläser.«
»Alles klar. Wissen Sie vielleicht, wo ich ein Fernglas kaufen könnte?«

»In der Nähe von Santa Monica gibt es einen Best Buy ... vielleicht da.«

Ich nicke, aber bewege mich nicht von der Stelle, und sie sieht aus, als würde sie sich Sorgen um mich machen.

»Wie weit ist das von hier?«

Sie runzelt die Stirn. »Haben Sie denn kein iPhone, Ma'am?«

»Hör mal, tut mir echt leid, aber könnten Sie vielleicht aufhören, mich Ma'am zu nennen? Ich bin zweiundzwanzig«, erwidere ich und verschränke die Arme vor der Brust. »Und nein, habe ich nicht. Verkaufen Sie Handys?«

Sie schüttelt den Kopf. »Die kriegen Sie auch bei Best Buy. Wenn Sie vom Parkplatz fahren, biegen Sie links ab. Dann noch so fünfzehn oder zwanzig Kilometer.« Als ich immer noch keine Anstalten mache zu gehen, kritzelt sie die Wegbeschreibung auf einen Zettel und reicht ihn mir.

»Danke«, sage ich und überlege, ob ich ihr ein Trinkgeld geben soll. Ich habe ein schlechtes Gewissen, weil ich sie so angefahren habe, aber als ich ihr zwanzig Dollar geben will, sieht sie mich so entsetzt an, dass ich den Schein wieder in die Tasche stecke.

»Geht es Ihnen gut?«, fragt sie, als ich mich zum Gehen wende. Sie mustert mich, und ich folge ihrem Blick an mir herab zu meinem verschwitzten Lakers-T-Shirt, das über meinem Slipdress mit dem mittlerweile ausgefransten Saum hängt, und weiter zu den Crocs mit Werbeaufdruck, die ich in meinem neuen Haus gefunden habe. Sie sind mit Schaffell gefüttert und die bequemsten Schuhe, die ich je besessen habe.

»Ich glaube schon«, antworte ich scheinbar nicht besonders überzeugend, denn sie sieht mich weiterhin mitleidig an.

Als ich wieder ins Auto steige, sitze ich einen Moment lang nur da, während sich über meiner Oberlippe der Schweiß sammelt. Mein ganzes Leben lang habe ich andere Menschen alles für mich machen lassen, und die meiste Zeit war ich mir dessen nicht einmal bewusst. Selbst nachdem ich Dylan kennengelernt hatte, taten wir immer nur so, als wären wir ein ganz normales junges Paar, während wir in Wirklichkeit eine ganze Armada an Assistenten, Fahrern, Wellness-Coaches und Haushälterinnen hatten, die alles für uns erledigten. Jede Woche tauchten wie von Zauberhand Lebensmittel in unserem Kühlschrank auf, und unser persönlicher Küchenchef kochte uns täglich Mahlzeiten, die dann nicht von uns gegessen wurden, weil wir uns vietnamesisches Essen oder Sushi liefern ließen. Vermutlich könnte ich nicht mal allein ein Taxi rufen oder eine Tasse Kaffee machen, selbst wenn man mir ein Messer an die Kehle hielte. Und was noch viel schlimmer ist: Ich glaube, dass mir das jetzt überhaupt zum ersten Mal klar geworden ist.

»Ich bin auf der Suche nach einem Fernglas«, sage ich zu der erstbesten Person, die ich sehe, als ich zwanzig Kilometer und drei prekäre Wendemanöver später im Best Buy stehe. Der Verkäufer ist knappe zwanzig und hat einen unansehnlichen Streifen Babyflaum über der Oberlippe. Sonst ist er glatt rasiert, abgesehen von einem ausgeprägten Haarfleck über seinem markanten Adamsapfel. Als ich sehe, wie er jedes Mal beim Schlucken auf und ab hüpft, begreife ich, wieso er ihn nicht rasieren wollte. Auf seinem Namensschild steht Ethan.
»Oh, wow. Ein Fernglas. Zum V...Vögel be...beobachten?« Der arme Kerl zittert am ganzen Körper. Er hat mich erkannt. Natürlich. In L. A. wachsen alle mit *Access Hollywood* und *E!* auf, und Oscarnominierungen werden morgens bei einer Schale Müsli diskutiert.
Ich bemühe mich, dankbar und bescheiden zu wirken,

während Ethan mich zu dem fraglichen Gang führt und vor dem Regal mit Ferngläsern auf Anweisungen wartet.

»Delfine beobachten, Wale beobachten. Vielleicht auch ein paar Vögel.«

Ethan nickt und reicht mir eine Schachtel aus dem Regal. Während ich sie mir ansehe, steckt er eine Hand in seine Hosentasche, sieht sich unauffällig um, ob uns jemand beobachtet, und zieht sein Handy hervor. Ich habe schon verstanden, dass er ein Foto mit mir möchte, und nach einem kurzen Augenblick zucke ich mit den Schultern. Ethan hält mit ausgestrecktem Arm das Handy vor unsere Gesichter, kontrolliert, dass wir auch beide im Bild sind, und noch während ich versuche, ein halbwegs akzeptables Gesicht aufzusetzen, macht er auch schon das Foto. Der Blitz kommt unerwartet, und ich zucke leicht zusammen. Er steckt das Handy wieder in die Hosentasche und nimmt mir das Fernglas aus der Hand.

»Ich brauche außerdem noch ein Handy. Können Sie mir weiterhelfen?«, frage ich und muss an Laurel denken.

Ethan führt mich in eine andere Abteilung des unerträglich grellen Ladens. Ich bitte um das schlichteste Modell, und er erklärt mir, wie ich das Telefon einrichten muss, wobei er versucht, die Erektion im Schritt seiner Khakihose zu verbergen. Ich schäme mich für ihn und empfinde gleichzeitig Abscheu und bete, dass er sich meine neue Nummer nicht merken wird, um mich zu stalken.

»Ich kann Sie gleich hier abkassieren, Sie müssen sich nicht anstellen oder so.« Er nimmt ein Tablet und drückt darauf herum. Ich gebe ihm meine Kreditkarte.

»Hey, können Sie … können Sie den Spruch aus dem Film sagen?«, fragt Ethan, während wir darauf warten, dass die Zahlung bestätigt wird. Ich weiß sofort, was er meint: meinen letzten Satz in *Lights of Berlin*. Die Zeile, von der Fremde verlangen, dass ich sie in einer Sprachnachricht an ihren Cousin in Atlanta schicke oder über FaceTime an ihren Vater in Ungarn. Die Zeile, die das Publikum in Kinos auf der ganzen Welt zu spontanem Applaus veranlasst hat, während ihnen die Tränen über die Wangen liefen. Die Zeile, die mich immer wieder daran erinnert, wie viel ich der Welt schuldig bin und nicht umgekehrt.

Ein Mann in einem grellgelben Kapuzenpulli bleibt in unserer Nähe stehen und wartet ebenfalls auf meine Antwort.

»Tut mir wirklich leid, aber ich darf nicht«, erwidere ich. »Sie wissen schon ... aus vertraglichen Gründen.«

Ethan nickt und blinzelt schnell. Der Typ mit dem Kapuzenpulli geht weiter.

»Kann ich ... Sie dann wenigstens fragen, wo Sie waren? Wo Sie sich versteckt haben?«, fragt Ethan mit schriller Stimme, als ob wir in einer True-Crime-Show wären und ich ein verschwundenes Kind, dessen Foto in den Achtzigern auf Milchpackungen prangt.

»Es war alles nur eine Illusion. Grace Turner hat nie wirklich existiert«, sage ich, aber ich kann sehen, dass er verwirrt und mit meiner Antwort unzufrieden ist.

»Ich bin nach Hause gefahren, um meine Eltern zu besuchen. Sie werden auch nicht jünger.« Mir ist bewusst, dass ich dem Jungen mit dem Ständer im Best Buy zu viel preisgebe. Bin ich einsam? Vielleicht sollte ich Laurel anrufen.

»Danke für deine Hilfe, Ethan«, sage ich, als die Zahlung durch ist. Ich hoffe, es klingt aufrichtig und nicht so, als könnte ich nicht erwarten, hier rauszukommen und wieder allein zu sein. Ich verlasse das Geschäft mit meiner Baseballkappe auf dem gesenkten Kopf und frage mich, was für ein Mensch sich mehr Gedanken über die verletzten Gefühle eines Verkäufers bei Best Buy macht als über die des eigenen Mannes.

Während ich den Sicherheitscode an der Tür eingebe, höre ich im Haus ein Telefon klingeln. Drinnen entdecke ich ein weißes Festnetztelefon, das hinter dem Sofa eingesteckt ist. Zögernd nehme ich den Hörer ab. Ich hatte keine Ahnung, dass Festnetzanschlüsse noch existieren, geschweige denn, dass ich einen habe.

»Grace, was treibst du?« Es ist Laurel. Natürlich hat sie es geschafft, an meine Nummer zu kommen, bevor ich überhaupt wusste, dass ich ein Telefon habe. Sie hört sich genervt an.

»Ich bin gerade zur Tür rein. Ich war einkaufen«, sage ich stolz, denn es klingt wie etwas, das normale Menschen tun. Ich klemme mir den Hörer zwischen Schulter und Ohr, während ich versuche, mein neues Handy einzuschalten. Ich habe bereits alles vergessen, was Ethan mir erklärt hat.

»Ja, das weiß ich. Dein Foto ist überall, und du siehst aus wie eine Verrückte. Angeblich hast du im Best Buy mit irgendeinem Jungen über deine altersschwachen Eltern geplaudert. Du weißt schon, dass deine Mutter hellauf begeistert sein wird.«

»Wie bitte, Laurel? Was?«

»Grace. Dieser Scheiß ist *sofort* überall, das musst du dir endlich merken. Du redest nicht mit Leuten, die du nicht kennst, und du siehst immer zumindest so aus, als wärst du psychisch gesund, weil die Leute es drauf anlegen, dich zu überrumpeln. Wenn du was brauchst, dann ruf mich das nächste Mal einfach an, und ich besorg es dir. Ich hab dir ja gesagt, wir brauchen einen Plan. Verdammte Scheiße, Grace, ein Fernglas? Die schreiben, du hast den Verstand verloren und warst das letzte Jahr im Amazonas Vögel beobachten.«

»Wer? Ich dachte, sie haben geschrieben, meine Eltern seien alt«, erwidere ich, leicht verwirrt von Laurels Hilfsbereitschaft. Ich frage mich, ob sie die ganze Zeit über, die ich weg war, auf meiner Gehaltsliste stand. Ich kann mich nicht erinnern, was wir bei unserem ersten Treffen vereinbart hatten, aber Life Coaching klingt teuer, und ich weiß nicht, wann ich wieder arbeiten werde.

»Denen ist alles egal, Grace. Die schreiben, was sie wollen. Irgendein Typ, der dich im Best Buy bedient hat, meinte, du hast einen verwirrten Eindruck gemacht. Verwirrt, was für ein beschissenes Wort.«

»Der Typ im Best Buy? Ethan? Der hat kaum ein Wort rausgebracht. Ich hatte Mitleid mit ihm.«

»Niemals Mitleid mit ihnen haben. Regel Nummer eins. Jugendliche sind heutzutage anders drauf, okay? Die sind nicht so wie wir, als wir Teenager waren.«

Ich bin ungefähr zehn Jahre jünger als Laurel, aber das hier scheint mir nicht der richtige Moment zu sein, es zu erwähnen. Eigentlich gibt es dafür nie den richtigen Moment. Einmal waren wir zusammen bei Starbucks, und ein Junge fragte Laurel, ob sie meine Stiefmutter sei. Sie war kurz davor, ihn anzuspucken.

»Ich bin mir ziemlich sicher, dass ich früher mit den Leuten gesprochen habe. So was ist noch nie passiert.«

Laurel schweigt einen Moment lang.

»Du hast das Gleichgewicht gestört, Grace. Du bist abgehauen, und damit hast du Schwäche gezeigt. Und jetzt ist Jagdsaison.«

»Schreist du mich deswegen an?«

»Vielleicht«, sagt sie leise.

19

Auf Laurels Rat hin bleibe ich die nächsten paar Tage zu Hause in Coyote Sumac, um die Presse zu meiden, da Journalisten mittlerweile um das Glashaus kreisen wie ein Schwarm Heuschrecken. Jeden Abend bestelle ich Pizza mit dickem Boden, beladen mit geschmolzenem Käse und in Knoblauch gebratenem Fleisch. Den Rest esse ich am nächsten Tag zu Mittag. Die einzige Person, die ich in dieser Zeit zu sehen bekomme, ist der Lieferant, und ich achte jeden Abend darauf, die Tür nur mit Baseballkappe und Sonnenbrille zu öffnen. Er nimmt wahrscheinlich an, dass ich mich von einer größeren Schönheits-OP erhole, und wendet jedes Mal höflich den Blick ab, wenn ich ihm das Geld gebe.

Mein größtes Problem: Wie fülle ich meine Zeit? Ich kann mich nicht lange auf den Fernseher konzentrieren, und die albernen Reality-Shows, die ich wahrscheinlich gerade noch ertragen könnte, erinnern mich zu sehr an meine Mutter. Also verbringe ich den Großteil meiner Zeit im Liegestuhl auf der Veranda, atme die salzige Luft Malibus ein und beobachte das pfirsichfarbene Haus durch mein Fernglas. Von meinem Grundstück aus habe ich freien Blick auf die Dachterrasse und den dunkelblauen Pool auf der Rückseite, und jeden Mittag sehe ich Abels Frau Emilia dabei zu, wie sie eine halbe Stunde lang Bahnen schwimmt und um Punkt halb eins wieder aus dem Pool steigt. Ihr blondes Haar glitzert dabei nass in der Dezembersonne. Es ist seltsam, aber ihre

Routine wirkt tröstlich auf mich, ganz so, als wäre sie auch meine eigene.

So sitze ich eines Tages wieder einmal da und blicke mit zusammengekniffenen Augen zu dem Haus, als drinnen das Telefon zu läuten beginnt. Ich nehme an, es ist Laurel, und bin genervt, dass ich das Fernglas zur Seite legen muss, denn es ist Zeit für Emilias tägliches Schwimmtraining. Trotzdem folge ich dem Klingeln ins Haus.

»Ich habe ein Nacktfoto an jemanden geschickt«, sagt die Stimme am anderen Ende der Leitung.

»Esme?«

»Deshalb bin ich suspendiert worden.«

»Ach Gott«, sage ich. »Woher hast du diese Nummer?«

»Dylan.«

»Na toll«, erwidere ich. »Sieht so aus, als hätten alle meine Nummer außer mir.«

»Du, meine Freundin hat heute um drei eine Therapiesitzung in Brentwood. Kann ich so lange bei dir abhängen?«, fragt Esme ungeduldig.

Ich blicke auf das Fernglas in meiner Hand und zögere einen Augenblick. Was soll's, ich sehe Emilia, nachdem sie schwimmen war, sowieso kaum.

»Klar.«

Eine Stunde später rast ein rotes Auto die unbefestigte Straße nach Coyote Sumac hinunter, und ich weiß sofort, dass es Esme und ihre Freundin sein müssen, denn sie fahren, wie es nur privilegierte Teenager aus den Vororten können: unachtsam und unbeirrt in ihrem Glauben, unverwundbar zu sein. Ich stehe auf der Veranda und sehe zu, wie der Geländewagen in einer Staubwolke vor meinem Haus zum Stehen kommt.

Motor und Musik – ein schrilles Trällern über einem Synthesizer-Beat – werden abgestellt.

Als Esme aus dem Auto steigt, erkenne ich sie beinahe nicht wieder. Endlich trägt sie nicht ihre Schuluniform, sondern ein bauchfreies gestreiftes T-Shirt und zerrissene schwarze Jeans. Ihr schwarzes Haar hängt ihr über die Schultern, und die dicke Puderschicht in ihrem Gesicht ist selbst für sie einige Nuancen zu hell. Die braunen Augen sind mit schwarzem Liquid-Eyeliner umrandet, der auf beiden Lidern einen Mini-Rohrschachtest hinterlassen hat. Das Ergebnis all dieser Bemühungen ist, dass sie jünger und verletzlicher wirkt, als sie ist. Ich würde ihr gerne etwas von der Schminke aus dem Gesicht wischen, aber selbst ich weiß, dass das ein schlechter Start für unser Treffen wäre.

»Hi Schwester«, sagt Esme träge und sieht mich mit zusammengekniffenen Augen an, offenbar nicht besonders beeindruckt von dem, was sie vor sich sieht.

Esmes Freundin hat einen rasierten Schädel und trägt ein wunderschönes Kleid, das wie ein Sari aussieht, an einem Ohr baumelt ein Kreuz. Die beiden stehen vor mir auf der Veranda und mustern mich von oben bis unten. Mir wird klar, dass ich mit meinem Bademantel und den mit Schaffell gefütterten Crocs sämtliche Regeln, die Laurel aufgestellt hat, auf einmal breche.

»Hi, ich heiße Blake«, sagt Esmes Freundin höflich. »Wohnt hier in der Gegend nicht diese Sekte?«

»Ich bin mir eigentlich fast sicher, dass es keine Sekte ist«, sage ich. »Allerdings habe ich gehört, dass jeden Dienstagabend wilde Sexpartys stattfinden.«

Blake grunzt vor Lachen, aber Esme schaut mich wütend an.

»Kannst du mir vielleicht helfen?«, frage ich und strecke ihr mein neues Handy entgegen. »Ich schaffe es nicht mal, es anzuschalten.«

»Ich kann nicht glauben, dass du fast dreiundzwanzig bist«, sagt Esme, aber sie nimmt das Telefon und drückt einen unsichtbaren Knopf an der Seite. Der Bildschirm wird grau, und das Apple-Logo erscheint.

»Sie ist dreiundzwanzig?«, fragt Blake und betrachtet mich genauer.

»Ich bin nur so angezogen wie eine Verwirrte«, erwidere ich und sehe an meinem Bademantel hinunter.

»Das gibt es wirklich. Anscheinend bleiben berühmte Leute auf ewig in dem Alter eingefroren, in dem sie berühmt wurden. Mental«, sagt Esme zu Blake und tippt eifrig etwas in mein Handy. Sie schnaubt, aus irgendeinem Grund ist sie jetzt schon sauer auf mich. »Du hast das total versaut. Damit habe ich noch ein bisschen zu tun.«

»Wer hat dir diese Sache über berühmte Leute erzählt?«

»Ein Mädchen aus der Schule.«

»Hast du über mich gesprochen?«

»Oh Gott, nein. Wir haben uns über Justin Bieber unterhalten«, erwidert Esme und sieht Blake bedeutungsvoll an. »Also ...«

»Okay, ich weiß, ich muss los«, sagt Blake. »Mal sehen, was mich heute erwartet. Vielleicht ziehe ich das große Los, und der Hypnosetherapeut führt mich zu der Zeit zurück, als ich noch ein Fötus war.«

Blake wirft meiner Schwester einen Luftkuss zu und winkt mir, bevor sie ins Auto steigt. »In circa einer Stunde komme ich aus dem Schoß meiner Mutter zurück!«

»Blake ist echt witzig. Kennst du dey aus der Schule?«, frage ich Esme.

»*Sie* wohnt zwei Häuser weiter, Grace. Ich kenne *sie*, seitdem ich acht bin.« Esmes bissiger Ton erinnert mich so sehr an meine Mutter, dass ich zusammenzucke. Ich bin froh, dass anscheinend keine von uns beiden die Neigung meines Vaters geerbt hat, ständig den Frieden wahren zu wollen.

»Warum ist sie in Therapie?«, erkundige ich mich. »Sie kommt mir ganz glücklich vor.«

»Ich schätze mal, bei uns in Anaheim ist man noch nicht ganz bereit für eine siebzehnjährige Transsexuelle«, sagt Esme und lugt an mir vorbei ins Haus. »Blakes Mom wollte sie einweisen lassen, als sie es herausgefunden hat, aber ihr Dad hat sie stattdessen überredet, diese Konversionstherapie zu probieren. Die Mutter ist eine komplette Idiotin. Sie kann von Glück reden, dass Blake schon in der fünften Klasse ihren Highschoolabschluss hätte machen können, wenn sie gewollt hätte. Sie verpasst so viel Unterricht.«

»Hat Mom Blake schon kennengelernt?«, frage ich.

»Mom liebt Blake«, antwortet Esme, und dann wünsche ich, ich hätte nicht von unserer Mutter angefangen, weil sich ein defensives Schweigen zwischen uns ausbreitet und ich beim besten Willen nicht weiß, was ich sagen soll.

»Du solltest sie anrufen, finde ich«, sagt Esme und verschränkt die Arme vor der Brust.

»Es ist kompliziert«, entgegne ich schärfer, als ich beabsichtigt habe. Esmes Gesichtsausdruck verrät für einen Sekundenbruchteil ihre Verletztheit, bevor sie sich wieder verschließt, und ich fühle mich schuldig. Ich habe mich immer noch nicht an diese Version meiner Schwester gewöhnt.

Mit Esme auf den Fersen gehe ich ins Haus und schalte das Licht an, was allerdings nichts an der trostlosen, feuchtkalten Atmosphäre des Raums ändert. Ich nehme mir vor, einen Lampenschirm zu kaufen, und frage mich, ob ich wohl einen bei Best Buy bekomme.

Esme sieht sich wortlos um.

»Ein bisschen wie in einer Höhle, oder?«, frage ich, aber sie bleibt stumm und zieht nur die Augenbrauen hoch. »Es ist eine Übergangslösung.«

Ich hebe eine leere Packung Kettle-Chips vom Boden auf und werfe sie in den riesigen Dior-Shopper, den ich in Ermangelung von Müllbeuteln und Mülleimern für den Abfall verwende.

»Wollen wir Eis essen gehen oder so?«, frage ich, weil die Anwesenheit einer anderen Person im Haus mir verdeutlicht, dass ich wenigstens das Notwendigste kaufen sollte, wenn ich so tun will, als sei ich ein normal funktionierender Mensch. Esmes Schulterzucken fasse ich als Zustimmung auf und gehe ins Schlafzimmer, um den Bademantel gegen Jeans und T-Shirt zu tauschen. Ich bin mir unsicher, ob mir der Ausflug wichtig genug ist, auch Make-up aufzutragen. Wer weiß, wie die Chancen stehen, fotografiert zu werden, ob die Paparazzi überhaupt wissen, dass ich umgezogen bin. Oder sie es interessiert. Ich frage mich, ob Laurel die Lage gefährlicher darstellt, als sie ist, um sich noch nützlicher zu machen, denn früher hatte ich damit nie ein Problem: Ich lieferte den Fotograf:innen ein paar inszenierte Auftritte pro Jahr, und dafür ließen sie mich den Rest der Zeit in Ruhe. Letztendlich entscheide ich mich gegen Make-up.

»Arbeitest du bald wieder?«, fragt Esme, als wir im Auto sitzen und den Pacific Coast Highway hochfahren. Unerklärlicherweise macht sie sich daran, noch mehr Eyeliner aufzutragen.

»Ich denke noch darüber nach. Anscheinend muss ich ganz von vorne anfangen. Wieder vorsprechen.«

»Du Arme.« Esme verdreht die Augen, und ich schäme mich augenblicklich.

»Ich wollte nicht …« Ich breche ab, weil ich nicht sicher bin, was ich nicht wollte. Undankbar erscheinen?

»Nein, schon gut. Stimmt wahrscheinlich, Schönheit macht faul. Gott sei Dank gibt es uns Mauerblümchen.«

Als mein Blick automatisch zu meinem Gesicht im Rückspiegel fliegt, kann ich die Verachtung spüren, die Esme mit jeder Faser ihres Körpers ausstrahlt.

»Ich habe mit achtzehn wahrscheinlich schon mehr Stunden gearbeitet als die meisten Menschen in ihrem ganzen Leben«, sage ich abwehrend.

»Super gemacht. Du hättest sagen sollen, dass ich kein Mauerblümchen bin«, sagt Esme schneidend.

»Du bist kein Mauerblümchen. Überhaupt nicht«, erwidere ich, allerdings zu spät. »Du könntest nur ein bisschen weniger Make-up nehmen.«

Ich fahre auf den Parkplatz des Einkaufszentrums und parke vor der altmodischen Eisdiele, die ich entdeckt habe, als ich neulich im Drogeriemarkt war.

»Ich will ja nicht unhöflich sein, aber du könntest ein bisschen mehr nehmen. Ich habe das Foto von dir im Best Buy gesehen. Der Typ hat dich ganz schön verarscht, oder?« Esme steigt aus und knallt die Tür zu. Ich folge ihr, und wir gehen zusammen in die Eisdiele, wobei ich mich etwas zurückfallen lasse, damit ich ihren Gang studieren kann. Er ist noch derselbe wie damals, als sie klein war: Sie lehnt sich leicht zurück und verlagert das Gewicht beim Gehen auf die Fersen.

»Er schien mir nicht der Typ dafür zu sein«, sage ich, als wir uns anstellen.

»So sind die Typen im Internet«, entgegnet Esme leichthin, und es sieht nicht so aus, als würde ihr das hier keinen Spaß machen. »Jeder Idiot hinter einem Bildschirm denkt, er sei Ryan Gosling.«

»Sieht ganz danach aus«, sage ich. Und wieder Schweigen, diesmal so lang und weit wie das San Bernardino Valley. Ich tue so, als würde ich mich sehr für die angebotenen Eissorten interessieren.

»Ich will Rocky Road. Und du?«, frage ich. Rocky Road war unsere Lieblingssorte, bevor ich von zu Hause wegging, aber jetzt sieht Esme mich an, als hätte ich vorgeschlagen, meine eigene Hand zu essen. »Ich hole mir einen Kombucha von nebenan«, sagt sie von oben herab.

Ich bezahle mein Eis und folge ihr zu Whole Foods, wo wir eine Weile suchen müssen, bis sie den Kombucha findet, den sie mag – Apfelgeschmack und Stevia anstelle von Rohrzucker.

Der Kassierer ist nur ein wenig älter als Esme und hat eines dieser süßen Babyfaces, die nie lange vorhalten. Zweifellos wird er im Laufe der kommenden Jahre weicher werden, und seine Gesichtszüge werden sich zu etwas verwachsen, das nur noch vage an sein früheres Selbst erinnert, so wie bei den meisten Kinderschauspieler:innen, mit denen ich gearbeitet habe. Esme zappelt trotzdem ganz aufgeregt neben mir, und als ich ihr einen Fünfzig-Dollar-Schein geben will, um ihr Getränk zu bezahlen, stößt sie meine Hand zur Seite und zückt eine Kreditkarte, von der ich nicht wusste, dass sie sie hat. Ich verkneife mir ein Lächeln, als sie sich von dem Verkäufer verabschiedet und unter ihrer Schicht Leichenbestatterpuder rot anläuft.

Wir haben fast das Auto erreicht, als ich eine Hand auf meiner Schulter spüre. Der Typ, der uns abkassiert hat, ist uns nach draußen gefolgt. Esme hält neben mir den Atem an, und ihre rührende Ahnungslosigkeit in dieser Situation schnürt mir die Brust zu.

»Haben wir irgendwas vergessen?«, frage ich, obwohl ich genau weiß, was er will. Früher hat man mich nur selten an einem Ort wie diesem angetroffen. Wann immer ich zu lange an einem öffentlichen Ort blieb, bemerkte ich nach einer Weile, wie die Leute mich anstarrten und tuschelten, um dann schließlich mit dem Handy fest in der Hand auf mich zuzukommen. Es war wie in einem Zombiefilm: Wo ich auch hinsah, war schon der nächste Fremde, der langsam näher kam, manchmal schüchtern, aber in den meisten Fällen schamlos und gierig, als würde ein Teil von mir ihnen gehören. Vielleicht war das auch wirklich der Fall.

»Nein ... Ich habe nur ... Ich fand Sie in diesem Nuttenfilm verdammt gut. Ich glaube, ich habe ihn mir letzten Sommer jeden Tag angesehen«, sagt er mit einem breiten Grinsen, als wolle er damit unterstreichen, dass er meine nackten Brüste sehen kann, wann immer er will. »Könnte ich vielleicht ein Foto mit Ihnen machen?«

Esme stöhnt frustriert und geht zum Auto, als er ihr mit dem Handy in der Hand hinterherruft und winkt.

»Hey? Tschuldige? Kannst du ein Foto machen?«

Esme hält kurz inne, und ihr Gesichtsausdruck verheißt nichts Gutes. Sie kommt zu uns und nimmt ihm das Telefon aus der Hand. Für einen Augenblick sieht meine Schwester mich an, als hätte ich diese ganze Sache hier absichtlich inszeniert, nur um ihr zu zeigen, dass ich besser bin als sie. Der Typ stellt sich ahnungslos grinsend neben mich, und Esme macht ein paar Fotos von uns. Danach hält sie mir wortlos das Handy vor die Nase, damit ich sie absegnen kann, aber ich zucke nur mit den Schultern, und sie gibt es ihm zurück.

»*Lights of Berlin*«, sage ich über die Schulter, als ich ins Auto steige.

Der Kassierer blinzelt mich verständnislos an. »Was?«

»*Lights of Berlin*. So heißt der Nuttenfilm.«

Auf der Rückfahrt nach Coyote Sumac ist keine von uns beiden in der Stimmung für Gespräche, und als ich vor dem Haus halte, bleiben wir sitzen und starren eine Weile einfach nur aus dem Fenster.

»Willst du über deine Suspendierung reden?«, frage ich zögernd.

»Nein.« Esme öffnet ihren Sitzgurt. »Können wir einfach fernsehen oder so?«

Ich nicke erleichtert. Drinnen setzen wir uns aufs Sofa, und ich schalte eine Folge *Friends* für sie ein. Wiederholungen von *Friends* waren das Einzige, das garantiert immer lief, egal in welchem Land ich gerade drehte, aber Esme scheint diese Folge noch nicht zu kennen. Sie schweigt, die Augen wie gebannt auf den Bildschirm gerichtet, nur hin und wieder wirft sie mir einen Blick zu.

»Diese Serie ist total problematisch«, sagt sie, als die Folge zu Ende ist. »Aber ich glaube, das ist mir egal.«

Ich weiß nicht, was ich darauf antworten soll, also mache ich es mir für die nächste Folge auf dem Sofa bequem.

Als Blake draußen vorfährt und viermal laut hupt, fühle ich mich schuldig, weil ich so erleichtert bin. Esme beugt sich zu mir und klopft mir sanft auf die Schulter, als sei ich der Hund der Familie.

»Bis nächste Woche.«

Ich gehe zum Spülbecken und wasche mir die klebrigen Eisreste von den Händen, während ich mir ausmale, wie meine Schwester unsere Eltern anfleht, ihr zu erlauben, den Nachmittag mit Blake in L. A. zu verbringen. Angesichts Esmes Suspendierung und des stillschweigenden Misstrauens meiner Eltern gegenüber L. A. hat es bestimmt eine Menge Überzeugungsarbeit gebraucht. Als ich in Esmes Alter war, wohnte ich während der Dreharbeiten in einem seelenlosen Hotel in West Hollywood, wo fremde Männer mir von der Poolbar auf mein Zimmer folgten und brüllend gegen die Tür hämmerten, bis ich gezwungen war, vom Badezimmer aus den Manager zu rufen, um sie mir vom Hals zu schaffen. Die einzigen anderen Menschen, mit denen ich damals Kontakt hatte, wurden dafür bezahlt. Mit meinen Eltern sprach ich vielleicht ein- oder zweimal im Monat, bis unsere Gespräche schließlich im Sande verliefen, genau wie der Los Angeles River. Wie ich schon sagte, ich könnte eifersüchtig auf meine Schwester sein, würde ich mich nur anstrengen.

Ich drehe den Wasserhahn zu und schaue aus dem Fenster. Der Pazifik leuchtet feuerrot in der Nachmittagssonne. Ich gehe zur Tür hinaus, die Verandastufen hinunter und in Richtung Wasser. Als der Sand feucht wird, streife ich meine Schuhe ab und wate in das kalte Wasser hinein. Seine Unausweichlichkeit, sobald man einmal drin ist, hat etwas Beruhigendes, das eisige Wasser, die Jeans, die schwer auf meine Hüften drückt. Ich halte den Atem an, tauche komplett unter und lasse mich dann für ein paar Minuten auf dem Rücken treiben.

Eine kleine Welle rollt auf mich zu. Ich stelle mich vor sie, hüfttief im Wasser, die Arme zu beiden Seiten ausgestreckt und mein Körper von Gänsehaut überzogen. Das Wasser prallt gegen mich, und ein Stück Seetang verfängt sich in meinen Jeans. Ich denke darüber nach, was meine Schwester von mir will, und weiß, dass ich es ihr niemals geben kann. Meine Unfähigkeit, jemandem etwas zu bieten, wenn es wirklich darauf ankommt, ist die einzige Konstante in meinem Leben. Die nächste Welle rollt heran, diese ist größer. Sie bricht gegen meine Brust, und das salzige Wasser spritzt mir ins Gesicht und brennt in den Augen. Bald fühlt es sich so an, als würde ich die Wellen herbeirufen, sie anfeuern, bis sie immer schneller kommen und härter brechen, bevor sie wieder ins Meer zurückrauschen, sodass ich ein wenig in die Knie gehen muss, um aufrecht stehen zu bleiben.

Einen Moment lang ist alles ruhig, und ich blicke zum Horizont. Ich sehe zu, wie sich eine Monsterwelle aufbaut, bis sie schließlich brodelnd zwei Meter vor mir emporragt. Ich halte die Luft an, als sie über mir bricht, und ich werde in Dunkelheit getaucht. Jetzt bin ich nur noch ein kleines Teilchen Materie zwischen Millionen anderer kleiner Teilchen, die unter Wasser herumgewirbelt werden. Hier unten ist es nicht mehr so blau, es ist schwärzer und trüber, und ich lasse mich treiben, und meine Lungen bersten, und ich fühle mich gleichzeitig so lebendig und so nahe am Tod wie nie zuvor.

20

Nachdem der Dreh für den zweiten Teil der Auftragskiller-Trilogie abgeschlossen war, wurde mir die Hauptrolle in einem Teenager-Horrorfilm angeboten. Ich wollte es mir zwar nicht eingestehen, aber die Dreharbeiten für den zweiten Teil hatten mir mehr zugesetzt als die für den ersten. Sie gipfelten in einem einmonatigen Aufenthalt in Beirut, wo Ables Kälte mir gegenüber noch länger andauerte und sich oft abrupt zu Bösartigkeit wandelte. Ich war sechzehn, allein und weit weg von zu Hause, das für sich genommen war schon verunsichernd genug. Aber Able sorgte dafür, dass ich die meiste Zeit über nicht einmal meinen eigenen Gedanken trauen konnte. Ich lernte, in seiner Anwesenheit still zu sein, nichts zu sagen, das ihn verärgern könnte. Am Ende der Dreharbeiten konnte ich seine Stimmungen besser einschätzen als meine eigenen. Danach brauchte es mehr, um ihn davon zu überzeugen, dass ich nicht vergaß, wie glücklich ich mich schätzen konnte, und er tat so, als wäre das, was wir in seinem Wohnwagen taten, nur der Preis, den ich dafür zahlen musste, dass ich während des Drehs unfairerweise solche Macht über ihn ausgeübt hatte. Die meiste Zeit fühlte ich mich krank, schuldig und erschöpft, und ich kam nach Kalifornien zurück mit einer gründlich zerrütteten Psyche. Meinen Eltern konnte ich in diesem Zustand nicht gegenübertreten. Als ich sie anlog und sagte, ich müsse wegen der Dreharbeiten in L. A. bleiben, widersprachen sie nicht.

Der Horrorfilm war nicht Teil des Plans gewesen, den wir

bei jenem ersten Abendessen entworfen hatten, aber ich versuchte verzweifelt, jede Sekunde meiner Zeit zwischen den Drehs zu füllen, und mein Agent Nathan bestätigte, dass Able nichts dagegen tun konnte, solange ich für den dritten Auftragskiller-Film zur Verfügung stand. Selbst damals, als ich noch so tat, als sei alles in Ordnung, kannte ich mich gut genug, um zu wissen, dass Ruhepausen gefährlich waren. Ich redete mir ein, alles unter Kontrolle zu haben. Ich nahm die Rolle als eine Art Rückversicherung an, denn selbst ich konnte Ables Wohlwollen verlieren. Zugleich wollte ich ihm zeigen, wie talentiert ich war, wie glücklich *er* sich schätzen konnte, mich gefunden zu haben. Vielleicht hatte Able ja recht, und er kannte mich wirklich besser als ich mich selbst. Vielleicht war ich auf eine Art, die nur er sehen konnte, kaputt und nicht mehr zu reparieren. Das Einzige, was ich mit Sicherheit wusste, war, dass alles immer Teil desselben verworrenen Spiels war, mit dessen Regeln ich nie Schritt halten konnte.

Am Ende drehte ich den Film ohne Able, gegen den Rat meines Agenten, meines Managers Kit und meiner Presseagentin Nan. Sie waren alles andere als glücklich darüber, aber ich war zu diesem Zeitpunkt ihre wichtigste Klientin, und sie konnten es mir nicht verbieten. Monatelang wartete ich darauf, dass Able mich deswegen fertigmachen würde, aber er äußerte sich nie persönlich zu meiner Entscheidung. Ich redete mir ein, ich sei stark genug, sein Schweigen zu ertragen, und fühlte mich gleichzeitig schuldig, weil ich zu viel auf einmal wollte und undankbar wirken könnte. Wie immer, wenn ich nicht mit ihm zusammen war, stieg eine schwer verständliche Scham in mir hoch, wann immer ich an die Dinge dachte, die wir getan hatten.

Der andere Hauptdarsteller in dem Horrorfilm, Elon Puth, war im Kinderfernsehen bekannt geworden, mit seiner eigenen Show, *Elon's World*, von der er fünf Staffeln gedreht hatte, bevor er sich anspruchsvolleren Rollen zuwandte. Ich dachte, wir hätten viel gemeinsam, da wir beide als junge Teenager angefangen hatten, aber Elon war mir von Beginn an unsympathisch. Als wir uns kennenlernten, musterte er mich nur kurz und wandte sich sofort wieder ab. Er hatte blasse, trockene Lippen und ein Kinn, das dazu neigte, mit seinem Hals zu verschmelzen, wenn er nicht vor der Kamera stand. Außerhalb unserer gemeinsamen Szenen sprachen wir so gut wie kein Wort miteinander. Ich wartete ständig darauf, dass Mandy, die Regisseurin, uns zur Seite nehmen und uns wegen unserer mangelnden Chemie zur Rede stellen würde, aber das tat sie nie. Sie schien nicht einmal zu merken, dass wir unsere Figuren mit einer emotionalen Leere spielten und uns gegenseitig herausforderten, etwas zu fühlen. Vom ersten Moment an war mir klar, dass Mandy im Gegensatz zu Able keine Autorenfilmerin und es einfach nur ein Job für sie war, so wie für die Leute, die für die Altersfreigabe oder die Beleuchtung zuständig waren. Der Film war nie ein Teil von ihr – so wie es bei Able der Fall war –, wofür ich sie von Anfang an verachtete, auch wenn ich mich selbst dafür hasste.

Ich weiß nicht mehr, wann uns allen klar wurde, dass der Film ein Flop werden würde, aber am Ende der vierzig Drehtage war die Stimmung am Set im Keller. Elon war mit der Zeit immer nur noch bockiger geworden, und am Ende weigerte er sich strikt, Mandys Vorschläge anzunehmen. Gelegentlich stahl er sogar meine Textzeilen, wenn er dachte, sie würden beim Publikum besser ankommen als seine eigenen. Die Regisseurin war da bereits genauso abgestumpft wie der Rest der Crew, und irgendwann schien sie einfach die Kontrolle abgegeben zu haben. Ich konnte es ihr nicht einmal verdenken, denn wir alle versuchten nur noch, irgendwie das Projekt zu Ende zu bringen.

Am letzten Drehtag, als ich die Sekunden bis zu meiner

lang ersehnten Freiheit zählte, tauchte meine PR-Agentin Nan auf. Offenbar war Elon ebenfalls ihr Klient, und wir gingen zu ihm in seinen Wohnwagen, um über das Fiasko zu sprechen, das wir alle zusammen erschaffen hatten. Elon sah sich gerade ein Baseballspiel im Fernsehen an, als Nan uns eröffnete, dass das Studio vorgeschlagen hätte, wir sollten vorgeben, eine Beziehung zu haben, um für Publicity zu sorgen. Sie sagte, das würde beim Start von der Qualität des Films ablenken und gleichzeitig dem Studio zeigen, wie sehr wir uns für das Projekt engagierten. Natürlich mussten wir nicht wirklich zusammen sein, wir sollten uns einfach nur ein paar Monate lang an ausgewählten Orten in L. A. gemeinsam blicken lassen. Elon stimmte gleichgültig zu, während ich aus dem Wohnwagen schlich, um Nathan anzurufen.

»Elon ist ekelig«, sagte ich zu ihm, sobald er ans Telefon ging. »Das ist doch der reine Wahnsinn.«

»Du musst ja nicht wirklich mit ihm zusammen sein«, erwiderte Nathan. »Du musst nicht einmal wirklich mit ihm sprechen.«

»Weiß Able davon?«, fragte ich. »Das war nie Teil des Plans. Ich sollte unerreichbar bleiben und nicht eine Beziehung mit irgendeinem Kindmann von Nickelodeon eingehen.«

»Elon war nicht bei Nickelodeon. Und Able hat mit diesem Projekt nichts zu tun«, erinnerte mich Nathan. »Er hat keinen Einfluss darauf, was du hier tust oder nicht tust.«

»Es wird ihm sicher nicht egal sein«, widersprach ich und musste – wie immer – gleichzeitig das Bild von Able verdrängen, der mir schwer ins Ohr atmete.

»Bitte, Nathan. Das ist nicht gut für mich.«

»Das ist der Grund, warum Able diesen Plan überhaupt gemacht hat«, sagte Nathan grimmig. »Damit wir alles unter Kontrolle haben. Du hast deine Wahl getroffen, Grace. Jetzt musst du noch ein paar Monate damit leben. Komm schon, es könnte viel schlimmer sein. Millionen von Mädchen würden für ein Date mit Elon Puth über Leichen gehen.«

Ich sah zu, wie Elon die Stufen seines Wohnwagens hinunterstieg. Er hielt sein Handy von sich gestreckt und filmte sich selbst, wobei er ernst in die Kamera sprach, so wie ich es schon unzählige Male während der Dreharbeiten gesehen hatte. Seine Videos begannen immer mit »Hey Leute, tut mir *so* leid, dass ihr warten musstet«, als hätten seine Fans bis jetzt geschlafen und nur darauf gewartet, dass er sie mit Infos über das tagesaktuelle Catering oder Updates zu seinem Schlafzyklus wieder zum Leben erweckte.

Ich musste wieder an Able denken, und die Erkenntnis, dass alles, was ich aufgegeben hatte, umsonst gewesen sein könnte, verschlug mir fast den Atem.

»Aber wieso hat er nicht versucht, mich aufzuhalten?«, flüsterte ich.

Mein erstes »Date« mit Elon fand ein paar Wochen später im ArcLight in Hollywood statt. Wir sollten wie ein normales Paar aussehen, aber natürlich besser. Ich hatte tatsächlich keine Ahnung, was Leute in meinem Alter zu Verabredungen trugen, und so entschied ich mich letztlich für ein knappes rotes Kleid, eine alte Jeansjacke und Turnschuhe. Elon holte mich in seinem orangefarbenen Lamborghini ab und lachte, als ich bei diesem Anblick das Gesicht verzog.

»Ziemlich hässlich, oder? Aber was hast du bitte erwartet?«, fragte er, und da er in meiner Gegenwart noch nie so viel Selbsterkenntnis gezeigt hatte, taute ich ihm gegenüber ein klein wenig auf.

Ich schlug vor, ins Kino zu gehen, damit wir nicht miteinander reden mussten, aber kaum hatten wir Platz genommen, begann Elon unruhig auf seinem Sitz hin und her zu rutschen, spielte mit seinem Handy und scrollte sich durch eine Reihe blinkender Apps. Nach etwa einer halben Stunde ergriff er meinen Arm und beugte sich zu mir.

»Wollen wir abhauen?«

Ich zuckte mit den Schultern.

Elon führte mich durch das Foyer und zum Auto hinaus, und als uns am Ausgang die Paparazzi umschwärmten, unsere Namen riefen und wissen wollten, wie lange wir schon zusammen seien, nahm er mich an der Hand. Lächelnd wandte er sich mir zu, und seine Augen waren so freundlich und bezaubernd, dass ich mich unwillkürlich fragte, wie sie während des gesamten Drehs so leblos wirken konnten. Ich lächelte schüchtern in die Kameras, bevor ich mir die Hände vors Gesicht hielt.

»Was machst du da?«, raunte Elon mir zu, aber ich gab vor, ihn nicht zu hören. Es ergab keinen Sinn, dass ich plötzlich so scharf auf Aufmerksamkeit sein sollte, wenn ich doch in der Vergangenheit so viel Wert darauf gelegt hatte, meine Privatsphäre zu schützen. Ich hatte nicht vor, mein sorgfältig aufgebautes Image zu ruinieren, nur weil ich eine schlechte Entscheidung getroffen hatte.

Sobald wir im Auto saßen, fuhr Elon los in Richtung Hollywood Hills.

»Komm mit mir auf 'ne Party«, sagte er, und ich befürchtete schon, er würde die Grenzen unserer Vereinbarung überschreiten wollen, aber dann fügte er hinzu: »Das wird sich gut machen.«

»Wessen Party?«, fragte ich, während wir einen der gewundenen Canyons hinauffuhren. Ich war noch nie ohne jemanden aus meinem Team auf einer Hollywoodparty gewesen, und selbst dann immer nur auf einen Sprung, um dort auf Anweisung irgendjemanden zu bezaubern.

»Der Sohn von Clint Eastwoods Anwalt«, antwortete er und runzelte die Stirn, als ich lachen musste. »Was?«

»Oh, sorry, ich dachte, du hast einen Witz gemacht«, sagte ich, und er schwieg. Ich blickte schweigend aus dem Fenster, unter uns die funkelnden Lichter von L. A.

Die Party fand in einem weißen Palast am oberen Ende des Benedict Canyon statt. Elon tippte den Sicherheitscode für das Tor ein und hielt es für mich auf. Wir gingen um das Haus herum und direkt in den Garten, wo sich ein Wasserfall über einen künstlichen Felsen in einen überdimensionalen Swimmingpool ergoss. Ein Typ in weißen Calvin-Klein-Boxershorts warf eine kreischende Frau ins Wasser. Elon grinste mich an, bevor er sich entschuldigte, um nach dem Gastgeber zu suchen. Leute wogten im Wasser und tuschelten hinter vorgehaltenen roten Plastikbechern über mich, während ich etwas verloren vor den Glasschiebetüren des Hauses stand.

Nach ein paar Minuten ging ich hinein und fand nach kurzem Suchen die Küche. Ich öffnete den Kühlschrank und nahm eine Flasche Wodka heraus. Ich hatte schon vorher hin und wieder Alkohol getrunken, aber nie allein – dafür war ich ein viel zu großer Kontrollfreak. Aber die letzten Dreharbeiten, so furchtbar sie auch gewesen waren, und dieses Date mit Elon gaben mir ein Gefühl der Unabhängigkeit, und ich dachte mir, es sei an der Zeit, selbst Entscheidungen zu treffen. Während ich mir Wodka in einen roten Becher schenkte, kam ein Mädchen in einem glänzenden weißen Jumpsuit auf mich zu. Schnell schüttete ich etwas Orangensaft hinterher, bevor sie sehen konnte, wie viel Wodka ich eingeschenkt hatte. Als sie näher kam, sah ich, dass winzige Kristalle in ihren Augenbrauen steckten. Ich nahm einen Schluck und zuckte zusammen, als es in meiner Kehle brannte.

»Du bist mit Elon da, oder?«, fragte sie mich und kam mir auf Anhieb viel zu freundlich für eine Party dieser Art vor.

»Ja.« Ich lächelte höflich. »Ich sollte ihn wahrscheinlich suchen gehen.«

»Die Mühe kannst du dir sparen.« Sie lachte. »Höchstwahrscheinlich bläst er gerade irgendjemandem einen im Poolhaus.«

»Oh.«

»Wusstest du das nicht?«, fragte sie, und ich zuckte mit den Schultern.

»Eigentlich ist es mir egal«, sagte ich, woraufhin sie wieder lachte, augenscheinlich ganz entzückt von mir. Dank des Alkohols fühlte ich mich schon besser und ein wenig aufgedreht.

»Ich heiße Alaia«, sagte sie genau in dem Moment, als ich beschloss, dass sie mir sympathisch war.

»Grace.« Ich nickte ihr zu.

»Du siehst aus, als hättest du eine richtige Party nötig«, sagte sie nach einer kurzen Pause und wedelte mir mit ihrer winzigen, flauschigen Handtasche vor dem Gesicht herum. »Willst du auch was?«

Ich starrte sie einen Augenblick verständnislos an, bis sie lächelnd meine Hand nahm.

»Komm mit.«

Alaia führte mich eine Marmortreppe hinauf und in ein Badezimmer im ersten Stock, wo eine Wanne aus schimmerndem Rosenquarz unter einem Fenster mit Blick auf den Pool stand. Ich setzte mich auf den geschlossenen Toilettensitz und sah interessiert zu, wie Alaia ein Tütchen aus ihrer Handtasche zog und sorgfältig zwei Linien weißen Pulvers auf dem Wannenrand vorbereitete. Mit ihrer goldenen Kreditkarte zerkleinerte und presste sie das Pulver, bis es so fein wie Staub war. Dann fuhr sie mit dem Finger am Rand der Kreditkarte entlang und steckte ihn sich in den Mund. Als sie mir die Karte hinhielt, machte ich es ihr nach. Danach nahm Alaia einen Metallhalm aus ihrer Handtasche und inhalierte eine der Lines innerhalb einer Sekunde. Als sie fertig war, stand sie auf, drückte ihre Nasenspitze nach oben und atmete tief ein. Das Geräusch, das sie dabei machte, war unerwartet guttural und hätte auch von einem Alligator kommen können.

Alaia deutete auf die Line auf dem Wannenrand, und ich ging langsam in die Hocke. Ich nahm einen ordentlichen Schluck von meinem Drink, der mir sofort die Tränen in die Augen trieb. Während ich mich mit dem kühlen Strohhalm in meinem Nasenloch über das Pulver beugte, versuchte ich mich daran zu erinnern, was genau Alaia gemacht hatte. Ich inhalierte und spürte sofort ein Brennen in der Nase. Ich musste an Esme denken und beschloss, sie nach der Party anzurufen, sollte es nicht zu spät werden.

Alaia lächelte mich an. »Alles in Ordnung?«

»Ich glaube schon«, sagte ich, aber ich fand bereits Gefallen daran, spüren zu können, wie mein Gehirn in meinem Schädel arbeitete. Es fühlte sich an, als wäre ich endlich in der Lage, meinen eigensinnigen Verstand kontrollieren zu können. Ich konnte mit der Präzision eines Scharfschützen genau das auswählen, worauf ich mich konzentrieren wollte. Ein unvergleichliches Gefühl der Zuneigung wallte in mir auf – diese Fremde hatte irgendwie genau gewusst, wonach ich suchte.

»Es ist Fair Trade«, sagte Alaia, die strahlend auf dem Wannenrand saß und sich zu mir beugte. Ich blickte sie verständnislos an. »Das Koks, meine ich. Niemand musste sterben, damit ich es kaufen konnte.«

Aus irgendeinem Grund fand ich das urkomisch, und als ich anfing zu lachen, lachte sie mit.

»Können wir noch was nehmen?« Ich setzte mich auf den Boden. Ich fühlte mich gut, klar im Kopf, aber ich machte mir bereits Sorgen, dass die Wirkung nachlassen könnte. »Ich meine, da ja niemand gestorben ist.«

Alaia lächelte und holte das Tütchen wieder aus der Handtasche.

»Warst du schon mal auf dem Burning Man?«, fragte sie und schüttete noch mehr Koks auf den Wannenrand.

»Nein, du?« Ich fuhr mir mit der Zunge über den Gaumen. Die Rillen waren taub und fühlten sich fremd an.

»Ja. Du musst dieses Jahr unbedingt mitkommen. Mein Freund kann uns hinfliegen.«

Ich nickte lächelnd. »Klingt super, gerne«, sagte ich. »Ich habe nicht so viele Freunde in L. A.«

Alaia warf mir einen kurzen Blick zu und nickte, und ich fragte mich, ob das offensichtlich gewesen war, als sie mich allein in der Küche gesehen hatte.

Sie reichte mir wieder den Halm, und ich beugte mich vor, um meine zweite Line zu ziehen. Ich hatte erst die Hälfte geschafft, als mich etwas im Hals kratzte und ich mich aufsetzte, um zu schlucken. Dabei sah ich Alaia, die ihr Handy in einem seltsamen Winkel im Schoß hielt, und an ihrem Gesichtsausdruck konnte ich sofort erkennen, dass sie mich gefilmt hatte.

»Gib mir das Handy«, sagte ich mit heiserer Stimme. Alaia geriet in Panik, erstarrte, und ich griff nach dem Telefon. Die Kamera lief immer noch, als ich es in der Hand umdrehte. Da ich keine Ahnung hatte, wie ich die Kamera ausschalten oder das Video löschen konnte, drückte ich ein paar Knöpfe an der

Seite, und der Bildschirm wurde schwarz. Ich drehte mich um und ging aus dem Badezimmer. Alaia folgte mir die Treppe hinunter und durch die Schiebetür in den Garten. Die Leute starrten uns an, aber ich machte erst halt, als ich beim Pool angekommen war. Ich ließ das Handy auf den Boden fallen und stampfte energisch mit dem Fuß darauf herum. Zwar war das Display zersplittert, doch ich schmiss es trotzdem in den Pool, nur um sicherzugehen.

»Das ist mein Handy, du Freak«, sagte Alaia, aber ich drehte mich nur um, ging wieder hinein und verließ das Haus durch die Vordertür. Ich setzte mich auf die Eingangstreppe, trank ein lauwarmes Bier, das irgendjemand stehen gelassen hatte, und beobachtete ein Paar, das sich auf dem Rasen vor mir stritt. Nach einer Weile öffnete sich die Haustür, und Elon kam heraus. Er stellte sich vor mich und schüttelte missbilligend den Kopf.

»Wo bist du gewesen?«, murmelte ich. »Du kommst ein bisschen zu spät, um mich zu retten.«

Er verdrehte die Augen, zu meiner Überraschung setzte er sich jedoch neben mich.

»Hast du gehört, was Alaia mit mir gemacht hat?«, fragte ich, aber Elon blieb stumm. Ich stand auf. »Was soll der Scheiß, Elon?«

»Es hätte gut für den Film sein können«, sagte er schließlich achselzuckend.

»In welcher Hinsicht?« Selbst ich konnte hören, dass ich ziemlich schlimm lallte.

»Geh nach Hause, Grace«, sagte Elon.

»Ich weiß, dass du schwul bist. Vielleicht wäre das auch gut für den Film? Verheimlichst du es deshalb?«

Das Paar auf dem Rasen hörte auf zu streiten und starrte uns an. Elon packte mich fest am Handgelenk und zog mich ein Stück weg vom Haus. Ich hoffte inständig, dass keine

Fotograf:innen auf der Lauer lagen, um diesen Moment einzufangen.

»Du kannst nicht über mein Coming-out entscheiden«, sagte er, sobald er sicher war, dass niemand uns hören konnte.

»Fick dich, Elon«, entgegnete ich und lehnte mich schwer an eines der geparkten Autos. Ich ließ mich daran hinuntergleiten und hockte mich auf den Boden. Mein rotes Kleid war hochgerutscht, und ich saß im Dreck, aber es war mir egal.

Elon musterte mich mit Abscheu. »Du bist eine schreckliche Schauspielerin«, sagte er. »Du hast den Film ruiniert.«

Ich schüttelte den Kopf. Ich wusste, dass das nicht stimmte. »*Du* hast den Film ruiniert.« Ich zeigte mit dem Finger auf ihn. »Ich brauche diesen Scheißfilm nicht. Du schon.«

»Alle mussten dich mit Samthandschuhen anfassen, damit du keinen Zusammenbruch erleidest«, erwiderte Elon mit einem Ausdruck von so heftiger Abscheu, dass ich verstummte. »Bist du bipolar oder so was?«

Ich stand auf und schubste ihn so heftig, dass er sich am Seitenspiegel des Autos festhalten musste, um nicht hinzufallen.

»Blöde Schlampe«, sagte er, drehte sich um und ging davon. Schweigend stand ich einen Augenblick lang da und wartete darauf, dass er zurückkam oder dass mir jemand sagte, was ich tun sollte oder wie ich von hier wegkommen konnte. Als klar war, dass mir niemand helfen würde, holte ich mein Handy heraus und starrte es an.

Schließlich tippte ich die einzige Nummer ein, die ich je auswendig gekannt hatte.

Als Able vor dem Haus hielt, stand ich auf und stieg wortlos in sein Auto. Er stellte den Motor ab, und wir saßen fast im Dunkeln, nur das Licht einer Straßenlaterne drang herein. Ich schämte mich sofort für mein Aussehen – aufgestylt, als hätte ich geglaubt, man würde mich wie eine Erwachsene behandeln, wenn ich mich so anzog. Dann bemerkte ich, wie schmutzig meine Beine auf den cremefarbenen Ledersitzen aussahen, aber falls Able es ebenfalls sah, sagte er zumindest nichts.

»Geht es dir gut?«, fragte er nach einem Moment leise.

Meine Augen füllten sich sofort mit Tränen. »Es tut mir leid«, flüsterte ich.

»Du brauchst dich nicht bei mir zu entschuldigen«, sagte Able. »Das musst du nie.«

»Ich hätte beinahe alles vermasselt«, sagte ich und wollte unbedingt, dass er verstand, was passiert war, denn jetzt, da ich neben ihm saß, war ich nicht mehr wütend auf ihn. Ich schämte mich nur und fühlte mich schuldig, dass ich die Rolle in diesem Scheißfilm überhaupt angenommen hatte. Able hatte vom ersten Moment an sein Vertrauen in mich gesetzt, und ich hatte beinahe alles weggeworfen, nur weil ich immer meinte, irgendetwas beweisen zu müssen.

»Mach dir keine Sorgen. Ich kümmere mich um Nan«, sagte er, nachdem ich ihm erzählt hatte, was passiert war. Er wischte mir mit dem Daumen die Tränen aus dem Gesicht. Ich rechnete es ihm hoch an, dass ich von ihm nicht zu hören bekam: Ich hab's dir ja gesagt. Ich nahm mir vor, mich nie wieder so verletzlich zu zeigen.

»Nichts davon ist deine Schuld. Du hättest nie in diese Lage gebracht werden dürfen«, sagte er.

»Danke«, flüsterte ich. Able zeigte auf meinen Sicherheitsgurt, und ich schnallte mich an, bevor er losfuhr und die Scheinwerfer seines Wagens den dunklen Canyon erhellten.

»Ich habe übrigens Mandy angerufen, bevor ihr mit dem Dreh begonnen habt«, sagte Able einen Moment später. »Um zu verhindern, dass so etwas passiert.«

»Du hast mit Mandy gesprochen?«, wiederholte ich langsam und versuchte zu verstehen. »Was hast du zu ihr gesagt?«

»Ich habe ihr klargemacht, dass sie dich nicht zu hart rannehmen darf.«

Ich musste daran denken, was Elon gesagt hatte, dass die Leute am Set mich mit Samthandschuhen angefasst hätten, und mein Gesicht begann zu glühen.

Able spürte mein Unbehagen und fuhr mit sanfter Stimme fort: »Ich habe es getan, um dich zu beschützen, Grace. Ich wollte nicht, dass sie unzufrieden mit dir ist.«

»Warum hast du mir das nicht gesagt?«, fragte ich, bevor ich mich zurückhalten konnte.

Able wandte sich mir zu und musterte mich. Verärgerung zeigte sich in seiner Miene. »Denk daran: Ich kenne deine Grenzen besser als du selbst. Mandy musste wissen, dass du leicht überfordert bist und du dann nicht mehr klar denken kannst und dich schnell angegriffen fühlst. Das ist ja nicht schlimm. So bist du eben, aber ich wusste, dass du es ihr nie sagen würdest, wenn etwas nicht stimmt.«

Ich saß regungslos da, und irgendwo in meinem Gehirn schrillte eine Alarmglocke. Doch ich hörte nicht darauf und nickte, denn ich wusste, was er von mir wollte. »Danke«, sagte ich.

»Wie fandest du es denn, mit jemand anderem zu arbeiten?«, fragte Able beiläufig, als wir an einer Ampel auf der Crescent Heights zum Stehen kamen.

»Furchtbar«, antwortete ich, und Able lächelte. »Mandy war alles egal, und Elon ...«

»Was ist mit Elon?«

»Elon hat gesagt ...«, begann ich, aber die Worte wollten nicht kommen. »Er hat gesagt, ich wäre eine schlechte Schauspielerin.«

Able erstarrte, und obwohl er eine ganze Weile nichts sagte, konnte ich förmlich spüren, wie seine Wut sich im Wagen ausbreitete. Als er schließlich sprach, tat er es mit vor Emotionen belegter Stimme. »Sieh mich an, Grace.« Er legte eine Hand an mein Kinn und drehte mein Gesicht zu ihm. Endlich blickte ich ihm in die Augen. »Der Typ ist den Boden nicht wert, auf dem du gehst. Er wird als Parkhausangestellter enden, noch bevor er Mitte zwanzig ist. Das war der letzte Film, den er je gedreht hat, glaub mir.«

Ich lächelte schwach, und Able erwiderte mein Lächeln, tauchte mich wieder in sein strahlendes Licht. Mir war immer so viel wärmer, wenn er mich ansah – wie hatte ich das vergessen können?

»Du weißt, dass ich alles für dich tun würde, oder?« Der plötzliche Themenwechsel überrumpelte mich. Ich richtete mich ein wenig auf, die Ampel schaltete auf Grün, und wir fuhren mit schnurrendem Motor weiter.

»Ja«, sagte ich vorsichtig.

»Und du weißt, dass das auf Gegenseitigkeit beruht, oder? Jetzt musst du mein Vertrauen zurückgewinnen.«

Ich hatte ein mulmiges Gefühl im Magen, aber als ich Able einen Blick zuwarf, lächelte er immer noch. Ich fragte mich, ob ich in der Vergangenheit alles durcheinandergebracht hatte. Vielleicht hatte Able recht und mein Verstand war so nutzlos und ausgebrannt, dass ich Informationen nicht wie alle anderen um mich herum verarbeiten konnte.

»Ich meine, wenn unsere Partnerschaft funktionieren soll, müssen wir uneingeschränktes Vertrauen zueinander haben. Wir dürfen nie wieder auch nur im Geringsten aneinander zweifeln. Ist dir das klar?«

Ich nickte langsam.

»Ich vertraue dir.«

Able hielt vor meinem Hotel. Er stellte den Motor ab und drehte sich zu mir.

»Wie wäre es, wenn ich dich auf dein Zimmer begleite und so lange von Jazzmusik schwärme, bis du eingeschlafen bist und vergisst, dass dieser Abend überhaupt je stattgefunden hat? Hört sich das nach einem Plan an?«

Ich nickte, und als wir aus dem Auto stiegen, spürte ich, wie ich mich in seiner Gegenwart wieder entspannte. Das zuzulassen fühlte sich beruhigend vertraut an – so als hätte jemand endlich eine schwere Decke über einen Käfig voller aufgeregter Vögel geworfen.

In meinem Hotelzimmer angekommen, ließ Able sich in dem Sessel neben meinem Bett nieder. Er hob eine Zeitschrift vom Boden auf und blätterte darin, während ich mich im Bad einschloss, um meinen Schlafanzug anzuziehen. Nachdem ich mir die Zähne geputzt hatte, kroch ich unter die kühlen Decken des riesigen Bettes. Es war ein seltsames Gefühl, ihn neben mir zu haben, aber wie versprochen spielte er mir Musik auf seinem Handy vor, und als ich mit geschlossenen Augen dalag und ihm zuhörte, wie er leise von Miles Davis und John Coltrane erzählte, war ich glücklich, wieder jemanden zu haben, der sich um mich kümmerte. Und so war es immer bei uns: Jedes Mal wenn Able mir etwas nahm, das nicht zu ersetzen war, folgte ein gleichwertiger, gegenteiliger Moment, in dem ich das Gefühl hatte, er helfe mir, mehr zu mir selbst zu finden. Nie gab es das eine ohne das andere.

In dieser Nacht strömte Ables Stimme auf und nieder wie eine Welle, und ein Gefühl warmer Zufriedenheit breitete sich in mir aus, als ich über die Grenze zwischen Realität und Traum glitt.

21

Das Geräusch von tosendem Wasser dringt in meine Ohren, und meine Schulter streift etwas Scharfes auf dem Meeresgrund. Ich drehe mich nach oben, und als ich die Sonne über der Wasseroberfläche sehe, denke ich, dass ich vielleicht für immer hierbleiben werde. Doch dann zerbricht etwas in mir, wie an jenem Abend im Badezimmer. Ich kämpfe mich an die Oberfläche, meine Lungen brennen, und Adrenalin pumpt durch meinen gesamten Körper. Als ich an die Oberfläche komme, spucke ich Salzwasser und atme zitternd aus. Die gleißende Helligkeit der Realität lässt meine Sicht verschwimmen.

Ich bin zwanzig Meter weiter vom Ufer entfernt als vorher, und das Wasser ist wieder so still wie in einem See. Ich reibe mir die Augen. Jemand ruft meinen Namen. Ich blicke blinzelnd in Richtung Ufer, wo auf einmal sowohl Esme als auch Blake stehen und wild mit den Armen winken. Ich winke zurück, und aus irgendeinem Grund bin ich beinahe euphorisch beim Anblick meiner Schwester, so als ob ich nun alles wiedergutmachen könnte. Ich schwimme auf sie zu, und mit jedem Atemzug, der meine Lungen mit Sauerstoff füllt, bin ich dankbar für die Erinnerung daran, dass es uns verletzlich macht, wenn wir etwas so sehr brauchen.

Als ich aus dem Wasser wate, ist meine Kleidung schwer, und die Jeans kleben an meinen Hüften. Am Strand wringe ich den Saum meines T-Shirts aus und gehe auf die Mädchen zu.

»Was soll der Scheiß?«, fragt Esme. Jetzt, wo ich vor ihr stehe, sehe ich, dass ich ihr Winken falsch verstanden habe. Ihre Wangen sind tränennass.

Ich zögere, weiß nicht, was ich erwidern soll. Ich schaue Blake an, aber sie wendet den Blick ab, peinlich berührt.

»Mir war nach Schwimmen«, sage ich schließlich, weil ich finde, dass dies nicht der richtige Zeitpunkt ist, ihnen mein komplettes Seelenleben preiszugeben.

»Vollständig bekleidet«, sagt Esme scharf. »Du bist echt komisch. Was ist nur los mit dir? Ich dachte, du wolltest dich umbringen.«

Ich will ihr die Hand auf die Schulter legen, aber sie weicht zurück.

»Es tut mir leid. Ehrlich, ich bemühe mich, Esme. Ihr wart weg …«

»Esme hatte noch dein Handy«, sagt Blake. Meine Schwester weicht immer noch meinem Blick aus.

»Wollt ihr auf einen Tee mit reinkommen?«, frage ich.

Esme zögert und gibt Blake mit den Augen etwas zu verstehen, das ich nicht deuten kann. Ich hebe meine Schuhe auf, gehe in Richtung Haus, und nach einem kurzen Moment folgen mir die Mädchen zur Veranda. Ich tue so, als würde ich immer vollständig bekleidet schwimmen gehen, obwohl die Schürfwunde an meiner Schulter brennt und Blut durch den dünnen Stoff meines T-Shirts sickert.

Ich lasse Blake und Esme im Wohnzimmer zurück, schäle mich im Schlafzimmer aus meinen nassen Sachen und tausche sie gegen eine Yogahose und Dylans Pulli von der Ohio State, den ich beim Auszug habe mitgehen lassen. Als ich ins Wohnzimmer zurückkomme, sitzen beide steif auf dem Sofa. Ich schalte den Wasserkocher ein und wende mich ihnen zu.

Esme reicht mir schweigend mein Handy. Sie hat als Hintergrundbild ein Foto des Meerblicks von Coyote Sumac gewählt.

»Danke. Kann ich dir irgendwas dafür geben?« Als ich nach meinem Portemonnaie greifen will, fällt mir das entsetzte Gesicht der Verkäuferin in der Drogerie ein, als ich Trinkgeld geben wollte. Deshalb lasse ich es. Die Wirkung meiner transzendenten Erfahrung des Beinahe-Ertrinkens lässt bereits nach, und ich wünschte, ich hätte die beiden nicht zu mir eingeladen, zumal Esme mich weiter anschweigt und es mir schwerfällt, sie anzusehen, denn ihre Tränen haben aschgraue Streifen auf ihren Wangen hinterlassen.

Der Wasserkocher pfeift schrill. Als ich ihn von der Herdplatte nehme, verbrenne ich mir die Handfläche. Ich balle sie zur Faust und öffne einen der Küchenschränke. Er ist leer. Ich öffne einen anderen, dann fällt mir ein, dass ich keine Tassen mitgebracht habe. Ich habe nicht einmal Tee.

»Ich habe keine Tassen. Tut mir wirklich leid.« Ich stehe in der Mitte der Küche, schaue mich um und halte den beiden meine verbrühte Hand wie eine Opfergabe hin.

»Schon gut, wir trinken keinen Tee«, sagt Blake und lächelt höflich.

Die Mädchen machen keine Anstalten zu gehen, obwohl unser Schweigen schon längst unangenehm geworden ist. Ich fühle mich unsicher und weiß nicht, was ich tun soll. Worüber reden Teenager? Abgesehen von Dylan und dieser schrecklichen Nacht mit Elon und Alaia habe ich seit England kaum je Zeit mit Gleichaltrigen verbracht. Ich frage mich, wie lange ich höfliche Konversation betreiben muss, bevor sie mich vom Haken lassen. Meine Arme und Beine sind so schwer, als wären sie mit nassem Sand gefüllt, und ich will zurück ins Bett.

»Kann ich noch etwas für euch tun?«, frage ich. Esme starrt mit vor der Brust verschränkten Armen an die Decke.

Ich schaue Hilfe suchend zu Blake, aber sie zuckt nur mit den Schultern.

»Wie ist es so, berühmt zu sein?«, fragt Blake. Ich bin ihr dankbar, dass sie die Stille füllt, aber ich weiß nicht, wie ich die Frage beantworten soll. Soll ich ihnen erzählen, wie ich einmal aus einem Pool gezogen werden musste, weil ich ohnmächtig wurde, während ich nackt mit einem berühmten Popstar und zwei Männern schwamm, von denen keiner mein Ehemann war? Oder von dem Morgen danach, als ich zu einem furchtbaren Frühstück mit einer Journalistin von *LA Weekly* musste, die später schrieb, ich habe eine »kindliche Unschuld, zu der nur die zitternden Hände nicht recht passen – zweifellos DAS Thema zahlloser Studiobesprechungen in der ganzen Stadt«. Es war das erste Mal, dass jemand das in der gesamten Branche bekannte Geheimnis meines Drogenkonsums erwähnte, und mein Manager brachte mich fast um. Die Woche darauf verbrachte ich allein in einem Bungalow im Chateau Marmont, dröhnte mich zu mit Koks und Wiederholungen von *I Love Lucy* und ignorierte alle Anrufe.

Nichts von alldem wird meine Schwester beeindrucken. Die wenigen Male, die ich sie in den Jahren, seit ich ausgezogen bin, gesehen habe, hat sie sich nie für meine Arbeit interessiert. Nur einmal fragte sie mich, ob es wahr sei, dass Sean Connery einen Job als Sargpolierer hatte, bevor er Schauspieler wurde. Später fand ich heraus, dass es tatsächlich so war, aber ich glaube, ich habe vergessen, es ihr zu sagen.

»Es hat seine guten und seine schlechten Seiten, wie alles andere auch«, sage ich, und die Banalität meiner Antwort ist mir selbst peinlich. Esme schnaubt, was wahrscheinlich besser ist als nichts.

»Es ist nicht real«, sage ich einen Moment später leise. »Es hat keine Bedeutung.«

Die Mädchen schweigen und wissen nicht, was sie sagen sollen, weil sie noch Kinder sind. Aber wenigstens sieht Esme mich jetzt an.

»Habt ihr gewusst, dass Sean Connery als Sargpolierer gearbeitet hat, bevor er Schauspieler wurde?«, frage ich in dem Versuch, die düstere Stimmung aufzuhellen, für die ich allein verantwortlich bin.

»Hast du je mit Dylan über alles gesprochen?«, fragt Blake, beugt sich vor und spielt mit ihrem Ohrring.

Schnell stehe ich auf. »Okay, Mädels, danke, dass ihr mein Handy zum Laufen gebracht habt, aber jetzt habe ich ein paar Dinge zu erledigen.«

»Was für Dinge?« Endlich meldet sich Esme zu Wort und sieht mich dabei misstrauisch an. »Dinge, für die man ins Wasser gehen muss?«

»Erwachsenenkram. Ich muss meditieren«, sage ich. Esme nickt und scheint für den Moment zufriedengestellt.

»Meine Mutter macht eine Kryotherapie gegen ihre Depressionen«, erklärt mir Blake, als wir nach draußen gehen.

Ich sehe zu, wie die Mädchen in das rote Auto steigen. Im letzten Moment muss ich an Laurel denken und rufe ihnen nach: »Erzählt niemandem von den Crocs!«

22

Ich schiebe meine seidene Augenmaske hoch und halte mir schlaftrunken das vibrierende Telefon vors Gesicht, damit ich etwas erkennen kann. Die Maske hat in letzter Zeit ihre Aufgabe zu gut erfüllt, und ich schaffe es kaum, vor Mittag aus dem Bett zu kommen. Wenn ich aufwache, fühlt sich mein Gehirn pelzig an und irgendwie seltsam, so als müsste ich durch einen Swimmingpool voll mit dickem Lehm waten, nur um einen Satz zu bilden.

Ich halte mir das Telefon ans Ohr, während die Klimaanlage im Schlafzimmer feuchtwarme Luft auf mich bläst.

»Grace, ich habe Mist gebaut. Nathan und Kit haben mich ständig nach deiner Adresse gefragt, und ich habe ihnen deine Handynummer gegeben. Hasst du mich?«, fragt Wren. Sie klingt aufgelöst.

»Nein, ist schon gut«, sage ich, während ich mich strecke und versuche, nicht verschlafen zu klingen, denn es ist halb zwölf an einem Montag. Oder vielleicht ist es Dienstag. »Ich hätte mich sowieso bei ihnen melden müssen, damit sie aufhören, immer bei euch anzurufen.«

»Fängst du wieder an zu arbeiten? Der feministische Weltraumfilm?«

»Ich weiß nicht«, sage ich. »Ich denke, ich höre mir erst mal an, was sie zu sagen haben.«

»Wer ist der, der so schnell redet? Nathan? Er klingt ziemlich sauer.«

»Kann ich mir vorstellen.«

Ich versichere Wren ein weiteres Mal, dass ich sie nicht hasse, lege auf und rufe meinen alten Agenten Nathan an.

Nathan und Kit arbeiten mit mir seit jenem ersten Abendessen im Nobu. Able engagierte sie, als ich in die Staaten kam, und die beiden wurden zusammen mit Able und Presseagentin Nan mein Team und praktisch meine neue Familie.

Mein Agent Nathan ist der Jüngere der beiden, wahrscheinlich erst knapp über vierzig, und er war noch nicht besonders erfolgreich, als ich bei ihm unterschrieb. Was ihm an Erfahrung fehlte, machte er jedoch durch Arroganz und Talent zur Täuschung wett, zwei Eigenschaften, die von Männern in dieser Branche mehr als alles andere bewundert werden. Jetzt kümmert er sich um einige der größten Namen in der Filmindustrie, und damit das auch jeder sieht, hat er ein Büro mit Blick von Korea Town bis nach Pacific Palisades.

Mein Manager Kit sieht sich selbst als Intellektuellen – definitiv ein Image, das er kultiviert hat, indem er die Rolle eines überforderten Ivy-League-Professors spielt, dem es einigermaßen peinlich ist, in unsere unanständige Branche reingeraten zu sein. Soweit ich weiß, ist Kit in San Diego aufgewachsen und stammt aus einer Familie, die ihr Geld mit NASCAR-Rennen gemacht hat.

Wie immer treffen wir uns in Nathans Büro. Er hat es mal wieder renovieren lassen, alles ist jetzt strahlend weiß, einschließlich Nathans Jeans und seines struppigen Zwergspitzes, Dusty. Es sieht aus wie in einer Nervenheilanstalt in den siebziger Jahren.

»Die verlorene Tochter kehrt heim.« Kit umarmt mich, obwohl ich ihm im Laufe der Jahre mindestens hundertmal gesagt habe, dass er mich nicht anfassen soll. Er deutet auf das weiße Ledersofa. Als ich über den zotteligen weißen Teppich gehen will, packt Nathan mich am Arm und schüttelt den Kopf.

»Schätzchen, nein. Dieser Teppich hat mehr gekostet als deine Ehe. Er ist nicht zum Drüberlaufen gedacht.«

»Kein Problem.« Ich rolle dramatisch mit den Augen und steige darüber hinweg. Diesen beiden habe ich mich schon immer von meiner schlechtesten Seite gezeigt, das wird sich auch jetzt nicht ändern. Ich war dreizehn, als ich sie kennenlernte, und diese Rolle war die einzige, die ich je ganz allein für mich gestaltet habe.

Kit sitzt mir gegenüber in einem elfenbeinfarbenen verchromten Stuhl, während Nathan vor dem Fenster hin und her geht.

»Hat da heute jemand sein Ritalin vergessen?«, frage ich. Keiner der beiden lacht, der erste Hinweis darauf, dass es offenbar nicht so laufen wird wie sonst. Dusty rollt sich auf dem weißen Teppich unter mir zusammen. Ich sehe Nathan vielsagend an, aber er bleibt stumm.

»Das Wichtigste zuerst: willkommen zurück in L. A., Grace«, sagt Kit und legt seine Fingerspitzen gegeneinander wie der Bösewicht aus einem James-Bond-Film.

»Wie war's in Anaheim?«, fragt Nathan, als wäre ich in Falludscha gewesen und nicht nur vierzig Meilen außerhalb von Los Angeles.

»Ich hätte euch sagen sollen, wo ich bin«, entgegne ich höflich.

»Du hättest nicht weggehen sollen«, fährt Nathan mich an.

»Das kann man so oder so sehen.«

»Kann man nicht«, sagt Nathan. Ich glaube, er hatte eine Haartransplantation, während ich weg war. Haben denn alle nur darauf gewartet, dass ich die Stadt verlasse, um ihre kosmetischen Träume zu verwirklichen? »Dir ist klar, dass wir fast zehn Jahre lang mit dir gearbeitet haben, oder? Wir haben ein ganzes Netzwerk aufgebaut, das nur funktioniert, wenn du hier bist, verfügbar bist. Arbeiten gehst. Deine Entscheidungen betreffen nicht nur dich. Das ist dir schon klar, oder?«

»Nathan«, unterbricht ihn Kit, aber Nathan bringt ihn mit einer Geste zum Schweigen. Seine Lippen sind feucht, und er fährt sich mit dem Handrücken über den Mund. Er stützt sich mit der Hand auf dem Schreibtisch ab, und ich sehe den Speichel auf seinen Fingerknöcheln, was mir irgendwie peinlich ist. Nathan hat mich immer zu sich nach Brentwood eingeladen, und seine ganze Familie behandelte mich, als wäre ich Beyoncé. Sie engagierten den Sushikoch von einem der Katsuya-Restaurants und öffneten Weinflaschen im Wert von 800 Dollar, die ich dann umkippte, wenn ich mich zu sehr betrank.

»Ich will nur sichergehen, dass sie begreift, in was für einer Lage sie ist. Wir könnten sie auf Teufel komm raus verklagen, wenn es sich um irgendein anderes Business handeln würde. Denn es ist ja nicht so, dass der CEO eines Technologieunternehmens verschwindet oder der Chefdesigner. Hier löst sich das ganze verdammte Produkt selbst in Luft auf. Das kann ja nicht so schwer zu verstehen sein, oder?«

»Wie gesagt, ich hätte euch sagen sollen, wo ich bin.« Ich verschränke die Arme vor der Brust und rutsche auf meinem Sitz hin und her wie ein Kind, das etwas angestellt hat.

»Um ehrlich zu sein, Grace, ja, du hättest eine E-Mail schicken können. Wir haben dagestanden wie Vollidioten«, fügt Kit hinzu, und meine Überraschung muss sich in meinem Gesicht abzeichnen, denn er zuckt mit den Schultern und formt mit den Lippen das Wort »Was?« in meine Richtung.

Nathan steht mit vor der Brust verschränkten Armen vor dem Fenster. Die Wintersonne scheint hinter ihm ins Zimmer, und er sieht aus wie ein Engel. »Weißt du eigentlich, dass man dich schon fast vergessen hat? Keine Ahnung, ob dich das überrascht, aber das sollte es nicht.«

»Wolltet ihr euch mit mir treffen, um mir zu sagen, dass ich entbehrlich bin?«, frage ich, mehr überrascht als alles andere.

»Nicht ganz. Aber ja, jeder ist entbehrlich. Was? Ich bin nur ehrlich«, sagt er, als Kit die Stirn runzelt.

»Ich glaube, was Nathan eigentlich sagen will, ist, dass dein nächster Schritt wirklich wichtig ist. Hast du von … Able gehört?«, fragt Kit vorsichtig.

Ich schüttle den Kopf, während sich mein Herzschlag beschleunigt. Vielleicht war es mir damals nicht bewusst, aber Able hat auch Kit und Nathan ausgesucht. Sie waren nicht annähernd so erfolgreich wie er, und als er ihnen vorschlug, sich zusammenzutun, ging ihnen wahrscheinlich schon bei dem bloßen Gedanken daran einer ab. Vielleicht wissen auch sie nicht, wer sie ohne ihn sind.

»Gracie, Süße?«, setzt Kit an.

Gracie, Süße. Als wäre ich immer noch dreizehn und frisch in L. A. in einem Minnie-Mouse-T-Shirt und einem Paar cremefarbener Converse, auf denen sich all meine Freund:innen zu Hause in England verewigt haben.

»Ich verstehe immer noch nicht, was passiert ist.« Nathan schaut an die Decke, als würde er Gott um notwendige Geduld mit mir bitten.

Ich verlagere mein Gewicht und schaue an ihnen vorbei aus dem Fenster auf die Stadt, die unter uns liegt. Ich habe diese Aussicht schon unzählige Male gesehen – vom höchsten Gipfel des Runyon Canyon bis zum Dach des Soho House – und dabei nie verstanden, was die Menschen an dieser Stadt so sehr mögen. Dylan sagte immer, der Anblick der funkelnden Lichter in den Tälern und der pastellfarbenen Häuser in den

Hügeln gebe ihm Energie. Dass er selbst in den finstersten Ecken Hollywoods und den staubigen Topanga Canyon Trails mit ihren Klapperschlangen und Berglöwen Schönheit finde. Das Problem war, dass ich durch den Smog nie etwas davon erkannte.

»Wie du schon sagtest, jeder ist entbehrlich«, erwidere ich kalt.

»Bist du sicher, dass du nichts tun kannst, um es zu wiedergutzumachen? Hast du irgendetwas getan, das ihn verärgert hat?«, fragt Nathan, der verzweifelt dahinterkommen will, wie die Geldquelle so plötzlich versiegen konnte.

»Das haben wir doch alles schon durch, Nathan. Es ist vorbei.«

Nathan schüttelt den Kopf und blickt auf Unterstützung hoffend zu Kit. »Mal sehen, wie du darüber denkst, nachdem du ein Jahr lang Weihnachtsfilme für Hallmark gedreht hast.«

»Okay, kein Grund, gemein zu sein.« Ich runzle die Stirn, als Dusty unvermittelt ein schrilles Japsen von sich gibt.

»Er hat dich zu dem gemacht, was du bist, Grace. Ich weiß nicht, ob du dich davon erholen kannst«, sagt Nathan höhnisch.

Und da wird mir plötzlich klar, dass Able mich immer noch kontrolliert. Er hat es von Anfang an so eingerichtet, dass er im Mittelpunkt jeder Entscheidung steht, die ich treffe und die für mich getroffen wird, und das Beste daran ist, dass er nicht einmal an mich denken muss. Meine Karriere, meine Beziehungen, sogar mein Zuhause: Able steht immer noch im Mittelpunkt des Ganzen. Vielleicht hat er von Anfang an gewusst, dass ich ohne ihn verloren wäre und ganz allein durch den Äther Hollywoods schweben würde. Und er wusste die ganze Zeit, dass niemand sonst etwas mit mir würde zu tun haben wollen.

»Ist es nicht eure Aufgabe, das herauszufinden? Es scheint mir kein besonders ausgeklügeltes Geschäftsmodell zu sein, nur eine Einkommensquelle für seine Kundin zu haben«, sage ich bissig.

»Grace, dein letzter Film ist vor über einem Jahr rausgekommen. Wenn du morgen ein neues Projekt finden würdest, könnte es bis zu drei Jahre dauern, bis der Film veröffentlicht wird. In der Zeit wird dich selbst der winzige Prozentsatz der Kinobesucher vergessen haben, die sich noch für dich interessieren. Du warst einen Scheißfilm davon entfernt, dir einen Namen zu machen. *Ein Film.*« Nathan lässt sich auf seinen Schreibtischstuhl plumpsen und legt die Hände mit den Handflächen nach unten in zwei klitzekleine Sandkästen zu beiden Seiten seines Macs. Er fährt mit den Fingern leicht durch den Sand und reibt sie dann sanft aneinander, bis seine Hände wieder sauber sind. Ich ziehe die Augenbrauen hoch, aber Kit zuckt nur mit den Schultern. Ich vermute, dass Nathans Feng-Shui-Berater ihm gesagt hat, das zu tun, zur Beruhigung, wenn der Stress zu groß wird. Es scheint auch zu funktionieren, bis er mir einen Blick zuwirft. Eine tiefe Röte zieht sich seinen seidenglatten Hals hinauf, und er presst die Lippen zu einem dünnen Strich zusammen.

»Verdammte Scheiße, lachst du etwa, Grace?« Nathan dreht sich zu Kit um und zeigt auf mich, als habe er nun genug von mir. »Lacht sie etwa?«

»Es tut mir wirklich leid. Ich weiß, dass ihr Familien habt und milliardenschwere Häuser abbezahlen müsst und so. Kann ich verstehen, das ist bestimmt nicht leicht. Es ist nur so: Habt ihr mir nicht immer gesagt, dass ich mir längst schon einen Namen gemacht habe?«

»Glaubst du, irgendjemand in Wallace, Idaho, fragt sich, wo Grace Turner ist?«, sagt Nathan. »Hast du eine Ahnung, wie hart alle daran gearbeitet haben, den Film rechtzeitig rauszubringen, damit er für die Award Season infrage kommt – und zwar deinetwegen? Hast du eine Ahnung, wie viel Vorarbeit wir geleistet haben, um dir die Oscar-Nominierung zu verschaffen? Wir haben eine Plakatwand am verdammten Sunset Boulevard gemietet, Grace, aber da warst du schon weg, als sie beklebt wurde. Wir haben das Ganze von Anfang an perfekt geplant, und du versaust es in letzter Minute, indem du verschwindest. Wer bitte pfeift auf die Golden Globes?«

Nathan sieht Kit an, der traurig den Kopf schüttelt, und ich frage mich, wie oft sie dieses Gespräch schon geführt haben.

»Lass uns über die Globes sprechen, wo wir schon dabei sind. Wir haben fünfundsechzig Mitglieder der Hollywood Foreign Press nach Berlin geflogen, zu der geilsten Party, die sie je miterleben durften. Die Mehrheit dieser Typen hat während der gesamten Reise kein Auge zugetan. Zwei von ihnen haben ihren Rückflug verpasst. Unsere ›For Your Consideration‹-Kampagne war so perfekt, dass sie im Lehrplan der Filmschulen wäre, wenn du nicht vorher verschwunden wärst.«

»Davon wusste ich nichts«, sage ich zu meiner Verteidigung. »Das hat mir niemand gesagt.«

»Stell dich jetzt bloß nicht dumm, Grace. Selbst wenn du wie durch ein Wunder diesen Scheißoscar gewonnen hättest, *alle* wussten, dass dir nur noch ein Film gefehlt hat, um endgültig den Sprung auf die A-List zu schaffen. Du hast es versaut.«

»Schon gut, Nathan, ich hab's kapiert«, sage ich, und zum ersten Mal weiche ich seinem Blick nicht aus. »Bitte. Ich hab's wirklich verstanden.«

»Nein, denn wenn es so wäre, hättest du dich anders verhalten. Hast du schon darüber nachgedacht, was du als Nächstes machen willst? Denn was immer du tust, es muss kommerziell sein und trotzdem integer. Und weißt du, wer die einzige Person ist, die im Moment kommerzielle Sachen mit Integrität macht?« Ich kann sehen, dass Nathan gleich wieder ausflippt.

»Könntest du dich wenigstens umhören, was es sonst noch gibt?« Ich richte den Blick auf Kit, auch wenn ich den eigentlichen Kampf mit Nathan austragen muss. »Nächsten Monat werden wieder die ganzen Piloten gedreht. Da muss doch etwas für mich dabei sein.«

»Sicher, Schätzchen«, sagt Kit, zückt sein Handy und runzelt beim Lesen konzentriert die Stirn. Nathan tut es ihm gleich. Das soll heißen, dass unser Meeting beendet ist.

Kits Lippen bewegen sich leicht, während er eine Nachricht tippt.

»Schreibst du dir das auf?«, frage ich und sehe ihn eindringlich an.

»Natürlich«, antwortet Kit geistesabwesend.

Ich stehe auf und gehe über den teuren Teppich zur Tür. Dann drehe ich mich um und schüttle den Kopf. Die beiden beachten mich nicht, sondern tippen weiter schweigend auf ihren Handys herum.

»Ihr seid echte Vollidioten.«

Pat, der Parkwächter des Bürogebäudes, ist nicht mehr so freundlich wie früher. Ich frage mich, ob es zu ihm durchgesickert ist, dass man keinen guten Eindruck mehr bei mir machen muss, weil ich nicht mehr wichtig genug bin. Ich kann mich nicht daran erinnern, ob ich ihm zu Weihnachten immer ein Trinkgeld gegeben habe oder nicht. Trotzdem nehme ich einen Fünfzig-Dollar-Schein aus meinem Sonnenbrillenetui, den ich ihm reiche. Danach ist er ein bisschen entgegenkommender, öffnet mir die Autotür und lächelt mich an. Früher hat Pat mir bei jedem Besuch gesagt, dass mein Talent ein Geschenk Gottes sei, doch diesmal sagt er nur schnell »Frohe Weihnachten« und schließt die Autotür.

23

Ich sitze ein paar Minuten lang mit geschlossenen Augen im Auto und versuche, mich zu erden oder was auch immer mein Coach für transzendentale Meditation mir ständig beizubringen versucht hat. Nach dem Treffen mit Nathan und Kit bin ich unruhig, und es ärgert mich, dass mir ihre Meinung immer noch so wichtig ist. Mein Handy vibriert auf dem Beifahrersitz. Ich greife danach und starre es einen Moment lang einfach nur an. Unbeholfen tippe ich meinen Sicherheitscode ein, bevor ich die Nachrichten-App öffne, so wie meine Schwester es mir gezeigt hat.

Sei nicht böse
Ich hab mich drum gekümmert
(Ich bin's übrigens, Esme)
Rat mal, wessen kleiner Freund das ist.

Das Bild zeigt einen lilafarbenen, geschwollenen Schwanz. Schnell verdecke ich mit der Hand den Bildschirm und schaue aus dem Fenster, um zu sehen, ob mich jemand beobachtet. Fuck, fuck, fuck. Was macht sie da?

Richtig, es ist tatsächlich Mr. Best Buy, Obertrottel und pathologischer Lügner höchstpersönlich

Gern geschehen

Ich lösche ihre Nachrichten, werfe das Handy wieder auf den Beifahrersitz und dresche auf das Lenkrad ein. Dann greife ich wieder nach dem Telefon, um eine Nachricht an Esme zu schreiben. Ich tippe langsam und mit vielen Autokorrekturfehlern.

Woher hast du das? Das ist absolut illegal.

Esme schreibt augenblicklich zurück.

Es ist nicht illegal. Ich wollte nur helfen. Wenn du ausrastest, brauchst du gar nicht erst zurückschreiben

Erschöpft lege ich den Kopf für einen Moment auf das Lenkrad. Doch als ich kurz darauf aus dem Parkhaus in den strahlenden Sonnenschein fahre, stelle ich überrascht fest, dass ich lachen muss.

»Also? Was hältst du davon?«, fragt Esme und versucht, nicht allzu stolz zu klingen. Mit dem Telefon am Ohr lasse ich mich in den Verandastuhl zurücksinken.
»Ich glaube, ich könnte verhaftet werden, weil ich dieses grässliche Bild auf meinem Handy habe. Ist Mom zu Hause?«
»Sie sind beide ausgegangen. Mann, entspann dich, niemand wird dich verhaften – er ist superalt.«
»Wie alt ist superalt?«
»Mindestens zwanzig.«
»Woher hast du das Foto überhaupt?«
»Instagram. Ich habe ihm mit einem Fake-Account geschrieben, und er hat mich zuerst nach einem Nacktfoto gefragt«, sagt Esme. »Also dachte ich mir, dass er es auf jeden

Fall verdient hat. Er kannte mich überhaupt nicht und dachte trotzdem, er hätte das Recht, mich nackt zu sehen.«

»Du hast nicht …?«, frage ich zögernd und denke an das Nacktbild, das sie in der Schule an jemanden geschickt hat.

»Natürlich habe ich das nicht. Ich bin doch nicht komplett verblödet, Grace. Ich habe ihm eins geschickt, das ich auf Reddit gefunden habe, und er hat mir sofort diesen Scheiß zurückgeschickt. Es ist einfach so eklig, dass es nur echt sein kann.«

»Oh Gott.«

»Ich habe ihn schon angeschrieben. Er war einverstanden, etwas anderes über dich zu posten, wenn wir im Gegenzug das Schwanzfoto nicht an seinen Chef bei Best Buy schicken. Also, gern geschehen.«

»Etwas anderes?«

»Etwas wie, dass er nur versucht hat, Aufmerksamkeit zu bekommen, indem er irgendwelche Gemeinheiten über dich postet, und dass du eigentlich ganz normal und nicht geistesgestört bist, und so weiter, bla bla bla.«

»Na ja, das war alles sehr … nett von dir, in gewisser Weise«, sage ich und fühle mich schlecht, weil sie sich so freut. »Aber das wird nicht funktionieren.«

»Was meinst du?«

»So funktioniert das einfach nicht, Esme. Niemand wird sich die Mühe machen, einen winzigen Widerruf zu drucken, geschweige denn einen ganz neuen Beitrag, in dem steht, dass ich mich an einem Mittwochnachmittag bei Best Buy völlig normal verhalten habe. Das ist keine Story. Hast du das jemals über jemanden gelesen?«

»Das ist doch Schwachsinn«, widerspricht Esme schmollend, und ich komme mir vor, als hätte ich ihr gerade gesagt, dass es Welpen gar nicht gibt oder dass Tom Hanks ein übler Frauenfeind ist.

»Die Leute sagen, du hast ein *Problem*. Drogen oder Alkohol«, sagt Esme. Wahrscheinlich habe ich zum ersten Mal seit fünf Jahren keines dieser beiden Probleme. Aber das sage ich ihr nicht. Sie muss nicht noch weniger von mir halten, als sie es ohnehin schon tut.

»Vielleicht sogar eine Psychose«, fügt sie hinzu.

»Esme, ich weiß die Mühe zu schätzen, die du dir gemacht hast, aber ich bin mir ziemlich sicher, dass die Art und Weise, wie du an das Foto gekommen bist, das Letzte ist, mit dem ich im Moment in Verbindung gebracht werden sollte. Danke für die gut gemeinte Hilfe, aber können wir bitte einfach den Jungen mit dem Ständer vergessen?«

»Aber warum soll er damit durchkommen, nur weil er ein Kerl ist?«, fragt Esme und hört sich an, als würde sie gleich in Tränen ausbrechen. »Hat dir denn niemand beigebracht, dass man sich gegen Bullys wehren muss?«

Ich überlege, ob es eine Zeit gab, als ich auch an solche Regeln geglaubt habe, oder wann ich das letzte Mal das Gefühl hatte, dass das Leben mir etwas schuldet. Ihre Naivität weckt leichten Neid in mir.

»Im echten Leben läuft es nun mal nicht immer so«, sage ich leise. »Du weißt es vielleicht noch nicht, aber es gibt böse Menschen auf der Welt. Ein paar kriegen vielleicht genau das, was sie verdienen, aber andere kommen einfach immer davon. Tut mir leid, das zu sagen, aber es ist wahr. Es ist gut möglich, dass dieser Kerl immer wieder gewinnen wird. Das Leben ist ungerecht. Je eher du das akzeptierst, desto leichter wird es sein.«

Am anderen Ende des Telefons herrscht Schweigen. Ich verlagere mein Gewicht im Stuhl, damit mein Bein nicht einschläft.

»Der Freak von Best Buy steht also am Ende als Gewinner da?«, fragt sie schließlich. »Was redest du da?«

»Ich weiß nicht«, antworte ich, plötzlich erschöpft und dankbar, dass meine Eltern nicht zu Hause sind. So können sie auch nicht die demotivierende Ansprache mithören, die ich meiner Schwester gerade halte. »Nein, wahrscheinlich nicht.«

»Also, wer ist dann der Gewinner?«, fragt Esme leise.

»Können wir über etwas anderes reden?« Ich fühle mich so einsam wie schon lange nicht mehr.

»Warum gibst du so schnell auf? Es ist einfach nur traurig, das mit anzusehen«, sagt Esme und klingt dabei genau wie unsere Mutter.

»Ich muss dann mal los«, sage ich und beende das Gespräch.

Ich lehne mich im Stuhl zurück und schaue hinauf zu den vier Häusern, die über der Steilküste von Coyote Sumac thronen. Von hier aus hat man einen noch besseren Blick auf Ables Haus, und wenn ich die Augen zusammenkneife, kann ich eine Gestalt auf dem Dach erkennen, die auf das Meer blickt. Ich weiß sofort, dass es Able ist. Er ist zu Hause, steht auf seiner Terrasse und wartet darauf, dass die Sonne am Horizont im Meer versinkt. Mein Herz hämmert. Wie kann er nur etwas so Banales tun, etwas so Friedliches und Erfreuliches, wie den Sonnenuntergang an einem Montagabend anzuschauen – genau wie alle anderen. Ich denke an das, was ich Esme erklärt habe, und wie sehr ich wünschte, ich hätte gelogen. Ich wünschte, die Bösen wären einfach nur die Bösen, dass sie nicht wüssten, wie sie dich mit sich in die Tiefe reißen können, bis deine eigene Scham nicht mehr von der ihren zu unterscheiden ist. Während ich ihn beobachte, begreife ich, dass ich mich so lange verstecken kann, wie ich will – auch das werde ich nur tun, weil er mich dazu gebracht hat.

Als Able ins Haus geht, spüre ich zum ersten Mal seit Langem wieder eine heftige Wut in mir hochsteigen. Der Himmel wirft ein tiefrotes Licht auf das weiße Dach seines Hauses, und das ganze hässliche Ding glüht von innen heraus, als stünde es in Flammen.

24

Das Verhältnis zu Able veränderte sich ein paar Monate vor meinem neunzehnten Geburtstag. Die Dreharbeiten für meinen letzten Film waren gerade zu Ende gegangen – ich hatte die Rolle eines Mädchens in einem Konzentrationslager während des Zweiten Weltkriegs –, und Able gab deswegen eine Party in dem pfirsichfarbenen Haus oben auf dem Hügel. Er hatte mich während des gesamten Drehs ignoriert und damit unser übliches Muster durchbrochen. Daraus schloss ich, dass meine Leistung dieses Mal wirklich nicht gut genug war, ich nicht genug Gewicht verloren oder dass er einen Fehler gemacht hatte, als er mich für eine so ernste Rolle castete. Vielleicht hatte er auch von den Drogen erfahren, von denen ich mehr brauchte, um die Zeit irgendwie zu überstehen. Es war das erste Mal, dass wir zusammenarbeiteten, seit ich achtzehn geworden war, und kurz fragte ich mich, ob er sich jetzt, da ich älter war, nicht mehr für mich interessierte. Doch dieser Gedanke kam aus den Tiefen meines Verstandes, dem Teil, der Widerstand von mir wollte und den ich zum Schweigen bringen musste, um zu tun, was zu tun war, und die zu sein, die ich zu sein hatte.

Ich war überrascht, als Able uns unter dem Vorwand entschuldigte, mir unser nächstes Drehbuch zeigen zu wollen, und mich in sein Büro im hinteren Teil des Hauses führte. Andere Gäste lächelten uns nachsichtig zu, als wir an ihnen vorbeigingen, denn wir beide waren Amerikas auserkorene

Lieblinge. Ich erinnere mich, dass Emilia uns sogar zuwinkte, bevor sie sich umdrehte, um einen weiteren Streit zwischen den Zwillingen zu schlichten.

Wie auf Wolken ging ich hinter ihm her, so erleichtert, dass er wieder mit mir reden wollte. Ein Gefühl der Ruhe überkam mich, das das, was dann kam, nur noch schlimmer machte. Im Büro angekommen, lehnte sich Able gegen seinen Schreibtisch und sagte mir, dass er sich mir endlich nicht mehr widersetzen und mir geben würde, was ich die ganze Zeit gewollt hätte. Während er sprach, öffnete er den Reißverschluss seiner Jeans. Irgendwie fand ich durch die Welle meiner Angst hindurch die Worte, ihm zu sagen, dass ich das für keine gute Idee hielte. Er antwortete, ich solle endlich ehrlich sein. Jeder wüsste, dass ich seit Jahren hinter ihm her sei. Ich flüsterte, ich müsse auf die Toilette, aber er sah mich nur mit leerem Blick an, zwang mich auf den Boden und steckte mir seinen Penis in den Mund. Ich begann zu würgen. Dickflüssiger Speichel rann über mein Kinn, und meine Augen brannten von Scham und heißen Tränen. Die ganze Zeit über starrte ich auf ein Foto von Able, Emilia und den Zwillingen, das auf dem Schreibtisch hinter ihm stand. Er machte sich nicht einmal die Mühe, es umzudrehen.

Im Nachhinein versuchte ich, das, was geschehen war, zu rechtfertigen. Ich hatte ihn in dem Glauben gelassen, unsere Beziehung sei etwas Besonderes, weil auch ich davon profitiert hatte. Ich wollte mir nicht eingestehen, dass ich keine Wahl gehabt hatte. Und selbst als der Ekel schließlich jede Faser meines Körpers durchdrang, war es ein kompliziertes Gefühl, das ich nicht wahrhaben wollte, nachdem ich so viele Jahre überzeugt gewesen war, dass seine Aufmerksamkeit mich zu etwas ganz Besonderem machte. Jedes Mal, wenn er mich beschuldigte, ihn zu wollen oder zu brauchen oder ihn dazu zu bringen, sich so zu verhalten, glaubte ihm ein kleiner Teil von mir.

Er hatte mich immer gewarnt, dass ich mir selbst nicht trauen könne, und tief in mir wusste ich, dass ich mich nie so stark gewehrt hatte, wie ich es hätte tun können.

Irgendwann fing ich an, das, was in Ables Büro passiert war, in meinem Kopf nur noch als den »Vorfall« zu bezeichnen. Dieses Mal fiel es mir schwerer, es zu verdrängen, und das lag nicht nur daran, dass mir der körperliche Akt so fremd gewesen war. Es war auch das, was er zu mir gesagt hatte, bevor es passiert war. Es gab mir das Gefühl, langsam zu ertrinken. Indem er behauptete, dass er sich mir nicht mehr widersetzen würde, hatte Able meinen schlimmsten und finstersten Verdacht bestätigt: Ich hatte all die Jahre, ohne es zu wollen, irgendeine Art von Macht über ihn ausgeübt. Ich erlaubte mir nur selten, darüber nachzudenken – zum Beispiel, wenn ich nicht genug getrunken hatte, um meinen Gedanken die Schärfe zu nehmen, oder wenn ich mein Percocet-Rezept nicht rechtzeitig erneuern ließ. Dann redete ich mir ein, es sei irgendwo zu einem Missverständnis gekommen, wie in einer dieser Sitcoms, in der alle aneinander vorbeireden. Nur leider war ich statt bei einem schicken Blind Date mit meinem Exfreund allein in Ables Büro gelandet. Wenn ich jedoch abstrakte Begriffe dafür fand (ohne daran zu denken, wie ich mir an jenem Abend zu Hause die Zähne geputzt hatte, bis mein Zahnfleisch blutete, oder wie ich drei Tage lang nicht in den Spiegel schauen konnte), schaffte ich es, mir einzureden, dass der Vorfall nicht ganz so schlimm gewesen war. Aber von nun an wich ich jedes Mal zurück, wenn jemand mir nahekam.

Mein Agent teilte mir mit, dass ich fast ein ganzes Jahr Pause hatte, weil Able an seinem neuen Projekt feilte – das Projekt, von dem er mir an jenem Abend in seinem Büro einen ersten Entwurf ›gezeigt‹ hatte. Zuerst war ich erleichtert, ihn nicht mehr sehen zu müssen, aber als ich nach ein paar Monaten immer noch nichts von ihm hörte, wich mein Ekel Angst. Angst, dass er mich nicht mehr für die Rolle wollte, auch wenn Nathan und Kit mir versicherten, dass dem nicht so war. Ich kannte nur unser übliches Muster – Ables hundertprozentiges Engagement zu Beginn eines Projekts, seine wohldosierten Schmeicheleien, um mich zum Unterschreiben zu bringen –, sodass ich nun, da er mich komplett ignorierte, überzeugt war, ich hätte etwas Unverzeihliches getan.

Zum ersten Mal in meinem Leben hatte ich nicht nur viel freie Zeit, sondern mir wurde auch bewusst, wie viel Vertrauen wir tagtäglich anderen Menschen entgegenbringen. Die Kombination aus beidem kaum zu ertragen. Niemand konnte mir garantieren, dass das Auto, das mir an der Kreuzung entgegenkam, auch wirklich an der roten Ampel anhielt, und dennoch sollte ich ohne zu zögern die Straße überqueren. Niemand konnte mir versprechen, dass nicht einer der unzähligen älteren Männer, die mit einer Kamera bewaffnet vor meinem Hotel warteten, zu weit gehen und in mein Zimmer eindringen würde. Alles erschien mir so zerbrechlich – wie das Vertrauen, das wir in andere setzen, ohne darüber nachzudenken. Und als ich das realisiert hatte, traf mich die Einsamkeit härter als jemals zuvor.

Als ich an meinem neunzehnten Geburtstag mit dem Gesicht auf dem schmutzigen Boden einer Toilettenkabine in einem Stripclub am falschen Ende des Sunset Boulevards aufwachte und unter der Tür hindurch beobachtete, wie die Frauen ihre Perücken zurechtrückten und die Riemchen ihrer Stöckelschuhe enger schnallten, konnte ich mir nicht einmal mehr selbst vormachen, dass es mir gut ging. Irgendetwas in meinem Gehirn war kaputtgegangen, und je mehr ich versuchte, es zu verdrängen, desto schlimmer wurde es.

Ich schrieb Nathan eine Nachricht, um ihm mitzuteilen, dass ich den Film nicht machen würde, dass ich mit allem fertig war, und bat ihn, die Nachricht an mein übriges Team weiterzuleiten. Dann tauchte ich wie so oft bei meinen Eltern in Anaheim auf, wie ein geprügelter Hund und mit einem Seesack voller Designerklamotten über der Schulter. Nur dass ich dieses Mal, als mein Vater die Tür öffnete, auf die Knie sank.

Ein paar Wochen lang hatte es den Anschein, alles würde besser werden. Ich erzählte meinen Eltern, dass ich mich von einer schlimmen Grippe erholen müsse, blieb im Bett und sah mir in meinem Zimmer alte Sitcoms an. Mein Vater stellte mir die Mahlzeiten vor die Tür, und selbst meine Mutter, mit der ich seit meinem Auszug kaum ein vernünftiges Gespräch geführt hatte, schien einen unausgesprochenen Friedensvertrag mit mir geschlossen zu haben. Eines Abends ließ sie mir sogar ein Schaumbad ein, das nach Rosen duftete. Im Gegenzug lauschte ich angestrengt lächelnd ihren Geschichten über Esme. Ich wusste, dass es ein zerbrechlicher Frieden war, der nur so lange gelten würde, bis ich ihnen meine Entscheidung verkündete, alles aufzugeben, was sie für mich und meine Karriere geopfert hatten. Und trotzdem fühlte es sich immer noch besser an als alles andere, was ich hätte tun können.

Eines Abends klingelte es an der Haustür. Als ich aus dem Fenster sah, stand da Ables Jaguar vor der Einfahrt. Er war flach, dunkelsilber wie ein Hai, und er erinnerte mich an eine Welt, die ich vergessen wollte. Ich schloss die Tür meines Zimmers ab, setzte mich hin, presste die Stirn auf meine Knie und atmete langsam ein und aus. *Ich hasse dich*, dachte ich, während ich gleichzeitig hoffte, dass er zu mir kommen würde, um mir zu sagen, dass es ihm leidtäte und er mir verzeihe, egal welche Rolle ich bei dem Ganzen gespielt habe. Ich war verwirrt, widerte mich selbst an, aber eins war mir absolut klar, nämlich dass meine Eltern nie etwas von dem Vorfall erfahren durften. Jedes Mal wenn ich daran dachte, loderte die Scham in mir auf und brannte sich ihren Weg durch meinen gesamten Körper. Schon bald wusste ich nicht mehr, wer ich ohne sie war.

Eine halbe Stunde später hörte ich, wie die Haustür geschlossen und vor dem Haus ein Auto angelassen wurde. Kurz darauf klopfte meine Mutter an die Tür.

»Ich schlafe«, sagte ich, aber sie kam trotzdem herein.

»Emilia ist gerade gegangen«, sagte sie. Schnell sah ich zu ihr auf und erkannte, dass sie die Wahrheit sagte. Able hatte sich nicht einmal die Mühe gemacht, selbst zu kommen. Er hatte Emilia geschickt, um für ihn den Schaden zu begutachten, vielleicht sogar in einer ironischen Anspielung darauf, dass Emilia meinen Eltern damals versprochen hatte, meine Beschützerin zu sein. Nur Able und ich wussten, wie kläglich sie versagt hatte.

Als die Zwillinge etwas älter waren, hatte Emilia ein paarmal versucht, Kontakt mit mir aufzunehmen – sie lud mich zum Mittagessen in das pfirsichfarbene Haus ein oder schickte mir Taschen voller neuer Kleider und Make-up. Zu diesem Zeitpunkt war mir jedoch bereits klar, dass sie bei diesem ersten Abendessen nur dabei gewesen war, um meine Eltern zu beruhigen, auch wenn sie sich selbst dessen vielleicht nicht bewusst war. Als hätte ihre Anwesenheit die Tatsache, dass meine Eltern mich an Fremde auslieferten, für alle erträglicher gemacht. Wie sich herausstellte, besuchte Emilia nur selten Ables Filmsets, und sie fand nicht einmal Gefallen an den Premieren und Preisverleihungen. Vielleicht schüchterte sie das alles ein, oder es langweilte sie, aber ich hatte keine Gelegenheit herauszufinden, was es war, denn ich verbrachte nie Zeit mit ihr allein.

»Ich gehe nicht zurück«, sagte ich leise.

»Ich werde dir nicht sagen, was du zu tun hast, aber ich soll dir ausrichten, dass es Able leidtut.«

Mit einem Kopfschütteln deutete ich ihr an, dass sie mich in Ruhe lassen sollte. Meine Mutter sah anders aus, Emilias Besuch hatte Effekt auf sie gehabt, aber ich wusste nicht, welchen. Ich konnte mich noch gut daran erinnern, wie sie sich verhalten hatte, als wir uns während der Dreharbeiten zu dem ersten Auftragskiller-Film ein Hotelzimmer teilten – anfangs noch ganz aufgeregt, dann gekränkt wegen meines kühlen Verhaltens und meiner Erschöpfung. Danach tat sich ein Abgrund zwischen uns auf, und sie wurde mir gegenüber misstrauisch.

»Wenn Menschen lange Zeit kreativ zusammenarbeiten, können sie manchmal Dinge sagen oder tun, die den anderen verletzen«, sagte sie, als hätte sie es auswendig gelernt. »Das gehört dazu.«

»Okay«, sagte ich und schloss die Augen. Ich hatte mir viele Szenarien ausgemalt, aber nicht, dass Able versuchte, eine Versöhnung herbeizuführen, indem er seine Frau schickte, um meine Mutter zu beeinflussen. Er will, dass ich weiß, dass Emilia keine Ahnung hat, was passiert ist, dachte ich. Sogar jetzt noch muss er seine Machtspielchen spielen.

»Emilia hat gesagt, dass er dich dieses Mal beim Dreh zu hart rangenommen hat. Stimmt das?«, sagte sie dann, den Blick fest auf mich gerichtet.

»Ich will nicht darüber reden«, erwiderte ich. »Und schon gar nicht mit dir.«

Sobald die Worte meinen Mund verlassen hatten, bedauerte ich sie. Selbst ich konnte die Verachtung hören, die aus meiner Stimme triefte. Ich erkannte sie sofort als dieselbe Verachtung, die in Ables Stimme mitschwang, wenn er über meine Eltern sprach. Und jetzt setzte ich sie gegen meine Mutter ein. Sie richtete sich auf, strich ihre Haare zurück und verzog die Lippen – genau wie vor all den Jahren im Restaurant, als wir Able kennengelernt hatten.

»Tut mir leid, dass ich zu normal bin, um zu verstehen, wie es ist, du zu sein«, sagte sie, und die Selbstverständlichkeit, mit der sie das sagte, zeigte mir, wie sehr sie das immer noch beschäftigte.

»Das habe ich nicht gemeint«, sagte ich vorsichtig. Ich wollte nicht mit ihr streiten, denn jeder Streit endete damit, dass ich wieder gehen musste.

»Wir wissen beide genau, was du gemeint hast. Ich könnte sowieso nie verstehen, wie es ist, talentiert oder etwas Besonderes zu sein, weil ich nur eine Mutter bin – und nicht einmal eine gute.«

»Warum geht es jetzt auf einmal wieder um dich?«, fragte ich.

Sie starrte mich nur mit offenem Mund an, hilflos wie ein Goldfisch. Als sie sagte: »Glaube ja nicht, dass du uns mit deiner Rückkehr einen Gefallen tust«, fragte ich mich, was Emilia wohl zu ihr gesagt haben könnte.

»Ich wollte zurückkommen.«

»Manchmal lässt man die Vergangenheit besser ruhen«, erwiderte sie, und erst als ich aufblickte und die Bitterkeit in ihrem Ausdruck sah, die seltsame Form ihres Mundes, so verkniffen, verstand ich die ganze Tragweite dessen, was Able mir angetan hatte. Er hatte mich so sehr von meiner Familie entfremdet, dass ich nie wieder zu ihr zurückkehren konnte, selbst dann nicht, wenn ich sie am meisten brauchte. Mit diesem jüngsten Schachzug hatte Able mich zu einer Fremden in meinem eigenen Haus gemacht.

Letzten Endes mussten weder Able noch Emilia auch nur ein Wort zu mir sagen. Am nächsten Morgen fuhr ich nach L. A. zurück und unterschrieb sofort für den Film. Ich fing an, immer mehr zu trinken, um zu vergessen, was geschehen war und was ich hinter mir gelassen hatte. Ich wahrte Distanz zu Emilia, und wie alle anderen in meinem Leben – bis auf Able – trat auch sie in den Hintergrund und verschwand.

Ich glaubte, dass ich die Kontrolle über mein Leben hätte, obwohl mir in Wirklichkeit alles entglitt und außer Reichweite war. Als ich Dylan drei Wochen nach meiner Rückkehr auf einer Party kennenlernte, glaubte ich sogar, ich könne normal sein – gerade lange genug, damit er es auch glaubte. Ich verbrachte mein erstes freies Jahr damit, so zu tun, als wäre ich jemand anders als ich selbst.

Als schließlich die Vorproduktion von *Lights of Berlin* begann, musste ich mich zehn Monate lang für die Rolle der mörderischen Prostituierten vorbereiten. Es war zermürbend: der unverständliche Deutschunterricht, das Krav-Maga-Training mit dem ehemaligen Mossad-Agenten, stundenlanges Ganzkörpertraining mit dem russischen Ballettmeister und die Fahrstunts, von denen Able behauptete, sie würden nur richtig gelingen, wenn kein Stuntdouble, sondern ich sie selbst machte. Jeden Tag musste ich ihm gegenübertreten, und jeden Abend ging ich nach Hause, trank Wodka und schnupfte Koks, bis sein Gesicht nicht mehr in meinem Bewusstsein präsent war. Das Einzige, was mich davon abhielt, in den Abgrund zu stürzen, war Dylan. Jeder Morgen, an dem ich neben ihm aufwachte, war ein weiterer kleiner Hinweis darauf, dass ich vielleicht doch gar kein so schlechter Mensch war. Wenn er an mich glaubte, dachte ich, ist es vielleicht gar nicht so schlimm, dass ich selbst nicht an mich glauben konnte. Als die Dreharbeiten zu *Lights of Berlin* begannen, waren wir bereits verheiratet.

Der Film wurde in Europa gedreht, und als Dylan einwilligte, mich zu begleiten, hoffte ich, den Kreislauf endgültig durchbrechen zu können. Ich fühlte mich stärker, mutiger, manchmal sogar glücklich mit meinem frischgebackenen Ehemann an meiner Seite. Es schien sogar, als würde Able endlich meine Grenzen respektieren. Ja, ich war die meiste Zeit des Drehs halb nackt, aber er war am Set mir gegenüber nicht aufbrausend, ließ mich nicht unnötigerweise mitten in der Nacht Szenen nachdrehen und machte auch keine versteckten Andeutungen, ich würde in bestimmten Situationen den Bezug zur Realität verlieren. Er lobte mich zwar auch nicht, aber ich redete mir ein, ich hätte sein Lob gar nicht nötig, weil dieses Mal alles anders war. Fast glaubte ich es sogar selbst. Dass ich mit Dylan an meiner Seite vielleicht selbst entscheiden könnte, welchen Film ich als Nächstes machte. Sogar von einer Oscar-Nominierung war schon die Rede, davon hatte ich bis zu diesem Zeitpunkt nicht einmal zu träumen gewagt. Zum ersten Mal in meinem Leben kam es mir so vor, als hätte ich eine Zukunft. Und vielleicht könnte ich eines Tages sogar glücklich sein oder zumindest ansatzweise normal.

Dann, auf der Abschlussparty in einem Berliner Sexclub, nahm Able mich zur Seite, sah mir fest in die Augen und sagte, dass er aus mir keine Inspiration mehr schöpfen könne. Er fand, dass meine Arbeit ganz in Ordnung gewesen sei, aber er konnte an dem ungeschnittenen Filmmaterial erkennen, dass ich mit zunehmendem Alter irgendetwas verlor. Das, was mich einst von allen anderen Kandidatinnen für den Auftragskiller-Film abgehoben habe, das, was ihn veranlasst habe, seine gesamte Karriere an meine zu binden, das Leuchten, der Ehrgeiz, das Talent oder wie auch immer man es nennen wolle, sei nicht mehr da.

Able und ich hatten nie einen offiziellen Vertrag unterschrieben, das wäre, sagte man mir, unethisch. Heute kenne ich den wahren Grund: So konnte Able auch das Ende frei bestimmen. Unsere geschäftliche Beziehung war also schnell und unspektakulär zu Ende gegangen. Ich war einundzwanzig Jahre alt, frisch verheiratet, auf dem Höhepunkt meiner Karriere, und dennoch war die Ablehnung schlimmer als alles andere, schlimmer sogar als jene Nacht in seinem Büro. Ich hatte die letzten acht Jahre mein Leben auf Able ausgerichtet, und ich wusste nicht, wer ich ohne ihn war. Vor ihm war ich ein Nichts gewesen, warum sollte ich also nach ihm etwas anderes sein? Mit meinem Hass auf ihn konnte ich gerade so umgehen, aber die Scham drückte mich nieder und lastete schwer auf meiner Brust, sodass ich kaum noch Luft bekam. Ich hatte gewartet, bis er mich fallen ließ, und mich so selbst zu der unzuverlässigsten Quelle überhaupt gemacht. Niemand würde mir glauben, selbst wenn ich irgendwie die Worte für das Geschehene finden könnte.

Im folgenden Sommer arbeitete ich härter als je zuvor daran zu vergessen, wer ich war, wenn auch nur für eine Sekunde, eine Nacht oder eine Woche. Ich probierte jede nur erdenkliche Droge aus und belog Dylan schamlos, bis ich meinte, Absicht in seiner Unwissenheit zu erkennen. Da gab es endlich etwas, für das ich jemand anderem die Schuld geben konnte. Die Art, wie er mich ansah, machte mir Angst. Seine Liebe belastete mich.

Hin und wieder versuche ich zu verstehen, wie es so kommen konnte, wo ich meine Spuren hinterlassen habe, Spuren, die von Anfang an Ables Handschrift tragen. Aber es ist immer noch zu verworren.

25

Wieder wache ich spät und schweißgebadet auf. Das Bettzeug ist feucht, und mein Haar hat sich zu salzigen Löckchen gekräuselt, die mir im Nacken kleben. Ich habe geträumt, dass ich wieder am Set von *Lights of Berlin* war, aber die gesamte Crew bestand aus Echsenmenschen, die in einer fremden Sprache miteinander kommunizierten, die ich fast verstehen konnte – allerdings nur fast. Eigentlich ist der Traum gar nicht so weit entfernt von der Realität, nur dass Able dafür sorgte, dass ich an jedem Filmset die Außerirdische war, die Einzige, die nicht zum Kreis der Eingeweihten gehörte. Damals dachte ich, er wolle mich beschützen, aber vielleicht wollte er mich auch nur auf Distanz halten und im Dunkeln lassen, damit ich umso mehr von ihm abhängig war.

Ich nehme mein Fernglas mit auf die Veranda, halte es mir vor die Augen und stelle es mit geübtem Griff an der Seite scharf. Das Haus auf dem Hügel ist dunkel, und in der Einfahrt sind keine Autos zu sehen. Bevor ich es mir anders überlegen kann, lege ich das Fernglas auf den Verandastuhl und laufe über den Strand, bis ich die weiße Holztreppe erreiche, die zu den vier Häusern auf der Klippe über Coyote Sumac führt. Ich japse, als ich die letzte Stufe erklimme, und der Schweiß läuft mir zwischen den Brüsten herunter.

Ich gehe durch die hohen, scharfkantigen Grashalme, die zwischen der Rückseite des Hauses und der Straße wachsen. Das Haus ist genau so, wie ich es in Erinnerung habe: eine weitläufige, mediterrane Villa mit pfirsichfarbener Fassade und ockerfarbenen Dachziegeln, umgeben von einem wunderschönen, gepflegten Garten und schattenspendenden Palmen. Ich habe mich gefragt, ob sein Einfluss auf mich schwinden würde, wenn ich vor ihm stehe, aber mein Herz trommelt bereits jetzt, und mein Atem geht schwer. Gleich werden die Erinnerungen erwachen – anfangs in dunklen Fragmenten, dann immer dichter und mächtiger, bis ich sie beinahe berühren kann. Ich wende mich schon zum Gehen, als eine Autotür hinter mir zuschlägt. Ich trete einen Schritt zurück und verliere beinahe das Gleichgewicht, als jemand meinen Namen ruft.

»Grace ... Grace Turner. Bist du das etwa?«, ruft Emilia, und ein Lächeln zeichnet sich auf ihrem Gesicht ab. Sie kommt auf mich zu und küsst mich auf beide Wangen. »Able hat mir nicht gesagt, dass du wieder in der Stadt bist! Er ist wirklich zu nichts zu gebrauchen.«

Bei der Erwähnung seines Namens geben meine Beine fast nach, aber ich halte mich irgendwie aufrecht und zwinge mich zu etwas, das gerade noch so als Lächeln durchgehen kann.

»Meine Name ist Hyde«, sage ich. »Sie haben mich gezwungen, ihn für die Filme in Turner zu ändern, aber es war immer Hyde. Weißt du noch?«

»Natürlich«, erwidert Emilia, die einen Moment lang ein wenig verwirrt wirkt. »Ich habe nie verstanden, wieso.«

Sie tritt einen Schritt zurück, mustert mich von oben bis unten und lächelt wieder. »Schönes Mädchen. Na ja, mittlerweile Frau. Was machst du hier? Das Letzte, was ich gehört habe, war, dass du in Venice wohnst.«

»Ich wollte nur einen Spaziergang machen. Ich wusste nicht, dass ... Ich wohne momentan unten in Coyote Sumac. Dylan und ich ...« Ich schüttle den Kopf.

»Oh, Schätzchen, es tut mir so leid. Ich habe davon gehört.«

Emilia legt den Kopf schräg und kräuselt leicht die Lippen – die allgemein gebräuchliche Miene des Mitgefühls, wenn eine Ehe in die Brüche geht. »Du hast Able gerade verpasst. Magst du trotzdem auf einen Kaffee mit reinkommen?«

Emilia deutet mit dem Kopf in Richtung Haus, denn sie hält vier Leinentaschen mit Lebensmitteln und zwei große Fred-Segal-Tüten in den Händen. Als sie merkt, dass ich ihre Einkäufe mustere, verdreht sie die Augen und tut so, als wäre es ihr peinlich.

»Weihnachtseinkäufe. Das ist Konsumwut, Grace. Schlimm, ich weiß. Komm schon.«

Ich folge ihr ins Haus.

Als ich eintrete, stehe ich direkt im Wohnzimmer, das sich bis zur anderen Seite des Hauses erstreckt, links und rechts flankiert von Treppen, die zu den Schlafzimmern im Obergeschoss führen. Das ganze Haus ist so luxuriös und prächtig wie ein Privatclub, was in starkem Kontrast steht zu den üblichen leeren weißen Flächen und dem Treibholz-Dekor, wie es in den Villen in Malibu gang und gäbe ist. Vor den waldgrünen Wänden stehen Samtsofas und ein zischender glühender Holzofen. In Leder gebundene Erstauflagen mit goldgeprägten Titeln reihen sich auf den Regalen, dazwischen teure Kerzen und gerahmte Schwarz-Weiß-Fotos der Familie am Strand von Nantucket oder beim Skifahren in Verbier. Und der Geruch – immer noch dieses erdrückende Sandelholz, nach all den Jahren.

Meine Beine fühlen sich an wie Wackelpudding, als ich Emilia hinterhergehe, aber ich bin nicht in der Lage, mich zu stoppen. Mir wird bewusst, dass ich sie seit der Premiere von *Lights of Berlin* nicht mehr gesehen habe (ich war aufs Klo gerannt und hatte mich zweimal übergeben, bevor der Film überhaupt anfing). Sie wirkt ruhiger, glücklicher als in meiner Erinnerung, und ich frage mich, ob sie Medikamente nimmt so wie jeder andere vernünftige Mensch in dieser Stadt.

An dem Weihnachtsbaum in der Mitte des Raumes glitzern goldene und weiße Kugeln und Tausende von winzigen Lichtern an einem unsichtbaren Kabel. Hunderte von Sternsingerfiguren aus Porzellan sind überall verteilt. Einige stehen um den Baum herum und starren mit halb geöffneten Mündern und glasigen Augen zu ihm auf. Die anderen stehen auf jeder freien Fläche, alle in Rot und Grün gekleidet und manche mit kleinen Instrumenten oder Geschenken in der Hand. Emilia sieht, wie ich sie anstarre, und lacht.

»Als meine Großmutter starb, hatte ich einen absurden Streit mit meiner ungeliebten Cousine darüber, wer ihre Sammlung von Porzellanfiguren behalten darf. Wie du siehst, habe ich gewonnen und bin nun verflucht, jede einzelne von ihnen aufzustellen, bis der erlösende Tod kommt. Mittlerweile ist es mir egal, ob es ihrer ist oder meiner.«

Ich streiche einer von ihnen über den Kopf. Die Figur trägt ein rotes Schlittschuh-Outfit und wirkt, als sei sie ganz ergriffen von meiner Berührung. Wir gehen an der Tür zu Ables Büro vorbei, und ich frage mich, ob Emilia die Schweißperlen bemerkt, die sich über meiner Oberlippe bilden, oder das unregelmäßige Schlagen meines Pulses hört, als ich meine Hand auf die geschlossene Tür lege. Ich folge Emilia in die Küche und wünschte, ich hätte das Fläschchen Percocet mitgebracht. Manchmal reicht die bloße Gewissheit, die Pillen in der Nähe zu haben, um zu verhindern, dass sich die Panik wie ein Lauffeuer in mir ausbreitet.

Die Küche sieht anders aus. Seit ich das letzte Mal hier war, haben sie renoviert, und alles ist demonstrativ geschmackvoll –

wie Emilia. Able hatte mit der Inneneinrichtung offensichtlich nichts zu tun. Ich lehne mich gegen die marmorne Private küchenInsel und schaue überall hin, nur nicht Emilia in die Augen. Adrenalin pumpt durch meine Adern, und ich muss plötzlich dringend auf die Toilette, aber ich will nicht allein sein.

»Wann hatten wir dich das letzte Mal zu Besuch? Ich sage ständig, wie sehr ich es vermisse, dich hier zu haben. Es ist wirklich verrückt, dass wir dich kennen, seit du ein Kind warst, auch wenn du dich nie wie eins verhalten hast.« Während sie spricht, packt Emilia methodisch die Einkäufe aus. Sie stapelt die Dinge, die zusammengehören, und verteilt sie auf Kühlschrank, Gefrierschrank und Vorratskammer. Ich nutze die Gelegenheit, um sie genauer zu betrachten. Ihre unmodisch schmalen Augenbrauen und ihre noch schmalere Nase, ihre blassen Augen, die die Farbe des winterlichen Atlantiks haben. Mir wird bewusst, dass ich ihre Schönheit unterschätzt habe, als ich jünger war. Sie ist auf diese subtile Fleece und Jeans tragende Country-Club-Art attraktiv, die, hat man sie erst einmal bemerkt, mit jedem Blick eindeutiger wird.

Natürlich bin ich mir im Klaren darüber, dass es ein Fehler war, dieses Haus zu betreten. Ausnahmsweise scheinen alle Ebenen meines Bewusstseins aufeinander abgestimmt zu sein, und wie ein griechischer Chor singen sie mich an, mich sofort aus dieser Situation herauszumanövrieren. Aber ich weiß nicht, wie. Emilias Gelassenheit beunruhigt mich. Ich habe schon immer geglaubt, dass die Gesellschaft von Menschen, die sich zu beherrschen wissen, die gefährlichste ist.

Emilia nimmt eine hellblaue Schachtel und reicht sie mir. »Kandierte Maronen. Als ich klein war, gab es die in Connecticut, und sie sind das Einzige, was mich in dieser verfluchten Stadt in Weihnachtsstimmung versetzen kann. Du musst unbedingt eine probieren.«

Ich öffne die Schachtel und finde sechs runde Kugeln, jede einzeln in Folie verpackt. Mit zittrigen Fingern wickle ich eine aus und stopfe sie in meinen trockenen Mund. Der süße Zuckerguss zerbröselt sofort und legt sich über meine Zunge, was mir das Sprechen erspart. Mein Herz schlägt heftig – ich bin erstaunt, dass man es nicht durch mein T-Shirt hindurch sehen kann.

»Himmlisch, oder? Able hat sie mir aus Paris mitgebracht. Er mag in jeder anderen Hinsicht nutzlos sein, aber mein wunderschöner Mann würde es nie wagen, meine kandierten Maronen zu vergessen.«

»Wie läuft es mit dem … Schreiben?«, frage ich und habe Mühe, den Zuckerstaub zu schlucken. Emilia war früher Journalistin bei der *LA Weekly*, aber das hat sie vor ein paar Jahren aufgegeben, um Biografien über Prominente und Unterhaltungsromane mit knallbunten Covern zu schreiben. Der trockene Zucker bleibt mir im Hals stecken, und ich muss husten. Emilia reicht mir eine kleine Flasche Wasser aus dem Kühlschrank.

»Ich schreibe jetzt Belletristik, aber das wusstest du schon, oder? Es ist zwar totaler Schrott, aber es hat etwas Kathartisches, sich vollkommen angstfrei darauf einzulassen. Wen kümmert es schon, wenn ich ein Buch über eine Tierärztin schreiben will, die sich wieder in ihren Highschool-Freund in Montana verliebt? Ich habe mich mit der Tatsache abgefunden, dass mein Yale-Abschluss jetzt dazu dient, Menschen Trost zu spenden, die ich nie kennenlernen werde. Und das ist in Ordnung.« Während sie spricht, verquirlt Emilia drei Eier mit etwas Sahne und Salz. Sie gibt die Mischung in eine Pfanne und rührt geistesabwesend mit einem hellblauen Pfannenwender darin herum.

»Natürlich schämt sich Able zutiefst. Er war schon immer

ein unglaublicher Snob, auch wenn er aus Utah kommt.« Sie verdreht wieder die Augen und schiebt eine lose Haarsträhne hinters Ohr. Sie hat immer noch dieses perfekte blonde Haar: glänzend und wallend – ein Wasserfall, der ihr über Schultern und Rücken fällt, wie in einem Cartoon. An ihren Haaren kann man alles ablesen, was man über Emilia wissen muss, denke ich, vielleicht ein wenig unfreundlich.

Ich beobachte, wie sie das Rührei auf einen Teller schabt und dann stirnrunzelnd innehält. »Tut mir leid. Wolltest du Eier?«

»Ist schon okay.« Ich setze mich an den rustikalen Tisch. Ich fühle mich wie in einem Traum und beobachte, wie die Dinge um mich herum ohne mein Zutun ihren Lauf nehmen, obwohl es wie immer ich war, die alles in Gang gesetzt hat.

Emilia lächelt, als sie mir den Teller, Messer und Gabel reicht. Kurz entschlossen reißt sie noch ein Stückchen Sauerteigbrot ab und legt es obendrauf.

»Du bist jung, du hast noch keine Glutenunverträglichkeit, oder?«, fragt sie, als sie sich mir gegenüber hinsetzt.

»Es tut mir so leid, Grace. Hast du gehofft, Able sei zu Hause? Er hat seinen Assistenten entlassen, weil er dachte, er könne seinen Kalender selber besser führen, aber das kriegt er natürlich überhaupt nicht hin. Hat er dir erzählt, dass er die nächsten Wochen verreist? Er ist in Utah, um ein paar Szenen nachzudrehen, und hat mir versprochen, dass er zurückkommt, um bei den Vorbereitungen für Weihnachten zu helfen. Aber bei ihm weiß man ja nie. Willst du etwas Wein? Ich bin kein Suchtmensch, also kann ich auch mal um ein Uhr mittags Wein trinken. Die meisten meiner Freundinnen können das nicht.«

»Nein, danke«, antworte ich, aber ich sage nichts, als Emilia trotzdem zwei Weingläser aus dem Schrank über dem Spülbecken holt. Sie schenkt sich selbst großzügig ein und dann für mich eine kleinere Menge. Sie ist freundlich und entspannt, und weder Ärger noch Verunsicherung zeichnen sich in ihren Zügen ab. Während ich sie beobachte, wird mir klar, wie einfach ihr Leben ist.

»Ich kann schließlich nicht alleine trinken, wenn die Mädchen nach Hause kommen«, sagt sie lächelnd, und es ist okay, denn ich weiß bereits, dass ich den Wein nicht anrühren werde. Ich muss mich konzentrieren und wachsam bleiben in diesem Haus.

Obwohl ich keinen Hunger habe, esse ich einen kleinen Bissen Rührei. Es ist perfekt, dampfend heiß und cremig, und schmilzt quasi auf meiner Zunge.

Emilia beobachtet mich genau, und ich richte meine ganze Aufmerksamkeit darauf, normal zu essen: *kau, kau, kau, schluck.*

»Na los, erzähl mir alles, was ich über dich wissen muss. Du siehst toll aus, aber das war ja schon immer so. Und Able hat mir ständig gesagt, ich solle mir keine Sorgen um dich machen, selbst als du für diesen Kriegsfilm so abgemagert warst.«

»Hat er?« Ich halte die Gabel fest umklammert. Irgendetwas Saures stößt mir auf, und ich kann es gerade so wieder herunterschlucken, bevor ich meine Gabel wieder in den Eierhaufen stoße.

»Ach, du weißt schon.« Sie wedelt mit der Hand. »Ich glaube, er kannte dich einfach so gut, und wusste, welche Phase du gerade durchmachst. Ich war bei euch beiden immer außen vor. Das ist natürlich nicht ernst gemeint.«

Ich konzentriere mich darauf, den letzten Bissen Rührei auf ein Stück Brot zu schieben, und versuche, meine zitternden Hände zu verbergen.

»Es ist wirklich schön, dich hier zu haben. Able wird sich

auch freuen, wenn ich ihm von deinem Besuch erzähle. Die Kinder würden dich bestimmt auch gerne wiedersehen. Magst du noch bis um vier bleiben?«

Die Kinder. Zwei kleine Mädchen, die anfingen zu weinen, als sie auf der Party zu meinem sechzehnten Geburtstag ins Bett geschickt wurden. Ables Hände, die auf dem Foto auf seinem Bürotisch ihre Schultern umklammern. Der Raum um mich herum beginnt sich zu drehen und wird unscharf, sodass ich beide Hände auf den Tisch legen muss, um nicht das Gleichgewicht zu verlieren.

»Eigentlich muss ich jetzt zurück. Ich habe noch ein Meeting«, entgegne ich, und bevor Emilia mich noch etwas fragen kann, stehe ich auf und schiebe geräuschvoll den Stuhl unter den Tisch.

»Dann eben ein andermal. Die Mädchen werden bald neun, kannst du dir das vorstellen? Silver ist sehr aufgeweckt, aber sie kann ein kleines Monster sein, wenn sie will. Ophelia dagegen ist ein wahrer Sonnenschein. Alle sagen, man hat keine Lieblingstochter, aber bei Gott, das hat man sehr wohl. Zum Glück bevorzugt Able Silver. Er mochte seine Frauen schon immer kompliziert.« Emilia folgt mir lachend aus der Küche und ist sich scheinbar nicht bewusst, wie schnell ich aus diesem Haus herauswill.

Als wir an der Tür stehen, wirkt Emilia plötzlich niedergeschlagen und fragt mit kindlicher Stimme: »Musst du wirklich schon gehen?«

»Danke für die Gastfreundschaft, Emilia«, erwidere ich. »Wir sehen uns.«

»Gracie?«, ruft sie mir hinterher, als ich den Brunnen in der Mitte ihrer weitläufigen Einfahrt erreiche. Ich drehe mich um und sehe sie an. Das sanfte Plätschern des Wassers untermalt ihre Worte.

»Pass auf dich auf«, sind ihre einzigen Worte, aber ich habe das Gefühl, als wolle sie noch mehr sagen. Zum ersten Mal frage ich mich, ob sie sich schuldig fühlt, weil die Dinge für mich so gelaufen sind. Ich nicke, drehe mich wieder um und zwinge mich, ruhig den Hügel hinunter nach Coyote Sumac zu gehen. Als ich unten ankomme, schaue ich wieder zu dem pfirsichfarbenen Haus hinauf. Emilia steht immer noch in der Tür und beobachtet mich.

Ich bin schweißgebadet, als ich den Strand erreiche. Panik pumpt durch meine Adern, und ich weiß nicht, wie ich sie unter Kontrolle bringen kann. Ich weiß nicht, was mich geritten hat, als ich hierhergezogen bin – oder als ich allein zu dem Haus auf dem Hügel gegangen bin. Wieso habe ich Emilia für mich kochen lassen? Und ständig Ables Namen zu hören ... Ich weiß nicht, was ich getan hätte, wenn er zu Hause gewesen wäre. Wollte ich ihn zur Rede stellen? Hätte ich ihn auf die Wange geküsst, als wäre nie etwas passiert? Hätte ich ein Messer von der Küheninsel genommen und es ihm vor Emilias Augen in den Hals gestoßen, um die Todesangst in seinen weit aufgerissenen Augen zu sehen, während dunkelrotes Blut auf uns alle niederregnet wie in einem billigen Horrorfilm? Was macht man, wenn man nicht einmal mehr sich selbst vertrauen kann?

Ich stehe am Meer und denke daran, wie es war, unter Wasser zu sein: der brennende Druck in meiner Lunge, als mein Körper verzweifelt nach Sauerstoff schrie, die funkelnde Sonne direkt über mir. Ich denke daran, dass ich es mir selbst ausgesucht habe, hier zu sein. Langsam atmend lasse ich mich in den Sand sinken und halte mir die Hände vor den Mund, bis mein Atem stoßweise kommt und mir die Tränen über die

Wangen laufen. Als nichts davon wirkt und es sich immer noch so anfühlt, als stünde mein Gehirn unter Starkstrom, schreibe ich Laurel eine Nachricht und bitte sie vorbeizukommen. In letzter Sekunde füge ich noch eine Zeile hinzu: Bring ein paar unserer alten Freunde mit.

Ich habe nie behauptet, besonders gut auf mich aufpassen zu können.

26

Laurel stellt zwei Flaschen Casamigos-Tequila und eine große Ampulle mit weißem Pulver auf den Glastisch vor dem Sofa und lächelt mich unschuldig an.

»Ich bin mal davon ausgegangen, du hast diese alten Freunde hier gemeint. Sonst mögen wir ja niemanden.«

Während ich so tue, als würde ich in der Küche nach ein paar Gläsern suchen, spüre ich die altbekannte Vorfreude in meiner Brust. Es ist wie früher, als ich so etwas jeden Abend tat. Manchmal sehnte ich mich nach fiebrigem Schmerz, manchmal nach ungebremster Euphorie, und dann gab es Zeiten, in denen ich einfach nur spürte, wie mein Körper krampfte und brannte, wenn ich mich übergab. Ich frage mich, was für ein Abend es wohl heute werden wird.

»Ich habe keine Gläser«, sage ich und setze mich neben Laurel auf das Sofa. Sie zieht den Korken aus dem Tequila und nimmt einen großen Schluck, bevor sie ihn an mich weiterreicht. Ich nehme einen kleineren Schluck, der mir in der Kehle brennt.

»Wie gefällt dir dein neues Zuhause?«, fragt Laurel mit hörbarer Missbilligung in der Stimme, während sie zwei Lines vorbereitet. Sie weiß noch, wie ich meine mag: dünn und lang. Ich starre auf das Koks und ignoriere ihre Frage.

»Wenn Sankt Dylan uns jetzt nur sehen könnte«, sagt sie, als ich ihr den Strohhalm aus der Hand nehme, um meine Line zu ziehen. Das Koks schmeckt metallisch und ist mit etwas

Benzinähnlichem gestreckt – hoffentlich nicht mit echtem Benzin.

»Hast du letztes Jahr eine Entziehungskur gemacht?«, fragt sie, nachdem sie ihre Line geschnupft hat, die viel kleiner war als meine. Ich schüttle den Kopf und wünsche mir, sie würde kurz still sein, damit ich spüren kann, wie das Adrenalin einer seltsam summenden Ruhe weicht, gefolgt von einer plötzlichen intensiven Klarheit.

»Verdammt noch mal, Grace, rede mit mir.«

»Ich habe dir doch gesagt, dass ich bei meinen Eltern war.«

»Du warst ein ganzes Jahr lang in Anaheim? Weniger als eine Stunde entfernt? Was hast du dort gemacht?«

Ich überlege. Was habe ich dort gemacht? Jetzt schießt das Koks durch meinen Körper. Meine Haut kribbelt, und mein Kiefer verkrampft sich schon, also nehme ich noch einen Schluck Tequila. Es ist immer ein Balanceakt: Zu viel Koks, und man wird paranoid, zu viel Alkohol, und man hängt in den Seilen.

»Ich glaube, ich wollte meine Eltern dazu bringen, mich zu mögen.«

»Hat es funktioniert?« Laurel spricht jetzt schneller und beugt sich zu mir. Ein Gefühl von Dringlichkeit wächst in mir, und ich weiß, dass ich es nur in den Griff bekommen kann, wenn ich es schnell auf irgendetwas umlenke. Deshalb konzentriere ich mich auf Laurel und die Sorge in ihren Augen, von der ich mittlerweile glaube, dass sie tatsächlich echt sein könnte. Ich verstehe immer alles falsch.

»Meine Mutter meinte, es sei ›erhellend‹ gewesen, so viel Zeit mit mir zu verbringen.«

»Das heißt, du hast mit deiner Frohnatur das ganze Haus zum Leuchten gebracht?«

»Das glaube ich nicht.«

Wir trinken noch etwas Tequila und ziehen noch ein paar Lines. Ich hatte schon ganz vergessen, dass wir beide noch nie wussten, wann wir besser aufhören sollten. Der Abstand zwischen den Lines wurde immer kürzer, bis wir anfingen, uns wie in einem Zeitrafferfilm immer wieder mit der Nase nach unten über den Tisch zu beugen.

»Weshalb bist du zurückgekommen? Dylan?«

Ich schüttle den Kopf. Noch eine Line – zu dick für meinen Geschmack. Ich wünschte, wir wären nicht in der Pampa von Malibu, sodass ich irgendwo in der Nähe eine Schachtel Zigaretten kaufen könnte.

»Wegen mir?« Sie legt die Hand auf ihr Herz, als sei sie geschmeichelt, aber ich schüttle den Kopf und zeige mit dem Finger auf sie.

»Ganz bestimmt nicht wegen dir. Du bist die Schlimmste von allen«, sage ich, und Laurel ist einen Moment lang sauer, bevor wir beide in albernes, übertriebenes Gelächter ausbrechen. Ich fühle mich, als sei ich in Watte gepackt, und ziehe noch eine Line.

»Ich bin zurückgekommen, weil mir klar geworden ist, dass ich versucht habe, jemand zu sein, den es nicht mehr gibt«, sage ich, und meine Kehle schmerzt. »Aber wenn ich dann hier bin, habe ich das Gefühl, dass ich alle enttäusche, die ganze Zeit. Ich werde nie die sein, die die Leute sehen wollen, verstehst du? Selbst dieser kleine Scheißer bei Best Buy oder meine eigene verdammte Schwester – sie halten mich für ... Ich weiß nicht ...« Ich suche nach dem richtigen Wort, um ganz genau und *unwiderruflich* zu beschreiben, was ich fühle. Das Koks, das jetzt durch meinen Blutkreislauf jagt, füllt jedes meiner Worte mit einer dichten, bohrenden Intensität. »*Cool.* Sie halten mich für cool. Ich bin nicht cool. Ich bin nicht bemerkenswert.«

Laurel fängt wieder an zu lachen, und ein bisschen weißes Pulver fällt ihr aus der Nase. Sie legt sich abrupt die Hand über Nase und Mund, sodass die sporadisch entweichenden Pruster der einzige Hinweis darauf sind, dass sie tatsächlich lacht.

»Verdammt, ich habe dich vermisst. Machst du dir Sorgen, dass die Leute dich nicht für cool halten?«

»Nein, ich mache mir Sorgen, dass sie mich für cool halten.«

»Du bist bescheuert, Grace.«

Wir sitzen inzwischen auf dem Boden, den Rücken gegen das Sofa gelehnt, und der ganze Raum scheint heller zu sein, Lichter funkeln überall.

»Du hast auch mich verlassen. Das ist dir klar, oder?«, sagt Laurel. »Und ich glaube nicht, dass es besser ist, wenn du nicht hier bist.«

»Ich bezahle dich, du zählst nicht«, entgegne ich.

»Du glaubst, du bezahlst mich?« Laurel sieht mich an, als sei ich verrückt, und das Ganze kommt mir plötzlich so komisch vor, dass ich wieder lachen muss. Diesmal lacht sie nicht, und ich kann erkennen, dass sie überlegt, ob sie mit mir eines von diesen verkoksten, tiefschürfenden Gesprächen anfangen soll, aber der Tequila und das Koks hämmern gleichzeitig von innen gegen die Schädeldecke.

»Ich hätte gedacht, ich könnte mich inzwischen selbst leiden«, sage ich. Tränen treten mir in die Augen, weil es endlich die Wahrheit ist, und ich denke darüber nach, wie schön es wäre, ihr alles zu sagen, mir die *Sache* von der Seele zu reden und sie in die Welt zu entlassen, damit sie sich vom Sauerstoff eines anderen, vom Körper eines anderen ernähren kann. Stattdessen fange ich an zu würgen, als das bittere Koks meine Kehle hinunterrinnt. Es wird zu viel, und ich renne ins Bad, um mich zu übergeben. Heiße Tränen laufen mir über die Wangen, während Laurel mir über die Haare streicht.

27

Ich wache auf dem Sofa auf, mit dem Gesicht nach unten und Benzingeschmack im Mund. Jeder Zentimeter meines Körpers ist mit kaltem Schweiß bedeckt, mein Gehirn pulsiert im Schädel und drückt gegen meine Augäpfel. An Schlaf ist nicht mehr zu denken, also wanke ich ins Bad, wobei ich es vermeide, mir die Sauerei vom Vorabend anzusehen. Ich stelle die Dusche an und vergewissere mich, dass sie siedend heiß ist, bevor ich mich drunterstelle, dann kauere ich mich wie ein gequältes Tier auf dem Boden zusammen und schlage mir die Hände übers Gesicht, während das Wasser über mich hinwegrauscht.

Ich habe mich gerade in ein Handtuch gewickelt, als es an der Haustür klopft. Ich taumle durch das Wohnzimmer in der Erwartung, Lauren zu sehen, die Proviant bringt, so wie früher. Sie kam mit einer Flasche 5-HTP, um unseren Serotoninspiegel wieder zu erhöhen, einer Packung Vitamintabletten, um die verlorenen Nährstoffe zu ersetzen, einem Vaporizer mit Gras und manchmal einer Xanax, je nachdem, wie viel wir in der Nacht zuvor gekokst hatten. Denn tatsächlich umbringen wollten wir uns damals nicht.

Aber als ich die Tür öffne, steht Dylan vor mir, die Hände in den Hosentaschen.

»Oh fuck«, sage ich und mache einen Schritt nach vorn, um ihm den Anblick des Schlachtfelds in meinem Wohnzimmer zu ersparen. Zwei leere Flaschen Tequila, meine auf dem Sofa verstreute Kleidung, Spuren von weißem Pulver auf dem Couchtisch und der unverkennbare Geruch von tequilageschwängertem Erbrochenem.

Dylan wirft einen Blick über meine Schulter und sieht mich dann wieder an.

»Dylan ...«, setze ich an, aber es gibt nichts, was ich sagen kann.

»Schon gut, ich hätte anrufen sollen«, sagt er und tritt zurück. »Ich wollte nur sehen, wie es dir geht, aber wie es aussieht, hast du dich ganz gut eingelebt.«

Ich strecke die Hand aus, um ihn am Gehen zu hindern, aber er weicht meiner Berührung aus und versucht zu lächeln, um zu zeigen, dass alles in Ordnung ist. Mir wird schlecht, als er sich umdreht und die Stufen hinuntergeht. Ich weiß, dass er nur versucht, sich normal zu verhalten, damit ich nicht ausflippe. Aber das macht alles nur noch schlimmer. Irgendwo ist Schluss. Man kann einen anderen Menschen nicht immer wieder verletzen.

Ich sehe zu, wie er wieder in sein Auto steigt und die unbefestigte Straße hinauffährt. Als sein Auto außer Sicht ist, zerbricht etwas in mir, und ich rutsche an der Hauswand hinunter und schluchze, wie ich es seit meiner ersten Nacht in Anaheim nicht mehr getan habe. Während mir die Tränen über die Wangen laufen, blicke ich zu dem pfirsichfarbenen Haus hinauf, das schimmernd auf dem Hügel über mir steht.

Als mein Gehirn aufgehört hat zu vibrieren, zwinge ich mich dazu, aus dem Haus zu gehen, um etwas zu essen zu besorgen. Laurel antwortet nicht auf meine Anrufe, und ich traue mir nicht zu, selbst zu fahren, also laufe ich stattdessen den Hügel zum Highway hinauf und bereue es sofort, denn es ist unfassbar heiß, und die Asche der Waldbrände hundert Meilen weiter nördlich setzt sich in meinen Lungen fest. Auf meinem T-Shirt bilden sich Schweißflecken, und ich kann mich nicht erinnern, jemals so durstig gewesen zu sein. Wäre ich in Venice, hätte ich schon einen vierzig Dollar teuren, gesunden grünen Smoothie in der Hand, der mir Schönheit, Vitalität und die sauberste Leber der Stadt verspricht, aber da wir in Malibu sind, bleibt mir nichts anderes übrig, als in den ersten Laden zu gehen, zu dem ich komme: eine Tankstelle am PCH. Ich kaufe Kartoffelchips mit Dillgeschmack, eine Packung Babybel-Käse und eine gigantische Flasche Wasser. Als ich bezahle, bemerke ich die Theke mit warmen Snacks neben der Kasse und zeige auf ein Stück traurige Pizza. Der Verkäufer steckt sie in eine braune Papiertüte, während er mich anstarrt, als würde er sich fragen, was für grauenhafte Lebensentscheidungen ich getroffen habe, um hier zu enden. Ich greife mit verschwitzten Händen nach der Tüte und wanke auf den Ausgang zu, als jemand meinen Namen sagt.

»Grace.«

Ich drehe mich um. Es ist ein Mann, etwa so alt wie mein Vater, schlank, mit Aknenarben und dunklen Augen. Er kommt mir bekannt vor, aber das hat nichts zu bedeuten, denn so geht es mir zunächst mit jedem. Wenn mich zum Beispiel ein neuer Fahrer abholt, meine ich, in ihm den Kassierer des Buchladens zu erkennen, den ich am Vortag besucht habe. Es spricht natürlich Bände über meine Selbstbezogenheit, wenn ich Fremde für austauschbare Rädchen im Getriebe meines Lebens halte – in etwa wie in der *Truman Show* –, aber immerhin bin ich mir dessen bewusst. Ist es deshalb weniger schlimm? Schwer zu sagen.

Der Mann in der Tankstelle greift in seine Umhängetasche, und erst jetzt bemerke ich, wie schwer sie ist und wie sehr er sich bemüht, nicht aufzufallen mit seiner grauen Baseballkappe und dem weißen T-Shirt. Er holt eine Kamera mit riesigem Objektiv heraus und grinst mich an.

»Heute ist mein Glückstag. Willkommen zu Hause, Ms. Turner. Haben Sie was dagegen?«

»Kann ich Ja sagen?«

Er schüttelt den Kopf, immer noch lächelnd. »Sie wissen doch, wie der Hase läuft.«

Ich nicke, drehe mich schnell um, stoße die Tür auf und renne, so schnell ich kann, zur ersten Kreuzung auf dem Highway. Der Paparazzo ist dicht hinter mir, ich kann das hektische Klicken seiner Kamera hören. Jetzt muss ich mich entscheiden. Entweder ich laufe in meinen Crocs über die vierspurige Straße durch den brausenden Verkehr, oder ich warte an der Ampel auf Grün und bin leichte Beute. Ich schaue an mir herunter auf mein verschwitztes, schmutziges T-Shirt, die vom Fett durchtränkte braune Papiertüte in meiner Hand und treffe eine Entscheidung. Die erste Spur ist frei, also renne ich los, auf der zweiten Spur muss ich mir meinen Weg zwischen zwei vorbeirasenden Autos hindurchbahnen. Jemand hupt mich an und schreit etwas Unverständliches aus dem Fenster.

»Was machst du da, du verrückte Schlampe?«, ruft der Fotograf, und trotz des dröhnenden Verkehrs kann ich hören, dass er sich amüsiert. Autos rasen an mir vorbei und hupen mich an, während mir heiße Luft ins Gesicht peitscht. Ich warte einen Moment, dann nehme ich die dritte Spur in Angriff und weiche einem VW-Bus aus, der langsamer fährt als die anderen. Nur noch eine Spur. Ich kann den Schweiß auf meinen Lippen schmecken und wittere gleich darauf meine Chance, als ein schwarzer Range Rover angerast kommt, hinter dem ich eine Lücke im Verkehr erkennen kann. Ich mache mich bereit, hinter ihm über die Straße zu rennen, doch die Fahrerin bemerkt mich und gerät in Panik. Sie macht eine

Vollbremsung, und die hintere Stoßstange erwischt mich am Oberschenkel. Ich stürze, bin aber unverletzt. Ich fühle mich wunderbar, unbesiegbar, wie eine Superheldin, die den Verkehr zum Erliegen bringt. Ich springe auf und flitze über die Straße in das Waldstück auf der anderen Seite. Auf diesem Weg müsste ich nach Coyote Sumac gelangen, nur dass der Paparazzo nicht weiß, wo ich hinwill.

Das Wäldchen ist kühl, Kiefern und Eukalyptusbäume spenden Schatten. Ich laufe in meinen Crocs durch das Dickicht und steuere den trockenen, bröckelnden Hügel hinunter auf mein Haus zu. Langsam, aber sicher scheint es mir unnötig, so panisch über Äste und Felsen zu hasten, als würde ich vor einem Monster fliehen, aber ich will nicht riskieren, dass der Fotograf erfährt, wo ich wohne. Am Ende schlägt er noch vor dem Haus sein Lager auf, in der Hoffnung, mich bei irgendeiner Dummheit vor die Linse zu bekommen. Das Adrenalin ebbt langsam ab und wird durch den ängstlichen Nebel der vorangegangenen Nacht ersetzt.

Als ich am Fuße des Hügels ankomme, wird mir klar, dass es eine beschissene Entscheidung war, wie ein gehetztes Tier zu fliehen, statt mich der Situation zu stellen. Als ich mich auf die Stufen der Veranda setze, begreift schließlich auch mein erschöpftes, von Drogen gebeuteltes Gehirn, was gerade passiert ist. Der Fotograf ist nirgendwo zu sehen, denn er ist mir gar nicht gefolgt. Das brauchte er auch nicht, denn er hatte bereits, was er wollte. Ich schaue in die Papiertüte in meiner Hand. Ich habe die Scheißpizza verloren, als ich über die Straße gerannt bin.

28

Da es nur eine Frage der Zeit ist, bis Laurel und Nathan mich mit Anrufen und Textnachrichten bombardieren, schalte ich mein Handy aus, so wie Esme es mir gezeigt hat. Die beiden werden wissen wollen, warum ich mir so bereitwillig die Blöße gegeben habe, wie eine Irre, der man mit Zwangsjacke und Gummizelle droht, über die Straße zu rennen.

Ich ziehe mir ein schwarzes T-Shirt und eine Levi's an, die ich offen lassen muss, weil sie mir nicht mehr passt, und setze mich mit einem Glas Erdnussbutter und einer Banane aufs Sofa. Abwechselnd beiße ich in die Banane und löffle genüsslich die zähe Erdnussbutter, als es an der Haustür klopft.

Ich wische die Hände an der Jeans ab und öffne argwöhnisch die Tür. Draußen steht Emilia mit drei prall gefüllten Einkaufstaschen von Whole Foods in den Armen. Als ich merke, wie sie mich mustert, ziehe ich das schwarze T-Shirt über meinen entblößten Bauch nach unten.

»Oh Gott. Es ist schlimmer, als ich dachte«, sagt sie, schiebt sich an mir vorbei und wuchtet die Tüten auf die Arbeitsplatte meiner Küchenzeile.

»Was ist schlimmer als was?«, frage ich abwehrend.

»Entschuldige, Liebes, ich wollte nicht unhöflich sein. Ich habe nur gesehen, wie du gestern das Rührei verschlungen hast, und ich dachte mir, dass du niemanden hast, der ... sich ein bisschen um dich kümmert. Ich hatte immer den Eindruck, dass Dylan für dich da ist. Ich weiß nicht ... die Vorstellung, dass du hier alleine bist, bricht mir das Herz.«

Schamesröte steigt mir ins Gesicht bei dem Gedanken, dass ausgerechnet Emilia erkannt hat, wie schwer es mir fällt zurechtzukommen und nun versucht, mich zu unterstützen. Ob Able weiß, dass Emilia hier ist, und ob sie ihm bereits erzählt hat, wie einsam und hilflos ich bin?

»Mir geht es gut«, erwidere ich. Emilia öffnet die Küchenschränke, die alle leer sind, bis auf den über dem Spülbecken, in dem die verstaubte Thermoskanne steht, die schon bei meinem Einzug dort war. Emilia holt vier hübsche pfirsichfarbene Teller aus einer der Taschen und stellt sie in das Regal neben dem Ofen, während ich versuche, einen Stapel leerer Pizzakartons unauffällig mit dem Fuß unter den Tisch zu schieben. Emilia tut so, als würde sie es nicht sehen.

»Ich habe dir ein paar Lebensmittel besorgt, aber du wirst noch mehr brauchen. Es sei denn, du hast vor, nicht allzu lange zu bleiben?«

Ich schüttle nur den Kopf und denke an Dylans Gesichtsausdruck, als er vorhin mein Wohnzimmer gesehen hat.

»Okay. Das ist in Ordnung. Ich glaube, es könnte dir wirklich guttun. Ein entscheidender Moment in deinem Leben. Ich werde jetzt mal auspacken, und du sagst mir einfach, wenn du etwas davon nicht magst. Silver wird es auf jeden Fall essen. Herrgott, sie würde den Nachbarshund essen, wenn ich sie ließe. Genau wie ihr Vater.«

Sie füllt meinen Kühlschrank mit Grünzeug: Grünkohl, Spinat, Avocados und anderes dunkles Blattgemüse. Dann packt sie Nudeln, Bohnen, Reis und Dosen mit Biosuppe in die leeren Schränke.

»Ich habe übrigens heute Morgen mit Able gesprochen. Unter uns gesagt, er ist am Durchdrehen wegen John Hamiltons nächstem Film. Zwischen den beiden bestand schon immer eine freundschaftliche Rivalität, aber das wusstest du, oder? Und alle reden über Johns neues Projekt, als wäre es die Antwort auf das große Rätsel des Universums, aber es ist etwas völlig anderes als das Projekt, an dem Able arbeitet. Das macht ihn fertig. Ich weiß, dass er nervös ist, denn er hat mich gebeten, nächste Woche nach Utah zu fliegen, damit ich dabei sein kann, wenn er seinen neuen Produzenten den Director's Cut zeigt. Es gab wohl schon ein paar Probleme, und Able macht sich Sorgen, dass sie ihm Schwierigkeiten machen könnten. Du weißt ja, wie sehr ihm seine *Vision* am Herzen liegt.«

Der Gedanke, dass Able eine Art Schaffenskrise hat – auch wenn sie bestimmt nicht lange anhalten wird –, wirkt beinahe berauschend auf mich. Trotzdem bemühe ich mich, mir Emilias Worte einzuprägen, damit ich später in Ruhe davon zehren kann.

Während sie spricht, holt Emilia einen Karton Eier, einen Becher Sahne, Butter und etwas Salz und Pfeffer in tiefblauen Mühlen heraus und stellt alles auf die Arbeitsfläche neben dem Herd. Irgendwo in einer Schublade findet sie eine Bratpfanne, von der ich nicht wusste, dass es sie gibt, und wäscht sie ab, wobei sie mit den Fingernägeln die alten Fettreste abkratzt. Als sie fertig ist, wischt sie sich die Hände an ihrer Jeans ab und wendet sich mir zu.

»Funktioniert der Boiler? Das Wasser ist kalt.«

»Ich habe vorhin heiß geduscht …«, sage ich und muss daran denken, wie mir das Wasser fast die Schultern verbrannt hat, als ich mich in der Dusche wie ein Häuflein Elend auf dem Boden zusammengekauert habe. Ich nehme mir vor, den Boiler zu suchen, sobald Emilia weg ist, auch wenn ich nicht weiß, wie ein Boiler aussieht.

»Das Wasser sollte länger reichen als nur für eine Dusche.

Ich kenne da jemanden, den ich dir vorbeischicken kann, damit er sich das mal ansieht«, sagt sie, stutzt und lacht. »Was rede ich denn da? ›Ich kenne da jemanden.‹ Einen Klempner, meinen Klempner, Herrgott noch mal. Ich lebe schon zu lange in dieser Stadt.«

Sie stellt die Bratpfanne auf den Herd und zündet nach ein paar missglückten Versuchen einen der Brennerringe an.

»Mir war nicht klar, wie nah du wohnst. Wir sind praktisch Nachbarn«, sagt sie und lässt ein Stück Butter in die Pfanne fallen.

»Ich kann von hier euer Haus sehen«, sage ich, aber sie hört mir nicht wirklich zu.

»Wenn du im Supermarkt Eier kaufst, musst du immer nachsehen, ob welche kaputt sind, okay?«, sagt sie und wirft mir einen Blick zu, um sich zu vergewissern, dass ich nichts dagegen habe, mich wieder einmal von ihr bekochen zu lassen. Da ich nichts einzuwenden habe, fährt sie beruhigt fort: »Manche Leute verwenden für ihre Rühreier Milch statt Sahne, aber mit Sahne schmeckt es tausendmal besser, sodass man die zusätzlichen Kalorien getrost außer Acht lassen kann. Ich komme von der Ostküste, und wir glauben nicht an diesen ganzen Mist. Wenn du in Connecticut in ein Café gehst und um etwas anderes als normale Vollmilch bittest, halten die dich für eine zimperliche Millennial.«

Sie dreht sich wieder um und beginnt, die Mischung mit einer Gabel zu quirlen. Ich tue so, als würde ich sie nicht beobachten, und lehne mich gegen den Kühlschrank. Ein merkwürdiges, mit Adrenalin versetztes Gefühl der Enttäuschung macht sich in mir breit, und ich muss mich zwingen, nichts zu sagen, was das Gespräch wieder auf Able lenken könnte. Ich habe vergessen, wie vertraut sich der Finger auf der Wunde anfühlt, und die Erkenntnis, dass es das sein könnte, was mich am Leben erhält, erfüllt mich sofort wieder mit brennender Scham.

»Hat deine Mutter dir eigentlich Kochen beigebracht?«

»Ich bin von zu Hause weg, noch bevor sie wirklich Gelegenheit dazu hatte«, antworte ich, und es kommt mir so vor, als würde Emilia kurz zusammenzucken. Ich erzähle ihr nicht, wie wichtig es mir während des letzten Jahres war, meine Eltern nicht merken zu lassen, wie unfähig ich bin. Wie schlecht ich darin war, mich allein großzuziehen.

»Ich erinnere mich übrigens an das Essen im Nobu, als wäre es gestern gewesen. Schon komisch, wie das Gehirn funktioniert, oder?«, sinniert Emilia, während sie mit demselben hellblauen Pfannenwender die Eier umrührt, den sie auch bei sich zu Hause benutzt hat. »Deine Mutter hat Persönlichkeit. Und sie ist so schön.«

»Ja, kann schon sein.«

»Du siehst aus wie sie, aber das weißt du wahrscheinlich, oder?«

Ich will jetzt nicht an meine Mutter denken – den leeren Blick, mit dem sie den ganzen Tag fernsieht, die spitzen Knochen, die überall aus ihrem winzigen Körper hervorragen.

»Wir haben so unsere Probleme«, sage ich ganz automatisch, und sobald ich die Worte ausgesprochen habe, bereue ich sie sofort. Emilia blickt besorgt über die Schulter. Sie legt den Wender auf die Arbeitsplatte und dreht sich um.

»Das wird schon wieder werden. Sie kann sich glücklich schätzen, dich als Tochter zu haben«, sagt sie und ist sich in ihrem Urteil über meine Qualität als Tochter genauso sicher wie in allem anderen.

»Ich glaube nicht, dass sie sich glücklich schätzen kann«, entgegne ich mit einem Achselzucken. »Sie würde sagen, dass ich die Glückliche bin.«

»Manchmal ist das alles nicht so leicht«, erwidert sie freundlich, dann kommt sie auf mich zu und nimmt mich in die Arme. Meine Augen füllen sich unwillkürlich mit Tränen. Mir wird klar, wie entsetzt Able wäre, wenn er erfahren würde, dass sie hier war und wir über ihn gesprochen haben. Vielleicht werden sie sich sogar später am Telefon darüber streiten, und Able wird kalt und wortkarg sein, wenn der Streit nicht nach seinem Willen verläuft. Vielleicht vergifte ich gerade, ohne es zu wollen, seine Familie genauso, wie er meine vergiftet hat. Und dann bricht der Gedanke, der sich seit meiner Ankunft in L. A. immer wieder bemerkbar machte, durch die Dunkelheit hinaus, schwebt hoch über mir, bevor er sich wieder in mir festsetzt, wie neugeboren.

Ich bin in dieser Situation die Einzige, die nichts zu verlieren hat.

Ich löse mich aus der Umarmung und tue so, als wolle ich nach den Eiern sehen, die mittlerweile trocken und braun in der Pfanne kleben. Ich beobachte für einen Moment den Dampf, der von ihnen aufsteigt, dann wende ich mich wieder Emilia zu und sehe ihr endlich in die Augen.

»Ich glaube, du hast recht«, sage ich langsam. »Übrigens, wenn du das nächste Mal mit Able sprichst, grüß ihn bitte von mir.«

Nachdem Emilia gegangen ist, schalte ich mein Telefon wieder ein, um Nathan anzurufen. Überraschenderweise stellt mich sein Assistent direkt durch. Als er sich meldet, klingt es, als wollte er mich abwimmeln.

»John Hamilton hat vor ein paar Wochen wegen eines

Weltraumfilms angerufen – könnten wir da mal nachhaken?«, frage ich schnell und versuche, meiner Stimme die perfekte Mischung aus Dankbarkeit und Autorität zu verleihen. Die richtige Balance ist nicht einfach zu finden, wenn man es mit einem Egomanen zu tun hat.

Nathan zögert, dann stößt er einen tiefen Seufzer aus. »Ich werde mich darum kümmern, aber ich würde mir nicht zu viel erhoffen. John Hamilton ist nicht der Typ, der wartet.«

»Das ist er bestimmt nicht, aber ich werde mich anstrengen, im Ernst, Nathan. Ich verspreche es. Ich werde vorsprechen oder tun, was auch immer ich muss, um diese Rolle zu bekommen.«

»Okay, Grace. Das freut mich zu hören«, sagt er, und da weiß ich, dass ich ihn mürbe machen kann, wenn ich wirklich will. Ich muss es nur richtig anstellen.

»Danke, Nathan, du hast mich schon immer besser verstanden als alle anderen.«

»Ich hab was wiedergutzumachen«, sagt er. Ich höre einen Hauch von Wärme in seiner Stimme.

29

Die Paparazzi-Fotos von mir, wie ich über den Pacific Coast Highway renne, sind ohne jeden Zweifel katastrophal. Meine Haare sind fettig und verklebt, und meine Kleidung ist dreckig und schweißnass. In meinen Augen liegt ein wilder Blick, der mir absolut fremd ist, und ich laufe geduckt über die Straße wie ein wildes Tier auf der Flucht. Ich mache einen so irren Eindruck, dass es beinahe lustig wäre, wenn ich Laurel nicht hundertmal hoch und heilig hätte versprechen müssen, dass ich nicht völlig den Verstand verloren habe, und wenn Nathan mich nicht angerufen hätte, nur um mir zu sagen: »John Hamilton ist raus«, bevor er auch schon wieder auflegte.

Auch meine Presseagentin Nan meldete sich, sobald sie die Bilder sah, und riet mir dringend, eine Erklärung abzugeben. So etwas wie ich sei in Behandlung wegen Erschöpfungszuständen, die das Ergebnis meines ungeheuren Arbeitspensums seit meinem fünfzehnten Lebensjahr seien. Als ich mich weigerte, kündigte sie auf der Stelle. Dabei klang sie resigniert, als gäbe es für sie nichts mehr zu tun, da ich mich einfach nicht an die Regeln halten konnte. In Wirklichkeit ist Erschöpfung eine billige Ausrede, und das wusste sie wahrscheinlich auch. Jeder weiß, dass man damit nur Drogenprobleme oder Essstörungen schönreden will – was auch nur für diejenigen gilt, die so privilegiert sind, dass sie eine PR-Agentin haben, die in ihrem Namen feilschen und lügen kann. Die Wahrheit ist, sie hat gekündigt, weil sie ständig Überstunden machen musste, um hinter mir aufzuräumen. Nun, da ich nicht mehr gefragt bin, wird ihr Leben ohne mich viel einfacher sein. Sie wusste, dass ich diesem Statement niemals zustimmen würde, sie wollte nur einen Ausweg finden, für den man ihr keine Vorwürfe machen könnte. Ich nehme es ihr nicht übel. Im Gegenteil, ich beneide sie sogar, dass sie diesen Move vor sich selbst rechtfertigen kann.

Esme ist diejenige, die mir bei einem Eistee auf meiner Veranda die Fotos auf ihrem Handy zeigt, während Blake bei ihrer Therapeutin ist. Sie hat ein ganzes Album mit der Berichterstattung erstellt, und eine der Schlagzeilen zu den Bildern war »Verrückt und auf der Flucht«, was Esme anscheinend äußerst amüsant findet. Außerdem macht sie mich auf eine anonyme Enthüllungsstory einer angeblichen ehemaligen Freundin von mir aufmerksam, die behauptet, sie habe mich vor ein paar Jahren auf einer Party gesehen, wie ich mir allein ein paar Gramm Koks reinzog. Meine »Freundin« beendete ihre Aussage mit den Worten, sie hätte damals schon gewusst, dass ich mit meinen inneren Dämonen kämpfte. Wie poetisch.

»Und mit was genau *hast* du gekämpft?«, erkundigt sich Esme, nachdem ich den Text gelesen habe. Und weil sie noch ein Kind ist, mache ich mir Sorgen, dass sie tatsächlich eine Antwort will.

»Mit der Hitze. Es war wirklich heiß«, antworte ich.

Zwei Teenager skaten auf dem Weg vor der Veranda auf und ab und üben Tricks auf ihren Skateboards. Der Jüngere stürzt und schürft sich die Knie auf, während sein Freund vor Lachen brüllt. Ich schaffe es zu ignorieren, dass der Junge leicht humpelt und nur so tut, als ginge es ihm gut, denn ich habe kein Mitgefühl mehr übrig. Auch Esme starrt die beiden an und runzelt die Stirn, als ich sie dabei ertappe.

»Wollen wir?«, frage ich und zeige aufs Wasser. Ich habe

versprochen, mit Esme schwimmen zu gehen, auch wenn es eigentlich noch zu kühl ist, um überhaupt draußen zu sein, geschweige denn im Wasser. So muss es sein, wenn man Kinder hat. Ständig muss man etwas tun, was man eigentlich lieber nicht tun würde, nur um es ihnen recht zu machen.

»Noch nicht«, sagt Esme knapp, den Blick immer noch auf die Skateboarder gerichtet, die gerade Kickflips über ein Stück Treibholz machen.

»Warum starrst du die so an?«, zischt Esme, fast schon hysterisch. Sie macht so einen Aufstand, dass ich mir ein Lächeln verkneifen muss.

»Gefällt dir einer von den beiden?«, frage ich, unsicher, ob das die richtige Terminologie ist, weil es zu dem gehört, was ich verpasst habe. Esme schnaubt verärgert, und ich schaffe es irgendwie, nicht darauf hinzuweisen, dass sie damit noch mehr Aufmerksamkeit auf sich zieht.

»Kein Problem, ist schon in Ordnung«, sage ich. »Lass uns über etwas anderes quatschen.«

Wir sitzen ein paar Augenblicke schweigend da. Esme ist immer noch wütend, und ich bin kurz davor, über den Klimawandel oder so etwas zu reden, als sie sich wieder zu Wort meldet, die Hände auf ihrem Schoß zu Fäusten geballt. »Hast du überhaupt Freunde? Du bist nämlich immer allein.«

»Wow«, antworte ich, allerdings nur leicht beleidigt, weil es die Art von Frage ist, die ich auch stellen würde.

»Es ist noch viel merkwürdiger, weil du berühmt bist.«

»Ich habe Freunde«, entgegne ich und denke an Dylan. »Es ist nur komplizierter, wenn man älter wird.«

Esme öffnet den Mund, aber ich werfe ihr einen warnenden Blick zu, und sie schließt ihn wieder.

»Alles ist komplizierter, wenn man älter wird«, sagt sie und klingt dabei ausnahmsweise sehr weise für ihr Alter. Ich kann spüren, dass sie noch etwas sagen will, also warte ich die unangenehme Pause ab, die folgt.

»Die Mädchen in der Schule sprechen nicht mehr mit mir«, sagt sie kleinlaut.

»Was?«

»Meinst du ›was‹ oder ›warum‹?«, fragt sie, und an der Art, wie sie an der Haarsträhne zieht, die vor ihrem rechten Ohr hängt, merke ich, dass sie verärgert ist. Als sie klein war, hat sie diese Strähne immer so heftig gezwirbelt, bis die Haare dort nicht mehr wuchsen, und eine Zeit lang hatte sie auf dieser Seite eine etwas merkwürdige Kotelette. Ich hatte keine Ahnung, dass sie diese Angewohnheit immer noch hat. Eine stumme Wut, dass irgendjemand diesen Menschen verletzen könnte, ergreift mich mit überraschender Wucht.

»Da ist dieser Junge, den ich wirklich gemocht habe. Ich habe auf einer Party mit ihm rumgemacht, aber dann hat er seine Meinung geändert und es allen erzählt, und jetzt halten mich alle für eine Schlampe.«

Esme liest irgendetwas auf ihrem Handy und runzelt die Stirn. »Und jetzt geht er mit meiner ehemals besten Freundin, sodass keine meiner Freundinnen mehr mit mir sprechen darf.«

»Macht deine Freundin jetzt mit ihm rum?«

»Was glaubst du denn?«, entgegnet Esme spöttisch.

»Warum ist sie dann keine Schlampe?«

»Weil sie fest zusammen sind«, sagt Esme automatisch, ohne eine Spur von Ironie.

»Das ist dumm«, sage ich dümmlich.

»So läuft das nun mal, Grace. Ich erwarte nicht, dass du die Feinheiten des Datings von Teenagern verstehst.«

»Komm schon, Esme, das ist eine ernste Sache«, sage ich.

Esme verschränkt die Arme vor der Brust. Ich erinnere

mich daran, was ich ihr über böse Jungs, die immer gewinnen, erzählt habe, und es schüttelt mich innerlich.

»War er auch der Typ, dem du das Nacktfoto geschickt hast?«, frage ich leise.

»Es war ein Fake«, sagt Esme. Obwohl meine Schwester oft noch für mich wie eine Fremde ist, glaube ich zu wissen, dass sie lügt, weil sie sofort zu Boden blickt. »Und trotzdem posten es alle immer wieder und schreiben ekelhafte Sachen zu allem, was ich poste, selbst wenn es nur ein Foto ist, auf dem ich eine Eidechse in der Hand halte.«

»Okay«, sage ich langsam. Ich bin überfordert und wünschte, ich hätte nie gefragt. »Ich bin mir tatsächlich nicht sicher, ob du Eidechsen halten solltest.«

»Oh Mann, Grace!«

»Falls es dich beruhigt: Millionen von Menschen haben mich nackt gesehen«, sage ich, aber Esme starrt mich nur an, als hätte ich nicht den geringsten Schimmer, worum es geht. Vielleicht habe ich das auch nicht, aber nur, weil ich es nicht richtig erklären kann. Ich möchte ihr gerne sagen, dass ich alles über das Machtgefälle weiß, das immer dann besteht, wenn dich jemand ungeschützt und verwundbar gesehen hat – unabhängig davon, ob es deine Entscheidung war oder nicht. Man kann nur hoffen, dass die Person es nicht gegen dich verwendet oder leichtfertig etwas dahinsagt, das sich tief ins Selbst einbrennt und jedes Mal wieder an die Oberfläche kommt, wenn man seinen Körper im Spiegel betrachtet oder sich vor seinem Partner oder seiner Partnerin auszieht.

»Hast du mit Mom darüber gesprochen?«, frage ich.

»Sie weiß, dass ich wegen unsittlicher Entblößung suspendiert wurde«, antwortet Esme genervt. »Aber die an meiner Schule würden nie zugeben, was wirklich passiert ist, weil sie sonst alle dastehen würden wie die letzten Vollidioten. Und es ist ja nicht so, dass sie fragen würde – wie du sehr gut weißt, spricht sie nicht gerne über solche Sachen. Sie denkt wahrscheinlich, dass ich nackt über das Footballfeld gerannt bin oder so.«

»Kannst du die App denn nicht einfach löschen?«, frage ich, und Esme reagiert, als hätte ich ihr vorgeschlagen, sich die Fußnägel mit einer rostigen Pinzette herauszuziehen. »Vielleicht die Schule wechseln?«

»Du hast keine Ahnung«, sagt Esme langsam. Ich kann beinahe hören, wie ich in Ungnade falle. »An meiner Schule werden angeblich die brillantesten Köpfe meiner Generation ausgebildet, dabei ist es da genauso beschissen wie überall anders.«

Esme greift erneut nach ihrem Handy und lässt es sofort wieder fallen, als hätte sie sich die Finger verbrannt. »Können wir über etwas anderes reden?«

»Okay ...«, willige ich ein, aber mir fällt nichts ein, worüber wir reden könnten. Ich weiß, ich sollte ihr sagen, dass alles gut wird, aber was weiß ich schon?

»Willst du immer noch schwimmen gehen?«, frage ich schließlich.

Die Jungs sind verschwunden. Esme nickt verhalten. Ich stapfe entschlossen die Verandastufen zum Strand hinunter, um zum ersten Mal in meinem Leben mit gutem Beispiel voranzugehen. Eine Gänsehaut läuft mir über Arme und Beine, aber es gibt kein Zurück mehr. Am Wasser angekommen, lege ich den Kopf in den Nacken und lasse mir den salzigen Wind ins Gesicht peitschen, während ich darauf warte, dass meine Schwester mir folgt. Schließlich steht sie neben mir, legt ihr T-Shirt in den Sand und wickelt vorsichtig ihr Handy darin ein.

»Ich finde, du bist sehr mutig«, sage ich sanft, sobald wir

in dem eiskalten Wasser sind. Sie taucht unter die Wellen und bleibt lange unter Wasser. Es ist, glaube ich, das erste Mal, dass ich sie sprachlos sehe.

30

Kaum habe ich geklingelt, öffnet Dylan die Tür, noch bevor ich mich ausreichend darauf vorbereiten kann. Ich lächle nervös, und er steht da und sieht mich einen Moment lang einfach nur an, bevor er zur Seite tritt, um mich ins Haus zu lassen.

»Wie geht's, Grace?«, fragt er locker.

»Fast okay«, sage ich, und aus irgendeinem Grund zeige ich ihm das Taucherhandzeichen für *Okay*. Er schenkt mir den Anflug eines Lächelns.

Ich fahre mit dem Finger über das Blatt der Kletterpflanze, die wir beide gemeinsam gekauft haben, um zu testen, ob wir uns auch um einen Hund kümmern könnten. Sie lebt noch, das ist schon mal was, aber ich glaube nicht, dass das mein Verdienst ist.

»Erinnerst du dich an die Videokamera?«, frage ich, und Dylan nickt. »Weißt du, wo sie ist? Ich arbeite an einem Projekt.«

Als Dylan übers ganze Gesicht strahlt, muss ich wegschauen – diese verdammt schönen Zähne ...

Vor ein paar Jahren erzählte ich ihm von einem Auftritt als Gast in einer Late-Night-Talkshow. Ich war siebzehn und fühlte mich zum ersten Mal nicht mehr wie ein kleines Kind. Ich wollte unbedingt allen zeigen, wie erwachsen ich geworden war. Ich trug ein kurzes weißes Kleid, für das der Moderator das Publikum natürlich um Beifall bat, bevor er einen Extraapplaus für meine Jungfräulichkeit einforderte, die, wie er scherzte, für zehn Millionen Dollar versichert war. Ich wand mich, aber kicherte brav mit ihm mit, und dann, als er mich dazu ermunterte, schimpfte ich ihn sanft aus, als wäre er mein ungezogener kleiner Bruder und nicht das, was er in Wirklichkeit war: ein Perverser mittleren Alters. Danach sagten mir alle, wie gut ich das gemacht hätte. Wieder einmal hatte ich mit meiner Liebenswürdigkeit beeindruckt.

Nachdem ich ihm den Clip auf YouTube gezeigt hatte, ging Dylan los und kaufte mir die Kamera. Er sagte, damit könne ich meine eigene Geschichte erzählen, und selbst als sie danach unberührt im Gästezimmer lag, verlor er kein Wort darüber.

»Cool. Du musst mir unbedingt davon erzählen«, sagt Dylan und hält am Fuß der Treppe inne. Als ich aber stumm bleibe, geht er los, um die Kamera zu holen.

Ich warte an der Haustür auf ihn und fühle mich wie eine Fremde in einem Haus, das sich sowieso nie wirklich wie mein Zuhause angefühlt hat, als Wren aus der Küche kommt. Sie trägt eine Yogahose und ein weites Tanktop mit der Aufschrift *NamaSLAY*. Sie hält eine Tüte mit Karottenstücken in der Hand. Vermutlich ist sie gerade mit ihrem Training fertig geworden.

»Hi, Süße!«, sagt sie und küsst mich auf die Wange. Sie riecht nach Karotten und Hummus, und für einen Sekundenbruchteil zieht sich meine Brust schmerzhaft zusammen, denn Dylan hat es verdient, mit jemandem zusammen zu sein, der nach Karotten und Hummus riecht und jedes Wochenende Yoga macht.

»Ich dachte mir, wir könnten vielleicht mal zusammen weggehen. Hast du Lust?«, fragt sie und hält sich die Tüte mit den Möhren vors Gesicht, um mit zusammengekniffenen Augen etwas darauf zu lesen.

Ich starre sie an, unsicher, was sie meint. »Weggehen? Also in einen Club?«

»Das fände ich super, Grace. Vielleicht nächste Woche?«

Dylan erscheint am oberen Ende der Treppe. Er hat einen Karton in der Hand und trägt eine alte graue Baseballkappe mit einem verblassten O für Ohio State, wo alle seine Brüder im Footballteam waren.

»Hast du vor zu verreisen?«, frage ich und kann mir ein Grinsen nicht verkneifen, denn das war früher Dylans Glückskappe für Flugreisen. Nie stieg er ohne sie in ein Flugzeug, obwohl ich ihn immer gnadenlos damit aufzog. Er kannte Hunderte solcher kleinen abergläubischen Sachen, an die er halb glaubte, als gäbe es nicht schon genug, an das er glaubte.

Nun lächelt er vom Kopf der Treppe auf mich herab, das Gesicht halb verborgen vom Mützenschirm. Wren liest neben mir immer noch die Karottenverpackung, was mich unerklärlicherweise ärgert. Es ist mir schleierhaft, wonach sie suchen könnte, wenn die einzige Zutat doch sicherlich nur die verdammten Karotten sind. Sie sieht, wie ich sie beobachte, lächelt und hält mir die Tüte hin. Ich nehme ein Karottenstück, aber nur, weil es mir zu viel ist abzulehnen.

»Also, Freitag?«, fragt sie fröhlich, und ich muss wohl etwas verständnislos dreinblicken, denn sie schüttelt lachend den Kopf. »Wir zwei. Ein Abend in der Stadt.«

Dylan kommt die Treppe herunter und bleibt neben Wren stehen. Ich sehe ihn erwartungsvoll an, aber niemand sagt etwas. Schließlich strecke ich die Hand aus und nehme ihm den Karton mit der Kamera ab.

»Grace?«, sagt Wren schließlich.

»Ja, super. Freitag«, erwidere ich, während ich so tue, als würde ich gründlich den Karton inspizieren.

Zu Hause mache ich mich mit der Kamera vertraut und filme in meinem dunklen Wohnzimmer. Auf dem Bildschirm ist der Raum noch düsterer. Ich drehe ihn, sodass er zu mir zeigt, und spreche dann in die Kamera, so wie es die Jugendlichen auf dem Abbot Kinney Boulevard mit ihren Handys machen.

»Hiiiiii Leute, ich bin's. Ich wollte euch heute nur etwas über den Kaloriengehalt von Karotten erzählen. Jeder denkt ja, dass Karotten gut für uns sind, aber wisst ihr eigentlich, wie viel Wasser in jeder Karotte steckt, die ihr esst? Habt ihr schon mal was von Wassereinlagerungen gehört? Denn die machen *dick*. Das ist es nämlich, was Wasser macht. Karotten sind ekelhaft.« Als ich geendet habe, komme ich mir ein bisschen gemein vor.

Ich gehe mit der Kamera hinaus auf die Veranda, um das Meer zu filmen. Das Sonnenlicht leuchtet auf dem Bildschirm wie in einem Film von Sofia Coppola. Ich wünschte, ich wüsste, wie ich den Clip direkt an Dylan schicken kann, denn ich glaube, er würde ihm gefallen.

Ich filme gerade einen Pelikan, der im Sturzflug ins Meer stößt, um nach Fischen zu tauchen, als hinter mir eine Autotür zugeschlagen wird. Ich klappe die Kamera zu, da das Geräusch den Ton meiner Aufnahme ruiniert hat, auch wenn ich nicht weiß, wozu sie gut sein soll.

»Was treibst du?«, fragt Emilia und kommt zu mir auf die Veranda. Sie sieht unverschämt perfekt aus, und ihr Haar hat die Farbe von Sand, wenn die Sonne darauf scheint.

»Nichts Besonderes«, antworte ich und halte die Kamera schützend an meine Seite. »Was gibt's?«

»Na ja ... meine Coloristin war gerade bei mir, und ich habe dein Auto vor dem Haus gesehen, da dachte ich mir, ich frag dich, ob du dir auch den Ansatz machen lassen willst«, sagt Emilia und lächelt mich unschuldig an. Reflexartig greife ich mir in die Haare. Sie muss die Fotos, auf denen ich wie eine gemeingefährliche Irre aussehe, in der Boulevardzeitung gesehen haben.

»Willst du damit sagen, dass ich mir den Ansatz färben lassen muss?«

»Ach, Liebes, natürlich nicht. Aber du hast doch neulich über deine Haare gesprochen. Margot ist zweifellos die Person in L. A., die sich am besten mit Blondinen auskennt. Gerade hat sie in letzter Minute eine Absage bekommen, und das kommt nicht oft vor, das kannst du mir glauben. Wenn ich an Schicksal glauben würde, dann würde ich sagen: Das ist der Beweis. Sie macht jedem in L. A. die Haare und ist ein absoluter Schatz. Außerdem ist sie eine Heilerin und wird mit dir über ihre vergangenen Leben sprechen wollen, woran ich natürlich auch nicht glaube, aber gelegentlich lasse ich sie mein Energiefeld lesen, weil Able jedes Mal ausflippt, wenn ich ihm davon erzähle. Ich schwöre dir, er ist der letzte Mensch in dieser Stadt, der noch halbwegs an Gott glaubt.«

»Wo ist sie?«, frage ich, wobei mir die Ironie ihrer letzten Aussage nicht entgeht.

»Sie wartet im Auto. Soll ich ihr sagen, dass sie reinkommen kann?« Emilia lächelt verlegen. Natürlich hat sie das alles auf eine Art und Weise arrangiert, die mich glauben lassen soll, es sei meine Idee gewesen und ich täte den beiden einen riesigen Gefallen. Alles, was sie tut, ist darauf ausgerichtet, dass man sich für so besonders hält, wie sie es ist. Mir wird klar, was für eine ungewöhnliche Gegnerin Emilia wäre: der Typ, der einem unter die Haut geht, wenn man es am wenigsten erwartet.

Margot hat einen kurz rasierten blondierten Schädel und ein winziges weißes Muscheltattoo zwischen den Schlüsselbeinen – genau an der Stelle, die bei mir so empfindlich ist, dass ich sie kaum jemanden anfassen, geschweige denn tätowieren lassen würde.

»Was wollen wir mit meinen Haaren machen?«, frage ich sie, während Emilia durchs Haus wirbelt, mir einen Stuhl vor das Spülbecken stellt und – nur für den Fall, dass ich zwei Stunden lang auf mein aufgedunsenes Gesicht starren möchte – den schmutzigen Spiegel aus dem Schlafzimmer vor uns platziert.

»Ach, ich hatte ganz vergessen, dass du ja Engländerin bist! Kommst du aus London?«, fragt Margot, während sie mit den Fingern durch mein Haar fährt. So intim war ich schon lange nicht mehr mit jemandem, und peinlicherweise erregt es mich ein bisschen.

»Nordlondon. Warst du schon mal da?«, erwidere ich und verlagere mein Gewicht auf dem Stuhl, während sie die obere Hälfte meiner Haare abteilt.

»Ich war im Zweiten Weltkrieg Sanitäterin. Während des Blitzkriegs«, sagt Margot ernst, wobei sie *Blitzkrieg* mit englischem Akzent ausspricht.

Ich überlege noch, wie ich darauf erwidern soll, als Emilia sich umdreht und meinen Blick im Spiegel auffängt. Wir müssen beide ein Lachen unterdrücken, und einen Moment lang fühlt es sich so an, als wären wir alte Freundinnen. Mir wird warm ums Herz, und ich stelle fest, dass ich auch das hier nie gelernt habe: Freundschaft kann einem ein Gefühl von Sicherheit geben.

»Ach so. Okay«, sage ich schließlich. »Das wäre dann in einem anderen Leben, nehme ich an?«

»Natürlich. Ein anderes Leben, ein anderer Körper.«

Ich gebe einen Laut von mir, der zustimmend klingen soll. Wenn an dem, was sie sagt, etwas dran ist, sollte ich das nächste Mal besser als Mann wiedergeboren werden, und zwar als einer, der glaubt, dass er alles erreichen kann, unabhängig davon, ob es stimmt oder nicht. Doch ich frage nicht weiter nach, denn obwohl ich einsehe, dass der Glaube an eine höhere Macht oder einen großen Plan tröstlich sein kann, tut sie mir leid – genau wie alle anderen, die sich an solche Vorstellungen klammern.

»Also, erzähl mal, was wolltest du damit erreichen?«, fragt Margot und hält eine Strähne meines Haares hoch. Der rötliche Ansatz reicht jetzt fast bis zu meinen Ohren, gefolgt von etwa zehn Zentimetern gelbstichigem Blond, das knapp über meinen Schultern endet.

»Was ich erreichen wollte?«

»Was war der gewünschte Effekt? Du hast doch bestimmt versucht, das zu vermitteln.«

»Es ist scheußlich, oder?«, erwidere ich beim Anblick meines fettigen Ansatzes.

»Das ist weniger eine Frisur und mehr ein Hilferuf«, bestätigt Margot, und Emilia, die damit beschäftigt ist, einen Blumenstrauß zu arrangieren, der wie durch ein Wunder aufgetaucht ist, lacht laut auf. »Vertraust du mir, es in Ordnung zu bringen?«

»Ich glaube, es ist mir nicht wichtig genug, als dass ich dir vertrauen müsste«, sage ich ehrlich, denn ich weiß nicht, ob ich jemals jemandem vertrauen kann, der eine Tätowierung an der verletzlichsten Stelle seines Körpers hat oder der glaubt, dass wir vielleicht alle einmal nur Moskitos waren, irgendwann vor tausend Leben.

Emilia kocht eine Kanne Tee und gesellt sich zu uns. Sie verfolgt jede von Margots Handbewegungen ganz genau, und die beiden verwenden bekannte Wörter in unbekannten Zusammenhängen, während sie über meine Haare reden. Nachdem ich genug »kühl« und »eisig« gehört habe, um die *Titanic* zu versenken, rutsche ich auf dem Stuhl tiefer und schlafe ein. Nach einer Weile wache ich auf, überrascht, dass ich mich wohl genug gefühlt habe, um im Beisein dieser Frauen zu schlafen.

Emilia murmelt Margot gerade etwas zu, also halte ich die Augen geschlossen.

»Ich weiß nicht, was zwischen den beiden passiert ist. Ich wollte sie schon lange fragen. Sie kann ja nicht ewig hier wohnen.«

»Sie hat einen guten Spirit«, sagt Margot, während sie Bleichmittel in mein Haar massiert und es bis in die Spitzen zieht.

»Sie ist ein sehr kluges Mädchen«, sagt Emilia, und der Stolz in ihrer Stimme macht mich ganz kribbelig, und ich fühle mich schuldig, sodass ich mich ein wenig winde und strecke und blinzelnd die Augen öffne wie die für den Golden Globe nominierte Schauspielerin, die ich bin. Weder Emilia noch Margot scheint es peinlich zu sein, dass ich sie dabei erwische, wie sie über mich gesprochen haben. Emilia beugt sich zu mir und bietet mir noch etwas Tee an: frische Marokko-Minze. Ich trinke einen Schluck, bevor ich die Tasse auf die Arbeitsplatte stelle und wieder einschlafe.

Margot berührt mich sanft an der Schulter, und ich öffne die Augen. Emilia steht neben mir, und sie strahlen mich an wie stolze Eltern. Mein ganzer Kopf ist schlohweiß von der dicken, mittlerweile bröckelnden Bleiche. Ich blinzle und schaue zwischen den beiden Frauen im Spiegel hin und her, ohne zu wissen, was genau passiert ist. Draußen wird es langsam dunkel.

»Komm, steh auf!«, sagt Emilia, also tue ich es. Sie stellt den Stuhl andersherum vor das Becken, und ich setze mich wieder und neige den Kopf unter ihrer Anleitung nach hinten. Margot stellt das Wasser an und beginnt, meine Haare auszuspülen, wobei sie mir mit der anderen Hand sanft den Kopf massiert, während sie leise etwas singt. Das Wasser ist warm, und ich habe schon wieder Mühe, die Augen offen zu halten. Es ist mir ein wenig peinlich, dass ich mich offenbar in eine Narkoleptikerin verwandelt habe.

Margot bemerkt meine Verlegenheit und lächelt mich an. »Das liegt an meiner Energie. Die Leute schlafen in meiner Gegenwart ständig ein.«

Kurz darauf schaue ich in den Spiegel, während Margot etwas erdig Riechendes in mein Haar reibt. Obwohl es noch klatschnass ist, kann ich schon sehen, dass es jetzt vollkommen weißblond ist. Ich nehme eine Strähne in die Hand, drehe sie um den Finger und muss mir ein Lächeln verkneifen. Emilia hat sich ausgiebig entschuldigt und ist nach draußen auf die Veranda gegangen, um einen Anruf entgegenzunehmen.

»Gefällt es dir?« Margot lächelt mich im Spiegel an. Ich fahre mit den Fingern durch mein Haar, und es fühlt sich weicher an als je zuvor und leicht ölig.

»Das passt jetzt zu deinem Spirit. Wusstest du, dass eine Löwin über alles wacht, was du tust?«

Ich schüttle den Kopf, weil das nur dummes L.-A.-Gerede ist. Es muss also der beißende Geruch des Bleichmittels sein, der mir Tränen in die Augen treibt.

»Löwen sind die mutigsten aller Krafttiere. Sie kämpfen wie Berserker, um dich zu beschützen, wenn es sein muss.«

Ich schlucke, als Margot sich aufrichtet und eine Hand auf meine Schulter legt.

»Nächstes Mal bringen wir dich zu deiner natürlichen Farbe zurück, aber jetzt brauchst du eine blonde Phase«, sagt sie.

»Eine Marilyn-Phase«, sage ich und betrachte stirnrunzelnd mein Spiegelbild, während mir das Wasser in den Nacken tropft.

»Ich dachte eher an eine Courtney-Love-Phase. Oder besser, das ist deine Kurt-Cobain-Phase«, sagt Margot und grinst mich an. Sie hat einen Goldzahn, der mir vorher nicht aufgefallen ist.

Sie beugt sich vor und flüstert mir ins Ohr: »Ich weiß, dass dir jemand wehgetan hat. Jetzt ist es an der Zeit, dass du zurückschlägst, kleine Löwin.«

31

Ich habe eine Neunzig-Minuten-Regel. Ich verbringe nie länger als neunzig Minuten in der Gesellschaft eines anderen – sei es bei einem Meeting, einem Interview mit einem Teenagermagazin oder einfach nur auf einer Party. Es ist leicht, neunzig Minuten lang so zu tun, als wäre man jemand anders, aber danach wird man unweigerlich unachtsam. Vielleicht erzählt man ein bisschen zu viel über seine Kindheit oder über einen wirren Traum, den man in der letzten Nacht hatte. Was auch immer es ist, am Ende gibst du zu viel von dir preis. Dylan ist einer von zwei Menschen, mit denen ich mehr als neunzig Minuten außerhalb eines Filmsets verbracht habe – der andere ist Able. Neunzig Minuten ist das Maximum an Zeit, die ich vorgeben kann, Grace Turner zu sein. Was danach kommt, ist reine Spekulation.

Nachdem Margot gegangen ist, lädt Emilia mich auf einen Drink ein, und trotz meiner Regel fällt mir kein Grund ein abzulehnen. Es ist Samstagabend, und mein Haus erscheint mir noch trostloser als vor dem Nachmittag mit Emilia und Margot – als ob das Echo des Gelächters nun höhnisch von den kahlen Wänden um mich herum widerhallen würde.

Wir sitzen in Emilias Küche, und sie gießt Wodka in ein Glas und füllt es mit Mineralwasser und Holunderblütensirup auf. Als sie mir keinen Wodka einschenkt, begreife ich, dass sie mein volles Glas Wein neulich bemerkt und sich ihren Reim darauf gemacht hat.

»Ich habe viel an dich gedacht und nicht nur an deine Haare«, sagt Emilia und setzt sich mir gegenüber. Sie bricht in schallendes Gelächter aus, als sie meine Miene sieht und sie missversteht. »Nicht so. Gott, schön wär's. Wäre das nicht eine tolle Geschichte. Nein, mir ist eingefallen, dass ich dich nie gefragt habe, was zwischen dir und Dylan passiert ist.«

Ich zögere und weiß nicht, was ich sagen kann, ohne zu viel zu verraten.

»Ich bin mir nicht sicher«, sage ich langsam, um Zeit zu gewinnen, bevor ich mich entschließe, meine alte Interviewtechnik anzuwenden, die darin besteht, die Wahrheit leicht abzuschwächen, damit meine Worte trotzdem authentisch wirken. »Ich glaube, letztendlich war ich nicht die, für die er mich gehalten hat. Aber er war genau der, für den ich ihn schon immer gehalten habe.«

In gewisser Weise ist dies die ganze Wahrheit, aber Emilia wartet immer noch, den Kopf zur Seite geneigt. Immerhin war sie jahrelang Reporterin.

»Er wollte, dass ich jemand bin, der ich nicht sein konnte. Ich konnte seiner perfekten Vorstellung von mir nie gerecht werden, weil ich ein Leben vor ihm hatte«, ende ich eilig, denn ich weiß nicht, was ich sonst noch sagen soll.

Emilia mustert mich einen Moment lang.

»Ist das nicht die absurdeste männliche Eigenschaft?«, sagt sie schließlich. »Du hast dich also *nicht* für Dylan aufgespart. Sie wollen immer der Erste sein, den Entdecker spielen. Sie wollen Christoph Kolumbus oder Neil Armstrong sein. Sie wollen ein Fähnchen hineinstecken und es besitzen.«

Ich sehe sie an, überrascht von ihrem Tonfall, und merke, dass sie ein Gespräch will. Doch der Gedanke daran, dieses Gespräch mit der einzigen Frau zu führen, die vielleicht alles hätte verhindern können, wenn sie es gewusst hätte, ist lähmend.

»Ich habe Probleme, anderen zu vertrauen«, weiche ich aus und wische meine verschwitzten Handflächen an der Jeans ab.

»Haben wir das nicht alle?«, sagt Emilia leichthin, aber weder sie noch ich kommen dazu, über ihre Worte nachdenken zu können, denn sie spricht sofort weiter. »Und wie sieht es mit der Arbeit aus? Siehst du dich nach einem neuen Projekt um?«

Ich zucke mit den Schultern und vermeide es, ihren Blick zu erwidern. Emilia scheint enttäuscht zu sein von meinen Reaktionen, und ich muss mich mehr anstrengen als sonst, so zu tun, als wäre mir alles egal. Ich weiß, dass sie verstehen möchte, was genau mir zugestoßen ist, aber das ist das Einzige, was ich ihr nicht sagen kann. Ich muss das Gespräch irgendwie kontrollieren, aber offenbar kann ich in ihrer Gegenwart nie die richtigen Worte finden.

»Grace, ich weiß, dass es so aussieht, als wäre ich neugierig, aber ich kann mich einfach nicht des Gefühls erwehren, dass wir uns in vielerlei Hinsicht ähnlich sind. Vielleicht kann ich dir helfen. Ich war einmal in der gleichen Situation wie du jetzt, und manchmal, wenn ich dich ansehe, ist deine Verletzlichkeit so offensichtlich, dass es mir Angst macht. Verstehst du, was ich meine?«

»Ich denke schon«, sage ich und blicke unverwandt in Emilias helle Augen.

»Ich habe mich übrigens nie entschuldigt«, sagt sie und blinzelt dabei, als wolle sie eine unangenehme Erinnerung verdrängen. »Ich habe deinen Eltern gesagt, dass ich mich um dich kümmern würde, aber das habe ich nicht getan. Die Zeit nach der Geburt der Zwillinge ist ein wenig ... verschwommen. Wenn ich ehrlich bin, war es ein Schock für mich, dass mir das Muttersein nicht leichtfiel. Jeder einzelne Tag musste überstanden werden. Aber du warst zu jung, um allein zu sein, und ich hätte kein Versprechen geben sollen, das ich nicht halten konnte. Also tue ich es hiermit. Mich entschuldigen, meine ich.«

Ich zucke mit den Schultern, starre auf den Fliesenboden und wage nicht, etwas zu sagen.

»Und jetzt würde ich dir gerne meine Hilfe anbieten – nur für den Fall, dass du sie eines Tages annehmen willst. Es mag sich momentan vielleicht nicht so anfühlen, Grace, aber dein Leben fängt gerade erst an. Ich drücke mich vielleicht etwas unverständlich aus, aber was ich dir sagen will, ist, dass ich dich nicht aufgeben werde. Hast du mich verstanden?«

Emilias unerschütterliches Vertrauen in mich ist geradezu greifbar, eine dritte Präsenz im Raum, und ich versuche, die Wärme zu ignorieren, die sich gegen meinen Willen in mir ausbreitet. Ich weiß, dass diese Art von Versprechen nichts bedeutet.

»Was meinst du damit, dass wir uns ähnlich sind?«, frage ich zögernd.

»Na ja«, beginnt Emilia und neigt den Kopf zur Seite, »auch ich habe meine Eltern allein gelassen. Sie waren alles andere als erfreut, als ich nach L. A. gezogen bin. Ich schwöre dir bei allem, was mir heilig ist: Es wäre ihnen lieber gewesen, mich obdachlos zu sehen, solange ich nur in New England geblieben wäre. Gut, dass sie damals noch nichts von meinen Schundromanen wussten.«

»Ich glaube nicht, dass ich meine Eltern wirklich allein gelassen habe«, erwidere ich, denn so einfach war es bei uns nicht.

»Vielleicht wolltest du das nicht, aber wir tun es letzten Endes alle«, erklärt Emilia mit hochgezogenen Augenbrauen. »In meinem Fall war es so, dass ich immer zu viel Rücksicht auf ihre Meinung genommen habe. Es ist so viel leichter, sich einfach um nichts zu scheren.«

»Um gar nichts?«

Emilia runzelt leicht die Stirn. »Um das, was man nicht kontrollieren kann.«

»Was ist, wenn man überhaupt nichts kontrollieren kann?«

Emilia schaut mich an, während sie über ihre Antwort nachdenkt. »Man weiß, dass man irgendwann eine Entscheidung treffen muss. Das Leben kann grausam sein und, was noch schlimmer ist, willkürlich. Und wenn der einzige Weg, es irgendwie zu meistern, darin besteht, sich selbst zu schützen, das Gute zu finden, wo man nur kann, und den Rest einfach zu ignorieren, ist das dann so schlimm?«

»Ich weiß nicht, ob mir das je möglich war«, entgegne ich und starre auf die schmelzenden Eiswürfel in meinem Glas. Auf einmal empfinde ich eine unerklärliche Traurigkeit darüber, dass Emilia womöglich genau weiß, wer ich bin, und trotzdem in meiner Nähe sein will. Dass sie mich irgendwie besser versteht als jeder andere und dass wir in einem anderen Leben Freundinnen hätten sein können. Ich spüre Emilias Blick auf mir lasten, bevor sie ihr Glas leert, und mir wird klar, dass ich meine Neunzig-Minuten-Regel um mindestens drei Stunden überzogen habe. Ich habe ihre Gastfreundschaft schon zu sehr beansprucht, wenn ich nicht aufpasse, zerstöre ich noch meinen eigenen Mythos. Ich atme tief durch und setze meine Maske wieder auf, wobei ich versuche, interessiert, aber doch unbeeindruckt zu wirken von dem, was Emilia als Nächstes zu sagen hat.

»Du solltest unbedingt wieder anfangen zu arbeiten. Ich glaube, dass wir uns wenigstens darüber einig sind, oder? Und was auch immer es ist, es wird so originell, so überwältigend sein müssen, dass niemand mehr in der Branche dich ignorieren kann«, sagt sie fröhlich. »Able war am Boden zerstört, als er dir keine Rolle in seinem Film geben konnte. Ich habe gesehen, was das mit ihm gemacht hat.«

»Was hat es denn mit ihm gemacht?«, frage ich mit pochendem Herzen.

»Er war fix und fertig.« Emilia nimmt einen Schluck von ihrem Getränk. »Was sonst.«

Einen Scheiß war er. Die Stille im Raum ist erdrückend, aber ich habe es nicht eilig, sie zu füllen.

»Grace, ich weiß, dass Able schwierig sein kann«, setzt Emilia an, als ob sie meine Gedanken lesen könnte. »Aber wir dürfen nicht vergessen, dass er im Gegensatz zu uns eher unkonventionell aufgewachsen ist. Ehrlich gesagt überrascht es mich immer wieder, wie unsicher er ist, selbst nach all der Zeit. Du bist wahrscheinlich der einzige Mensch auf der Welt, der weiß, wie sehr er das ist.«

Unsicher. Ich wiederhole das Wort in Gedanken einige Male, ganz versunken in seine Vertrautheit. Niemand weiß so gut wie ich, wie verlockend es ist, Ables Verhalten als das logische Resultat seiner Unsicherheit zu betrachten, als Folge eines Traumas, einer zutiefst prägenden Demütigung, die er in seiner frühen Kindheit erfahren haben muss. Wir alle sind versucht, so eine kausale Ordnung in die Dinge zu bringen, wenn auch nur, um uns selbst zu schützen. Able strebt nach Macht, weil er mit nichts aufgewachsen ist. Grace ist ein Desaster, weil sie gebrochen wurde. Grace wurde gebrochen, weil sie zu viel wollte. *Benimm dich und erwarte nicht zu viel, dann kann dir so etwas auf gar keinen Fall passieren.* Im Stillen weise ich Emilias Hypothese zurück, auch wenn ich zu ihren Worten nicke.

»Ich habe ein Meeting mit jemandem«, sage ich langsam.

Emilia beugt sich erwartungsvoll zu mir. »Was für ein Projekt?«, fragt sie.

»Das neue von John Hamilton«, antworte ich, noch bevor ich mir die Lüge verkneifen kann. »Das, was du neulich erwähnt hast. Es ist irgendwie feministisch und subversiv, und er will mir unbedingt eine Rolle geben. Ich glaube, es ist eine schwarze Komödie.«

»Das ist ja wunderbar, Grace! Das wäre genau das Richtige. Subversiv und lustig ist die perfekte Mischung. Ich war schon immer der Meinung, dass du in einer komischen Rolle großartig wärst. Du kannst so witzig sein – es wäre eine Schande, dieses Timing nicht zu nutzen.«

Ich lächle flüchtig, denn ihre Behauptungen sind genauso großzügig wie unzutreffend. Emilia geht zum Weinschrank und drückt mir von hinten freundschaftlich die Schulter. »Wie schlau von dir, dass du es neulich gar nicht erwähnt hast! Ich darf nicht vergessen, was für eine begabte Schauspielerin du bist.«

Emilia entscheidet sich für eine Flasche Sancerre und wendet sich mir zu. »Apropos, ich wollte schon lange mit dir über etwas reden …«

Ich versuche, mich nicht anzuspannen, während ich darauf warte, dass sie weiterspricht.

»Du weißt doch bestimmt, wie das ist, wenn man um fünf Uhr morgens aufwacht und nicht mehr einschlafen kann, weil man ununterbrochen an alles denken muss, was man jemals gesagt oder getan hat?«, fragt Emilia.

Ich nicke, aber sage ihr nicht, dass sie gerade jeden wachen Moment meines Lebens beschrieben hat.

»Das ist mir erst neulich passiert, und wie ich da so wach im Bett lag, dachte ich mir, dass natürlich du diejenige sein solltest, die Able den Preis für sein Lebenswerk überreicht.

Meinst du nicht? Immerhin hat er seine besten Filme mit dir gemacht.« Emilia beugt sich zu mir und ergreift meine Hand. Die Berührung ist weich und warm.

Ich starre auf den Tisch und fahre mit den Fingern der anderen Hand über die Rillen im Holz, die von den Bastelstunden der Zwillinge mit Glitzer gefüllt sind.

»Es könnte genau das sein, was du brauchst. Um dich wieder in der Öffentlichkeit zu zeigen, nachdem ... du letztes Jahr alles verpasst hast. Was meinst du? Die Verleihung ist am achten Januar, du hast also genau einen Monat Zeit, dich zu entscheiden.«

»Ich muss darüber nachdenken«, sage ich leise. Sie weiß nichts, sie kann nichts wissen. Emilia würde niemals versuchen, auf so absonderliche Art und Weise ihre Schuld zu mindern.

»Natürlich«, sagt Emilia beruhigend, »kannst du dir so viel Zeit nehmen, wie du brauchst. Eine Freundin von mir leitet dieses Jahr das Komitee, und sie hat mich gefragt, wer meiner Meinung nach am besten geeignet wäre, Able den Preis zu überreichen. Wenn es noch zu früh für dich ist, können wir jederzeit jemand anderen finden.«

»Ich weiß nicht ... Hast du ... mit Able darüber gesprochen?« Ich frage mich, ob Emilia die Nervosität in meiner Stimme hört, als ich seinen Namen ausspreche.

»Er hält es für eine ganz wunderbare Idee«, erwidert Emilia so überzeugt, dass ich glaube, sie hat es ihm gegenüber mit keinem Wort erwähnt. Was er wohl sagen würde? Könnte er sie davon überzeugen, dass es keine gute Idee ist, ohne ihr einen triftigen Grund oder eine Alternative zu bieten? Sogar ich weiß, dass Emilia recht hat. Objektiv gesehen gibt es keine geeignetere, keine medienwirksamere Aktion für die Veranstaltung, als dass ich ihm den Preis überreiche. Ich versuche, mir seinen Gesichtsausdruck vorzustellen, wenn er auf die Bühne kommt. Würde er sich überhaupt beunruhigen lassen? Oder würde er nicht einmal im Entferntesten daran denken, dass ich ihn bloßstellen könnte, da ich mich damit ja selbst ruinieren würde?

»Du musst nicht sofort zusagen, aber wäre es nicht einfach perfekt?«

»Kann schon sein«, sage ich und starre in das Wasserglas vor mir, während alle meine Nervenenden unter Strom stehen und ich am liebsten hier und jetzt aus meinem Körper schlüpfen und einfach nur eine leere Hülle zurücklassen würde. »Perfekt.«

32

»Es ist eigentlich ziemlich einfach. Du musst nur diesen Knopf drücken und durch den Sucher schauen«, sage ich und sehe zu, wie Esme die Kamera von allen Seiten betrachtet und schließlich die Rückseite eingehend mustert. Wir sitzen in einem Lobster Shack am Pacific Coast Highway, und ich frage mich, ob sie mich über den Lärm verschiedener Footballspiele hinweg, die aus den zwanzig im Restaurant verteilten Fernsehern dröhnen, überhaupt hören kann. Ich habe geduscht, bevor ich das Haus verlassen habe, und mein Haar hängt in nassen Strähnen über meine Schultern und durchweicht den Rücken meines viel zu großen T-Shirts.

»Sie hat noch viel mehr Funktionen, Grace. Aber im Großen und Ganzen macht man das wohl so«, erwidert Esme kopfschüttelnd, während ich die Kellnerin herbeiwinke.

»Klugscheißer«, murmle ich und überfliege die Speisekarte, wobei ich ein Lachen unterdrücken muss. Wir bestellen eine kleine Portion Meeresfrüchte für uns beide.

»Warum wolltest du mich unbedingt sehen?«, fragt Esme und legt die Kamera auf den Tisch. »Ich musste Blake bestechen, mich herzufahren, weil sie heute keine Therapie hat.«

»Ich weiß nicht, ich wollte dir einfach die Kamera geben.« Ich bin nicht mehr ganz so überzeugt von meiner Idee. »Was macht Anaheim?«

»Nichts Neues. Die ödeste aller kulturellen Einöden«, antwortet Esme wichtigtuerisch, als hätte sie den Satz irgendwo gehört und auswendig gelernt. Aus irgendeinem Grund muss ich an Emilia denken und wie ich den Satz wiedergeben könnte, um sie zum Lachen zu bringen, auch wenn es nicht die feine englische Art ist, sich über den Wohnort der eigenen Eltern lustig zu machen.

»Wie geht es Mom?«

»Warum rufst du nicht an und fragst sie selbst?«

»Das ist nicht so einfach«, sage ich.

»Verarsch mich nicht, Grace. ›Das ist nicht so einfach‹, sagen Erwachsene, wenn sie keine Antwort haben.«

»Bist du ... manchmal sauer auf sie?«, frage ich vorsichtig.

Esme nimmt ihr Handy in die Hand und fährt mit dem Finger über den glitzernden Union Jack auf der Hülle.

»Manchmal«, gesteht sie schließlich.

Ich wechsle das Thema, bevor sie mir dieselbe Frage stellen kann.

»Was geht es dir bei dem Gedanken, bald wieder zur Schule zu gehen?«

Esme sieht mich an, bevor sie auf ihre Fingernägel starrt, die die Reste eines abgeplatzten goldglitzernden Nagellacks tragen.

»Leider ist die Schule gerade das geringste meiner Probleme. Es gibt einen ungeschriebenen Verhaltenskodex, an den sich die meisten Leute halten, wenn sie es mit einer anderen Person zu tun haben. Das ist nicht der Fall, wenn diese Person durch einen Bildschirm ersetzt wird.«

»Was haben sie sich jetzt schon wieder ausgedacht?«

»Die Wahrheit, Grace? Ich weiß es zu schätzen, dass du mir helfen willst, aber ich bin mir nicht sicher, ob du es verstehen würdest. Mir ist völlig klar, dass es eine ›andere Welt‹ ist, weil ich es allein von Dad eine Million Mal gehört habe. Aber ich kann es dir unmöglich erklären. Nimm zum Beispiel Filme und Fernsehserien über Teenager in meinem Alter. Wenn sie wirklich unser wahres Leben zeigen wollten, dann würde man nichts anderes zu sehen bekommen als einen Haufen Teens, die auf ihr Handy starren. Die sollten lieber aufhören, Filme über Jugendliche zu machen, die nach dem Jahr 2000 geboren sind.«

»So schlimm kann es doch nicht sein«, entgegne ich in dem Versuch, sie zu besänftigen, doch wie nicht anders zu erwarten, geht es daneben.

»Du hast keine Ahnung. Das ist, als würde man versuchen, mit jemandem aus einem Roman von Jane Austen über Bitcoin zu reden. Du bist so realitätsfremd.« Esme wirft mir einen verärgerten Blick zu.

Ich bemühe mich, mir meine Überraschung über ihre Wut nicht anmerken zu lassen, und mir wird klar, dass ich in ihrem Alter wahrscheinlich genauso war. Vielleicht bin ich es immer noch.

»Es ist, als ob sie vergessen hätten, dass ich ein Mensch bin. Oder dass sie Menschen sind. Meine komplette Generation ist im Arsch.«

Ich würde ihr gerne sagen, wie viel Glück sie hat, einer Generation anzugehören, statt bloß ein kurioser Sonderfall zu sein, der mit niemandem etwas anfangen kann, aber das wäre keine gute Idee. Stattdessen rühre ich mit dem Strohhalm in meinem Getränk, um etwas Zeit zu gewinnen. Mit diesen Dingen musste ich mich nie auseinandersetzen, und ich habe keine Ahnung, wie mein Leben verlaufen wäre, hätte ich es getan. Vielleicht würde ich mich nicht so einsam fühlen, aber wahrscheinlich hätte ich trotzdem alles ruiniert, nur auf andere Art und Weise.

»Du bist doch mit Milliarden von Menschen vernetzt, oder? Kannst du dir nicht einfach die Guten herauspicken?«

Esme runzelt die Stirn und konzentriert sich darauf, eine Ecke der weißen Papiertischdecke abzureißen. Ich hoffe, dass sie nicht anfängt zu weinen. »So funktioniert das nicht«, sagt sie. »Ich gehe mit ihnen zur Schule. Da muss man nach ihren Regeln spielen, aber die Regeln ändern sich jeden Tag. Man kann nicht gewinnen.«

»Willst du, dass ich mit Mom über einen Schulwechsel spreche?«

»Sie würde sowieso nicht auf dich hören«, erwidert Esme und verdreht die Augen. Das ist ein wenig harsch ausgedrückt von ihr, auch wenn es wahr ist.

»Weiß sie, dass du mich manchmal besuchen kommst?«, frage ich.

Esme zuckt mit den Schultern und schüttelt dann den Kopf. »Ich glaube, es würde sie verletzen«, sagt sie, und ich frage nicht weiter nach.

Die Kellnerin bringt unsere Meeresfrüchte. Sie stellt sie zwischen uns auf den Tisch, und wir starren beide einfach nur auf den Teller, während die Garnitur aus Trockeneis dampft wie ein schlechter Spezialeffekt.

»Hätte ich bloß das Foto nicht geschickt«, sagt Esme kläglich. »Ich wünschte, ich könnte die Zeit zurückdrehen.«

Ich sehe sie an und überlege, wie ich am besten formulieren kann, was ich als Nächstes sagen möchte. So langsam verliere ich das Vertrauen in den Plan, der mir letzte Woche, als ich ihn gefasst hatte, noch absolut perfekt erschien. Wie soll ich nur die richtigen Worte finden? Ich komme mir dumm vor, weil ich mir alles so leicht vorgestellt habe.

»Ich wollte, dass du die Kamera nutzt, um vielleicht deine Sicht der Dinge zu erzählen. Ich dachte, das könnte möglicherweise helfen«, sage ich zögernd.

»Du weißt doch, dass ich alles mit meinem Handy filmen kann.«

»Keine Ahnung, ich dachte mir, es könnte helfen, es von

dem zu trennen, was du mit deinem Telefon machst. Ist das naiv?« Ich muss daran denken, wie ich mir einmal bei einem Dreh versehentlich die Fingerkuppe abschnitt und mein homöopathischer Betreuer am Set mir eine Tasse Zimtpulver gab, um die Schmerzen zu lindern. Mir wird klar, dass mein Ratschlag bei Esme genauso ankommen könnte. Als Able davon erfuhr, feuerte er den Betreuer auf der Stelle und rief sofort einen Arzt ans Set. Während ich genäht wurde, hatte Able seinen Arm fest um meine Schultern geschlungen und einen so gütigen, väterlichen Gesichtsausdruck, dass ich dachte, es würde vielleicht alles wieder gut werden.

»Irgendwie schon«, antwortet Esme, und ich schenke ihr wieder meine ungeteilte Aufmerksamkeit, denn die Erinnerungen daran, wie Able nett zu mir war, sind immer die schlimmsten.

»Ich will damit nur sagen, ich weiß, dass es manchmal das Schlimmste ist, die Kontrolle über seine eigene Geschichte zu verlieren.«

Esme runzelt die Stirn und hält mir dann die Kamera vors Gesicht. Das rote Licht blinkt.

»Woher weißt du so viel darüber?«, fragt sie. Ich strecke die Hand aus, um das Objektiv zu verdecken. »Im Ernst, Schwester, spuck's schon aus.«

»Lass gut sein, Esme.«

Sie weicht mir aus, klappt aber die Kamera zu und legt sie wieder auf den Tisch neben ihren Teller.

»Ich mein ja nur. Du weißt eine ganze Menge über diesen Scheiß.«

Während ich überlege, was ich darauf sagen soll, nehme ich einen Calamariring, stecke ihn mir in den Mund und kaue hastig darauf herum, da mir das heiße Öl die Zunge verbrennt. Esme verschränkt abwartend die Arme vor der Brust.

»Weißt du noch, damals in England, als wir immer im Hampstead Heath im Gras lagen und den Himmel beobachtet haben?«, frage ich unvermittelt.

»Kann schon sein«, erwidert Esme und sieht mich merkwürdig an.

»Irgendwie schien damals nichts unmöglich zu sein, oder? Als ob wir alles tun könnten, was wir uns jemals gewünscht hätten.«

»Wenn du das sagst.« Esme zuckt mit den Schultern. »Ich war doch noch so klein, Grace.«

»Na ja, ich erinnere mich auf jeden Fall, und die Welt fühlte sich damals verdammt groß an. Aber was ist, wenn jedes Mal, wenn etwas Schlimmes passiert, deine Welt ein bisschen kleiner wird?« Ich hole tief Luft, denn die Worte purzeln nur so aus mir heraus und können kaum mit meinen Gedanken Schritt halten. »So lange, bis man an manchen Tagen nicht einmal mehr den Himmel über einem sehen kann.«

»Nein, Grace. Das ist unmöglich.« Esme sieht mich an, als würde ich den Verstand verlieren. »Meinst du das im übertragenen Sinn? Oder was meinst du?«

Ich reiße eine Ecke der Tischdecke ab und knülle sie zusammen, bis nur noch ein feuchter Papierfetzen übrig bleibt. Schweigen breitet sich zwischen uns aus. Werden wir uns jemals wieder vorbehaltlos verstehen? Oder ist es dafür schon zu spät?

»Hat es mit Able zu tun?«, fragt Esme leise, und mit einem Mal steht die Zeit still.

»Wovon redest du?« Jedes Wort ist ein Glassplitter, der regungslos zwischen uns im Raum hängt, bis Esme trotzig den Blick hebt, und die Wortsplitter prasseln auf den Tisch.

»Ich habe dich und Mom gehört an dem Abend, bevor du gegangen bist«, sagt sie mit sanfter Stimme. »Weißt du eigentlich, dass du nie seinen Namen erwähnst, Grace?«

»Du hast keine Ahnung, wovon du redest.«

Esme sieht aus, als würde sie gleich anfangen zu weinen. Ich enttäusche sie. Aber ich habe noch eine Chance, etwas in ihr wiederherzustellen, das in mir bereits kaputt ist. Mein Herz schlägt mir bis zum Hals bei dem Gedanken, dass ich es vielleicht schaffen könnte, die Worte zum ersten Mal laut auszusprechen. Ich weiß, dass ich Esme niemals alles erklären werde können, aber ich hole trotzdem tief Luft und versuche, mir die stille Wut oder die Angst oder irgendetwas anderes zunutze zu machen, das Able in mir zurückgelassen hat, nachdem er mir alles andere nahm.

»Ich war verletzt. Auf eine andere Art, als die Leute an deiner Schule dich verletzt haben, aber irgendwie war es auch dasselbe. Er hat mir meine Selbstbestimmtheit, meine ganze Kraft genommen und mich dann mit meiner Scham alleingelassen.«

Esme beäugt mich argwöhnisch. »Bist du deshalb so komisch?«

»Danke, Esme«, sage ich, und meine Stimme bebt vor Erleichterung darüber, beinahe die ganze Wahrheit ausgesprochen zu haben. Und niemand sagt mir, dass ich es zurücknehmen muss.

»Bist du wütend auf ihn?«, fragt sie.

»Manchmal«, lüge ich und denke an das ständige Dunkel, das mir den Verstand vernebelt. Gelegentlich bricht die Wut an die Oberfläche, und dann muss ich sie mit aller Macht wieder nach unten drücken. Ich habe keine Ahnung, wie mein Leben aussehen würde, wenn es diese Wut nicht gäbe – diese unaufhörlich fordernde, zehrende, erschöpfende Wut.

»Das klingt, als bräuchtest du die Kamera mehr als ich.« Esme mustert mich eingehend.

»So einfach ist das nicht«, sage ich zögernd. »Man hat mich gebeten, ihm einen Preis zu überreichen.«

»Der, wegen dem Mom dich genervt hat?« Esme verengt ihre Augen zu fragenden Schlitzen.
»Genau der. Lebenswerk bei den IFAs.«
»Also brauchst du die Kamera gar nicht. Du hast ja sowohl ein Publikum als auch ein komplettes Fernsehteam zu deiner Verfügung«, sagt Esme.
Natürlich kann ich es mir ausmalen, ich habe ja kaum etwas anderes getan, seit Emilia mir ihren Vorschlag unterbreitet hat. Ich stehe auf der Bühne, und das Publikum spendet mir für meine Rückkehr ins Rampenlicht stehende Ovationen. Mein paillettenbesetztes Kleid glitzert unter der Bühnenbeleuchtung, und ich fange an, in das Mikrofon zu sprechen, meine Stimme anfangs noch zittrig, doch dann immer fester, bis sie schließlich selbstbewusst und laut durch den Raum hallt. Als ich geendet habe, stehen die Zuschauer wieder auf und applaudieren meinem Mut. Able sitzt wie erstarrt auf seinem Platz, jedes Quäntchen Kraft ist aus seinem Körper gewichen. Ich versuche, nicht an Silver und Ophelia zu denken, die mit der Babysitterin zu Hause geblieben sind, und bemühe mich, Emilias blasses Gesicht zu ignorieren, genauso wie das unvermeidliche verbale Gemetzel, das die Medien unweigerlich mit meiner Familie und mir veranstalten werden.
Esme nimmt eine Hummerschere vom Teller und wirkt erleichtert – als ob sie endlich die Gewissheit hätte, dass wieder Ordnung hergestellt wird. Durch den Deckmantel ihres jugendlichen Zynismus kann ich erkennen, dass sie immer noch an die Guten und die Bösen glaubt, an Vergeltung und Happy End, und ich beneide sie darum. Irgendwie wünsche ich mir, ich hätte ihr nichts erzählt, denn ich weiß, dass ich mich damit endlich jemandem gegenüber verantwortlich gemacht habe. Vielleicht dachte ich, ich würde den Mut verlieren, wenn ich es nicht täte, oder vielleicht wollte ich nur,

dass sie mich so anlächelt, wie sie es jetzt tut, mit schelmisch leuchtenden Augen.

Ich ignoriere das winzige Stück weißes Fleisch, das auf meinem Arm landet, als Esme die Hummerschere knackt.

»Vielleicht ist ihre Glückssträhne vorbei, Grace. Vielleicht sind wir jetzt an der Reihe.«

33

Ich klammere mich an Esmes Worte, als ich am nächsten Morgen vor der Tür des pfirsichfarbenen Hauses stehe, um mit Emilia einen Kaffee trinken zu gehen. Sie reißt die Tür auf und steht da, eine Hand auf die Hüfte gestützt, in der anderen eine Schüssel mit geschnittenen Äpfeln. Sie wirkt irgendwie durcheinander, aber als sie sieht, dass ich es bin, lächelt sie erleichtert. Ich muss Schuldgefühle unterdrücken, als sie mir die Arme um den Hals wirft wie ein kleines Kind. Sie riecht nach Erdnussbutter und ihrem pfeffrigen Le-Labo-Parfüm.

»Ich bin so froh, dass du hier bist. Du kannst dir gar nicht vorstellen, was ich für einen Morgen hatte«, sagt sie, das Gesicht in mein Haar gedrückt, während sie mich umarmt. »Marla, unser Kindermädchen, hat sich gestern Abend das Bein gebrochen, jetzt herrscht hier absolutes Chaos. Außerdem ist es der denkbar schlechteste Zeitpunkt für diese Reise nach Salt Lake in ein paar Tagen.«

»Du fährst diese Woche?« Ich bleibe abwartend im Türrahmen stehen, und Emilia nickt.

»Ja, das hab ich dir sicher erzählt. Für Ables Screening, weißt du noch? Immerhin habe ich meinen Mann irgendwie überzeugen können, danach mit mir nach Hause zu fliegen«, erwidert Emilia augenrollend. »Wäre es okay, wenn wir hier einen Kaffee trinken?«

Ich antworte mit einem knappen Nicken und drehe mich um, um die Tür zu schließen, damit sie mein Gesicht nicht sehen kann. Mir war natürlich die ganze Zeit über klar, dass Able irgendwann nach Hause kommen würde. So kann ich mich wenigstens wappnen und ihm einen Schritt voraus sein.

Die Zwillinge sitzen am Küchentisch und plappern wie aufgeregte Papageien, mit vor Anstrengung geröteten Wangen und schweißfeuchten Haaren, die ihnen an der Stirn kleben. Ich werfe ihnen verstohlene Blicke zu und stelle erleichtert fest, dass sie ihrer Mutter ähnlicher sehen als Able.

»Könnt ihr vielleicht mal kurz aufhören, so einen Radau zu machen? Setz dich zu uns.«

»Das mit Marla tut mir leid.« Ich setze mich an den Tisch.

»Mir auch. Sie wird wochenlang außer Gefecht sein«, erwidert Emilia fröhlich und schmiert klebrige Erdnussbutter auf die Apfelscheiben. Ihr Haar ist feucht und nachlässig zu einem Dutt im Nacken zusammengebunden. Ohne ihren glänzenden Haarteppich sieht sie ganz anders aus, irgendwie entblößt, aber ohne sich dessen bewusst zu sein.

»Mädchen, ihr erinnert euch ja an Grace, oder?«, fragt sie, und die beiden schauen zu mir auf. Silver gibt ein Grunzen von sich, und Ophelia winkt kurz, bevor sie auch schon wieder das Interesse verlieren. Emilia hat ihnen offenbar ein verfrühtes Weihnachtsgeschenk gemacht, um sie bei Laune zu halten – zwei nagelneue puderrosa Polaroidkameras.

Emilia starrt einen Moment lang auf die glänzende, industriell anmutende Kaffeemaschine und zuckt dann ratlos mit den Schultern. »Tut mir wirklich leid«, sagt sie.

»Ich hab schon Kaffee getrunken, kein Problem.« Ich bin mir nicht sicher, ob sie mich gehört hat.

»Weißt du eigentlich, wie viel Zucker in Erdnussbutter ist?«, fragt Silver und blickt von ihrer Kamera auf, um ihrer Mutter einen prüfenden Blick zuzuwerfen. Ich will es nicht, aber in der Körpersprache der Neunjährigen erkenne ich auch Able wieder.

»Das ist die Sorte ohne Zucker.« Emilia sieht mich an und verdreht die Augen, wobei sie Silver liebevoll durch die Haare fährt.

»Und auch die ohne Palmöl? Du weißt doch, dass sie die Regenwälder zerstören müssen, um ...«

»Ich weiß, Silver. Es ist auch die Sorte ohne Palmöl. Und ich bin jedes Mal wieder dankbar, dass Marla dir all diese Dinge beibringt«, sagt Emilia sanft, doch als die Zwillinge wegsehen, hält sie sich zwei Finger an die Schläfe und tut so, als würde sie sich in den Kopf schießen.

»Darf ich ein Foto von dir machen?«, fragt mich Ophelia leise, und ich nicke. Ich strecke meine Zunge heraus, als sie den Auslöser drückt. Ihr glucksendes Kichern bringt mich zum Lächeln. Als die Kamera das Polaroid auswirft, nimmt sie es und wedelt es hin und her.

Emilia sieht jetzt schon völlig geschlaucht aus, aber sie versucht trotzdem, das Gespräch am Laufen zu halten, indem sie von einem Film erzählt, den die Schule der Mädchen verbieten wollte, nachdem sie ihn bereits gesehen hatten. Während ich zusehe, wie sie angestrengt versucht, alles zu managen, verspüre ich einen Anflug von Mitleid. Doch kurz darauf klingelt ihr Handy, und auf dem Display erscheint ein Foto von Able, auf dem er an einer Palme lehnt, mit einem Lächeln, das seine Grübchen zeigt. Mein ganzer Körper verkrampft sich, doch Emilia scheint es nicht zu merken und entschuldigt sich, um den Anruf im Wohnzimmer entgegenzunehmen.

In Emilias Abwesenheit versuche ich, nicht an die Stimme am anderen Ende der Leitung zu denken, und nehme stattdessen das Polaroid, das Ophelia von mir gemacht hat, vom Tisch. Auf dem Bild sehe ich sorglos und unbeschwert aus, und ich frage mich, ob es auch das ist, was Emilia sieht, wenn sie mich anschaut. Ich habe keine Ahnung, inwiefern ich ihr Narrativ bediene, ob sie mich wirklich als eine Erweiterung ihrer selbst sieht oder mich einfach nur bemitleidet, weil ich so allein bin.

Als Emilia wieder in die Küche kommt, wirkt sie unruhig, und rote Flecken – von der Art, die nur sehr blasse Menschen haben – bedecken ihren Hals.

»Stimmt was nicht?«, frage ich sie.

Sie sieht mich einen Moment lang zerstreut an. »Nein, nein, schon in Ordnung. Able hat mich nur daran erinnert, dass unser Finanzberater heute Nachmittag vorbeikommt, aber ich muss die Mädchen zu der letzten Probe für das Krippenspiel ihrer Schule bringen. Außerdem habe ich diese Deadline, die ich schon die ganze Zeit vor mir herschiebe.« Emilia hält inne und lächelt mich an. »Aber das ist schon in Ordnung. Millionen von Menschen machen das jeden Tag. Ich kriege das schon hin. Ich brauche nur eine kurze Verschnaufpause.«

Ich stehe auf und lege ihr die Hand auf die Schulter. Die feuchte Wärme ihres Schweißes dringt durch ihr dünnes Baumwollhemd, und ich fühle mich schuldig, wenn ich daran denke, was ich der einzigen Person, die seit meiner Rückkehr nach L. A. ehrlich an meiner Gesellschaft interessiert ist, antun werde.

»Ich kann die Mädchen doch zur Schule fahren. Ich muss noch mal kurz nach Hause, und dann kann ich sie gleich abholen.«

Emilia mustert mich, wobei ihr Erleichterung und Dankbarkeit ins Gesicht geschrieben stehen. »Bist du sicher, dass dir das nichts ausmacht?«

»Natürlich.«

»Du bist ein Engel, Gracie.«

Ich versuche mich zu konzentrieren, als Emilia mir die Adresse der Schule nennt und mir sagt, dass ich Silver im Auto nicht vorne sitzen lassen darf, aber meine Gedanken sind schon ganz woanders. Manchmal fügen sich die Dinge so natürlich, so nahtlos zusammen, als hätte man es, ohne es zu merken, schon die ganze Zeit über so geplant.

Ich würde gerne sagen können, dass ich nicht sofort nach Hause ging und einen roten Bodysuit im Achtziger-Jahre-Stil und alte Levi's Jeansshorts mit einem Gucci-Gürtel anzog; dass ich mir nicht die Haare bürstete und meine eleganteste Sonnenbrille – die schwarze mit dem goldenen Rand – heraussuchte und dass ich nicht auch noch meinen knallroten Lippenstift auftrug, kurz bevor ich das Haus verließ. Ich würde gerne sagen können, dass ich Emilia aus dem Auto heraus nicht nonchalant zuwinkte und Laurel keine Nachricht mit der Adresse der Schule und der Uhrzeit schickte. Dass ich nicht direkt in die Kamera lächelte, als der Paparazzo anfing, Fotos zu machen, und dass es mir überhaupt nicht in den Sinn kam, dass das Bild sofort in Umlauf gebracht werden und sich durch die sozialen Netzwerke fressen würde wie ein Waldbrand durch das Napa Valley. Und dass ich keine Ahnung hatte, dass Able es sehen würde.

Aber das wäre natürlich gelogen.

Bin ich wütend? Die ganze Zeit.

Nachdem ich die Mädchen einer blonden Lehrerin übergeben habe, die ich aus einer Folge *CSI* zu kennen glaube, fahre ich zurück nach Hause. Ich mache mir ein paar Rühreier, so wie Emilia es mir beigebracht hat, und sitze dann auf der Veranda, starre auf den Teller und warte. Um fünf Uhr nachmittags schickt mir Laurel eine Nachricht mit einem Link zu einem Artikel, in dem steht, dass ich wieder in L. A. bin und besser aussehe als je zuvor. Das größte Bild ist ein Foto, auf dem ich die Mädchen an den Händen halte und mit ihnen zum Eingang der Schule gehe, gefolgt von kleineren Bildern, auf denen ich sie der Lehrerin übergebe. Ich sehe gut aus: ein breites Lächeln, mein weißblondes Haar glitzert in der Sonne L. A.s, und meine Augen sind hinter der schwarzen Sonnenbrille versteckt. Die Gesichter der Mädchen sind verpixelt, aber man kann deutlich Silvers glitzernde Turnschuhe und die leuchtend roten Haare der Zwillinge erkennen.

Laurel schickt mir noch weitere Links, der letzte zu einem Artikel, in dem berichtet wird, dass ich die Stadt verließ, weil Able und ich eine Affäre hatten. Das zugehörige Foto stammt von der London-Premiere von *Lights of Berlin*: Emilia und ich flankieren einen stirnrunzelnden Able. Sie spricht gerade, und ihr Mund steht offen, und ihr Make-up wird von dem hellen Licht unvorteilhaft betont. Ihre Haut ist von weißem Puder überzogen, der von dem Blitzlicht noch betont wird. Ich hingegen wirke entspannt, und meine perfekt geschminkten Lippen sind zu einem kleinen, glänzenden Lächeln verzogen. Vage erinnere ich mich an das Unbehagen, das ich empfand, als ich für das Foto posierte, aber jetzt, wo ich die Aufnahme sehe, bekomme ich die Erinnerung daran kaum mehr zu fassen.

Der Artikel stammt von einer schäbigen Website mit schlechtem Ruf, aber der Gedanke, dass auch Able ihn lesen und diesmal er derjenige sein könnte, der Angst hat und sich dem, was als Nächstes kommt, machtlos ausgesetzt sieht, ist so ermutigend, dass ich mich lebendig fühle wie schon seit Jahren nicht mehr. Genau in diesem Augenblick erhalte ich eine Nachricht. Sie kommt von einer Nummer, die zwar nicht in meinem Telefon gespeichert ist, aber die sich für immer unauslöschlich in mein Gedächtnis eingebrannt hat.

Was soll das???

Die Worte tatsächlich vor mir zu sehen, verschlägt mir beinahe den Atem. Habe ich nicht die ganze Zeit darauf gewartet?

Ich lösche die Nachricht, bevor ich die Fragezeichen zählen oder darüber nachdenken kann, wo er ist und ob er mir wieder schaden kann. Vielleicht ist ab jetzt Able derjenige, der warten und meinen nächsten Schachzug erraten muss. Vielleicht bin ich jetzt endlich auf der Siegerstraße.

34

»Wie haben Sie mich gefunden?«, frage ich, als ich am nächsten Morgen die Tür öffne und Camila, die Journalistin von *Vanity Fair*, vor meiner Tür steht. Ich bin gerade erst aufgewacht und habe eine unruhige Nacht hinter mir. Ich traue mir nicht zu, in diesem Zustand ein Gespräch mit Camila zu führen. Suchend schaue ich mich nach jemandem um, der mich retten könnte, aber all meine Nachbarn in Coyote Sumac sind entweder schon im Wasser oder noch im Bett.

»Ich habe mich umgehört«, erwidert Camila. Sie wirkt gelassener als bei unserer ersten Begegnung. »Keine Sorge, Ihr Geheimnis ist bei mir sicher.«

Ich lächle schief, denn wir wissen beide, warum sie hier ist.

»Ich bin gerade auf dem Sprung«, sage ich dann, obwohl ich offensichtlich gerade erst aufgestanden bin.

»Ich habe die Geschichten über Sie und Able gelesen.«

»Das ist doch alles nur Blödsinn, Camila.« Ich verschränke die Arme vor der Brust.

Camila mustert mich einen Moment lang, bevor sie den Kurs wechselt. Sie beugt sich zu mir und beginnt im Flüsterton zu sprechen: »Hören Sie, ich will ehrlich mit Ihnen sein. Ich schreibe gerade einen Artikel über den systemischen Machtmissbrauch in Hollywood, und es liegt an Ihnen, ob Sie mitmachen wollen oder nicht. Ich brauche Sie nicht, aber ich würde gerne Ihre Version der Geschichte erzählen. Ich habe einen ehemaligen Kollegen von Able gefunden, der andeutet, dass

Ihre Beziehung nicht rein professionell war. Außerdem habe ich einen Augenzeugenbericht, demzufolge er Sie am Set jedes Films, den Sie zusammen gemacht haben, schikaniert hat.«

Ich balle meine zitternden Hände zu Fäusten. »Ohne meine Sicht der Dinge ist das nichts als Spekulation. Ich dachte, *Vanity Fair* hätte höhere journalistische Standards.«

Camila beobachtet mich aufmerksam, sie kann meine Unsicherheit spüren.

»Sie versuchen nach wie vor, mich zu etwas zu zwingen«, flüstere ich. »Ich habe immer noch keine Kontrolle darüber.«

Camila antwortet nicht sofort. »Ich würde Ihnen gerne die Wahl lassen. Können Sie das verstehen?«

Natürlich weiß ich, dass Camila nicht versucht, mich zu überrumpeln. Sie ist genau wie wir anderen, sie ist ehrgeizig, frei nach dem Motto »Nach mir die Sintflut«. Aber wenn ich an Ables Nachricht von gestern Abend denke, an die Aufregung, die mich beim Anblick dieser drei Worte durchfuhr, dann muss ich mich fragen: Warum bin immer ich diejenige, die alles, was ich mir aufgebaut habe, aufs Spiel setzen muss? Warum kann diesmal nicht Able still leiden, während er auf meinen nächsten Schritt wartet und seine Liebsten sich leise von ihm zurückziehen, als wäre er hochgradig ansteckend? Warum muss ich die Einzige sein, die niemanden auf der Welt hat, an den sie sich wenden kann?

Was soll das???

Ich bin dir auf den Fersen.

»Ich bin noch nicht so weit«, sage ich langsam. »Aber vielleicht kann ich Ihnen etwas anderes anbieten. Wollen Sie reinkommen?«

Wir planen das Shooting in weniger als vierundzwanzig Stunden. Wie gedacht, erklärt sich Emilia sofort damit einverstanden, mir ihr Haus zur Verfügung zu stellen. Sie muss abends für Ables Screening nach Salt Lake City fliegen, die Zwillinge übernachten bei einer Schulfreundin, und sie ergreift sofort die Gelegenheit, mir zu helfen. Ich frage mich, was Able wohl denken wird, wenn er das Interview und die Fotos von mir in seinem Haus sieht. Ob er sich bewusst ist, dass ich ihn immer mehr in die Ecke dränge, auch wenn ich so viele Bundesstaaten entfernt bin?

Als ich an dem pfirsichfarbenen Haus ankomme, öffnet Emilia schwungvoll die Tür. Wieder sieht sie tadellos aus und ist bereit, jeden zu bezirzen, der mir von Nutzen sein könnte.

»Hast du die ganzen Artikel über uns gesehen?«, fragt sie lachend. Wie es wohl sein muss, sich seines Platzes in der Welt so sicher zu sein, dass man nicht ein einziges Mal in Verlegenheit kommt, die Absichten der anderen zu hinterfragen.

»Ich wünschte, du hättest sie nicht gesehen«, erwidere ich, was nicht unbedingt gelogen ist.

»Ach, glaub mir, wir sind alle schon lange genug in dieser Branche, um zu wissen, dass Journalisten einfach nur das berichten, was sie berichten wollen. Der Spuk wird schon bald vorbei sein, mach dir keine Sorgen. Die Pressetypen können deine Angst riechen.«

»Ich habe keine Angst.« Ich frage mich, ob es dieses Mal wirklich wahr sein könnte.

»Ich weiß doch, Liebes, natürlich hast du das nicht«, sagt sie, und es ist mir sofort peinlich, als wäre ich ein mürrischer Teenager, dessen Ego gestreichelt werden muss. Irgendwie sage ich in Emilias Gegenwart immer das Falsche, auch wenn sie ihr Bestes tut, es sich nicht anmerken zu lassen. Ich zwinge mich zu einem Lächeln und setze wieder meine Maske auf.

»Danke, dass ich das hier machen darf. Ich hätte beim besten Willen niemanden in mein Haus lassen können. Bei mir sieht's aus wie auf einem Schlachtfeld«, sage ich, aber Emilia winkt sofort ab.

»Also wirklich, nichts zu danken.«

Ich habe Camila ein Exklusivinterview versprochen, in dem ich darüber sprechen werde, wieso ich Los Angeles den Rücken gekehrt habe, wie es mit meiner Ehe aussieht, und ich werde – durch die Blume – alle Vermutungen bezüglich meiner Abhängigkeit bestätigen. Es ist nicht wirklich das, was sie wollte, aber es wird immerhin ein Exklusivinterview sein – ein seltener Einblick in das Leben einer Person, die bekannt dafür ist, ihre Privatsphäre strikt zu wahren. Während ich auf Camila warte, hocke ich im Schneidersitz auf dem Sofa und versuche mich als meine eigene Motivationsrednerin: *Gib dich gelegentlich zerbrechlich, aber nie gebrochen. Stelle keine Anforderungen an Camila oder an die Leute, die das Interview lesen werden. Es gibt nichts Erbärmlicheres als einen Prominenten, der die Anerkennung von Fremden sucht. Bilde dir ja nicht ein, dass du dich nicht verkaufen musst, nur weil sie es war, die mit dir reden wollte. Denk daran, dass du dich immer verkaufen musst. Strecke deinen Kiefer vor, damit kein Doppelkinn zu sehen ist, und runzle die Stirn nicht zu sehr. Gib dich unkompliziert und sympathisch und vor allem dankbar für alles, was die Öffentlichkeit dir gegeben hat. Erwähne nie, wie schnell sie dir alles wieder genommen hat.*

»Bist du dir sicher, dass du es durchziehen willst?«, fragt Emilia und legt mir sanft die Hand auf die Schulter, als sie hinter dem Sofa vorbeigeht.

»Ich denke schon«, erwidere ich mit einem Schulterzucken.

»Die Presse hat mir in letzter Zeit ziemlich zugesetzt, und ich möchte es nicht noch schlimmer machen.«

»So läuft das nun mal, oder? Sie verschlingen dich und scheißen dich wieder aus, wenn sie mit dir fertig sind«, sagt Emilia, und ich würde lachen, wenn es nicht die Wahrheit wäre.

Sie setzt sich neben mich. »Du kannst das wieder ins Lot bringen. Du musst nur so tun, als hättest du dich angemessen geläutert, so unangenehm das auch sein mag. Die Öffentlichkeit wird hören wollen, dass du aus deinen Erfahrungen auch etwas gelernt hast. Als ob das Leben je so einfach wäre.«

Ich schneide eine Grimasse, und sie lacht.

»Bist du die Fragen mit der Journalistin vorher durchgegangen?«

»Die meisten Journalisten machen das nicht«, antworte ich, was nicht ganz stimmt, denn ich habe Camila bereits eingebläut, nach wem sie auf keinen Fall fragen darf.

»Das wird schon werden. Soll ich dabeibleiben? Für den Fall, dass das Gespräch in eine Richtung geht, die dir nicht gefällt? Ich fühle mich nicht ganz wohl bei dem Gedanken, dass du keine PR-Agentin oder irgendjemanden hier hast, der dich unterstützt.«

Ich will ihr Angebot schon ablehnen, doch dann wird mir klar, dass Emilias Anwesenheit mich womöglich davon abhalten würde, zu viel preiszugeben. Ich antworte mit einem – wie ich hoffe – dankbaren Nicken.

»Danke, Emilia.«

Das Shooting verläuft relativ unkompliziert. Ich trage ein weißes Hemd und löchrige Jeans und dazu Emilias Bulgari-Halskette aus Diamanten und Saphiren, die sie mir geradezu aufgedrängt hat. Als Location für das Fotoshooting wähle ich das Wohnzimmer, da es hier so dunkel ist, dass der Fotograf den Blitz benutzen muss, ohne dass ich extra darum bitte. Ich weiß, dass ich in dem Licht besser aussehen werde. Bevor wir anfangen, nehme ich Camila das Versprechen ab, keine der Aufnahmen zu retuschieren. Natürlich wird sie diese ungewöhnliche Bitte in ihren Artikel aufnehmen, und Tausende von Durchschnittsamerikanern werden mich dafür lieben und nun mein Aussehen verteidigen. Ich posiere vor Ables und Emilias umfangreicher Büchersammlung mit einem kleinen, traurigen Lächeln im Gesicht, das alles sagt: Ich mag zerbrechlich sein, aber ich bin mutig, und was noch wichtiger ist, ich lerne.

Das Interview ist heikler. Obwohl ich Camila gesagt habe, dass sie sich ausschließlich auf meine Auszeit und meine Rückkehr konzentrieren und das Thema Able vermeiden soll, bedrängt sie mich mit bohrenden Fragen, die mir wesentlich mehr an die Nieren gehen, als ich gedacht hätte. Ich versuche, mir nicht anmerken zu lassen, wie sehr sie mir zu schaffen macht, und inszeniere im Laufe des Interviews immer kreativere Ablenkungsmanöver.

»Alle tun so, als hätte man mich auf der Straße aufgelesen und gerettet, aber ich hatte auch in England ein gutes Leben. Meine Familie hat mich schon immer bedingungslos geliebt und unterstützt«, sage ich irgendwann und lächle freundlich. »Ich bin mir bewusst, dass ich in dieser Hinsicht unglaubliches Glück gehabt habe.«

Camila nickt, aber so wie sie auf ihrem Stuhl herumrutscht, weiß ich, dass sie frustriert ist von den platten Antworten, die ich ihr schon die ganze Zeit gebe.

»Und was ist mit dem Trinken? Es gibt Gerüchte, dass Sie seit einigen Jahren ein Alkoholproblem hätten.«

Ich atme tief ein und strecke meine Hände von mir, die Handflächen nach oben. Ein perfektes Bild von Offenheit, Ehrlichkeit und der Bitte um Vergebung. »Ja, ich habe es irgendwann absolut übertrieben. Ich versuche noch zu verstehen, wie es dazu kam. Vielleicht lag es daran, dass ich nie gelernt habe, allein zu sein. Als ich letztes Jahr wieder zu Hause bei meiner Familie war, hat mir das wirklich Halt gegeben. Ich bin jetzt seit über einem Jahr clean«, antworte ich und nicke huldvoll, als Camila mir gratuliert, was ich nicht anders erwartet hatte. Ich denke an das Fläschchen mit den Pillen in meiner Tasche und hoffe, dass ich nicht vergessen habe, sie zuzumachen, als ich sie vorhin unter dem Küchentisch abgestellt habe. »Ich will auf keinen Fall, dass mich jemand bemitleidet, und ich kann Ihnen versichern, dass ich mir meiner Privilegien sehr wohl bewusst bin. Ich weiß, dass ich keine Leben rette. Ich will einfach nur mein bestes Selbst sein.«

Ich bilde mir ein, dass Camila sich anstrengen muss, um nicht mit den Augen zu rollen.

»Und was ist mit Emilia? Können Sie mir sagen, was diese Beziehung für Sie bedeutet?« Sie beobachtet mich während dieses abrupten Themenwechsels genau, und mir wird klar, dass ich mich mit meiner Entscheidung, das Interview in Emilias Haus abzuhalten, selbst in die Enge getrieben habe. Sollte ich versuchen auszuweichen, auf welche Art auch immer, wird Emilia merken, dass etwas nicht stimmt.

»Emilia«, rufe ich, und Emilia lächelt mich von ihrem Platz hinter Camila aus an. Ich klopfe mit der Hand neben mich auf das Sofa, und Emilia setzt sich zu mir.

»Camila hat nach dir gefragt«, sage ich, bevor ich mich wieder der Reporterin zuwende. »Emilia ist mein Fels in der Brandung. Ich bin stolz, sie meine Freundin nennen zu dürfen.«

Wieder lächelt Emilia mich an und nimmt meine Hand.

»Wir würden alles für dieses Mädchen tun. Diese Frau. Sie gehört zur Familie.«

Der Fotograf macht ein Foto von uns, und schon ist unsere gegenseitige Zuneigung verewigt. *Klick.*

Camila nickt und kritzelt etwas auf ihren Block. Ich linse zu ihr hinüber und lächle schnell, als sie wieder aufschaut.

»Und Dylan? Welche Rolle spielt er im Leben dieser neuen, besseren Grace Turner?«

Hyde.

»Dylan wird für immer in meinem Leben sein. Unsere Seelen kennen sich inzwischen schon sehr lange.«

»Sprichst du jetzt von früheren Leben?«, fragt Camila, den Stift abwartend über dem Block.

»Ganz genau«, antworte ich und blicke sie mit großen Augen an. »Wir haben eine unglaublich starke karmische Verbindung.«

Emilia wirft mir einen Blick zu. Ich weiß, dass das ein gutes Täuschungsmanöver ist, auch wenn ich wie eine Fantastin klinge.

Camila runzelt die Stirn und legt ihren Stift weg. »Und jetzt? Seid ihr noch zusammen? Ich meine physisch und nicht spirituell«, betont sie und lächelt höflich.

»Dylan ist mein bester Freund«, antworte ich vorsichtig. »Und er unterstützt mich vorbehaltlos bei meiner Suche nach mir selbst und meinem inneren Gleichgewicht.«

Ich schaue auf die Uhr und stelle fest, dass das Gespräch schon vor zwanzig Minuten hätte beendet sein sollen. Leicht verärgert, dass mir das niemand gesagt hat, stehe ich auf und strecke mich.

»Haben Sie alles, was Sie brauchen?«, frage ich gut gelaunt.

Camila zuckt mit den Schultern und steht ebenfalls auf. Wahrscheinlich hat sie Angst, dass ich ihr noch mehr von meinen früheren Leben erzähle. Im Stillen danke ich Margot für diesen Einfall.

»Fürs Erste schon, Grace. Wie ich schon sagte, will ich so bald wie möglich veröffentlichen, aber ich melde mich, wenn es noch etwas zu klären gibt.«

Ich verabschiede mich von Camila und dem Fotografen mit einem Kuss auf die Wange und bringe sie zur Haustür. Im letzten Moment dreht sich Camila noch einmal um und drückt die Play-Taste ihres Aufnahmegeräts. Sie streckt es mir hin, und ich starre darauf hinunter. Emilia steht schützend neben mir.

»Eine Sache habe ich vergessen. Können Sie etwas zu Able sagen und welchen Einfluss er auf Ihr Leben hatte? Wie ist es, als seine ›Muse‹ bekannt zu sein?«

Ich erstarre, und es kostet mich meine ganze Kraft, nicht die Tür zu öffnen und sie hinauszustoßen. Ich denke an all die Lügen, die ich ihr auftischen könnte, und ich hasse Camila dafür, dass sie so leichtfertig mit dem Geheimnis umgeht, das mein Selbstgefühl so brutal verletzt hat.

Ich verziehe den Mund zu einem starren Lächeln. »Was kann ich schon über Able sagen? Er hat mich zu der gemacht, die ich heute bin.«

Camilas Blick bohrt sich in meinen, bevor sie schließlich nickt. Als sie und der Fotograf sich schließlich zum Gehen wenden, bittet Emilia Camila, ihr das Foto von uns beiden auf dem Sofa zu schicken. Sie möchte es rahmen lassen und aufhängen.

35

Ich sitze mit einem Glas Eistee auf Emilias Bett und sehe ihr beim Packen zu. Sie ist meinetwegen in Verzug und gestresst, auch wenn sie versucht, es sich nicht anmerken zu lassen. Seit Camila weg ist, bin ich irgendwie merkwürdig gestimmt. Als hätte ich zwei Versionen meines Lebens zu sehen bekommen und mich aufs Neue für die falsche entschieden. Ich mustere Emilia. Werde ich sie am Ende mehr verletzen als Able?

»Geht es dir gut, Liebes?«, fragt Emilia irgendwann.

»Ja, alles gut.« Ich nicke, aber ich bin wohl nicht besonders überzeugend, denn Emilia hält inne, in der Hand Kleidung zum Wechseln, unter anderem einen schlichten schwarzen Seiden-BH. Diese intime Szene und das Wissen darüber, was Able später an diesem Abend anfassen und öffnen wird, lässt mich erschaudern.

Emilia bemerkt mein Unbehagen und setzt sich neben mich aufs Bett.

»Es tut mir leid. Ich hätte vorhin schon fragen sollen, ob es dir gut geht. Heute war ein großer Tag, oder? Es war das erste Mal, dass du in der Öffentlichkeit über deine ... Abstinenz gesprochen hast. Wir haben uns ja noch nie darüber unterhalten.«

Ich nicke zögernd.

»Du machst das ganz wunderbar, Grace. Du weißt, dass ich immer für dich da bin, oder?«

Ich möchte Emilia fragen, warum die Leute mich immer

anlügen müssen. Welchen Zweck hat es, wenn sie mir besondere Zugeständnisse machen? Keinen Drink in der Hand oder Opioide im Blutkreislauf zu haben, das ist nicht ganz wunderbar, sondern nur etwas, das andere Menschen tagtäglich tun, ohne groß darüber nachzudenken.

Emilia legt mir den Arm um die Schultern, und so sitzen wir eine Weile zusammen, bis ich mich entspanne und schließlich gegen sie sinken lasse. Und dann schnürt sich mir die Brust zusammen, und mir wird mit einem Schlag klar, warum ich nicht will, dass Emilia nach Salt Lake City fliegt: Able hat sie nicht verdient. Er hat es nicht verdient, sich sicher und geliebt zu fühlen und gesagt zu bekommen, dass alles gut wird, egal was passiert. Ich möchte, dass Emilia stattdessen hier bei mir bleibt, und ich möchte, dass sie sich für mich entscheidet und gegen Able, immer und immer wieder, bis er sich genauso einsam fühlt wie ich.

»Irgendwie habe ich das Gefühl, dass ich noch mehr Leute enttäuschen könnte«, sage ich nach einer kurzen Pause, und eine Idee nimmt langsam in meinem Kopf Gestalt an.

»Du wirst niemanden enttäuschen«, sagt Emilia bestimmt. »Denk daran, dass du niemandem Rechenschaft schuldig bist außer dir selbst. Du musst ruhig bleiben und dich auf deine Genesung konzentrieren. Scheiß auf die anderen.«

»Kann ich ehrlich zu dir sein, Emilia?«, frage ich, und mein ganzer Körper zittert.

Emilia greift nach meiner Hand. »Natürlich.«

»Ich hatte noch nie so sehr das Bedürfnis zu trinken wie vorhin, als ich diese Worte laut ausgesprochen habe.«

Emilia gibt einen gequälten Laut von sich und blickt mich direkt an. »Ach, Liebes, es tut mir so leid, das zu hören. Ich wünschte, ich könnte bei dir bleiben und mich um dich kümmern.«

Ich zucke mit den Schultern und winke ab. Es ist genau dieselbe Geste, die sie immer macht.

»Ich komme schon klar. Ich habe schon Schlimmeres durchgemacht als das hier.«

»Gibt es jemanden, den wir anrufen können? Hast du noch einen Sponsor?«, fragt Emilia leise.

Ich schüttle den Kopf und bin ein bisschen enttäuscht, als Emilia trotzdem aufsteht, ihre restliche Kleidung in den Koffer packt und den Reißverschluss zuzieht.

»Du weißt, dass Able und ich morgen Abend wieder zu Hause sind, falls du uns brauchst«, sagt sie sanft.

»Mach dir keine Sorgen«, sage ich und zwinge mich zu einem Lächeln. Emilia sieht mich traurig an, und ich kann sehen, dass sie kurz davor ist, die richtige Entscheidung zu treffen, sie braucht nur einen kleinen Schubs.

»Ich geh dann mal besser«, sage ich und stehe auf. Als ich mich zu ihr hinunterbeuge, um sie zu umarmen, stecke ich verstohlen die Hand in meine Tasche, ziehe das Fläschchen Percocet heraus und lasse es auf den Schlafzimmerboden fallen. Wir sehen zu, wie das knallorangene Röhrchen über den Teppich rollt und unter Ables Nachttisch liegen bleibt. Emilia schaut auf die Flasche und dann wieder auf mich. Ich weiß nicht, ob sie gemerkt hat, dass ich es absichtlich getan habe, aber es hat in jedem Fall den gewünschten Effekt.

»Entschuldige mich, Grace. Gib mir eine Minute.«

Ich hebe die Flasche auf und halte sie in meiner klammen Hand, während ich auf dem Bett sitze und warte. Bin ich dieses Mal vielleicht zu weit gegangen? Um mich abzulenken, hole ich mein Handy hervor und sehe, dass Esme mir geschrieben hat. Sie will wissen, wann wir uns wieder treffen können. Ohne auf die Nachricht zu antworten, lege ich das Handy wieder weg. Es dauert eine ganze Weile – vielleicht zwanzig Minuten –, bis Emilia zurückkommt und sich vor mich stellt. Ihre Wangen sind gerötet, und sie wirkt nicht besonders glücklich, aber sie zwingt sich zu einem strahlenden Lächeln.

»Was hältst du von einem Abend mit Katharine-Hepburn-Filmen und heißer Schokolade?«

»Was ist mit dem Screening?«

»Ich habe mit Able gesprochen, und er ist damit einverstanden, dass ich heute Abend bei dir bleibe«, sagt Emilia, ohne mich anzusehen. »Das hier ist wichtiger als sein Ego. Komm, lass uns nach unten gehen.«

»Braucht er dich denn nicht?«, hake ich nach, als Emilia ihren Koffer zurück in den begehbaren Kleiderschrank rollt.

»Du brauchst mich hier«, entgegnet sie, und ich fühle mich sofort schuldig, weil ich sie so manipuliert habe. Aber vor allem bin ich erleichtert, dass sie sich für mich und gegen ihn entschieden hat, auch wenn ich sie dazu gezwungen habe. Ich tröste mich mit dem Gedanken, dass ich sie ja eigentlich beschütze, denn würde sie sein wahres Gesicht zu sehen bekommen, würde sie sich nie wieder für ihn entscheiden.

Wir sitzen zusammen auf dem Sofa mit zwei Bechern cremiger, dampfender Schokolade und einer Schüssel Popcorn mit Butter zwischen uns und sprechen den Rest des Abends nicht mehr von dem Interview, von Able oder meiner Abhängigkeit. Stattdessen sehen wir uns *Bühneneingang* und *Die Nacht vor der Hochzeit* an. Kurz nach Mitternacht gibt Emilia mir einen nagelneuen Schlafanzug aus Seide und bringt mich ins Gästezimmer. Ich klettere in das riesige Bett aus Eichenholz, schließe die Augen und schlafe überraschenderweise beinahe sofort ein.

Am nächsten Morgen macht mir Emilia eine Riesenportion Rührei mit einem Smiley aus Pinienkernen darauf. Mit dem Rücken zu mir gewandt, erzählt sie mir, dass sie in der Nacht von Able gehört hat.

»Er hat seinen Rückflug gecancelt«, sagt sie, und ich weiß nicht, wie ich ihren Tonfall interpretieren soll. »Er meint, er brauche mehr Zeit, um an dem Film zu arbeiten, unabhängig davon, wie die Vorführung heute läuft.«

»Tut mir leid.« Ich weiß, dass er sie jetzt genauso bestraft, wie er früher mich bestraft hat.

»Es ist nicht deine Schuld«, sagt sie in einem schneidenden Ton, den ich überhaupt nicht von ihr kenne. Emilia stellt sich selbst ebenfalls einen Teller mit Rührei auf den Tisch und setzt sich mir gegenüber, ohne Anstalten zu machen, mit dem Essen zu beginnen. Stattdessen stützt sie ihr Kinn auf die Hand und mustert mich. »Er kommt erst am dreiundzwanzigsten zurück«, sagt sie nach einer Weile, und die Schärfe in ihrer Stimme lässt bereits wieder nach. »Er wird gerade rechtzeitig zu Weihnachten da sein, um mit den Mädchen zu feiern.«

Emilias Worte verleihen mir einen regelrechten Energieschub, aber ich bemühe mich, einen neutralen Gesichtsausdruck zu wahren, schlucke den letzten Bissen Rührei hinunter und lege meine Hand auf ihre. Emilias Verlobungsring bohrt sich in meine Handfläche, während ich sie tröstend anlächle.

»Du weißt, dass ich immer für dich da bin, wenn du mich brauchst«, sage ich, und ihre Dankbarkeit für meine Anwesenheit ist beinahe greifbar.

36

Wren kommt die Treppe des Glashauses hinunter. Sie trägt ein kurzes schwarzes Kleid und Louboutin-Schuhe in Schlangenlederoptik. Ihr glänzendes Haar fällt in einer perfekten Welle über ihren gebräunten Rücken, und ihre Haut schimmert von Jugend oder Tugend oder Highlighter oder irgendetwas anderem, aber Dylan hat sie noch kein einziges Mal angeschaut.

Ich trage ein seidenes Saint-Laurent-Kleid, das ich in Paris gekauft habe. Als ich Dylans Gesichtsausdruck sehe, würde ich gerne glauben, dass mir gerade erst wieder einfällt, dass ich es am ersten Abend unserer Flitterwochen getragen habe. Wahrscheinlicher ist, dass ich es die ganze Zeit wusste. Dylan steht einen Moment auf der Türschwelle und starrt mich an, ohne mich hereinzubitten, und ich muss an ihm vorbei ins Haus schlüpfen, damit Wren nicht merkt, wie viel Spannung in der Luft liegt.

»Was meinst du?«, wendet sich Wren schließlich an Dylan und dreht sich verlegen um die eigene Achse. Sie sieht mich an. »Ich laufe eigentlich immer nur in meiner Arbeitsmontur herum, das hier ist also was ganz Besonderes.«

Dylan nickt und wirft mir einen schnellen Blick zu, bevor er sich wieder seiner Freundin zuwendet. »Wunderschön. Ihr seht beide wunderschön aus.«

Wren entgleiten für den Bruchteil einer Sekunde die Gesichtszüge, bevor ihr Lächeln sich wieder einstellt, und ich wünschte, ich wäre überall, nur nicht hier.

Das Taxi setzt uns am Ende einer Gasse ab, mitten im verruchten Herzen Hollywoods. Wren und ich gehen an einer langen Schlange schöner Menschen unbestimmten Geschlechts und Alters vorbei und ganz nach vorne, wo ein Mann steht, der von zwei auffallend attraktiven Frauen in Lederjacken und neonfarbenen Stretchkleidern flankiert wird. Der Türsteher sieht mich einen Augenblick lang stirnrunzelnd an, dann hebt er das Absperrungsseil und winkt uns hinein.

»Ich will heute Abend nichts essen. Wir essen nicht, oder?«, sagt Wren, und ich kann sehen, dass sie fest entschlossen ist. Wie oft habe ich schon jemanden angebettelt, nicht nach Hause zu gehen, nur weil ich einen warmen Körper an meiner Seite wollte, während ich mich selbst zugrunde richtete. Als wir hineingehen, legt sie einen Arm um meine Taille und lehnt kurz den Kopf an meine Schulter, und diese kleine Geste spornt mich nur noch mehr dazu an, sie glücklich zu machen.

Trotz der langen Schlange vor dem Eingang ist der Club noch fast leer. Er ist klein, dekoriert wie ein alter Zirkus, mit Neonlichtern und Zerrspiegeln an den Wänden und einer Bar im hinteren Teil. Wren geht direkt an die Bar, um zwei Dirty Wodka Martinis zu bestellen. Während sie mit dem Barkeeper spricht, umfasst sie mit ihrer blassen Hand sanft seinen Hinterkopf.

»So richtig dirty. Ich meine super, super dirty. So dirty, wie du gerade denkst, hoch tausend«, sagt sie laut, und ich frage mich, ob sie schon betrunken ist.

Als die Drinks kommen, hält Wren ihr Glas hoch und prostet mir zu, bevor sie es in einem Zug halb leer trinkt. Ich schaue auf das Glas in meiner Hand und stelle mir vor, wie der Wodka leicht und vertraut meine Kehle hinunterfließt. Ich setze schon an, aber dann muss ich an Emilia denken und wie sie mir sagte, wie wunderbar ich das alles machen würde, und ich lasse die Hand wieder sinken. Es fällt mir immer schwerer zu wissen, wann ich lüge: wenn ich sage, dass ich nie ein Alkoholproblem hatte, oder wenn ich sage, dass ich eins habe.

»Wir sollten gleich noch mal bestellen. Das hat gefühlt eine halbe Ewigkeit gedauert«, sagt Wren und nimmt einen weiteren, großen Schluck.

»Wren, dir ist klar, dass das nur Wodka und Wermut ist, oder?«

»Du hast recht, das ist nicht annähernd genug Olivenlake. Können wir noch mal zwei haben, bitte? *Extra* Olivenlake«, ruft Wren dem Barkeeper zu, und er nickt. Wir stehen auf und bewegen uns leicht zur Musik, während sich der Club um uns herum langsam füllt. Die Musik ist mittlerweile lauter, und ich bin dankbar, dass wir uns nicht unterhalten müssen, denn wir haben eigentlich nur eines gemeinsam.

»Du siehst gut aus«, ruft Wren irgendwann und mustert mich.

»Mir geht's auch ganz gut«, erwidere ich, aber sobald ich die Worte ausgesprochen habe, fühle ich mich verletzlich – ganz so, als ob man es mir sofort wieder nehmen könnte. Wie sich herausstellt, hat Wren damit nicht mein seelisches Wohlbefinden gemeint, denn sie streckt ihre Hand aus und berührt vorsichtig mein Haar. Im selben Moment werden wir von einem hübschen, als Leopard verkleideten Jungen angesprochen, der Wren bittet, ein Foto von uns beiden zu machen. Wren willigt lächelnd ein und macht mit seinem Handy ein paar Fotos von uns. Bevor er sich zum Gehen wendet, bittet mich der Leopardenjunge, den Spruch aus *Lights of Berlin* zu sagen, aber ich tue so, als würde ich ihn nicht hören, und klopfe ihm stattdessen sanft auf seine bepelzte Schulter.

Nachdem er weg ist, mustert mich Wren stirnrunzelnd, wie ein Fotograf, der seine Kamera schussbereit in Anschlag hält.

»Wer ist die Freundin, mit der du gestern Abend zusammen warst?«, fragt sie, und noch bevor ich mir überlegen kann, wie ich das Thema Emilia meiden könnte, wird das Licht gedimmt, und aus den Lautsprechern dröhnt ein seltsam frenetisches Trommeln. Unauffällig stelle ich meinen Drink auf einem Tisch neben uns ab, während wir uns alle in Richtung des lilafarbenen Scheinwerfers in der Mitte des Raumes bewegen, der ein kreisförmiges Podest beleuchtet. Eine Frau steigt auf die kleine Bühne und hält eine Kettensäge vor sich, nur wenige Zentimeter vom Schritt ihres Spitzentangas entfernt. Ihre bleichen tränenförmigen Brüste werden nur von kleinen, paillettenbesetzten Nippelquasten bedeckt, die im lila Scheinwerferlicht fröhlich glitzern. Ich sehe ihr zusammen mit den anderen Leuten zu, entsetzt und fasziniert zugleich, bis ich schließlich nicht mehr hinsehen kann. Als ich mich zu Wren umdrehe, ist sie nicht mehr bei mir.

Ich finde sie an der Theke wieder, wo sie dem Barmann eindringlich etwas ins Ohr flüstert. Als ich mich endlich zu ihr durchgedrängelt habe, hat sie bereits mit ihm einen Tequila getrunken und dabei an der Limette gesaugt, als wäre sie achtzehn und zum Spring Break in Cabo. Bevor ich sie aufhalten kann, bestellt sie zwei Picklebacks.

»Weißt du, wo wir Koks kriegen können?«, fragt Wren mit glasigen Augen und leerem Blick. Es ist ein erbärmliches Schauspiel, sie so zugedröhnt zu sehen.

»Hast du überhaupt schon mal Koks genommen?«, frage ich sie, wohl wissend, dass ich genau die Person bin, die jemand, der sich zuknallen will, am meisten hassen würde.

»Noch nie«, antwortet sie, während der Barkeeper zwei Whiskey-Shots vor uns hinstellt, mit je einem Schuss Essiggurkensaft dazu. Er grinst, als ich ihn wegen der Größe der Whiskey-Shots böse anstarre – es sind praktisch Kaffeebecher.

Ich packe Wren am Arm, aber sie hat den Whiskey bereits ausgetrunken und muss hinter vorgehaltener Hand würgen. Ich strecke dem Barkeeper den Mittelfinger entgegen und führe Wren durch die Menge, wobei ich unsere verzerrten Reflexionen in den Spiegeln zu beiden Seiten ignoriere.

Ich setze Wren vor dem In-N-Out auf den Bordstein und weise sie an, sich nicht zu bewegen. Sie hat sich schon viermal – vielleicht auch fünfmal – in den Rinnstein übergeben. Ich habe ihr die Haare nicht aus dem Gesicht gehalten, weil wir nicht in einer Studentinnenverbindung sind und ich nie auf dem College war.

»Ich will auf dem Tresen tanzen«, murmelt sie, als ich gehe, um etwas zu essen zu kaufen, aber sie rührt sich nicht. Sie kann nicht mehr aufrecht sitzen, ihr Oberkörper ist vornübergesackt, und ihre falschen Wimpern haben sich auf einer Seite gelöst.

Ich bestelle wesentlich mehr Essen, als nötig gewesen wäre, und dann setze ich mich neben Wren auf den Bordstein und sehe ihr dabei zu, wie sie sich methodisch durch jeden Double-Double-Burger und jedes gegrillte Käsesandwich arbeitet, als hätte sie seit Wochen nichts mehr gegessen.

»Danke. Ich fühle mich schon besser«, sagt sie mit einem leichten Lallen.

»Wir sind Idioten. Wir hätten etwas essen sollen, bevor wir losgegangen sind«, entgegne ich freundlich.

»Ich hatte früher mal eine Essstörung«, brabbelt Wren und wickelt einen weiteren Burger aus.

»Was für eine?«

»Alle.«

»Das tut mir leid.«

»Willst du wissen, was eine Beziehung schneller zerstört als Robert Redford in *Ein unmoralisches Angebot*? Wenn man seiner Freundin dabei zusieht, wie sie sich siebzehn Oreos, drei Becher Eiscreme, zwei Tüten Funyuns und einen Laib Brie hintereinander reinschaufelt.«

»Natürlich zeigt Dylan Verständnis«, fügt Wren nach einer Weile hinzu, doch ihre Stimme klingt angespannt. Sie wirkt nervös und streckt die Beine aus, die Füße in den Lederschuhen wippen nervös. Ich starre auf das gegrillte Käsesandwich in meiner Hand.

»Er wird dich immer lieben, aber das weißt du ja, oder? Ich muss mir nur darüber klar werden, wie sehr mich das stört«, sagt sie. »Hast du seinen Blick vorhin gesehen? Ich könnte beinahe darüber lachen, wenn es nicht so tragisch wäre. Und es liegt nicht an deinen Haaren, bevor du versuchst, mir das weiszumachen. Er kann dich nicht einmal ansehen. Oder mich.«

Ich lege das Sandwich neben mir auf den Boden und überlege, was ich dazu sagen soll. »Ich habe ihn sehr unglücklich gemacht.« Die Wahrheit.

»Glaubst du, du könntest das Unglücklichmachen ungeschehen machen?«, fragt Wren und starrt auf den Rinnstein unter uns.

Ich denke kurz darüber nach, bevor ich den Kopf schüttle. »Wahrscheinlich nicht.«

Sie nickt langsam und blinzelt noch langsamer. »Ich glaube, ich kann das auch nicht«, sagt sie kläglich.

»Warum machst du das, Wren?«, frage ich. »Du bemühst dich so sehr, meine Freundin zu sein. Du musst nicht so tun, als würdest du mich mögen.« *Ich mag mich ja selbst kaum*, füge ich in Gedanken hinzu.

Wren mustert mich einen Moment, bevor sie mit den Schultern zuckt. »Ich weiß es nicht. Vielleicht dachte ich, wenn ich sehen könnte, was Dylan in dir gesehen hat, dann könnte ich ihm genügen. Vielleicht dachte ich, etwas von deinem Zauber würde auf mich abfärben. Oder vielleicht bin ich einfach ein netter Mensch, Grace, und es kam mir so vor, als bräuchtest du eine Freundin.«

Ich denke kurz darüber nach und frage mich, ob es wahr ist. Ich habe mich in letzter Zeit nicht mehr so einsam gefühlt oder zumindest nicht annähernd so einsam wie damals, als ich von Menschen umgeben war, die dafür bezahlt wurden, Zeit mit mir zu verbringen.

»Darf ich dir dann einen Rat als deine Freundin geben?«, frage ich zögernd.

Wren nickt.

»Lass Dylan nicht entwischen. Es wäre der größte Fehler, den du je gemacht hast.«

Ein Range Rover kommt vor uns zum Stehen. Die Reifen rollen mit einem Knistern über unsere Burgerverpackungen am Straßenrand, und Dylan kurbelt das Fenster herunter. Als er uns beide auf dem Bordstein sitzen sieht, umgeben von Take-away-Müll, breitet sich ein Lächeln auf seinem Gesicht aus, und die Lachfältchen in seinen Augenwinkeln kommen zum Vorschein. Ich sehe Wren an, und sie zuckt mit den Schultern.

»Ich habe ihm eine Nachricht geschrieben«, sagt sie mit hohler Stimme.

»Na dann, ihr lasterhaften Subjekte, steigt ein«, sagt Dylan, und falls er es seltsam findet oder sich darüber ärgert, dass Wren so betrunken ist, und sich wundert, dass ich es nicht bin, lässt er es sich nicht anmerken.

Ich hebe unseren Müll auf und werfe ihn in den nächstgelegenen Abfalleimer, da ich nicht will, dass Dylan uns für komplette Penner hält, und steige dann ins Auto. Ich setze mich auf den Rücksitz, weil ich annehme, Wren würde vorne sitzen, aber sie klettert stattdessen auf wackeligen Beinen auf die andere Seite der Rückbank und schnallt sich schweigend an. Die gesamte Fahrt nach Malibu über starrt sie stumm aus dem Fenster, sodass ich nach einer Weile mein Fenster öffnen muss, um die Stille zu übertönen.

37

In Coyote Sumac angekommen, steige ich aus dem Auto und sage Wren, dass sie mich morgen anrufen soll. Sie nickt, ohne etwas zu sagen. Ich sehe den beiden hinterher, wie sie langsam die unbefestigte Straße hinauffahren, und kann mich beinahe davon überzeugen, dass es nichts Leichteres gibt, als sie gemeinsam davonfahren zu sehen.

Ich trinke etwas trübes Wasser direkt aus dem Hahn, bevor ich mich aufs Sofa fallen lasse. Ich schalte den Fernseher ein – es läuft eine alte Folge von *Friends* – und versuche, nicht an die Intensität in Wrens Blick zu denken, die den ganzen Abend über nicht nachließ. Vielleicht wird es allgemein nur falsch verstanden, wenn sich jemand zudröhnt. Vielleicht ist es tatsächlich die einzige Möglichkeit für manche Leute, im Jetzt zu leben.

Ich will gerade den Fernseher ausschalten, als es an der Tür klopft. Auf Zehenspitzen schleiche ich mich zur Tür und schaue durch den Spion auf die verzerrte Gestalt, die vor mir steht. Ich öffne die Tür und stehe mit vor der Brust verschränkten Armen auf der Schwelle.

»Darf ich reinkommen?«, fragt Dylan, und es ist ihm offensichtlich unangenehm.

Ich drehe mich um und gehe zurück zum Sofa. Er schließt die Tür, folgt mir ins Wohnzimmer und setzt sich mit gebührendem Abstand zu mir.

»Ich glaube, Wren hat gerade mit mir Schluss gemacht. Sie

ist zwar im entscheidenden Moment eingeschlafen, aber das Wichtigste habe ich verstanden«, sagt Dylan und reibt sich die Augen.

»Ich habe nichts getan«, erwidere ich und starre auf den Fernseher, während sich mein Magen verkrampft.

»Ich weiß«, sagt Dylan sanft. »Aber sie hat gesagt, dass du mir vielleicht irgendwas zu sagen hast. Oder vielleicht wusste sie, dass ich dir etwas zu sagen habe. Sie ist in solchen Dingen nicht auf den Kopf gefallen.«

Schweigend sehen wir zu, wie Phoebe auf stumm geschaltet Drillinge zur Welt bringt. Nach einer Weile bewegt sich Dylan, sodass sich unsere Arme berühren, und sagt so zärtlich meinen Namen, dass ich mich zu ihm drehe. Er sieht ernst aus, älter, als ich es in Erinnerung habe. Er nimmt die Fernbedienung und schaltet den Fernseher aus.

»Als du mich verlassen hast ... konnte ich anfangs gar nicht glauben, dass es ein Leben ohne dich geben könnte. Manchmal glaube ich es immer noch nicht«, sagt er langsam.

Ich nicke stumm und muss mich anstrengen, nicht zu weinen. Ich möchte ihm sagen, dass das Problem darin bestand, dass ich nie daran glauben konnte, es könne ein Leben *mit* Dylan geben. Es schien mir unvorstellbar, dass ich jemals so normal sein könnte – drei Kinder und zwei Hunde aus dem Tierheim, und auf einer schönen Ranch in Montecito in den Ruhestand gehen. Ich weiß noch, wie Dylan mir jeden Morgen, bevor er zur Arbeit ging, einen Kuss auf den Kopf gab, und wie ich mich, wie bei allem, was wir taten und was zur Tradition geworden war, irgendwann instinktiv von ihm zu lösen begann, damit es eine Gewohnheit weniger gäbe, mit der ich brechen musste, wenn es vorbei war. Ich frage mich, warum er jetzt hier ist, was er sich von der Seele reden muss. Das Problem ist, dass ich mich in allen Einzelheiten an seinen Gesichtsausdruck in der Nacht erinnern kann, als ich ihm von Able erzählen wollte. Er würde es abstreiten, sollte ich ihm je erzählen, was ich gesehen habe, aber vielleicht kenne ich ihn einfach besser als er sich selbst.

»Es war einfach nur verdammt schlimm, wie es mit uns zu Ende gegangen ist, und ich würde es nicht noch einmal durchmachen wollen, nicht einmal für eine Sekunde. Aber ich weiß, dass wir einmal das fast perfekte Paar waren. Ich weiß es ganz genau.« Dylan hat die ganze Zeit angestrengt zu Boden gestarrt, aber jetzt sieht er mich wieder an. »Und es tut mir verdammt leid, wie ich mich am Schluss verhalten habe. Ich wollte nur, dass du das weißt, was auch immer dir das jetzt bedeutet.«

»Wir waren unglücklich«, sage ich. »Beziehungsweise ich war unglücklich, also habe ich dich unglücklich gemacht, was mich noch unglücklicher machte, was wiederum dich noch unglücklicher machte. Unsere Beziehung war ein einziger verdammter Teufelskreis aus Elend.«

»Darf ich dich zum Essen einladen?«, fragt Dylan plötzlich.

Ich schüttle den Kopf und muss gegen meinen Willen lächeln.

In einer Geste der Hilflosigkeit streckt er die Hände von sich und zuckt mit den Schultern. »Vielleicht bin ich ja verrückt, aber das, was du gerade beschrieben hast, hört sich für mich nicht nach dem Schlimmsten an«, sagt er, und ein feines Lächeln umspielt seine Lippen – es bräuchte nur einen kleinen Anstoß, damit es zu einem Strahlen wird. Ich frage mich, was Dylan nach all der Zeit noch in mir sieht und ob es tatsächlich existiert. Ich weiß nur, dass wir die erste Nacht unserer Flitterwochen an einem einsamen Strand in Andros verbrachten und ich ausnahmsweise mal keinen Wodka brauchte, sondern einfach bloß ihn, um bis zum Sonnenaufgang am nächsten Morgen durchzuhalten.

»Wir hatten auch unsere guten Zeiten«, sagt Dylan, als ob er meine Gedanken lesen könnte, und ich nicke nur, denn ich habe Angst, das Falsche zu sagen.

»Hast du gewusst, dass ich jedes Mal, wenn du irgendwo hingefahren bist, in Gedanken eine Grabrede für dich gehalten habe?«, frage ich nach einer Weile.

»Was?«

»Erst habe ich es nicht mal gemerkt, und dann war ich auf einmal mitten dabei, eine lustige, aber herzzerreißende Rede zu halten. Dass es typisch für dich sei, auf diese höfliche und aufgeräumte Weise zu sterben, bis mir schließlich klar wurde, was ich da tat. Das ist doch nicht normal, oder?«

Dylan muss sich ein Lachen verkneifen, und für einen Augenblick verschlägt es ihm die Sprache. »Niemand ist normal, Grace.«

»Außer dir«, entgegne ich, und damit habe ich natürlich recht, denn wir wissen beide, dass Dylan niemals in Gedanken eine Trauerrede für irgendjemanden halten würde.

»Und wie bin ich über den Jordan gegangen?«

»Was?«

»Als du es dir vorgestellt hast. Wie bin ich gestorben?«

»Kammerflimmern. Im Schlaf. Es war immer sehr friedlich.«

»Danke, Grace. Immerhin etwas.«

Wir sitzen ein paar Sekunden einfach nur lächelnd im Dunkeln.

»Ein seltsamer Tag heute«, sage ich. »Du wurdest gerade abserviert.«

»Jep«, entgegnet Dylan. Er rührt sich nicht, und es gefällt mir, ihn reglos neben mir zu spüren. Wir sitzen nebeneinander, und mein Herz schlägt wie wild. Schließlich steht Dylan auf und streckt sich, wobei sein T-Shirt hochrutscht und das

Tattoo auf seinem Bauch entblößt, das er sich eines Morgens in einem New Yorker Hotel von mir hat stechen lassen: ein gezacktes, ungleichmäßiges Herz, das schwarz ausgefüllt ist. Es ist größer, als ich es geplant hatte, da ich die Konturen immer wieder verpatzte und über den Rand hinaus stach. Und dann erinnere ich mich plötzlich. Ich erinnere mich daran, wie Dylan gerade in L. A. angekommen war und eine Ein-Zimmer-Wohnung in Los Feliz mietete. Die Küche bestand aus einem einzigen Gaskochfeld, und die Toilette hatte eine Spülung, auf die man sich stellen musste, damit sie funktionierte. Aber für ihn war es ein Palast. Von der ersten Nacht an wusste ich, dass er nichts anderes wollte, als mich zu lieben, und wenn ich ihn nur ließe, würde ich mich vielleicht endlich einmal sicher fühlen. Ich erinnere mich an unseren Hochzeitstag, an mein Haar, das weich über meinen Rücken fiel. Seidenbänder waren darin eingeflochten. Und an dieses Gefühl, als ich dachte, dass ich vielleicht die Person sein könnte, die er in mir sah. Ich stelle mir vor, wie es wäre, ihn jetzt zu küssen. Wir würden wahrscheinlich innerhalb von Sekunden gegen die Wand gelehnt vögeln.

Stattdessen stehe ich auf und umarme Dylan zum Abschied, atme den warmen, vertrauten Geruch seines Nackens ein, und zum ersten Mal seit Langem erlaube ich mir zu glauben, dass tatsächlich alles gut werden könnte.

38

Ich wache auf, weil mein Telefon neben mir vibriert. Ich nehme es und blinzle verschlafen auf das Display. Als ich Emilias Namen sehe, fühle ich mich irgendwie schuldig, und ich frage mich, warum ausgerechnet ich es bin, die ständig ein schlechtes Gewissen haben muss. Ich gehe ran.

»Liebes, ich wollte dich fragen, ob du heute Nachmittag mit zu der Weihnachtsaufführung der Mädchen kommen willst. Eigentlich will ich selber gar nicht hingehen, wem mache ich was vor, aber du würdest mir einen Riesengefallen tun. Ich hasse es, so etwas alleine zu machen.«

»Ich habe schon was vor ...«, sage ich langsam, weil ich Esme versprochen habe, dass sie vorbeikommen kann. »Aber ich glaube, das kann ich absagen. Ich bin dir was schuldig.«

»Puh, danke!«, erwidert Emilia, wobei sie – wie ich nicht anders erwartet hatte – meine Anspielung auf unseren gemeinsamen Abend neulich ignoriert. »Aber bitte komm inkognito, damit dich niemand erkennt. Ich habe keine Lust, dich mit den ganzen Frauen von Stepford dort teilen zu müssen.«

Ich verspreche es ihr und lege auf.

»Ach, Grace, um was hatte ich dich gebetet?«, seufzt Emilia, als ich ein paar Stunden später in ihr Auto steige. Ich schaue auf meine löchrige schwarze Jeans und meinen schwarzen Pullover und zucke mit den Schultern.

»Ich bin als normaler Mensch verkleidet«, erwidere ich, und als Emilia laut herauslacht, fühle ich mich sofort wieder schlecht, weil ich mit den richtigen Worten ihr Leben ruinieren könnte.

»Sind wir das nicht alle?«, fragt sie nach einem Moment und lacht immer noch, als wir die Schotterstraße hinauffahren.

»Noch mal vielen Dank, dass du mitkommst«, sagt Emilia, als sie in die Einfahrt der Schule biegt. »Sonst muss ich so etwas immer alleine machen.«

Die Autoreifen rollen knirschend über den Schotter. Wir fahren an der Stelle vorbei, an der ich Anfang der Woche die Mädchen abgeliefert habe, und steuern die Tiefgarage an.

»Nach all den Jahren hasse ich es immer noch, allein zu sein. Merkt man das? Du bist viel eigenständiger als ich. Darum beneide ich dich«, sagt Emilia, aber ich erwidere nichts, denn wir wissen beide, dass das nicht stimmt.

»Ist Able immer noch sauer, weil du sein Screening verpasst hast?«, frage ich.

Emilia bremst ab, um ein anderes Auto vorbeizulassen. »Er ist nun wirklich nicht in der Position, sich zu beschweren, wenn es darum geht, wichtige Ereignisse zu verpassen«, antwortet Emilia leichthin.

»Bist du deshalb nie wütend?« Ich bin selbst überrascht von meiner Frage.

»Was?«

»Weil du so allein bist«, sage ich mit fester Stimme.

»Wie könnte ich wütend darüber sein?«, entgegnet Emilia, und ich kann spüren, dass sie das Thema wechseln will.

»Na ja, es ist einfach ... ich meine, Ables Prioritäten«, sage ich durch die Blume, als wollte nicht ich diejenige sein, die sie darauf hinweist. »Dass er nie einen Film in L. A. dreht, sondern immer am Originalschauplatz. Die Crew am Set hat immer Witze darüber gemacht, dass er nie länger als sechs Wochen am Stück in der Stadt bleiben könnte.«

Emilia schweigt, ohne mich anzusehen. Obwohl ich weiß, dass ich nicht gerade nett bin, verspüre ich doch ein wenig Zufriedenheit. »Woanders gibt es mehr Steuervorteile. Wir suchen den Parkplatz E9.«

Ich zeige auf den Platz vor uns, und Emilia parkt ein. Sie stellt den Motor ab.

»Ich habe es nie so gesehen, als würde er das mit Absicht machen«, sagt sie.

»Ich habe nicht gemeint ...«

»Nein, ich weiß schon. Die Wahrheit ist natürlich, dass er hier drehen könnte. Aber er braucht seinen Freiraum zum Arbeiten, und ich habe ein gutes Leben, also kann ich mich wirklich nicht beschweren.«

»Natürlich nicht«, sage ich mit einem Lächeln, aber ich merke, dass ich einen Nerv getroffen habe. Wir steigen aus dem Auto und gehen schweigend zum Aufzug.

Die Türen öffnen sich zu dem weitläufigen Campus, auf dem eine Reihe von Blockhütten stehen, die von den Kindern dekoriert wurden. Außerdem gibt es einen Pferdestall, ein Hallenbad und drei Tennisplätze. Eine Ziege, die an einem langen Seil angeleint ist, schnüffelt zur Begrüßung an den Taschen der Eltern, die vorbeikommen.

»Immerhin kann ich dir versprechen, dass es kein 08/15-Krippenspiel sein wird. Wir haben uns diese Schule ausgesucht, weil sie sehr ... fortschrittlich ist«, sagt Emilia, und jede Spur von Unbehagen ist verschwunden. »Das sind alles Verrückte hier.«

Wir gehen an den Tennisplätzen vorbei und folgen den

Schildern zum Theater. Auf dem Weg dorthin bleibt Emilia unvermittelt stehen, späht um die Ecke der Toiletten und winkt mir, ihr zu folgen.

»Nach Silvers und Ophelias Proben zu Hause zu urteilen, werden wir ein wenig Unterstützung brauchen«, sagt sie und kramt in ihrer Tasche. Sie holt irgendetwas heraus, setzt es sich an die Lippen und atmet tief ein. Der Geruch von Gras erfüllt die Luft. Sie hustet leicht und hält mir dann das kleine Gerät hin. »Das beste OG Kush, das du je geraucht hast. Magst du?«

Ich schaue auf den Vaporizer, und sie zuckt augenblicklich zusammen und schließt ihre Hand zur Faust.

»Tut mir leid. Ich bin manchmal wirklich schwer von Begriff.«

Ich zucke mit den Schultern. »Gras war noch nie ein Problem für mich.«

»Trotzdem«, sagt Emilia und lächelt dann. »Able kann es auf den Tod nicht ausstehen.«

Sie klingt irgendwie wehmütig, und ich frage mich, ob sie immer noch an das denkt, was ich vorhin im Auto gesagt habe.

»Wie lange dauert das Stück?«, frage ich.

»Zwei Stunden«, sagt Emilia und wirft mir einen entschuldigenden Blick zu. Ich strecke die Hand aus, und nach kurzem Zögern gibt sie mir den Vaporizer. Ich fahre mit dem Finger über ihre in Gold geprägten Initialen.

»Danke.« Ich nehme einen Zug, dann noch einen und noch einen und atme den Dampf aus. Ich kann die Wirkung beinahe sofort spüren: ein warmes Kribbeln, das immer stärker wird und sich schließlich in meinem ganzen Körper ausbreitet. Ich nehme meine Umgebung verschwommen und wie im Traum wahr, ganz so, als ob ich mich immer nur auf eine Sache auf einmal konzentrieren könnte.

Als wir wieder auf den Weg zurückgehen, starrt mich die Ziege an. Ich nicke ihr zu und bin nicht überrascht, als sie höflich zurückknickt. Ich unterdrücke ein Kichern und folge Emilia zu dem Theater. Es ist ein kreisrundes Amphitheater im Freien mit stufenweise ansteigenden Sitzreihen um die Bühne und Lichterketten in jedem Rang.

»Der Unterricht wird hauptsächlich draußen im Baumhaus abgehalten. Außerdem müssen sie sich beim Ziegenmelken abwechseln«, informiert mich Emilia, als wir die Stufen hinaufsteigen, wobei wir uns beide anstrengen müssen, nicht zu lachen. Wir suchen uns Plätze in einer der hinteren Reihen, und im Sitzen kann ich die Wirkung des Grases noch mehr spüren; trotz allem überkommt mich ein seltsam warmes Gefühl der Zufriedenheit. Die Sonne steht noch hoch am Himmel, und ich frage mich, warum ich nie wirklich mit dem Kiffen angefangen habe. Die goldenen Lichterketten flackern auf, und ich muss die Augen schließen, weil mir alles etwas zu viel wird.

Das Stück beginnt, und ich verstehe, was Emilia gemeint hat. Man kann der Handlung nur schwer folgen. Das Krippenspiel ist eine komplizierte Mischung aus Chanukka, Weihnachten und Diwali. Als ich sehe, wie Silver und Ophelia – verkleidet als zwei Kerzen in einer menschlichen Menora – auf die Bühne tippeln, muss ich lächeln. Als Silver aus der Rolle fällt, um uns zuzuwinken, wird mein Grinsen noch breiter.

Statt Weihrauch, Gold und Myrrhe bekommt Jesus die Gaben der Akzeptanz, Gleichberechtigung und Güte an die Krippe geliefert, die unerklärlicherweise von drei kleinen Kindern, verkleidet als zwei Meerjungfrauen und ein Hummer, verkörpert werden. »Oh Gott, bitte nicht«, murmelt Emilia, als die älteren Kinder, die die Hirten spielen, zu einer Diskussion über die Unbefleckte Empfängnis ansetzen, die sich zu einem Rap über die reproduktiven Rechte der Frau im

Wandel der Zeit ausweitet. Als ein Junge stolz auf die Bühne kommt, der sich als Titelseite zum Thema Roe versus Wade verkleidet hat, spüre ich, wie Emilia neben mir endgültig die Kontrolle verliert. Sie fängt an, leise zu lachen, und als sie ein lautes Grunzen ausstößt, kann auch ich mir ein Grinsen nicht verkneifen. Vielleicht ist es das Gras, aber auf einmal erscheint mir alles unglaublich witzig, und wir schütteln uns beide vor Lachen. Die Leute beäugen uns mit einer Mischung aus Ärger und Neid, und für einen kurzen Moment bin ich einfach nur glücklich. Eine Frau vor uns dreht sich mit entsetztem Gesicht um und will uns zum Schweigen bringen. Ihr Ausdruck ändert sich schlagartig, als sie mich erkennt, was uns nur noch mehr zum Lachen bringt. So viel wie heute Abend habe ich schon lange nicht mehr gelacht.

Auf der Fahrt nach Hause fühle ich mich schwerelos – wie an meinem ersten Morgen im Swimmingpool im Glashaus. Silver und Ophelia übernachten bei Freunden, und Emilia und ich sind allein. Als im Radio ein Lied von den Beach Boys kommt, dreht sie die Lautstärke auf, und mir ist, als würde ich zum allerersten Mal Musik hören. Die Melodie durchdringt den Raum so klar und deutlich wie noch nie zuvor in meinem Leben.

Ich werfe Emilia einen kurzen Blick zu und bin zutiefst dankbar für etwas, das ich nicht benennen kann. Meine Laune wird nicht einmal getrübt, als Esme anruft und ich mit dem Handy hantieren muss, um ihren Anruf auf die Mailbox umzuleiten, bevor Emilia ihn sieht. Ich rede mir ein, dass ich meine Schwester beschütze, aber ich weiß, dass ich nur egoistisch bin, weil ich nie in der Lage wäre, eine einzige Frage zu Esme zu beantworten, ohne zu viel von mir preiszugeben.

»Ich würde noch gerne mit dir über etwas reden«, sagt Emilia. Wir sind schon fast wieder in Coyote Sumac. Sie sieht mich verlegen an, und ein ungutes Gefühl beschleicht mich und raubt mir etwas von meinem Hochgefühl.

»Hoffentlich denkst du nicht, dass ich zu weit gegangen bin, aber du warst neulich so begeistert von John Hamiltons neuem Projekt. Ich konnte einfach nicht widerstehen, ihn darauf anzusprechen. Wusstest du, dass er ein enger Freund unserer Familie ist? Er ist Silvers Patenonkel.« Emilia strahlt. »Er hat gesagt, dass er sich mit dir treffen will. Und zwar bald. Bist du jetzt sauer auf mich?«

»Nein.« Wie konnte ich nur vergessen, dass in L. A. jeder mit jedem irgendwie verbandelt ist. »Aber ich habe gehört, dass die Rolle, für die er mich haben wollte, bereits besetzt ist.«

Emilia runzelt die Stirn. »Ach, du weißt doch, dass sich solche Dinge ständig ändern.«

»Er meinte, ich sei ein Risiko, und hat sein Angebot zurückgezogen«, sage ich.

Emilia verzieht das Gesicht, bevor sie mitfühlend lächelt. »Ich glaube, er hat sich einfach nur Sorgen gemacht, aber ich habe mit ihm gesprochen, und er freut sich darauf, dich kennenzulernen. Er wird Nathan anrufen, um alles zu klären.«

»Danke, Emilia«, sage ich, und Emilia winkt lässig ab, wobei das Auto kurz ausschert.

»Ich habe so gut wie nichts gemacht, glaub mir«, sagt sie. »Aber sobald es bekannt gegeben wird, sollten wir dich in eine Talkshow bringen. Oder vielleicht zu *Ellen*? Wir müssen deine Rückkehr auf jeden Fall gut in Szene setzen.«

»Warum tust du das?«, frage ich, bevor ich mich bremsen kann.

Emilia hält vor meinem Haus und stellt den Motor ab. Sie dreht sich zu mir und sieht mich an.

»Falls es daran liegt, dass du dich immer noch schuldig fühlst, weil du dich nicht um mich gekümmert hast, als ich jünger war, dann vergiss es bitte. Du hattest die Zwillinge und warst mehr als ausgelastet. Das Letzte, was du brauchen konntest, war noch mehr Verantwortung. Ich verstehe das.«

Emilia schüttelt den Kopf. »Ich tue das, weil wir Freundinnen sind, Grace. Das hast du neulich selber zu Camila gesagt. Und Freunde helfen sich gegenseitig.«

Mit der Hand auf dem Türgriff halte ich inne. »Danke«, sage ich und wende mich ab, bevor Emilia sehen kann, wie sehr mich ihre Antwort berührt hat.

39

»Du siehst aus wie eine geistesgestörte, ältere Ausreißerin«, bemerkt Esme und sieht mich stirnrunzelnd im Spiegel an. Ich bedauere jetzt schon, dass ich ihr angeboten habe mitzukommen.

»Oder eine Statistin aus *Les Misérables*«, schlägt Blake vor und sieht mich durch ihre unglaublich kleine Sonnenbrille hindurch an. Ich ziehe das Kleid aus und funkle die beiden an, obwohl sie nicht ganz unrecht haben. Das Kleid hat die Farbe von nassem Sand, halblange Ärmel und einen ausgefransten Saum. Ich glaube nicht, dass Laurel das hier im Sinn hatte, als sie die Anprobe für mich gebucht hat.

»Ich kann mich nicht erinnern, dich um Rat in Sachen Styling gebeten zu haben. Dafür bezahle ich schon jemand anderem viel zu viel«, sage ich genau in dem Moment, als meine Stylistin Xtina aus dem Bad zurückkommt. Esme grunzt einen kurzen Lacher, und ich werfe ihr einen bösen Blick zu.

»Eigentlich habe ich euch auch gar nicht eingeladen. Warum seid ihr beide noch mal hier?«, frage ich und verdrehe die Augen.

»Meine Therapiestunde wurde abgesagt«, sagt Blake. »Irgendeine Prominente mit Hypno-Birthing-Notfall.«

»Wie lange musst du deine Therapie noch machen?«, frage ich und drehe mich zu ihr um.

»Ich schätze mal, bis ich *geheilt* bin!«, erwidert Blake und wedelt theatralisch mit den Händen, bevor sie sie wieder in den Schoß fallen lässt. »Oder zumindest bis ich aufs College gehe.«

Esme schüttelt mitfühlend den Kopf. »Du müsstest Blakes Mutter kennenlernen, um das zu verstehen. Wo wir schon von geistesgestört reden.«

»Kennst du unsere?«, murmle ich. »Ich bin mir nicht mal sicher, ob sie weiß, was Therapie ist.«

»Was glaubst du, warum wir so gut befreundet sind?«, fragt Blake, und Esme wirft ihr im Spiegel einen strengen Blick zu, aber nur halbherzig und auch nur, weil sie unserer Mutter in den Rücken fallen würde, wenn sie es nicht täte.

»Kommst du nächste Woche nach Hause?«, fragt mich Esme. Verwirrt wende ich mich zu ihr. »Zu Weihnachten, Grace.«

Scheiße. Ich drehe mich wieder um und tue so, als würde ich mein Spiegelbild begutachten. Es war schon immer einfacher, mich selbst zu belügen und nicht meine Schwester. Außerdem habe ich immer noch ein schlechtes Gewissen, weil ich ihr am Wochenende einen Korb gegeben habe.

»Ich habe mich noch nicht entschieden.«

Xtina reicht mir ein schwarzes Kleid, und ich nehme es lustlos, denn ich weiß, dass es mich leichenblass machen wird. Xtina ist Stylistin in New York und mietet jedes Jahr vor den Preisverleihungen eine Suite im Four Seasons, um ihre Kundinnen in wunderschöne, übertrauerte Roben zu kleiden und mit wunderschönem, übertrauertem Schmuck zu behängen – alles Leihgaben von verschiedenen Designern. Der Dresscode der IFA unterscheidet sich von dem der Oscars dadurch, dass man nicht zwingend Abendgarderobe tragen muss. Aber mir wurde gesagt, ich solle auf Nummer sicher gehen, denn die Modeblogs werden es darauf anlegen, mich auf ihre Liste der Worst Dressed zu setzen.

»Das Interview, das du gegeben hast, war ziemlich geil«, sagt Blake und rutscht auf ihrem Stuhl hin und her.

»Hat es dir wirklich gefallen?«, frage ich, ganz die Anerkennung heischende Schauspielerin. Ich drehe mich sogar um, um zu sehen, ob sie die Wahrheit sagt. Das Interview wurde gestern Morgen online von *Vanity Fair* veröffentlicht, und es scheint, ich habe die perfekte Mischung von Zerknirschung, Spiritualität und Stärke getroffen, um die lechzende Masse zufriedenzustellen. Laurel hat mir berichtet, sie habe bereits Dutzende Anfragen für weitere Interviews und TV-Auftritte. »Das Blatt wendet sich«, waren ihre letzten Worte, bevor wir das Gespräch beendeten. Danach habe ich das Interview allein zu Hause und mit einem wachsenden Gefühl des Grauens noch einmal gelesen: Camila hatte alles abgedruckt, bis auf mein Zitat über Able, und die Auslassung fühlte sich eher bedrohlich als großzügig an – als würde sie es sich für eine andere Story aufsparen.

»Ja. Ich habe auch gehört, wie meine Mutter sich mit ihren Freundinnen darüber unterhalten hat. Sie waren sich alle einig darüber, wie mutig es von dir ist, so offen über deine Probleme zu sprechen. Außerdem hoffen sie *sehr*, dass du wieder mit Dylan zusammenkommst.«

Ich nicke langsam und wende mich an Esme. »Hat Mom es gelesen?«

»Wenn ja, dann hat sie es mir nicht gesagt.«

»Cool«, sage ich, ohne zu fragen, was Esme davon hält, obwohl ich sicher bin, dass sie es gelesen hat. Ich öffne den Reißverschluss des hässlichen schwarzen Kleides, ziehe es mir über den Kopf und begutachte instinktiv meinen halbnackten Körper im Spiegel, während ich darauf warte, dass man mir etwas anderes zum Anprobieren reicht. Als ich aufschaue, beobachtet mich Esme über ihr Handy hinweg.

»Hey, Grace, glaubst du, dass in einem vergangenen Leben vielleicht *ich* die eitle Schwester war?«, fragt sie und grinst mich selbstgefällig an.

Ich seufze. Natürlich fand sie mein Interview beknackt.

Das nächste Kleid, das Xtina mir reicht, ist gelb mit langen Ärmeln und einer cremefarbenen Seidenschleife am Hals. Ich werfe Esme im Spiegel einen fragenden Blick zu, und sie schüttelt leicht den Kopf. Es ist zu etepetete, zu spießig.

»Was ist mit dem da?«, frage ich und zeige auf ein freizügiges Kleid in Metalloptik, das am Ende einer Kleiderstange hängt, die Xtina nicht einmal angerührt hat, seit ich hier bin. Die Stange steht in einer Ecke des Raumes hinter einem weiteren Kleiderständer, an dem Mäntel aus Kunstpelz und bunte Stolen hängen.

Xtina schüttelt den Kopf und spielt mit dem Ende ihres Zopfes. »Tut mir leid, das geht nicht.«

»Warum nicht?«

»Es ist schwer zu erklären, aber bestimmte Designer sind nur für bestimmte Kunden und Veranstaltungen verfügbar.«

Ich frage mich, ob es jemand anderes tragen soll, und deshalb will ich es natürlich umso mehr.

Esme grinst mich im Spiegel an. »Ich glaube, sie meint, dass der Designer nicht will, dass du seine Kleidung trägst«, sagt sie.

»Schau mal, da ist doch noch ein Haufen anderes Zeug!«, sagt Blake laut und zeigt auf den Stapel von Kleidern, die ich bereits anprobiert habe.

Ich gehe hinüber zu dem Kleid und berühre es. Das schwere Material liegt erstaunlich weich in meiner Hand. Es besteht aus Tausenden winziger Pailletten, durch die es ein wenig wie eine Rüstung wirkt.

»Kann ich es wenigstens mal anprobieren?«, frage ich, und Xtina nickt mir zu. Denn auch wenn ich momentan gefragt bin wie Beulenpest, arbeitet sie immer noch für mich. Ich schlüpfe in das Kleid, und der Stoff fällt kühl und fließend über meine Haut. Es betont meine Brüste und meine Taille, legt sich in sanften Falten über meine Hüften und das kleine Polster meines Bauches und endet genau über den Zehen. Es ist das erste Kleid, das ich anprobiere, das nicht nur dazu dient, meine neue, ›fülligere‹ Figur zu kaschieren, wie die Kleider mit Ärmeln, die meine Oberarme bedecken, oder Umhänge, die über meine Schultern und bis zum Saum des Kleides fallen.

Als ich mein Spiegelbild betrachte, lächelt Xtina nachsichtig. »Das sieht wirklich hübsch aus.« Sie hält ihr Handy hoch und macht ein Foto von mir. »Ich schicke es an die PR-Abteilung und schaue mal, was sich machen lässt, okay? Aber ich kann nichts versprechen.«

»Danke«, sage ich und denke mir, dass sie es mich tragen lassen werden, sobald sie das Interview in der *Vanity Fair* gelesen haben.

Esme und Blake beobachten mich im Spiegel.

»Ich gebe es nur ungern zu«, sage ich und lächle beide an, vielleicht weil ich glaube, dass meine Schwester ausnahmsweise mal beeindruckt sein könnte, »aber das hier fühlt sich gut an.«

Ich drehe mich leicht, sodass das Kleid das Licht einfängt und schimmert wie Schlangenhaut.

»Willst du es immer noch machen?«, fragt Esme und sieht mich an. »So, wie wir es besprochen haben?«

Ich werfe ihr einen warnenden Blick zu und wende mich wieder Xtina zu. »Hast du irgendetwas, das ich die nächsten Tage tragen könnte? Ich habe ein paar Termine zum Mittagessen und so.«

»Lass mich darüber nachdenken. Ich habe jetzt noch einen anderen Termin, aber ich kann ein paar Looks zusammenstellen und sie dir später per Kurier zukommen lassen. Ich habe das Gefühl, dass Weiß bei deinen Haaren so richtig gut zur Geltung kommen würde.«

Ich spüre Esmes Blick auf mir, als ich das Kleid ausziehe und meine eigenen Klamotten wieder an, aber ich ignoriere sie. Ich versuche, nicht an ihre Frage zu denken und daran, was das für die kleinen Erfolge bedeuten würde, die ich errungen habe – wie ich mir Teile meines Lebens zurückerobert habe, die ich schon lange verloren glaubte. Ich denke an Emilias unerschütterlichen und scheinbar ungebrochenen Glauben an mich, und ich weiß, dass meine Schwester nie verstehen würde, wie viel mir das bedeutet. Denn sie hat davon immer genug von unseren Eltern bekommen, und ich bemühe mich, ihr das nicht übel zu nehmen.

»Was?«, frage ich schließlich, als wir im Aufzug stehen und in die Lobby hinunterfahren, denn Esme mustert mich immer noch mit forschendem Blick.

»Nichts. Ich dachte nur, du hättest gesagt, dass nichts von alldem real ist«, sagt sie.

»Natürlich ist es das nicht«, erwidere ich. »Es ist alles nur Bullshit.«

»Für jemanden, der so denkt, scheinst du dich sehr wohlzufühlen«, entgegnet Esme so zufrieden, als hätte sie eine Debatte gewonnen, von der ich nicht einmal wusste, dass wir sie führen.

40

»Meiner Erfahrung nach sind Frauen, die nicht viel reden, entweder außergewöhnlich dumm oder außergewöhnlich klug. Ich nehme mal an, du gehörst in die zweite Kategorie, aber du hattest noch nicht die Chance, das zu zeigen«, sagt John Hamilton und lehnt sich in dem Korbstuhl auf seiner Terrasse zurück. Wir sind in seinem Haus ganz oben in den Hügeln. Es ist so hoch gelegen, dass die Luft hier dünner ist und die Stadt sich wie ein Brettspiel unter uns ausbreitet. John behauptet, das Haus habe vor ihm einer berühmten Popsängerin gehört, was auch durch vier zurückgelassene Grammys untermauert wird. Wohin sie auch ging, sie brauchte sie wohl nicht mehr.

»Mhm«, sage ich. Der Whirlpool blubbert neben uns vor sich hin, aber ich tue so, als würde ich es nicht bemerken.

»Und das gilt nur für Frauen?«

»Na ja, Frauen sind extremer als Männer, findest du nicht auch? Es gibt eine ganze Menge mittelmäßiger Männer in dieser Stadt und nicht genug brillante Frauen.« John lächelt mich gewinnend an, und ich bin mir nicht sicher, ob diese Aussage tatsächlich besser ist als die vorangegangene, weil ich von seinen kleinen Marshmallow-Zähnchen geblendet bin, die in der Mitte seines großen, fleischigen Gesichts sitzen und irgendwie fehl am Platz wirken.

»Dann hast du wahrscheinlich meinen Agenten und meinen Manager kennengelernt«, sage ich, doch er starrt mich nur verständnislos an.

»Was?«

»Mittelmäßige Männer?«

»Ahh. Ha. Haha, das ist lustig«, sagt John und verschränkt die Arme vor der Brust. »Da, siehst du ...? Du bist schlau.«

Ich nicke. Soll ich ihm nun gratulieren, weil er schlau genug ist, meine Schlauheit zu bemerken?

»Apropos schlau, das war ein tolles Interview, das du da gegeben hast«, sagt John.

Ich sehe ihn überrascht an, weil er sich die Mühe gemacht hat, es zu lesen. »Es ist jetzt schon der meistgeteilte Artikel in der *Vanity Fair* diese Woche«, erwidere ich, als mir Nathans Rat einfällt, es zu erwähnen.

»Das ist toll. Wie ich schon sagte, es war eine gute Entscheidung. Also, sag mal ... wie viel hast du eigentlich zugenommen ... fünf, zehn Kilo?«, fragt John und mustert mich mit zusammengekniffenen Augen.

Ich kann nicht fassen, dass dies das Einzige ist, was er sich von dem Interview gemerkt hat – aber stopp –, doch, ich kann es fassen. Ich versuche, eine gleichgültige Miene aufzusetzen, auch wenn John mit seinen fast hundertfünfzig Kilo kaum qualifiziert ist, mein Gewicht zu kommentieren. Nach einem Moment lächelt er anerkennend.

»Emilia hat mir gesagt, dass es dir steht, und das tut es auch. Es gibt Frauen, bei denen ist das anders, aber dein Gesicht ist ... ich weiß nicht. Weniger hart. Du siehst aus, als könntest du jetzt eine Vorstadtmutter spielen und nicht mehr die Drogendealerin einer Schule. Eine schöne, junge Vorstadtmutter, aber, hey, du weißt schon ... Das ist ein Kompliment«, fügt er hinzu, als ich nicht reagiere. Ich denke nämlich gerade darüber nach, wie glücklich ich mich schätzen kann, dass offenbar alle qualifiziert genug sind, solche Bemerkungen zu meinem Aussehen zu machen. Ich frage mich, ob alle

Frauen ständig Kommentaren zu ihrem Gewicht ausgesetzt sind oder ob das uns vorbehalten ist, die ihr Aussehen gegen Geld tauschen.

»Also, worum geht es in dem Projekt ...?«, frage ich nach einer kurzen Pause.

»Bist du gerade Single?«, fragt John und lehnt sich in seinem Stuhl zurück.

»Wie bitte?«

John sitzt da, mit weit gespreizten Beinen und hinter dem Kopf verschränkten Armen. Er fühlt sich ausgesprochen wohl in seinem privaten Raum und ist sich seiner Macht absolut sicher. Ich sollte aufstehen, mich bedanken, dass er sich Zeit genommen hat, und gehen, bevor er mich noch weiter erniedrigen kann. Stattdessen lehne ich meinen fünf bis zehn Kilo übergewichtigen Körper zu ihm. Ich bemühe mich, einen beiläufigen Tonfall anzuschlagen, meine Stirn nicht in Falten zu legen und den Kiefer nicht zu verkrampfen.

»Du und Dylan ... ihr habt euch getrennt, oder? Tat mir leid, das zu hören. Ich habe überlegt, Dylan für diesen Film zu engagieren, um ihm den Einstieg in Spielfilme zu ermöglichen, aber dann habe ich gehört, dass das mit euch vorbei ist, und ich wollte lieber dich für das Projekt haben.«

»Ich glaube, Dylan will eher bei Dokumentarfilmen bleiben«, sage ich und kann selbst hören, wie defensiv ich klinge. Ich setze erneut an: »Erzähl mir von dem Projekt, John. Ich bin schon total gespannt.«

»In Ordnung. Du weißt, was du willst, das ist ein guter Anfang. Also, der Film heißt *Anatopia*, und es ist eine epische Liebesgeschichte, die im Weltraum, in einer dystopischen Galaxie spielt. Die Galaxie heißt Anatopia und besteht aus den vier Planeten Neutron, Hydron, Platon und Euron. Du bist Sienna, die Königin von Euron, und führst Krieg mit den anderen Planeten, allerdings hast du dich in den Sohn des Anführers von Neutron verliebt. Dein Erzfeind ...«

»Weshalb führen wir Krieg?«

»Was?«, fragt er, irritiert, weil ich ihn unterbrochen habe.

»Warum bekriegen wir uns?«

»Wir feilen noch an den Details. Wir hatten zwar ein Drehbuch, aber waren mit ein paar Teilen nicht zufrieden, also suchen wir gerade andere Autoren für eine Neufassung. Große Namen.«

»Große Namen! Die größten Namen, die man je gesehen hat!«, sage ich, und er sieht mich stirnrunzelnd an.

»Was?«

»Trump?«, sage ich und ziehe eine Grimasse. »Tut mir leid, ich glaube, ich bin nervös.«

John fängt an zu lachen und klopft sich mit der Hand so heftig auf den Oberschenkel, dass die Haushälterin herauskommt, um nach ihm zu sehen.

»Agnes, super. Noch ein La Croix für mich – willst du auch eins, Grace? Und können wir ein paar von diesen geräucherten Mandeln bekommen? Die mit wenig Natrium. Bring mir ja nicht die anderen. Ich merke es, wenn es nicht die natriumarmen sind.«

Agnes nickt und geht zurück ins Haus. Ich schaue ihr nach und wünschte, ich könnte ihr folgen.

»Also, ist das nicht abgefahren? Klingt das deiner Meinung nach nicht abgefahren?«, fragt er grinsend, während er sich mit der Hand durch die Haare fährt. So wie er *abgefahren* sagt, muss ich mich sofort fremdschämen.

»Es klingt wirklich ... abgefahren«, erwidere ich und bedanke mich bei Agnes für die Dose La Croix, die sie mir gebracht und in ein Glas mit Eiswürfeln geschenkt hat. »Es war die Rede von einem feministischen Ansatz. Wo ist der?«

Das Eis in meinem Glas beginnt knackend zu schmelzen, während ich auf Johns Antwort warte. Er spricht erst weiter, als Agnes wieder ins Haus gegangen ist.

»Tut mir leid, ich spreche nicht gerne vor den Angestellten über die Arbeit. Man weiß nie, mit wem sie reden. Du verstehst das ja, oder? Jeder in dieser verdammten Stadt schreibt an einem Drehbuch.«

»Mhm …«, sage ich leichthin und hoffe für Agnes, dass sie ihren Job hier bald kündigen kann. »Also, der Feminismus?«

»Der Feminismus liegt im Charakter deiner Figur, Sienna von Euron. Sie ist die knallharte Herrscherin eines ganzen Planeten. Sie wollte überhaupt nie die ganze Macht und die Verantwortung, und sie gibt fast alles für diesen Neutron-Typen auf und wird sogar beinahe verrückt, als er im Krieg stirbt. Am Ende ist es diese innere Wut, die sie dazu antreibt, die anderen Planeten zu besiegen. Als sie endlich siegt, denkt man, der Film sei zu Ende, aber das wirkliche Ende kommt erst noch und wird dich total umhauen. Ich kriege Gänsehaut, wenn ich nur dran denke.« Er hält inne, um mir seinen mächtigen Arm zu zeigen. Ich versuche, beeindruckt auszusehen, obwohl ich nicht erkennen kann, dass sich an seiner Haut irgendwas tut.

»Nachdem sie gewonnen hat, zerstört Sienna die gesamte Galaxie, weil sie so korrupt und gierig geworden ist, verstehst du? Sie bringt letzten Endes alle um, auch sich selbst, und lässt nur dieses eine Paar und seinen Hund am Leben, die die Zukunft der gesamten Zivilisation in Händen halten. Das ist die unfassbar wichtige Message: Was tun wir unserem Planeten an? Aber das merkt man erst in der allerletzten Einstellung. Du kannst mir glauben, es ist subtil, aber brutal. Kein Zuschauer wird vergessen, wie er sich dabei gefühlt hat. Es wird einer *dieser* Filme sein – wie *Titanic*.«

Ich ertappe mich dabei, wie ich zustimmend nicke, und als er zu Ende gesprochen und das Wort *Titanic* gesagt hat, wird mir klar, dass ich tatsächlich in diesem blöden Film mitspielen möchte. Ich möchte Königin Sienna von Euron sein. So bescheuert es auch klingt, es ist genau das, was ich brauche, um meine Unabhängigkeit von Able zu besiegeln. Ich setze mich aufrechter hin in dem Versuch, königlicher zu wirken.

»Das klingt toll. Wirklich inspirierend. Ich engagiere mich auch sehr für die Umwelt, ganz besonders für die Rettung der Delfine und Wale«, sage ich mit einem ernsten Nicken. John scheint erfreut zu sein und wartet darauf, dass ich fortfahre. *Herrgott, Grace, warum hast du in deinem ganzen Leben noch nie etwas Gutes getan?*

»Als ich dieses Jahr zu Hause bei meinen Eltern war, habe ich als Freiwillige in einem Sea-Life-Center in der Nähe gearbeitet«, sage ich und hoffe, dass er mich nicht fragt, wo sie wohnen. Falls er es doch tun sollte, wäre das nach meiner Rechnung erst die dritte Frage, die er mir stellt, nach ›Wie viel hast du zugenommen?‹ und ›Bist du Single?‹.

»Das klingt großartig, Grace«, sagt er, wobei er offensichtlich mit den Gedanken schon woanders ist. Er trommelt mit den Fingern auf sein Knie und beugt sich dann vor. »Weißt du was? Ich muss in den nächsten Tagen ein paar Reshoots in Downtown machen. Kannst du morgen für Probeaufnahmen vorbeikommen?«

Ich zögere. »Probeaufnahmen morgen?«

»Genau. Das geht doch in Ordnung für dich, oder? Das ist so eine Versicherungssache – jeder, den wir gecastet haben, musste das machen«, sagt John, und ich bin ihm seltsamerweise dankbar, dass er mich anlügt.

»Klar, okay«, antworte ich und bemühe mich, so zu lächeln, dass meine Kieferpartie zur Geltung kommt.

»Wie wäre es, wenn ich dich heute Abend zum Essen einlade? Damit wir uns noch weiter über das Projekt unterhalten können?«, fragt er und schürzt die Lippen, als wolle er mir zeigen, wie ernst er es meint.

»Warum bringen wir nicht erst mal die Probeaufnahmen hinter uns?«, frage ich vorsichtig. »Und dann könnten wir im neuen Jahr mit Nathan und Kit zum Essen gehen.«

»Klingt gut, Grace«, sagt John gutmütig, und ich bin unendlich erleichtert, dass er keine große Sache daraus macht, zurückgewiesen worden zu sein. Er steht auf und streckt sich ein bisschen.

»Dann sage ich Nathan, er soll dir später eine E-Mail wegen der Probeaufnahmen schicken?«, frage ich, während er mich zur Tür bringt. Er bewegt sich wie ein Mann, der es gewohnt ist, dass die Leute ihm aus dem Weg gehen. In Gedanken wiederhole ich meine Frage, diesmal ohne die steigende Intonation – für das nächste Mal.

»Mach das. Wir machen für morgen früh einen Termin. Ich nehme an, wir sehen uns auch bei den Globes?«

»Mal sehen«, antworte ich ausweichend, da ich nicht eingeladen wurde. »Ich gehe eigentlich nur, wenn ich nominiert bin. Und manchmal nicht einmal dann.«

John lacht und öffnet mir die Haustür. Er küsst mich zum Abschied auf die Wange, wobei er einen feuchtwarmen Abdruck hinterlässt, und ich muss dem Drang widerstehen, ihn abzuwischen.

»Ich finde das Projekt wirklich großartig«, sage ich noch einmal, bevor ich mich zum Gehen wende.

»Wir sehen uns morgen, Grace. Grüß Emilia von mir, wenn du sie siehst.« John beugt sich wieder vor, diesmal, um mir etwas ins Ohr zu flüstern: »Paparazzo neben dem schwarzen Jaguar.«

Ich nicke und gehe anmutig die Treppe hinunter, um mich dem Fotografen von meiner besten Seite zu zeigen, bevor ich graziös ins Auto steige und wegfahre.

41

Ich klingle an der Tür des pfirsichfarbenen Hauses. Die Zwillinge öffnen mir und scheinen enttäuscht zu sein, als sie sehen, dass ich es bin. Vielleicht sollte ich ihnen das nächste Mal ein Geschenk mitbringen.

»Das war ein tolles Stück neulich«, sage ich lächelnd. »Ihr wart die zwei besten Menora-Kerzen, die ich je gesehen habe.« Silver ignoriert mich, aber Ophelia lächelt mich schüchtern an. Emilia kommt in den Flur, um mich zu begrüßen. Sie trägt eine Brille, was mich einigermaßen überrascht, da ich sie noch nie mit einer gesehen habe.

»Liebes, danke, dass du gekommen bist! Komm rein«, sagt sie und wischt sich die Hände an ihrer Jeans ab.

Ich folge ihr in die Küche und setze mich an den Tisch. Emilia stellt mir sofort einen Teller mit Shortbread vor die Nase. »Entschuldige die Unordnung«, sagt sie und deutet auf drei Einkaufstüten, die in einer Ecke stehen. »Ich bin so froh, dass du da bist. Mädchen, wollt ihr ein bisschen ins Spielzimmer gehen?«

Die Zwillinge, die gerade mit einem Game auf ihren Handys beschäftigt sind, ignorieren sie. Sie unterhalten sich laut und unbefangen und berichten sich gegenseitig, was sie an Goldringen und Make-over-Punkten erreicht haben. Emilia klopft mit den Fingerknöcheln auf den Tisch, und Silver steht auf und rennt schnurstracks aus der Küche, während Ophelia ihr langsam hinterhertrottet.

Emilia legt ihr den Arm um die Schultern. »Kannst du deine Schwester im Auge behalten? Ich will nicht, dass sie sich zu sehr aufregt, du weißt ja, wie sie sein kann.«

Ophelia nickt und folgt Silver aus der Küche. Emilia setzt sich mir gegenüber, neigt den Kopf zur Seite und sieht mich an.

»Erzähl mir alles ganz genau«, sagt sie und lehnt sich erwartungsvoll vor. Es dauert einen Moment, bis mir einfällt, dass sie nach meinem Treffen mit John fragt.

»Es ist gut gelaufen ... glaube ich. Obwohl man das natürlich nie so genau wissen kann.« Ich wähle meine Worte sorgfältig. »John scheint ein sehr interessanter Mann zu sein.«

Emilia lacht laut auf und klatscht in die Hände, als hätte ich gerade etwas furchtbar Charmantes gesagt, statt ihrem lieben Freund ein zweifelhaftes Kompliment zu machen. »Er ist nicht so schlimm, wie du vielleicht denkst, versprochen«, sagt sie. »Wir alle wissen, dass es da draußen noch Schlimmeres gibt – besonders in dieser Branche.«

Ich nehme einen Bissen von dem Shortbread, um nicht antworten zu müssen, doch als ich merke, dass es genau die gleiche Sorte ist, die Able mir immer schenkte, als ich noch jünger war, dreht sich mir sofort der Magen um.

»Ich muss für die Rolle vorsprechen«, sage ich schließlich. »Das hab ich schon ewig nicht mehr gemacht.«

»Keine Sorge, das ist doch ideal«, erwidert Emilia erfreut. »Das bedeutet nur, dass du auf einen Schlag all die Leute zum Schweigen bringen kannst, die behaupten, dass du nicht mehr gut genug bist. Dann kann niemand bestreiten, dass du die Rolle verdient hast.«

Mein Unbehagen muss offensichtlich sein, denn Emilia legt beschwichtigend ihre Hand auf meine. »Ich habe nur gemeint ... Versuch es doch mal so zu sehen: Auch wenn die Leute dich für mutig halten und dir dein Interview hoch anrechnen, und auch wenn sie dich wirklich mögen, warten sie nur darauf, dass du wieder einen Fehler machst, denn so läuft das nun mal. Sie wollen nicht, dass du gewinnst. Und damit meine ich nicht nur John, sondern die gesamte Branche, die Presse und auch die Öffentlichkeit. Aber du wirst diese Negativität in etwas umwandeln, das du nutzen kannst. Du wirst sie zu deinem Antrieb machen. Und wenn du das tust, dann wirst du nicht nur die Rolle für dich gewinnen, sondern auch die Herzen der Leute. Und wenn der Film fertig ist, wirst du Amerikas Sweetheart sein, Liebes.« Emilia sagt den letzten Satz in einem gekünstelten Katharine-Hepburn-Akzent, überzeugt, dass sie mich beruhigt hat. Ich schlucke mühsam den Klumpen Butterkeks herunter, den ich immer noch im Mund habe.

»Da fällt mir ein, dass wir noch über die IFAs reden müssen«, sagt Emilia, während sie mir ein Glas Wasser über den Tisch schiebt. »Ich wollte dich neulich schon fragen, ob du dich entschieden hast, aber das muss mir irgendwann während des Ausdruckstanzes zur Geschichte der Makkabäer entfallen sein.«

»Was hält Able davon?«, frage ich, nachdem ich den zähen Keksbrei endlich geschluckt habe. Ich kann spüren, wie mir der Schweiß aus den Achselhöhlen rinnt.

»Wir wollen eine Überraschung daraus machen«, antwortet Emilia und wirkt für einen Augenblick etwas verloren. »Glaubst du, er wird sauer sein? Er hasst Überraschungen.«

»Ich weiß nicht«, erwidere ich und habe ein mulmiges Gefühl.

»Du musst es mir sagen, wenn du dich nicht dazu in der Lage fühlst«, sagt Emilia und mustert mich genau.

»Warum sollte ich nicht dazu in der Lage sein?«, frage ich leise, und noch während ich den Satz ausspreche, wird mir klar: Ich gebe Emilia damit die Chance, mir zu sagen, dass sie weiß, dass etwas nicht stimmt. Und dann trifft mich die Erkenntnis wie ein Schlag: Ich wollte die ganze Zeit über glauben, dass Emilia bereits weiß, was Able getan hat, denn wenn sie mir verzeihen kann, dann bestätigt mir das, dass es nicht meine Schuld war. Ich blinzle die heißen Tränen zurück, die mir in den Augen brennen, während ich darauf warte, dass meine Freundin die Frage beantwortet.

»Ich wollte dir neulich etwas erklären, aber ich glaube, ich war nicht ganz ehrlich zu dir«, sagt Emilia.

Ich kann das Blut in meinen Ohren rauschen hören.

»Du hast gefragt, warum ich dir helfen wollte, und die Wahrheit ist, dass ich mich tatsächlich für dich verantwortlich fühle. Ich war diejenige, die anfangs versprochen hat, mich um dich zu kümmern. Ich war diejenige, die zu dir nach Hause kam, um dich zu überreden, für *Lights* zu unterschreiben. Damals dachte ich, es wäre das Beste für dich, aber im Nachhinein bin ich mir da nicht mehr so sicher. Danach hast du kaum noch mit mir gesprochen, und ich habe nichts unternommen, als du dich immer mehr zurückgezogen hast. Als Able dich dann nicht für den nächsten Film gecastet hat ... Ich weiß nicht, es muss sich angefühlt haben, als hätten wir dich im Stich gelassen.«

»Ich bin mir nicht sicher, ob das so stimmt«, sage ich mit belegter Stimme.

»Gracie, ich weiß, dass du im Krankenhaus gelandet bist. Nachdem du ... eine Überdosis genommen hast«, sagt Emilia mit sanfter Stimme und als wäre sie peinlich berührt. »Able hat mir von deinen ... psychischen Problemen erzählt. Ich wusste, dass sie dich am Set zu sehr unter Druck gesetzt haben, und ich hatte ein wahnsinnig schlechtes Gewissen, weil ich damals nichts gesagt habe.«

Ich weiß nicht, warum ihre Worte mich so überraschen – ich war immer nur das, was andere über mich erzählten.

»Wir haben auch einen Präsentkorb geschickt, als wir davon gehört haben ... Hast du ihn bekommen?«, fragt sie jetzt etwas nachdrücklicher.

»Ich bin nicht mehr in meinem Haus in Venice gewesen«, sage ich, und meine Stimme klingt seltsam.

»Ach, Liebes, ich wollte dich nicht aufregen.« Schreck zeigt sich in ihrem Blick, doch sie fängt sich sofort wieder. Sie denkt nicht gerne zu lange über traurige Dinge nach. »Du hast dich seitdem so gut gemacht. Es ist einfach wunderbar, das zu sehen.«

Ich starre auf ein gerahmtes Foto an der Wand, das letztes Mal, als ich hier war, noch nicht dort hing. Es ist ein Bild von Able, der zwischen zwei wunderschönen rotbraunen Pferden steht, auf deren Rücken Silver und Ophelia stolz in voller Dressurkleidung sitzen.

»Du bist wütend auf Able«, sagt sie dann, und mir wird schwindlig, weil sie so unerwartet ins Schwarze getroffen hat. »Das ist mir neulich bewusst geworden, als Camila dich nach ihm gefragt hat. Er hat dich verletzt.«

Ich schlucke schwer, denn jetzt, da der Moment gekommen ist, ist meine Kehle wie zugeschnürt.

»Eine Zeit lang war ich eifersüchtig auf dich. Du und Able, ihr hattet diese besondere Verbindung, an die nie jemand herankam. Nicht dass ich mich da hätte einmischen wollen, das wäre nicht richtig gewesen. Aber ich konnte nicht verstehen, warum es diesen großen, wichtigen Teil seines Lebens gab, an dem ich nicht teilhaben konnte«, sagt Emilia nachdenklich.

Ich betrachte den abgeplatzten schwarzen Nagellack an meinen Fingern und versuche, mich irgendwie vor ihren Worten zu schützen. Das Licht hinter Emilia flirrt merkwürdig, während sie um die richtigen Worte ringt.

»Was ich sagen will, ist, wir vergessen manchmal, dass man

einen anderen Menschen nie wirklich kennen kann – das gilt für uns alle. Und das ist in Ordnung, wir dürfen alle unsere Geheimnisse haben. Aber es bedeutet, dass wir manchmal unseren eigenen Standpunkt, unsere eigene *Geschichte* mit der des anderen verwechseln. Irgendwann hat mir Able aber erzählt, dass du für ihn wie eine Tochter bist und du es warst, die ihn gebeten hat, sich um dich zu kümmern und dein Talent zu fördern, als deine Eltern das anscheinend nicht konnten. So wie es seine Großmutter vor all den Jahren für ihn getan hat. Da hat sich meine Eifersucht einfach ... zu etwas anderem gewandelt.«

Ich muss schlucken und bin nicht in der Lage, Emilia in die Augen zu sehen, da ihre Worte mich durchdringen und die Orte tief in meinem Inneren erreichen, die ich mit aller Macht zu schützen versucht habe. Ich bemühe mich, zwischen den Zeilen zu lesen, aber alles, was ich höre, ist, dass Emilia keine Ahnung hat, was mir zugestoßen ist. Sie hat keine Ahnung, wer ich wirklich bin – wie könnte sie auch, wenn Able schon vor Jahren mit seinem Feldzug gegen mich begonnen hat?

»Wie auch immer, es geht hier nicht um mich. Aber vielleicht solltest du mit Able reden und dir anhören, was er zu sagen hat. Er wird seine Gründe für das haben, was nach *Lights* zwischen euch beiden passiert ist. Du konntest sie damals wahrscheinlich nur nicht verstehen.«

Ich nicke langsam.

»Wir standen uns sehr nahe«, setze ich an, und mein Herz schlägt wie wild. »Able und ich, wir waren uns immer nah.«

»Natürlich, das hätte sogar ein Blinder sehen können. Sonst hättet ihr wohl nicht diese ganzen Projekte zusammen verwirklichen können«, sagt Emilia, dann hält sie abrupt inne, und etwas in ihrem Ausdruck verändert sich. »Was willst du damit sagen, Grace?«, fragt sie.

Ich habe einen Kloß im Hals, weil ich weiß, dass dies meine letzte Chance ist, ihr zu sagen, was passiert ist. Die Sache jetzt totzuschweigen würde bedeuten, sie zum ersten Mal vorsätzlich zu belügen, und wenn die Wahrheit jemals ans Licht käme, würden wir uns beide immer an diesen Moment in ihrer Küche erinnern, als sie mir die Gelegenheit gab, ihr meine Geschichte zu erzählen.

Emilias helle Augen bohren sich in meine, während mir all die Sachen durch den Kopf gehen, die ich – jetzt und auf der Bühne bei den IFAs – sagen könnte. Doch selbst wenn ich es irgendwie schaffen würde, die richtigen Worte zu finden und auszusprechen, würde mich jedes einzelne nur noch enger an Able binden. Der bloße Gedanke an ihn zwingt mich aufs Neue in die Knie – nur dass ich dieses Mal alle, die mir nahestehen, mit in die Tiefe ziehe. Zum ersten Mal seit wir uns kennen, bin ich diejenige, die die Macht hat, *sein* Glück zu zerstören. Und diese Macht manifestiert sich in den Worten, die, sobald ich sie ausspreche, im Raum stehen werden, wo andere sie für sich beanspruchen, darüber streiten und urteilen können. Danach wäre ich auch für den Rest der Welt nie mehr etwas anderes als Ables Opfer.

Ich denke über eine andere Art der Rache nach: subtiler, weniger explosiv. Rache, die ich einfach dadurch ausüben würde, dass ich mein Leben trotz ihm weiterlebe. Und was könnte Able mehr ärgern, als mich ohne ihn glücklich und erfolgreich zu sehen? Zu wissen, dass ich diese Macht schon immer besaß … Ich habe nur nie daran geglaubt, ohne ihn etwas erreichen zu können. Ich könnte wieder arbeiten, vielleicht sogar *Anatopia* drehen, und dieses Mal würde es nicht zu Ables Bedingungen sein. Vielleicht könnte ich lernen, mich in Emilias Gegenwart zu entspannen, könnte lernen, ihre kleinen, freundschaftlichen Gesten zu akzeptieren, und vielleicht müsste sich die Art und Weise, wie Dylan mich gelegentlich immer noch ansieht – so als sei ich ein guter und wichtiger Mensch –, nicht bis zur Unkenntlichkeit verändern.

»Nichts«, sage ich nach einer kurzen Pause. »Nur dass es vielleicht noch zu früh ist. Ich bin mir nicht sicher, ob ich schon bereit bin, wieder in der Öffentlichkeit zu stehen.«

Emilia nickt, wobei sie meinem Blick ausweicht, und ich bin erleichtert, dass sie gleich im Anschluss ein anderes Thema aufgreift und mir erzählt, dass Silver zu Weihnachten unbedingt einen pensionierten Rennhund möchte. Während sie spricht, wendet sie sich von mir ab und wechselt das Wasser in einer Vase mit exotischen, üppigen Blumen, die in der Hitze begonnen haben zu welken. Das genügt, denke ich, als ich ein trockenes Blütenblatt vom Tisch aufhebe und es in meiner Hand zerdrücke, bis nichts mehr davon übrig ist. Das muss genügen.

42

»Sorry, dass ich unterbrechen muss, aber könntest du deine Haare aus dem Gesicht nehmen?«, fragt der Casting Director nicht unfreundlich. »Man kann dich nicht richtig verstehen.«
»Entschuldigung. Ja, natürlich«, sage ich und schiebe mir die Haare hinter die Ohren. Ich würde ihn gerne darauf hinweisen, dass es wahrscheinlich eher an dem Lärm der Autos liegt, die in einem fort auf dem Freeway unter dem Parkhaus hindurchrauschen, aber ich würde mir damit keinen Gefallen tun. Es ist kein gutes Zeichen, dass das Vorsprechen jetzt schon länger dauert als erwartet.
»Und kannst du deinen Text mehr zu mir gewandt sagen?«, fragt der Produzent und verschränkt die Arme vor der Brust. Er steht links neben der Kamera. Ich blicke fragend zu John, der mir aufmunternd zunickt.
»Klar«, sage ich und wische mir die feuchten Hände an meiner Jeans ab. Obwohl es meine ersten Probeaufnahmen seit neun Jahren sind, finde ich es ungewöhnlich, dass Regisseur, Casting Director und Produzent persönlich anwesend sind, anstatt sich später die Aufnahmen anzusehen. Entweder nehmen sie mein Vorsprechen wirklich ernst, oder sie waren heute nur zufällig wegen der Reshoots am Set. Zum ersten Mal seit Jahren habe ich unglaubliches Lampenfieber. Obwohl ich den Text gestern Abend auswendig gelernt habe, halte ich die Seiten in der Hand, wobei ich feuchte Fingerabdrücke auf dem Papier hinterlasse.

Ich fange noch einmal von vorne an, doch während ich versuche, mich auf den Text zu konzentrieren, höre ich ohne Unterlass seine Stimme in meinem Kopf: Was fabrizierst du da für eine Scheiße? Du bist nichts als ein Klotz am Bein und außerdem zu fett und zu fertig, um die Rolle zu bekommen. Deine Ausstrahlung hast du schon vor Jahren verloren. Die ganze Sache ist reine Zeitverschwendung.

»Ich wollte das alles überhaupt nie, verstehst du das nicht?«, lese ich vor, und diesmal ist es der Produzent, der mich mit erhobener Hand unterbricht.

»Tut mir leid, irgendetwas passt immer noch nicht. Kannst du dich abschminken?«

»Klar«, erwidere ich, und ein Assistent kommt und gibt mir ein feuchtes Tuch. Die leichte Grimasse, die er dabei zieht, sagt mir, dass er zu viel Empathie besitzt, um in dieser Branche länger bestehen zu können.

Ich drehe mich um, wische mir das Make-up vom Gesicht und versuche, mich zu beruhigen. Ich weiß: Das hier kann ich. Es ist mir immer schon leichtgefallen. Der Assistent streckt die Hand aus, und ich reiche ihm das schmutzige Tuch.

»Ist es in Ordnung, wenn ich noch schnell auf die Toilette gehe?«, frage ich, und John schaut auf seine Rolex, bevor er mich in Richtung der öffentlichen Toiletten winkt. Ich gehe an ihm vorbei und sehe nicht zur Crew, die das Set vorbereitet. Einige unterbrechen ihre Arbeit und werfen mir Blicke zu.

Der Toilettensitz ist billig und vergilbt, aber ich habe nie gelernt, in der Hocke zu pinkeln, also ziehe ich meine Jeans herunter und setze mich einfach drauf. Ich muss einen Schrei unterdrücken, als ich mir die Haut an der brüchigen Klobrille einzwicke. Mir ist, als könnte ich nicht genug Luft in meine Lunge saugen, und wünsche mir, ich hätte in all den Meditationskursen, die Laurel mir immer verordnete, aufgepasst, aber ich konnte irgendwie nie in die richtigen Körperteile atmen.

Während ich pinkle, kommen zwei Frauen herein. Ich beobachte die beiden durch den Türspalt. Die eine trägt einen roten Latex-Body und eine winzige, dazu passende Maske über den Augen, ihr Haar ist durchzogen von Extensions und zu einem dicken Pferdeschwanz zurückgekämmt, der ihr fast bis zur Taille reicht. Die andere ist normal gekleidet, und so wie sie um die erste Frau herumschwänzelt, vermute ich, dass sie ihre Assistentin oder eine alte Schulfreundin ist, die sie zur Unterstützung im Schlepptau hat.

Ich erkenne, dass die Frau mit der Maske die Hauptdarstellerin in dem Film ist, den sie gerade auf dem Parkplatz drehen. Sie spielte ein paar Jahre lang in einer erfolgreichen Fernsehserie mit; Nathan erzählte mir, dass sie mit der Serie aufgehört hat, um ins Filmgeschäft einzusteigen, und ihre erste Rolle mit Johns Actionfilm gelandet hat. Sie ist ein paar Jahre jünger als ich, und sie scheint unbekümmert und unkompliziert zu sein und das alles mehr zu genießen, als ich es je konnte – aber vielleicht urteile ich vorschnell.

»Hast du sie gesehen?«, wendet sie sich an ihre Freundin, während sie sich weiterhin im Spiegel betrachtet.

»Sie sieht irgendwie anders aus. Wie eine Karikatur ihrer selbst«, erwidert die Freundin mit steigender Intonation, wobei sie die andere bestätigungsheischend ansieht.

»Stimmt«, sagt die, während sie sich vorbeugt und irgendetwas von ihrer Wange wischt. »Aber ich finde sie trotzdem irgendwie schön. Sie hat so etwas Geheimnisvolles an sich.«

Die Freundin beugt sich zu ihr. »Ich habe übrigens gehört, dass die Rolle, für die sie vorspricht, schon besetzt ist. Ich glaube, das Vorsprechen heute ist nur ein Gefallen für irgendjemanden.«

»Scheiße. Ich habe gehört, dass sie letztes Jahr eine Überdosis genommen hat«, sagt die Schauspielerin und seufzt mitfühlend.

»Hast du das Interview gelesen, das sie gegeben hat? Sie wirkte irgendwie labil ...«

Ich huste laut, bevor ich die Spülung betätige und die Tür öffne. Die beiden Frauen blicken mich entsetzt an, aber fangen sich sofort wieder, und die Schauspielerin streckt mir die Arme entgegen, um mich zu umarmen, obwohl wir uns noch nie gesehen haben und ich mir nicht einmal die Hände gewaschen habe. Ich stehe steif da, lasse sie mich trotzdem umarmen und fixiere mein Spiegelbild. Und dann höre ich wie aus dem Nichts Emilias Stimme, so deutlich, als stünde sie neben mir.

Sie wollen nicht, dass du gewinnst.

Zurück auf dem Parkplatz stelle ich mich auf meinen gekennzeichneten Platz vor der Kamera. Zur Strafe dafür, dass ich Zeit mit meinem Toilettengang verschwendet habe, werde ich erst einmal ignoriert.

»Ich bin so weit«, sage ich. »Lasst mich nur noch ein Take machen.«

Der Assistent schaltet die Kamera wieder ein, der Produzent steht dahinter. Nervös lasse ich das Drehbuch zu meinen Füßen auf den Boden fallen und atme einmal tief durch.

Sie wollen nicht, dass du gewinnst.

Ich lasse die negative Energie in mir aufsteigen, zwinge sie an die Oberfläche und versuche, daraus etwas anderes zu machen: ein Schutzschild, eine Rüstung. *Sie wollen nicht, dass du gewinnst.* Ich atme konzentriert, die Synapsen in meinem Körper feuern aufgeregt, bis ich den ganzen verdammten Parkplatz zum Leuchten bringe und mich über diese Leute und ihre Ungeduld, ihre passiv-aggressiven Machtspielchen und ihre zeitlichen Verpflichtungen erhebe.

Ich beschwöre den Geist von Sienna, der Königin von Euron, herauf, die ihre Kräfte mobilisiert, um die letzte Galaxie zu besiegen. Ihr Widerwille, die Führung zu übernehmen, ist der Quell ihrer Stärke.

»Ich wollte das nie, verstehst du nicht?«, beginne ich, und meine Stimme tönt klar und deutlich über den Parkplatz. Aus dem Augenwinkel sehe ich, wie mich der Assistent kurz anschaut, aber ich halte meinen Blick auf den Produzenten gerichtet und feuere meine Worte auf ihn ab. »Ich habe es immer als ein Zeichen von Schwäche gesehen. Nur schlechte Menschen wollen zu viel von allem.«

Meine Worte kommen eins nach dem anderen aus meinem Körper geschossen und prasseln durch die Luft wie Trommelfeuer, bis sie alles um mich herum zum Glühen bringen. Der Casting Director legt sein Telefon weg und sieht mich neugierig an. Die Haare in meinem Nacken stellen sich auf, als ich die Macht endlich wieder spüren kann.

»Glaubst du vielleicht, dass ich noch eine Wahl habe, nachdem, was sie uns angetan haben? Dass es mir noch möglich ist, ein anderes Leben zu führen?«, fahre ich fort, und Tränen steigen mir in die Augen, während ich spreche. Denn ich weiß jetzt: Das hier kann mir niemand nehmen. Das gehört mir.

»Du fragst mich, warum ich diesen Krieg gewinnen will? Darauf kann ich nur eines antworten: Ich wollte nie über Anatopia herrschen. Es ist mein Schicksal.«

Als ich fertig bin, herrscht Schweigen. Schließlich schaltet der Casting Director die Kamera aus, und John nickt anerkennend.

»Gut gemacht, Grace«, sagt er herzlich. »Willst du es dir ansehen?«

Ich schüttle den Kopf. Ich erkenne an seinem Blick, dass ich es geschafft habe.

43

Ich parke in einer Seitenstraße der Melrose Avenue unter einem blütenlosen Jacarandabaum und schaue nach der Adresse des Restaurants, die mir Laurel geschickt hat. Das Vorsprechen hat eine ungeahnte Energie in mir freigesetzt – als würde ich mich nach langer Zeit wieder daran erinnern, wer ich bin. Im Gehen rufe ich Emilia an, um ihr von den Probeaufnahmen zu erzählen, aber es antwortet nur ihre Mailbox. Seit unserem gestrigen Gespräch in der Küche habe ich nichts mehr von ihr gehört. Trotzdem bin ich ungeheuer erleichtert, denn ich weiß, dass es die richtige Entscheidung war, ihr nicht die Wahrheit zu sagen. Vielleicht sollte man es mit der Vergangenheit wirklich so halten: vergessen, dass es sie je gab. Auf einmal bin ich unbeschreiblich glücklich, so als könnte ich mich mit ausreichend Anlauf vom Boden abstoßen und davonfliegen. Das Gefühl kommt mir vage vertraut vor, aber in der Vergangenheit wurde es immer von Drogen ausgelöst und nicht durch etwas, das tatsächlich die Macht hat, mich zu retten, so wie dieser furchtbare, wunderschöne Scheißfilm.

Auf der Melrose Avenue ist ein Zeitungsstand, und ich bleibe stehen, um die Titel zu überfliegen. Mein Gesicht ist auf dem Cover von mindestens fünf Magazinen, aber nur eines von ihnen ködert immer noch mit den irren Fotos vom Highway. Die anderen folgen dem Beispiel von *Vanity Fair* und stellen mich als Überlebenskünstlerin dar, traumatisiert von einem Leben im Rampenlicht. Ich nehme eine der Zeitschriften in die Hand und lese die Schlagzeile: »Graces Tragödie: Der wahre Grund, warum sie L. A. verließ«.

Ohne weiterzulesen, lege ich sie zurück und betrete das Restaurant. Eine Frau, die auf dem Weg nach draußen ist, erkennt mich und stößt ihre Tochter an – allerdings zu spät, ich bin schon an ihnen vorbei.

Roots ist ein neues vegetarisches Restaurant mitten auf der Melrose Avenue mit vielen Sitzplätzen im Freien, sodass man von der Straße aus gesehen werden kann. Grüne Kakteen schwingen in Makramee-Pflanzenhaltern über smaragdgrünen Samtsofas, und Tabletts mit farbenfrohen Speisen schmücken die goldenen Tische. Alle Menschen hier sind schön und tätowiert und in intensive Gespräche vertieft, aber sie starren mich trotzdem an, als ich mir einen Weg zwischen den Tischen hindurch bahne. Laurel wartet bereits an einem Tisch im Inneren des Restaurants, hinter einem riesigen Kaktus.

»Gab es draußen keinen Tisch mehr? Hier sieht uns doch niemand.«

»Wow, ebenfalls hallo, Grace. Seit wann ist es dir so wichtig, ›gesehen‹ zu werden?«

Ich setze mich ihr gegenüber und verdrehe die Augen. »Ich habe von der Bedienung gesprochen.«

»Natürlich«, erwidert Laurel nur und studiert die Speisekarte. »Wie war das Vorsprechen?«

»Ich glaube, ganz gut. Es hat sich ganz gut angefühlt. Du hattest recht. Wie sich herausstellt, habe ich von nichts anderem Ahnung.«

»Und John? Ich habe gehört, dass er ein richtiges Ekelpaket sein soll.«

Ich denke einen Moment lang nach. »Irgendwie schon, aber auf eine nicht bedrohliche Art.«

Laurel zieht die Augenbrauen hoch. »Dem Himmel sei Dank.«

»Also, zumindest ist bei ihm alles offensichtlich«, sage ich und muss an Ables gut aussehende Fassade denken, hinter der sich eine hässliche Fratze verbirgt, bevor ich schnell hinzufüge: »Anfangs hatte ich das Gefühl, er sei mehr auf ein Date aus als auf den Film ... Klingt das verrückt?«

»Eher nicht. Wie ich schon sagte, er hat nicht den besten Ruf«, entgegnet Laurel.

»Hm. Ich glaube, ich war sogar dankbar, dass er keine große Sache daraus gemacht hat, als ich seine Einladung zum Abendessen ausgeschlagen habe. Ganz schön abgefuckt, oder?«

»Klingt nach Patriarchat«, sagt Laurel und winkt der Bedienung, die sofort zu uns an den Tisch kommt. Wir bestellen eine Auswahl kleiner Gerichte, und dann fragt uns die Bedienung unvermittelt, wie erfolgreich wir dieses Jahr unsere Ziele verwirklicht haben, doch Laurel lacht einfach nur, bis sie schließlich geht. Anscheinend darf nur sie mich so etwas fragen.

»Glaubst du, dass du den Film drehen wirst?«

Ich blicke auf meine Nägel und dann wieder zu Laurel. »Wenn sie mir die Rolle anbieten, ja. Er ist ein wenig düster, aber ich glaube, das könnte mir zugutekommen. Es ist eine Art Mischung aus *Game of Thrones* und *Titanic* im Weltraum.«

»Sie werden wahrscheinlich wollen, dass du deine Brüste zeigst«, sagt Laurel und dreht sich um, um hinter ihr nach irgendetwas zu sehen.

»Geht es dir gut? Du wirkst abgelenkt.«

»Mir geht's gut. Hast du heute mit den Paparazzi gesprochen?«

»Ich dachte, das hättest du für mich erledigt. Sind sie hier?«, frage ich, aber Laurel blickt sich immer noch suchend um.

»Bist du sicher, dass es dir gut geht?«

»Ja, ja, ganz ausgezeichnet. Ich habe tatsächlich vergessen, sie anzurufen. Vielleicht haben sie vorhin einen Tipp bekommen.«

»Ich schätze mal schon. Oder vielleicht sind sie mir vom Vorsprechen gefolgt. Sie standen draußen, als ich gegangen bin.«

Die Bedienung bringt unser Essen und zwei Matcha-Smoothies.

»Möchtet ihr noch etwas bestellen? Der Manager hat gesagt, das geht aufs Haus«, sagt sie und lächelt breit, ohne den Blick von mir zu nehmen.

»Ich glaube, das reicht erst mal«, sagt Laurel, während ich gleichzeitig frage: »Können wir noch etwas Rote-Bete-Raita bekommen?«

»Alle sind wieder so nett zu mir«, sage ich, nachdem die Bedienung gegangen ist.

»Das liegt daran, dass du nicht mehr so aussiehst, als wärst du gerade aus der Psychiatrie geflohen.«

»Das kann doch nicht nur an den Haaren liegen. Oder an einem einzigen Interview. Diese Scheißstadt«, sage ich und verdrehe so heftig die Augen, dass es fast wehtut.

»Es geht nicht nur um die Haare oder das Interview, es geht darum, wofür die beiden Dinge stehen. Du hast dich zusammengerissen und deinen Scheiß auf die Reihe gekriegt. Du rennst nicht über drei Fahrspuren auf dem Highway mit einer Tankstellenpizza in der Hand. *In Crocs.*«

»Ich hatte gehofft, du hättest die Crocs nicht bemerkt. Und es waren eigentlich vier Spuren«, erwidere ich ein wenig stolz.

»Ich habe die Crocs mitgenommen, als ich das letzte Mal bei dir war. Sie sind irgendwo in einer Mülltonne in Echo Park.«

»Vielleicht sollte ich Crocs anrufen und sie bitten, mich zu sponsern. Nur für dich.«

»Das würde ich nicht tun«, sagt Laurel und kaut auf einem

verbrannten Rosenkohl herum. »Mein Kontakt bei Lancôme sagt, dass sie dich als Gesicht für ihren neuen Duft in Betracht ziehen.«

Ich halte inne, meine Gabel schwebt reglos über dem Teller. »Was? Glaubst du, das stimmt?«, frage ich und bin ein wenig verunsichert angesichts meiner Begeisterung über diese Nachricht. Emilia wird jedenfalls erfreut sein, wenn ich ihr davon erzähle.

»Es scheint mir logisch. Du bist wieder überall, und diesmal auf positive Art.«

Ich lächle Laurel an, immer noch zufrieden aus irgendwelchen Gründen, die nicht einmal ich verstehe. Ein Gefühl überkommt mich: wenn nicht Glück, dann wenigstens Stolz oder vielleicht auch Dankbarkeit. Langsam erwecke ich Grace Turner wieder zum Leben – nur dieses Mal ohne Able.

»Das mag ich an dir: Wenn wir zusammen sind, weiß ich immer, wo ich gerade in der Öffentlichkeit stehe. Du bist mein Lackmustest. Wenn du nett zu mir bist, dann weiß ich, dass alle anderen mich auch wieder mögen«, sage ich immer noch lächelnd.

»Der Unterschied ist, dass ich, im Gegensatz zu den anderen, mich auch dann mit dir treffe, wenn du dich benimmst wie Britney Spears, bevor sie die richtigen Medikamente bekam. Vergiss das bitte nicht.«

»Beste Freundinnen für immer«, sage ich zuckersüß.

»Und ewig.«

Ich nehme einen Schluck von dem Smoothie und glaube die Pflanzenkohle schmecken zu können.

»Emilia meint, ich sollte den Effekt des *Vanity-Fair*-Artikels nutzen. Sie hat vorgeschlagen, ein paar Auftritte bei Preisverleihungen und einer Late-Night-Talkshow zu machen, sobald ich für *Anatopia* unterschrieben habe. Was hältst du davon?«

»Die Dreharbeiten zu *Anatopia* beginnen erst Mitte nächsten Jahres, du solltest also schon vorher etwas machen«, antwortet Laurel und runzelt leicht die Stirn. »Eine Talkshow ist wahrscheinlich keine schlechte Idee. Aber du solltest natürlich mit Emilia abklären, welche. Sie scheint da ja am besten Bescheid zu wissen.«

Ich lasse ihre Verärgerung zwischen uns stehen, anstatt zu versuchen, sie zu beschwichtigen.

»Was hast du Weihnachten vor?«, fragt Laurel, aber sie wirkt nicht ganz bei der Sache.

»Ganz ehrlich? Ich habe noch nicht einmal darüber nachgedacht.«

»Es sind nur noch sechs Tage bis Weihnachten, Grace. Du kannst nicht einfach in diesem traurigen Haus sitzen. Herrgott.«

Ich zucke mit den Schultern, weil ich nicht zugeben will, dass ich momentan nicht besonders viele Optionen habe.

»Du kannst zu mir kommen, wenn du möchtest«, sagt Laurel zögernd, und ich habe den Eindruck, dass sie das Angebot bereits bereut.

Trotzdem schenke ich ihr ein Lächeln. »Danke.«

»Wie geht es dir zurzeit? Die Wahrheit«, fragt Laurel nach einer weiteren Pause, aber ich merke, dass sie immer noch merkwürdig gestimmt ist. Ich überlege, ob ich ein bisschen an ihrer Energie korrigieren soll, so wie sie es bei mir machen würde.

»Ich fühle mich eigentlich ganz gut. Vielleicht sogar etwas entspannter, keine Ahnung«, antworte ich und lächle über Laurels Kopf hinweg zu den Fotograf:innen, die sich am Eingang des Restaurants drängen. »Und es liegt nicht an meinen verdammten Haaren.«

»Grace ...«

»Ich weiß schon, was du sagen willst: Eins nach dem anderen, bla, bla, bla. Ich habe schon seit Wochen nicht mehr daran gedacht, zu trinken oder Drogen zu nehmen. Um ehrlich zu sein, habe ich es satt, dass mich alle so behandeln, als wäre ich irgendwie kaputt.« Ich trinke noch einen Schluck von meinem grünen Smoothie und runzle die Stirn, aber nicht so, dass dabei Falten zwischen den Augenbrauen entstehen.

»Das ist doch toll. Ich bin so froh, dass du dich ...«

»Ich muss nicht einmal unbedingt bei der Schauspielerei bleiben, falls du dir darüber Gedanken machst. Wie nennt man diese Leute, die überall ihre Finger drin haben? Vielleicht schreibe ich ein Buch über Achtsamkeit oder so«, sage ich grinsend, während ich den Strohhalm in meinem Glas herumwirble. »Oder ein veganes Kochbuch. Ich hätte wirklich dabei bleiben sollen, aber habe ich dir eigentlich erzählt, was mein Vater mir an meinem ersten Abend zu Hause aufgetischt hat?«

»Einen Salat mit Käse und Speckstückchen«, erwidert Laurel, und ich überlege kurz, ob sie sich langweilt oder einfach nur unglücklich ist.

»Und Ranch-Dressing! Ich konnte nicht ...«

»*Grace*«, unterbricht mich Laurel fast schreiend.

Ich sehe sie überrascht an.

»Tut mir leid. Scheiße, ich versuche dir schon die ganze Zeit zu sagen, dass ich gehen muss«, sagt Laurel verlegen. »Ich habe Lana nicht gesagt, dass ich mich mit dir treffe, und ich habe Angst, dass sie uns wegen all der verdammten Kameras da draußen zusammen sieht, bevor ich die Möglichkeit habe, es ihr zu erklären. Du stehst nicht gerade hoch im Kurs bei ihr nach unserem gemeinsamen Abend bei dir neulich. Ich hatte vorher ein halbes Jahr lang kein Koks mehr genommen.«

»Wie bitte, wer?«, frage ich dümmlich.

»Lana. Meine Partnerin.«

Ich kann spüren, wie der Schock sich auf meinem Gesicht abzeichnet. Ich versuche nicht einmal mehr, meine Mimik für die Fotograf:innen unter Kontrolle zu bekommen. »Deine was, bitte?«

»Wir sind seit zwei Jahren zusammen, Grace. Du hast sie kennengelernt. Was soll der Scheiß?«

»Ich wusste nicht einmal, dass du lesbisch bist«, sage ich, und einen Augenblick lang habe ich Angst, dass Laurel mir den Teller mit gegrillten Auberginen über den Kopf zieht, doch stattdessen fängt sie an zu lachen, bis ihr die Tränen in die Augen schießen, und sie greift über den Tisch nach meiner Hand.

»Ändere dich nie, Grace«, sagt sie, und obwohl ich meine, echte Zuneigung in ihrer Stimme zu hören, ist es mir peinlich.

»Ich bin das Allerletzte«, sage ich, und Laurel nickt. »Kann ich sie kennenlernen?«, frage ich. »Noch mal, meine ich?«

»Sicher. Aber nicht jetzt. Wie ich schon sagte, sie hasst dich.«

Ich blicke auf unseren Tisch, der mit Tellern voller veganer Gerichte und Matcha-Smoothies zugestellt ist, und zu den Fotografinnen und Fotografen vor dem Eingang, die meinen Namen rufen.

»Was machst du dann noch hier, verdammt?«, frage ich lächelnd und schiebe mir die Sonnenbrille über die Augen. »Geh nach Hause.«

Ich steige in mein Auto und setze sofort die Baseballkappe auf. Ein Fotograf klopft an mein Fenster, und ich öffne es einen Spalt, damit ich ihn hören kann. Er ist älter als die anderen und elegant gekleidet in einem himmelblauen Leinenhemd. Er steckt irgendetwas durch den Spalt, und es landet auf dem Beifahrersitz. Eine Visitenkarte. Ich drehe sie um und lese: *Mario Gomez – Fotograf.*

»Rufen Sie mich an oder schicken Sie mir eine Nachricht, wenn Sie mich brauchen, okay? Ich werde da sein«, sagt er durch das Fenster, während ich schon aus der Parklücke fahre.

44

In den nächsten paar Tagen hinterlasse ich Emilia drei Nachrichten auf ihrer Mailbox, aber sie ruft nicht zurück. Ich rede mir zwar ein, dass sie ohne Marla sehr damit beschäftigt sein muss, alles für Weihnachten vorzubereiten, aber ich schaue trotzdem ein paarmal pro Stunde auf mein Telefon, um nachzusehen, ob sie sich gemeldet hat. Ich möchte ihr sagen, dass ich endlich verstanden habe, was sie gemeint hat, als sie sagte, dass man die Scheiße, die einem das Leben beschert, aussieben und sich mit aller Kraft an den guten Dingen, die man findet, festhalten soll. Vielleicht finde ich sogar die richtigen Worte, um ihr zu sagen, wie viel gefestigter ich bin, seit ich Zeit mit ihr verbringe. Dass sie der Typ Frau ist, der ich irgendwann einmal gerne sein würde, wenn ich es nur schaffe, nicht vom richtigen Weg abzukommen.

Die Sonne ist glühend heiß – heißer, als ich sie je im späten Dezember erlebt habe. Der Strand unterhalb meines Hauses ist voller Touristen, die unter grellbunten Sonnenschirmen auf noch bunteren Handtüchern, die sie am Venice Beach gekauft haben, im Schatten liegen. Ich hole das Fernglas aus der Küchenschublade und richte es auf das pfirsichfarbene Haus. Es scheint verlassen, aber Emilias Auto steht in der Einfahrt. Ich überlege, ob ich den Weg hinter dem Haus nehmen und sie überraschen soll, doch dann setze ich mich in den beigen Liegestuhl und warte.

Nach etwa einer Stunde sehe ich ihren blonden Kopf in der

Einfahrt, und kurz darauf setzt sich ihr Auto in Bewegung. Ich renne zu meinem Auto. Die Fahrt von Emilias Haus zum Pacific Coast Highway dauert länger als die von meinem, also fahre ich den Hügel hinauf und warte an der Abzweigung, bis ich ihren Porsche abbiegen sehe. Ich folge ihr für gute zwanzig Minuten auf dem PCH in Richtung Süden, wobei ich mindestens drei Autolängen Abstand zwischen uns lasse. Kurz vor Venice biegt sie ab, ich bleibe hinter ihr. Ich will ihr nur von meinem Vorsprechen erzählen, da sie mir den Job besorgt hat. Nichts weiter. Ich drehe das Radio lauter, weil ich das Bedürfnis habe, alles auszublenden, außer der goldenen Sonne und dem weißen Porsche vor mir.

Emilia parkt in einer der Seitenstraßen des Abbot Kinney Boulevards, aber ich fahre weiter und biege auf einen gebührenpflichtigen Parkplatz direkt an der Hauptstraße, sodass ich ihr einen Schritt voraus bin. Ich habe keine Ahnung, wie der Parkscheinautomat funktioniert, also lasse ich das Auto stehen, ohne zu zahlen, und hoffe, dass ich nicht schon wieder einen Strafzettel bekomme.

Abbot Kinney ist übersät mit Weihnachtstouristen und jungen Frauen aus L. A., die allesamt Autoschlüssel, glitzernde Handys und Becher mit Eiskaffee spazieren tragen. Die Schaufenster sind mit Weihnachtslichtern und glitzernden Bäumen dekoriert. Ich schlüpfe schnell ins Le Labo, als ich Emilia an einem Saftstand vor dem Butcher's Daughter auf der anderen Straßenseite sehe. Mit viel Tamtam teste ich verschiedene Parfüms für den Fall, dass sie in den Laden kommt, bis ich eines entdecke, das ich tatsächlich kenne: Emilias Parfüm. Thé Noir 29. Ich sprühe es mir auf den Hals und drehe dem hochnäsigen Mann hinter dem großen Eichentisch den Rücken zu. Ich merke sofort, dass er mich erkennt, denn sein Gesicht verzieht sich zu einem unaufrichtigen Lächeln.

»Das da ist mein Lieblingsduft«, ruft er mir zu, und ich lächle, als ob damit alles besiegelt wäre. Ein toller Verkäufer.

»Ich nehme es. Außerdem hätte ich gerne ein Geschenk für meine Freundin. Gibt es das auch als Duftkerze?«

»Wir haben da etwas, das Ihnen noch besser gefallen wird. Ich hole es schnell«, sagt er, läuft hinter dem Ladentisch herum und fährt mit dem Finger über die Kerzen, bis er die richtige gefunden hat.

»Sie können sowohl für das Parfüm als auch die Kerze das Etikett individuell gestalten. Was würden Sie gerne draufschreiben?«

»Wie wäre es mit … Emilia, danke für alles. In Liebe, Grace x«, sage ich und stelle mir die Kerze auf dem Tisch in ihrem Esszimmer vor oder vielleicht auf dem Sims hinter der Toilette im Badezimmer. Eine Überraschung für Able, wenn er das nächste Mal pinkeln geht. Ich schaue aus dem Fenster, während der Verkäufer meinen Einkauf in die Kasse tippt. Emilia ist nicht mehr am Saftstand.

»Hey, können Sie diesen einen Satz sagen und ich filme Sie? Für einen Freund …«, fragt der Mann und wedelt mit seinem Handy vor mir herum. »Sie wissen schon …«

»Ja, ich weiß«, unterbreche ich ihn. »Aber ich habe es ziemlich eilig.«

Daraufhin nimmt er sich unverschämt viel Zeit, die Etiketten für das Parfüm und die Kerze zu erstellen, bevor er beides so unglaublich langsam in Geschenkpapier einwickelt, dass ich irgendwann überzeugt bin, er bewegt sich rückwärts.

Endlich lässt er mich zahlen, und ich renne beinahe aus dem Laden. Ich laufe den Abbot Kinney entlang und lächle jeden, der mich erkennt oder fast erkennt, höflich an. Eine junge Frau grüßt mich, da sie mich scheinbar mit der Freundin eines Freundes verwechselt oder vielleicht mit jemandem aus ihrem

Yogakurs. Gleich darauf bemerkt sie ihren Fehler und schaut beschämt zu Boden. Ich erwidere den Gruß trotzdem freundlich.

Ich schaue in jeden Laden, in dem ich mir Emilia beim Shoppen vorstellen könnte: in den Öko-Jeansladen, den skandinavischen Schmuckladen, sogar in den Shop für medizinisches Marihuana. Letzten Endes finde ich sie in dem einzigen, in dem ich sie nicht erwartet hätte: in einem spirituellen Buchladen. Sie trägt einen cremefarbenen Kaschmirpullover, Jeans und eine Sonnenbrille mit Schildpattmuster und steht vor dem Regal mit Büchern über Astrologie. Ich berühre sie leicht an der Schulter und setze eine Miene beiläufiger Überraschung auf, als sie sich umdreht.

»Was machst du denn hier?«, fragt Emilia vorwurfsvoll, doch sie fängt sich sofort wieder, nimmt ihre Sonnenbrille ab und sieht mich unverwandt an. »Ich sollte mich vielleicht eher fragen, was zum Teufel ich hier mache.«

Sie beugt sich vor, um mich auf die Wange zu küssen, aber ich habe das Gefühl, dass etwas nicht stimmt.

»Trägst du mein Parfüm?«, fragt sie und blickt mich prüfend an.

Ich schnuppere am Kragen meines alten T-Shirts. »Ach ja, ich habe eine Probe geschenkt bekommen. Aber es riecht besser an dir«, sage ich und hoffe, dass sie nicht in die Le-Labo-Tasche schauen will.

Emilia lächelt höflich. »Du bist lieb.«

»Wollen wir einen Kaffee trinken gehen? Ich habe zwar schon einen getrunken, aber das ist das einzige High, das mir noch bleibt, also …«, sage ich und füge in dem Versuch, sie aufzuheitern, hinzu: »Außer natürlich, wenn ich vorhabe, mir ein zweistündiges alternatives Krippenspiel anzusehen.«

Emilia wirft einen kurzen Blick auf ihre Cartier-Uhr. Ich

stehe da wie eine Idiotin und warte darauf, dass sie mir antwortet. Als sie mich schließlich wieder ansieht, kommt es mir vor, als hätte sie vergessen, dass ich da bin.

»Ich bin zu dem Vorsprechen gegangen ... du weißt schon, für *Anatopia*. Ich glaube, es lief ganz gut.« Verzweifelt versuche ich, ihre Aufmerksamkeit zu erzwingen. »Es hat sich super angefühlt.«

Sie lächelt wieder. »Ich freue mich so für dich, Grace. Wirklich, das ist wunderbar.«

Ich warte darauf, dass sie weiterspricht, aber sie wendet sich wieder dem Regal mit den Büchern über den Mondzyklus zu, nimmt eines heraus und überfliegt den Klappentext. Als sie merkt, dass ich immer noch wartend dastehe, zuckt sie entschuldigend mit den Schultern.

»Tut mir leid, es passt gerade nicht so gut. Ich muss auf den letzten Drücker noch ein paar Geschenke besorgen und außerdem in den britischen Laden in Santa Monica, um diese ekelhafte kulinarische Erfindung namens Marmite zu kaufen.« Sie verdreht die Augen. »Das habe ich euch Briten zu verdanken. Able möchte, dass ich die Bratensauce damit zubereite, so wie seine Großmutter früher.«

»Able kommt nach Hause?«

Emilia sieht mich irgendwie seltsam an. »Natürlich kommt er nach Hause. In drei Tagen ist Weihnachten.«

Jetzt erinnere ich mich daran, dass sie mir gesagt hatte, er würde am dreiundzwanzigsten heimkommen. Ich nicke und streiche mir die Haare hinter die Ohren. »Ich habe noch ein Glas Marmite im Schrank stehen. Wenn du willst, kann ich es dir vorbeibringen.« Ich bemühe mich um einen beiläufigen Tonfall.

Emilia sieht mich ungläubig an. »Im Ernst?«

»Im Ernst. Ich habe es noch nicht einmal aufgemacht«, sage ich. »Ich kann es dir morgen bringen.«

»Das wäre großartig. Danke, Grace«, erwidert Emilia und wendet sich wieder den Büchern zu.

»Bist du ... Ist alles in Ordnung?« Die Verzweiflung in meiner Stimme ist mir selbst zuwider.

»Natürlich ist es das«, antwortet Emilia, aber ihr Tonfall ist harsch, was ihr wahrscheinlich auch selbst auffällt, denn ihr Blick wird ein wenig freundlicher. »Es tut mir leid, ich habe im Moment viel um die Ohren.«

»Das kann ich verstehen.« Meine Stimme wird leiser – wie die meiner Mutter, wenn sie lügt. Ich muss daran denken, dass ich meine Eltern nicht mehr angerufen habe, seit ich wieder in L. A. bin. »Marmite ist das Mindeste, was ich tun kann, Emilia. Ich bringe es dir morgen vorbei.«

Ich verlasse den Buchladen mit der Le-Labo-Tasche in der Hand, und mein Lächeln erstirbt, kaum dass ich aus der Tür bin.

Ich kann nirgendwohin, außer zurück in mein trauriges gemietetes Haus, also entscheide ich mich stattdessen für einen Spaziergang am Meer, wobei ich mir die Kappe tief ins Gesicht ziehe. Die Einheimischen wissen, dass man am Venice Beach wegen des eigenartigen Abwasserschaums, den die Wellen an den Strand tragen, eigentlich nicht schwimmen oder sonnenbaden sollte. Aber Scharen von Touristen sind da, die unter dem kornblumenblauen Himmel im Sand liegen und sich die für diese Jahreszeit ungewöhnlich heiße Sonne auf den Bauch scheinen lassen.

Ich hole mein Handy aus der Tasche und schaue auf das Display. Die Begegnung mit Emilia liegt mir wie Blei im Magen, und ich fühle mich so einsam wie schon lange nicht mehr. Was ist nur los mit mir?, denke ich, während ich meine Kontakte durchscrolle und schließlich Nathan anrufe.

»Nathan, hallo!«, sage ich enthusiastisch.

»Hi, Süße. Ich hatte schon vor, dich anzurufen.«

»Tatsächlich?«

»Ich glaube, John Hamilton wird dir die Rolle anbieten. Er meinte, deine Probeaufnahmen hätten sie alle umgehauen.«

»Okay«, sage ich langsam und bin überrascht, wie sehr seine Worte noch immer meinem Ego schmeicheln. »Also, wann unterschreiben wir?«

»So läuft das nicht«, erwidert Nathan schniefend. »Er wird jetzt natürlich versuchen, dir so wenig wie möglich zu zahlen, also müssen wir verhandeln. Aber er scheint dich zu mögen. Hält dich für klug.«

»Wer hat noch mal gesagt, dass Frauen und Hunde die einzigen Lebewesen sind, bei denen zu viel Intelligenz von Nachteil ist?«

Nathan lacht auf. »Wahrscheinlich John Hamilton.«

»Können wir uns nächste Woche mit ihm treffen? Nach Weihnachten?«

»Ja, Dana wird ihm eine E-Mail schicken und alles organisieren.«

»Danke. Ich habe doch deine Unterstützung bei diesem ... Comeback, oder?«, frage ich und hasse mich dafür, ihn so anzubetteln.

»Solange du es nicht als Comeback bezeichnest. Vergiss nicht, du hast ein Jahr Pause gemacht, um Zeit mit deinen Eltern zu verbringen.«

»Das habe *ich dir* erzählt.«

»Du hättest die gottverdammten Golden Globes nicht verpassen dürfen, Grace«, sagt Nathan, aber er klingt nicht annähernd so bissig wie neulich in seinem Büro. »Und es wird mindestens eine Szene geben, in der du blankziehen musst. Das steht zwar nicht im Drehbuch, aber wenn es nach John ginge, könnte es sein, dass du die ganzen einhundertzwanzig Minuten oben ohne rumläufst.«

Ich schlucke. »Ich bin auf alles vorbereitet.«

»Du kannst von Glück reden, wenn du das alles auf die Reihe kriegst, Grace«, sagt Nathan noch, bevor wir uns verabschieden.

Ich schaue auf mein Handy und gehe noch mal meine Kontakte durch, bis ich den Namen meiner Schwester sehe. Seit unserem letzten Treffen hat Esme mich dreimal angerufen. Mein Finger schwebt einen Moment lang über der Anruftaste, aber dann überlege ich es mir anders. Ich sollte wirklich nachsehen, ob ich einen Strafzettel bekommen habe.

Eigentlich will ich nach Hause nach Malibu fahren, aber irgendwie lande ich auf dem Grand Boulevard und finde mich, ohne es zu wollen, direkt vor der Tür des Glashauses wieder. Ich klingle und winke in die Überwachungskamera. Dylan öffnet die Tür, und mir wird bewusst, wie sehr ich ihn vermisst habe, als er in seinen dunkelblauen Badeshorts und einem alten Bob-Dylan-T-Shirt vor mir steht. Er ist braun gebrannt, und sein Haar ist auf einer Seite zerzaust, so als wäre er gerade aufgestanden.

»Hast du geschlafen?«, frage ich erstaunt.

»Ich war schwimmen«, sagt er und freut sich ganz offensichtlich, mich zu sehen. »Komm rein.«

Wir sitzen an der Kücheninsel, und ich muss daran denken, wie sehr ich dieses Haus geliebt habe, auch wenn nichts darin jemals wirklich mir gehörte. Es ist nicht so opulent wie bei Emilia: Efeuranken hängen von den Regalen in der Küche, und bunte Bücher stehen und liegen auf jeder freien Fläche. Es ist die Art von Haus, in dem Bücher tatsächlich gelesen werden.

»Habe ich dir jemals von dem Zuhälter und dem ... Mädchen erzählt, die ich vor Jahren in einem Waschsalon in Downtown gesehen habe?«, frage ich, bevor wir wieder mit dem leidigen Smalltalk beginnen können, der unsere Treffen beherrscht, seit ich zurück bin. Ich weiß nicht, warum mir das ausgerechnet in diesem Augenblick wieder einfällt, aber aus irgendeinem Grund kann ich gerade an nichts anderes denken.

»Ich glaube nicht.« Dylan schüttelt den Kopf.

»Also, es war der zweite Auftragskiller-Film, und wir waren dabei, diese heftige Szene zu drehen, in der ich die andere Killerin – meine ehemals beste Freundin – erschießen musste, aber ich habe es jedes Mal verbockt. Irgendwann wurde ich müde und unruhig, und nach etwa dreißig Takes ist Able aufgestanden und hat wütend angeordnet, die Dreharbeiten für diesen Tag zu beenden. Ich dachte, er würde mich allein ins Hotel zurückschicken, aber stattdessen ist er mit mir nach Downtown gefahren, zu dieser heruntergekommenen Ladenzeile. Als ich ausstieg, habe ich einen verschwitzten Mann in einem Anzug aus glänzendem Stoff gesehen, der mit einem dünnen blonden Mädchen in einen Waschsalon ging. Ihre Arme und Beine waren voller blauer Flecken, und auf ihren Lippen war Schorf. Der Mann gab dem Waschsalonbesitzer einen Stapel alter Kleider, die wohl für das Mädchen geändert werden sollten, und sie probierte diese ganzen Sachen an, die ihr viel zu groß waren: Kleider, typisch Achtziger, mit Paillettenbesatz und riesigen Schulterpolstern, die einfach nur an ihr herunterhingen. Irgendwann hat sie mich dabei ertappt, wie ich sie beobachtet habe, und plötzlich kam Leben in sie. Sie hat sich aufgebäumt wie eine Schlange und gegen das Fenster gespuckt«, erzähle ich und schüttle den Kopf bei der Erinnerung an die Spucke, die an der Fensterscheibe herunterlief. Danach hat Able mich auf einen Milchshake in das schäbige Lokal nebenan mitgenommen und zu mir gesagt: »Es gibt nicht so viele Unterschiede zwischen dir und ihr, wie du denkst. Denk *immer* daran, wie glücklich du dich schätzen kannst, dass du es so weit gebracht hast.« Und zum ersten Mal seit Langem habe ich es wirklich *gespürt*. Am nächsten Tag beim Dreh dachte ich an das Mädchen, als ich meiner ehemals besten Freundin in die Augen blickte und ihr in die Stirn schoss. Ich brauchte nur einen Take, und alle am Set haben mir applaudiert, als die Szene im Kasten war.«

Dylan sieht mich immer noch aufmerksam an. Ich brauche dringend eine kurze Pause, deswegen stehe ich auf und hole einen Karton Wasser aus dem Kühlschrank.

»Was mich am meisten mitgenommen hat, war, dass dieses Mädchen fix und fertig war. Als wüsste sie, dass ihre ganze Zukunft darin bestehen würde, mit abartigen Widerlingen in ihren beschissenen Autos zu schlafen und dann von ihrem Verdienst ungefähr zwei Dollar behalten zu dürfen. Und wir haben sie da einfach mit all diesen viel zu großen Kleidern stehen lassen. Ich habe keine Ahnung, wieso ich ihr nicht irgendwie geholfen habe. Ich dachte nur, was für ein glücklicher Zufall es war, dass ich diese Szene miterlebt und was sie bei mir ausgelöst hatte. Aber es hätte nicht um mich gehen dürfen. Es ging um sie. Es war *sie*, die in einer schlimmen Lage steckte.«

Ich sehe Dylan an und zucke entschuldigend mit den Schultern. »Ich weiß nicht, wieso ich dir das überhaupt erzähle. Ehrlich, was soll der Scheiß?«

Dylan runzelt die Stirn – wahrscheinlich überlegt er, was ich eigentlich damit sagen will. Doch das weiß ich nicht mal selbst.

»Glaubst du, sie ist noch irgendwo da draußen?«, frage ich und verziehe das Gesicht, weil ich an die blauen Flecken an ihren Armen und Beinen denken muss, so als wäre sie bereits am Verwesen.

Dylan zuckt mit den Schultern, denn es liegt nicht in seiner Art, immer gleich vom Schlimmsten auszugehen. »Keine Ahnung. Du könntest versuchen, sie ausfindig zu machen. Oder geht es eigentlich gar nicht um sie?«

»Wenn du mir jetzt sagst, dass ich das Mädchen bin, bringe ich dich um«, sage ich, und er grinst. »Zum ersten Mal seit fünf Jahren nehme ich Anteil am Schicksal eines anderen Menschen, also gönn mir bitte diesen Moment.«

»Das ist doch Schwachsinn, du bist einer der mitfühlendsten Menschen, die ich kenne«, erwidert Dylan kopfschüttelnd. »Du denkst einfach viel zu viel über alles nach. Das ist doch alles nur Kopfkino.«

»Gott sei Dank reden wir endlich wieder über *mich*«, sage ich, und er lacht.

»Ich meine nur, es ist gut, dass du sie nicht vergessen hast. Ich würde den Grund dafür nicht zu sehr hinterfragen«, entgegnet er. »Es ist gut, wenn man eine klare Meinung zu etwas hat – dann weiß man, was man ändern will.«

»Ich habe mich in letzter Zeit öfter mit Esme getroffen«, sage ich, und Dylan wirkt überrascht. »Sie hat es gerade nicht leicht. Ich habe versucht, ihr zu helfen.«

»Sie ist ein liebes Mädchen. Sie kann sich glücklich schätzen, dich zu haben.« Dylan lächelt mich an. Kann es sein, dass die Dinge tatsächlich mal so laufen, wie ich es mir wünsche?

»Hast du Lust, morgen Abend essen zu gehen?«, frage ich schüchtern, und Dylan nickt, wobei sich die Lachfältchen in seinen Augenwinkeln leicht vertiefen.

»Auf jeden Fall.«

45

Als ich wieder im Auto sitze, öffne ich eine E-Mail von Laurel mit einem Link zu den Fotos, die vor John Hamiltons Haus gemacht wurden. Wir stehen vor der Tür, ich trage das, was Xtina für mich ausgesucht hat – weiße Jeans, weißer Pullover –, und Johns fleischige Hand umfasst meinen Hinterkopf, während er mir etwas ins Ohr flüstert. Meine Lippen sind zu einem leichten Lächeln gebogen, meine Augen hinter einer zitronengelben Sonnenbrille à la Kurt Cobain verborgen. Ich überlege kurz, ob ich noch mal zurück zu Dylan gehen soll, um ihm die Fotos zu zeigen, entscheide mich aber dagegen. Ich muss mich nicht rechtfertigen, wir beide sind schon seit Jahren in dieser Branche.

Auf dem Rückweg nach Malibu halte ich an dem britischen Laden in Santa Monica, um Marmite, Orangeade und Jammie Dodgers für die Zwillinge zu kaufen. Als ich an der Kasse stehe, vibriert das Handy in meiner Tasche. Ich hole es heraus, aber es ist nur Laurel.

Geht's dir gut? Kommst du Weihnachten vorbei? Lana freut sich schon fast darauf LOL.

Ich schalte das Handy aus und stecke es zurück in die Tasche, ohne zu antworten.

Als ich nach Hause komme, sitzt Emilia auf den Stufen der Veranda und raucht eine Zigarette. Bevor ich aussteige, stecke ich das Marmite ins Handschuhfach und wappne mich für das, was sie mir sagen will, was auch immer es ist.

»Warum hast du ein Fernglas?«, fragt Emilia und hält das Fernglas hoch, das ich in der Eile liegen gelassen habe, als ich ihr nach Venice gefolgt bin.

»Ich beobachte gerne Delfine«, sage ich ruhig. Ich strecke die Hand nach dem Fernglas aus, aber Emilia gibt es mir nicht. Sie setzt es an die Augen und blickt auf den Ozean hinaus, dann dreht sie sich um und peilt ihr Haus an.

»Ich stalke dich nicht«, sage ich. »Du bist diejenige, die ständig bei *mir* auf der Veranda sitzt.«

Der Witz hat nicht die gewünschte Wirkung, und nach langem Schweigen lässt Emilia das Fernglas auf den Liegestuhl fallen. Sie sieht anders aus: Ihr Blick ist distanziert, und die Haut neben ihren Nasenflügeln glänzt ölig. Das war's, denke ich. Jetzt kommt alles ans Licht.

»Able kommt über Weihnachten doch nicht nach Hause«, teilt mir Emilia mit, bevor ich etwas sagen kann. »Alle Flüge in Salt Lake City wurden gestrichen. Sie können keine Starterlaubnis geben.«

Ich weiß nicht, was ich darauf sagen soll.

»Die gute Nachricht ist, dass es für L. A. keine Unwetterwarnungen gibt, denn es ist der schönste beschissene Ort der Welt.«

»Das tut mir leid«, sage ich vorsichtig.

Emilia drückt ihre Zigarette auf dem Boden aus. »Und wer weiß, mit wem er diesmal zusammen ist«, sagt sie. Ich rühre mich nicht und verziehe keine Miene. Emilia geht zum Geländer der Veranda und lehnt sich dagegen. Sie weicht meinem Blick aus, während sie spricht. »Ich habe nie auch nur die geringste Ahnung, was er gerade treibt. Und ich darf auch nicht fragen, denn das würde gegen den Kodex verstoßen.«

»Was für ein Kodex?«, frage ich mit fester Stimme.

»Der Kodex, der besagt, dass er tun und lassen kann, was er will, weil er derjenige ist, der das Geld verdient. Der Kodex, der besagt, dass es mir nicht beschissen gehen darf, weil mein Leben so verdammt toll ist.«

Sie schüttelt den Kopf und wirkt ein wenig verlegen. Mir fällt auf, dass ich sie so gut wie nie fluchen höre. Ob sie sich dafür zusammenreißen muss?

»Ich sitze allein mit den Kindern in diesem seelenlosen Trugbild von Ort fest, und alle tun so, als wären sie die ganze Zeit glücklich, nur weil die Sonne pausenlos scheint und sie gar nicht merken können, dass sie es gar nicht sind«, sagt Emilia, und jedes ihrer Worte trieft vor Verachtung. »Warum kann es hier nicht wenigstens mal regnen?«

»Wem sagst du das«, erwidere ich. Wir blicken einem Pelikan hinterher, der in das ruhige Wasser eintaucht. »Als würde man in Disneyland leben.«

Bevor mir einfällt, was ich als Nächstes sagen könnte, wendet sich Emilia mir zu, legt die Hände auf meine Schultern und sieht mich unverwandt an. Ich muss mich dazu zwingen, ihrem Blick standzuhalten und einen offenen, entspannten Gesichtsausdruck aufzusetzen, obwohl diese für sie so untypische Bedürftigkeit mir unangenehm ist.

»Gracie, würdest du mir einen Gefallen tun?«, fragt sie. Ihr Gesicht ist so nah an meinem, dass ich die Schweißperlen über ihren Lippen sehen kann.

»Ja, natürlich. Was immer du willst.«

»Würdest du an Heiligabend zu uns kommen?« Ihr Tonfall ist jetzt sanfter, fast flehend. Ich bin überrascht. »Es werden nur ich und die Mädchen da sein, aber es würde die Situation einfacher machen, jetzt, wo Able nicht zurückkommt.«

Ich zögere kurz. »Aber sicher, Emilia. Wenn du das wirklich willst«, sage ich schließlich, während mich eine Welle der Erleichterung erfasst.

Sie nickt zufrieden und wendet sich mit den Autoschlüsseln in der Hand der Treppe zu. Dann dreht sie sich noch einmal um und schaut mich mit einem kleinen, traurigen Lächeln an, das ich noch nie an ihr gesehen habe.

»Dich schickt der Himmel, Gracie«, sagt sie, und wieder weiß ich nicht, wie ich darauf reagieren soll.

Während ich ihr nachsehe, überkommt mich ein merkwürdiges Gefühl. Wie soll das enden? Auf der einen Seite strahlen die weißen Häuser von Coyote Sumac im rosafarbenen Licht der Sonne, und auf der anderen Seite schimmert das Wasser türkisgolden wie der Schwanz einer Meerjungfrau. In diesem Moment wird mir klar, dass ich mich – egal, was ich Emilia erzählt habe – in dieser verdammten Höllenstadt noch nie so sehr zu Hause gefühlt habe und ich nicht bereit bin, das kampflos aufzugeben.

46

Nachdem Emilia gegangen ist, gehe ich am Strand joggen. Ich bin seit Jahren nicht mehr gelaufen, aber ich zwinge mich vorwärts, und mit jedem Schritt fühle ich mich stärker. Pure Energie strömt durch meinen Körper. Es fühlt sich gut an, mich ausnahmsweise mal wieder absichtlich zu verausgaben. Die kühle Dezemberluft brennt in meiner Lunge, und als ich zum Haus zurückkehre, muss ich erst mal keuchend zu Atem kommen. Aber ich bin zufrieden.

Ich schnaufe immer noch hörbar, als ich auf dem Sofa sitze und Laurels Nummer wähle. Während ich darauf warte, dass sie abnimmt, sage ich mir, dass es sowieso eine Einladung aus Mitleid war und ich sie und Lana bei ihrer Feier nur stören würde. Wahrscheinlich würde man sogar von mir erwarten, dass ich vor Lana im Staub krieche, was uns allen wohl unangenehm sein würde. Das könnte ich auch bei jeder anderen Gelegenheit tun. Im Gegensatz zu Laurel und Lana braucht mich Emilia wirklich.

»Klar, kein Problem, Grace.« Trotzdem klingt Laurel leicht gereizt, womit ich nicht gerechnet hatte. »Du hast was Besseres vor, oder?«

»Ich treffe mich morgen mit Dylan, also dachte ich mir, ich warte erst mal ab, wie sich die Dinge entwickeln«, sage ich. Aber warum lüge ich sie an? »Die Wahrheit ist, dass Emilia mich gebeten hat, zu ihr zu kommen. Able kommt an Weihnachten nicht nach Hause, und sie macht sich Sorgen, wie die Mädchen darauf reagieren werden.«

Laurel schweigt, und ich muss daran denken, wie abgelenkt sie neulich im Restaurant gewirkt hat. Sie hört mir wahrscheinlich nicht einmal zu. Vermutlich knabbert Lana verführerisch an ihrem handyfreien Ohr, während wir sprechen.

»Was ist das für eine Sache mit Emilia?« Laurel scheint ihre Worte sorgfältig gewählt zu haben.

»Sie ist eine Freundin«, sage ich ausweichend.

»Ja, aber ich dachte, du wolltest nach *Lights* nichts mehr mit Able zu tun haben.«

»Ganz so einfach ist es nicht«, sage ich. Wie immer kratze ich nur an der Oberfläche der Wahrheit. Damals hatte ich Laurel erzählt, dass Able und ich getrennte Wege gehen würden, aber ich war nicht ins Detail gegangen. Jetzt frage ich mich, wie viel sie sich wohl selbst zusammengereimt hat.

»Grace, geht es dir gut? Du klingst komisch.«

»Mir geht es großartig. So gut wie seit Langem nicht mehr.«

»Na ja, ich schätze, das sind gute Nachrichten«, entgegnet Laurel, nicht überzeugt.

Ich will mich gerade verabschieden, als sie noch einmal meinen Namen sagt.

»Ja?«

»Hör mal, bist du sicher, dass es dir gut geht? Du klingst ein bisschen ... ich weiß nicht, irgendwie manisch«, sagt sie leise. So deutlich hat sie bisher noch nie auf das angespielt, was in meinem Team über meine psychische Verfassung getuschelt wurde.

»Mir geht's gut«, versichere ich ihr. Und sage am Ende noch: »Hör auf, so nett zu sein, das macht mich wahnsinnig.«

Als Esme am nächsten Morgen bei mir auftaucht, bin ich gerade dabei, einen Apfelkuchen für den Weihnachtsabend zu backen. Ich habe nach einem Rezept gegoogelt und bin mehr als zufrieden mit mir selbst, dass ich niemanden um Hilfe bitten musste. Ich wirble durch die Küche, und als ich es auch noch schaffe, mit einer ungeahnten Leichtigkeit meine neue digitale Küchenwaage zu bedienen, schießt mir das Adrenalin durch die Adern. Die breiige Apfelmasse blubbert vor sich hin, und der Duft von buttrigem Gebäck erfüllt das ganze Haus und lässt es beinahe wohnlich erscheinen.

Genau in dem Moment, als ich nach dem Kuchen sehen will, klopft es energisch an der Tür, und ich verbrenne mir die Finger an der gelben Le-Creuset-Kuchenform, die Emilia mir geliehen hat. Meine gute Laune verflüchtigt sich augenblicklich und kehrt auch nicht zurück, als ich sehe, wer auf der Veranda wartet.

Esme schlendert herein und wirft ihr Handy auf das Sofa, bevor sie sich setzt.

»Du hast mich vergessen«, sagt sie nüchtern.

Ich lüge sie nicht an, indem ich so tue, als wäre es nicht so.

Sie verschränkt die Arme vor der Brust. »Ich habe ein paarmal angerufen, aber du gehst nie ran. Wo hast du gesteckt?«

»Tut mir leid, ich hatte viel zu tun. Weihnachten steht vor der Tür«, sage ich, obwohl ich keine Ahnung habe, was das für jemanden wie mich bedeutet.

Esme wirft mir einen kritischen Blick zu. »Kommst du dann nach Hause? Mum hat nach dir gefragt.«

Ich fühle mich überrumpelt. »Weiß sie, dass du hier bist?«

»Sie ist ausgeflippt, weil sie dachte, ich hätte einen Freund in L. A., also musste ich ihr die Wahrheit sagen.«

»Wie hat sie reagiert?«

»Ganz gut. Egal, ich muss mit dir über etwas reden«, sagt sie und beugt sich vor. »Ich mache jetzt was mit der Kamera.« Sie sieht mich mit hochgezogenen Augenbrauen erwartungsvoll an – so aufgeregt habe ich sie noch nie gesehen.

»Super, das freut mich! Geht es dir besser?«, frage ich ein wenig zu laut, um zu überspielen, dass ich sie nicht schon vorher danach gefragt habe.

»Viel besser. Aber ich mache was anderes, nicht das, worüber wir gesprochen haben«, sagt Esme unschuldig.

»Was soll das heißen?«, frage ich misstrauisch.

»Dieses Mädchen aus meiner Schule, August, schmeißt eine Silvesterparty im Haus ihrer Eltern in Ojai, und ich habe Jesse schon eine Nachricht geschickt, dass ich wieder was mit ihm anfangen will. Bevor die Party beginnt, stellen wir die Kamera im Schlafzimmer von Augusts Eltern auf, und sobald Jesse betrunken ist, locke ich ihn da rein. Ich werde ihm sagen, er soll sich ausziehen, und dann lasse ich ihn einfach nackt da stehen ... So habe ich ihn nackt auf Video, wie er versucht, mich flachzulegen. Das kann ich dann dazu benutzen, damit er das Nacktfoto von mir nicht weiter rumschickt. Das gefakte Nacktfoto.«

»Hm ... Ich weiß ja nicht, wie ... was für Erfahrungen du bisher gemacht hast, aber er könnte es etwas seltsam finden, dass du ihn aufforderst, sich komplett auszuziehen, während du all deine Sachen anbehältst«, sage ich so neutral wie möglich.

»Du hast offensichtlich keine Ahnung von sechzehnjährigen Jungs«, erwidert Esme augenrollend. »Wenn man sie um irgendwas bittet, ist das das Einzige, was sie dann auch wirklich tun.«

»Okay, verstehe. Jesse ist also nackt, du filmst ihn und dann erpresst du ihn mit der Aufnahme.« Ich zögere kurz. »Und damit ist die Sache erledigt, oder wie?«

»Falsch«, sagt Esme langsam. »Völlig falsch. Ich habe darüber nachgedacht, was du über Selbstbestimmtheit gesagt hast, und ich werde sogar noch einen Schritt weitergehen. Einen Riesenschritt. Ich werde einen Film darüber drehen, wie die sozialen Medien von Männern dazu benutzt werden, Kontrolle über Frauen und ihren Körper zu haben, und dass Frauen sich das gefallen lassen und es damit auch noch unterstützen. Eigentlich soll es um all den Scheiß gehen, den das Frausein so mit sich bringt. Wir fangen bei mir und Jesse an, dann machen wir ein Interview mit Blake, in dem es darum geht, wie es ist, als transgender Teenager in Anaheim aufzuwachsen, und dann erzählen wir von dir.«

»Von mir?«, frage ich nervös.

»Ja. Wir wollen Aufnahmen verwenden, wie du Able bei der Preisverleihung über die Klinge springen lässt. Das wird ein Sieg auf der ganzen Linie.«

»Okay, lass mich darüber nachdenken«, sage ich leicht panisch und versuche, sie von dem Thema abzulenken. »Willst du was trinken? Ich habe La Croix und Apfelkombucha.«

»Hallo? Erde an Grace? Was ist denn heute nur los mit dir?«

»Ich denke nur darüber nach«, erwidere ich, gehe zum Spülbecken und drehe den Wasserhahn auf. »Ich finde es zwar toll, dass du so leidenschaftlich bei der Sache bist, aber ich bin mir nicht sicher, ob sich das logistisch so überhaupt realisieren lässt. Außerdem habe ich nichts mehr von der Preisverleihung gehört. Keine Ahnung, wie es darum steht.«

»Na ja, warum fragst du nicht?« Esme beobachtet mich vom Sofa aus.

»Das geht zurzeit nicht.«

In diesem Moment klopft es erneut. Dankbar für die Unterbrechung gehe ich an die Tür, bis ich sehe, wer davorsteht. Es ist Camila.

Widerwillig öffne ich ihr, während ich höre, wie meine Schwester vom Sofa aufsteht.

»Wow, ganz schön mutig von Ihnen, sich hier blicken zu

lassen, nach dem, was Sie letztes Mal abgezogen haben«, flüstere ich, Camilas letzte Frage bei dem Interview noch allzu gut im Gedächtnis. Ich drehe mich um und sehe Esme, die ein paar Meter hinter mir im Flur steht und uns offenbar belauschen will. Ich bedeute ihr, sich wieder aufs Sofa zu setzen, dann trete ich auf die Veranda hinaus und lehne die Tür an.

»Darf ich reinkommen?«, fragt Camila, ohne eine Erklärung abzuliefern oder sich zu entschuldigen. Vielleicht ist die Bemerkung über Frauen, die sich zu oft entschuldigen, daran schuld.

Ich schüttle den Kopf und muss ihr immerhin anrechnen, dass sie nicht versucht, einen Blick ins Haus zu erhaschen. Ihr Gesichtsausdruck ist entschlossen wie der eines Linebackers bei einem Meisterschaftsspiel. Offenbar braucht sie das, was ich ihrer Meinung nach zu sagen habe, wirklich sehr dringend.

»Ich bin hier, um Sie noch einmal zu fragen, ob Sie kommentieren möchten, dass Able Yorke bei den Independent Film Awards in gut zwei Wochen der Preis für sein Lebenswerk verliehen wird«, sagt sie langsam, wobei sie den Blick nicht von mir abwendet. Die Erwähnung seines Namens bringt mich immer noch aus der Fassung, aber ich lasse es mir nicht anmerken.

»Ich habe Ihnen schon ein Interview gegeben«, sage ich. »Haben Sie nicht bekommen, was Sie wollten?«

»Haben Sie es bekommen?«, schießt Camila zurück.

Ich mustere ihr Gesicht, die nüchterne Eindringlichkeit. Wie unterschiedlich doch die Wege waren, die uns beide hierhergeführt haben.

»Gibt es noch andere?«, frage ich nach einer kurzen Pause.

Camila zögert, als würde sie überlegen, wie sie meine Frage beantworten soll. »Ich weiß es nicht«, sagt sie.

Meine Mimik muss ihr verraten, wie viel von ihrer Antwort

abhängt und dass ihre Worte vielleicht genau das untermauern, was ich nie wahrhaben wollte: Es lag an mir, denn irgendetwas stimmt nicht mit mir.

Camila macht einen Schritt nach vorn und kommt mir so nahe, dass ich den Kaffee in ihrem Atem riechen kann. »Hören Sie ... Ich habe von anderen Frauen gehört, die etwas zu erzählen haben ... nicht über Able, sondern über jemand anderen, und ... Ich glaube, da bahnt sich was an, Grace.«

Die Zeit auf der Veranda steht still. Eine kühle Brise durchbricht die sonnige Hitze und weht mir die Haare um die Schultern. Ich denke an all die Dinge, die ich dieser Frau erzählen könnte. Wie kann ich das alles in ein einziges Statement fassen? Ich müsste mich auf das Wesentliche beschränken und alles zensieren, was ein schlechtes Licht auf mich werfen könnte. Denn ich weiß, was die Leute über mich sagen würden. Außerdem würden sie mir die Schuld geben, und das Schlimmste ist, dass ich nicht weiß, wie ich das verhindern kann. Able sieht nicht aus wie ein Monster. Er ist kein schmieriger, notgeiler Typ. Er ist weder rassistisch noch schwulenfeindlich, noch könnte ich ihn in eine der unzähligen anderen wenig schmeichelhaften Schubladen stecken, die es gibt. Ganz Amerika liebt ihn, er ist ein weiteres Beispiel dafür, dass harte Arbeit und Beharrlichkeit alle Widerstände überwinden können. Der Beweis, dass, wenn du hier scheiterst, du vielleicht einfach nicht hart genug gearbeitet hast. Ich wünschte, es wäre so eindeutig, wie ich Esme gegenüber behauptet habe, aber mir fehlte schon immer die Fähigkeit, Abstand zu nehmen. Und in meinen dunkelsten Stunden frage ich mich, ob ich nicht doch die Konsequenzen in Kauf nehmen sollte. Egal, ob ich es heute oder bei den IFAs ausspreche, ich werde nie etwas anderes sein als Ables Opfer. Er würde immer noch Macht über mich haben, nur auf eine andere Art, und ich würde nie über meine Vergangenheit hinwegkommen, denn das wäre das Einzige, an das die Leute bei meinem Anblick denken würden.

Camilas Gesichtsausdruck ist entschlossen, aber ich erkenne jetzt noch etwas anderes darin. Könnte es Mitgefühl sein? Nein, natürlich nicht. Es ist Mitleid. Sie hat Mitleid mit mir.

»Kein Kommentar«, sage ich leise und wende mich ab, um wieder hineinzugehen, als sie ihre Hand auf meinen Unterarm legt. Es fühlt sich an, als stünde meine Haut in Flammen.

»Alle würden sich anhören, was Sie zu sagen haben«, sagt sie leise.

»Ich wünschte, ich wäre so dumm, das zu glauben«, erwidere ich und schüttle ihre Hand ab. Ich schließe die Tür, ohne sie noch einmal anzusehen.

Als ich mich umdrehe, steht Esme neben dem geöffneten Fenster und beobachtet mich. Sie hält die Kamera in der Hand, das rote Licht blinkt, und sie folgt mir damit ins Haus.

»Mach die Kamera aus«, sage ich, als ich in die Küche gehe und den Wasserkocher anschalte, einfach nur um die Worte auszulöschen, die noch immer in der Luft hängen.

»Worum ging es da eben?«, fragt Esme und hält die Kamera hoch. Um ihr nicht zu antworten, brauche ich extralange, um mir eine meiner zwei Tassen auszusuchen – die babyblaue, die Emilia mir geschenkt hat. Dann fällt mir der Apfelkuchen wieder ein. Ich schnappe mir den Ofenhandschuh, aber als ich die Backofentür öffne, steht bereits alles voller Qualm. Als er sich lichtet, sehe ich, dass der Kuchen komplett verbrannt ist.

»Du machst es aber schon noch, oder?«, fragt Esme. Das rote Licht der Kamera blinkt immer noch. »Able konfrontieren?«

»Mach die Kamera aus, Esme«, sage ich und höre selbst,

wie kalt meine Stimme klingt. Jedes Mal, wenn ich seinen Namen höre, rückt das, was ich will, in noch größere Entfernung.

Esme schaltet die Kamera aus und wirft sie auf das Sofa.

»Ich muss mich jetzt wirklich um meine Arbeit kümmern. Dein Besuch kommt gerade ziemlich ungelegen.«

Esme verschränkt die Arme vor der Brust. »Welche Arbeit? Hast du noch einen Termin fürs Spray Tanning?«

»Esme«, sage ich warnend.

»Du hast mir versprochen, es zu tun, aber das hast du vergessen«, sagt Esme mit leicht zitternder Stimme. »Du hast ja sogar vergessen, wer du bist.«

»Esme, bitte«, sage ich, nicht in der Stimmung für Theatralik. »Ich weiß, dass Mom und Dad dir vermittelt haben, du seist der Mittelpunkt des Universums, aber das bist du nicht. Das Leben ist nicht nur schwarz und weiß, und die Dinge laufen nicht immer wie geplant.«

»Mom hat recht gehabt. Du enttäuschst alle.«

Ich gehe zur Haustür, öffne sie und warte darauf, dass meine Schwester geht. Doch sie bleibt stehen und sieht mich an, als könnte sie in mein tiefstes Inneres blicken, und plötzlich bin ich wütend, weil sie alles bekommen hat, wonach ich mich gesehnt habe, und sie mir immer noch das Leben schwermacht.

»Ich bin auf mich allein gestellt, seit ich vierzehn Jahre alt bin, und ich habe für alles, was ich habe, schwer gearbeitet. Aber das wirst du nie verstehen. Ich werde mich nicht auf eine Fußnote im Lebenswerk eines anderen reduzieren lassen.«

»Du hast gesagt, das sei alles nur eine Illusion.«

»Nicht mehr Illusion, als vorzugeben, ich sei jemand, der ich seit fast zehn Jahren nicht mehr bin. Esme, das hier ist alles, was ich noch habe, also mach mir bitte kein schlechtes Gewissen, weil ich es mir bewahren will. Du kannst nicht gegen so jemanden kämpfen und gewinnen. Nicht dauerhaft«, sage ich mit ruhiger Stimme. Ich kann die Enttäuschung meiner Schwester förmlich spüren, und plötzlich wünsche ich mich ganz weit weg.

»Warum hast du vor allem so viel Angst?«, fragt Esme und sieht mich an, als sei ich eine Fremde. Meine Gefühle spiegeln sich so quälend deutlich in ihrem Gesicht wider, dass ich mich abwenden muss.

»Dir ist klar, dass ich dich nicht darum gebeten habe, mir hinterherzulaufen, oder? Ich habe dich nie zu mir eingeladen, nicht ein einziges Mal. Ich weiß nicht, wie ich dir helfen kann, und ich kann dir auch nicht sagen, dass am Ende alles gut wird, denn das wird nicht passieren. Die Wahrheit ist, dass du nie das bekommen wirst, was du wirklich willst, denn wenn es so weit ist, dann wirst du es gar nicht mehr wollen. Das ist das Geheimnis dieses beschissenen Universums, aber niemand will sich das eingestehen. Fühlst du dich jetzt besser, wo du das weißt?«

Ich verschränke die Arme vor der Brust und schaue meine jüngere Schwester an, sehe die Tränen in ihren Augen. Sie ist nur ein Kind, es ist nicht ihre Schuld, dass alles so beschissen ist. Ich erinnere mich daran, wie sie die einzelnen Glieder ihrer Puppen in ihren kleinen Händen hielt und versuchte, sie wieder zusammenzusetzen. Irgendwie glaubte sie immer daran, dass alles besser wäre, wenn sie es unter Kontrolle hätte, selbst wenn sie am Ende das, was sie liebte, dabei zerstörte. Plötzlich habe ich einen Kloß im Hals und muss schlucken. Ich möchte ihr sagen, dass ich sie verstehe, dass auch ich dazu neige, Dinge kaputtzumachen, bevor sie mich verletzen können, dass es mir leidtut, dass ich die emotionale Intelligenz einer verdammten Nacktschnecke habe, dass es wahrscheinlich die Schuld unserer Mutter ist. Doch da springt Esme schon auf.

»Eigentlich tust du mir leid«, sagt sie. »Weil du dich jeden

Tag selbst belügst und alle anderen auch. Dein Leben ist eine einzige große, verdammte Lüge, und ich wünschte, du wärst nicht meine Schwester.«

Esme drängt sich grob an mir vorbei, und ich sehe ihr bloß nach, obwohl ich weiß, dass ich sie aufhalten sollte. Das Traurigste daran ist, dass meine Schwester im Gegensatz zu mir niemals lügt.

47

Sorgfältig suche ich mein Outfit für das Abendessen mit Dylan aus: ein babyblaues Vintage-Seidenhemd mit Rüschenkragen, eine schwarze Lederhose und winzige goldene Ohrringe. Meine geglätteten Haare glänzen wie Silber, ich streiche sie hinter meine perfekten Ohren zurück. Bevor ich gehe, trage ich ein wenig Lipgloss auf – mehr Make-up brauche ich nicht. Ich sah schon immer aus wie jemand, der ich nicht bin, und heute Abend trifft das mehr zu denn je. Am deutlichsten wird es, wenn ich lächle: Zwei Reihen gerader weißer Zähne versprechen gute, gesunde Dinge, denen ich nie gerecht werden könnte.

Um acht Uhr dreißig kommt der Wagen, den Dylan geschickt hat, um mich abzuholen. Nachdem ich eingestiegen bin, nicke ich dem Fahrer im Rückspiegel zu. Ich blicke aus dem getönten Fenster auf die Stadt, die an mir vorbeigleitet, bis wir in einer Seitenstraße irgendwo südlich von Venice ankommen. Das Auto biegt in eine Gasse, und wir fahren an den Hinterausgängen eines äthiopischen Restaurants und eines BDSM-Clubs vorbei und halten vor einem Lokal, auf dessen Parkplätzen lauter Müllsäcke herumliegen. An der Hintertür hängt eine Lichterkette aus roten Glühbirnen.

Ich steige aus und stoße die schwere Holztür auf. Es ist ein mexikanisches Restaurant – spärlich beleuchtet, nur ein paar bunte Lichter hängen an der Decke, und auf den leeren Tischen stehen Kerzen. Dylan sitzt an einem Ecktisch und ist der einzige Gast. Musik tönt leise aus den Lautsprechern. Er steht auf und gibt mir einen Kuss auf die Wange, als ich an den Tisch komme. Er trägt ein weißes T-Shirt und Jeans und freut sich eindeutig, mich zu sehen.

Ich setze mich ihm gegenüber.

»Was ist das für ein Duft?«, frage ich, denn er riecht anders.

»Ich weiß es nicht. Die Verkäuferin hat gesagt, dass mir damit kein Mann wird widerstehen können.« Er grinst mich an, sein Blick ist freundlich und offen.

»Ich mag dein altes Parfüm lieber«, sage ich. Dylan lächelt immer noch, und ich ärgere mich über mich selbst, weil ich jetzt schon so kratzbürstig bin. Nach meinem Streit mit Esme brennen Schuldgefühle in mir, aber ich bemühe mich, meine Miene aufzuhellen und meinen Ton zu entschärfen.

»Also, was gibt's Neues? Was hast du heute gemacht?«, fragt er und beantwortet seine Frage dann selbst. »Eigentlich weiß ich es schon. Die Paparazzi sind im Moment ganz wild auf dich, oder?«

Ich zucke mit den Schultern. »So schlimm ist es auch wieder nicht.«

Dylan mustert mich kurz, bevor er auf die Speisekarte schaut. »Sind sie dir hierher gefolgt?«

»Das glaube ich nicht«, lüge ich, denn ich habe Mario die Adresse des Restaurants bereits per Textnachricht geschickt. Er wartet draußen, um auf mein Zeichen Fotos von Dylan und mir zu machen, wenn wir gemeinsam das Restaurant verlassen. Jetzt wird mir klar, dass das ein Fehler war.

»Wo sind wir hier eigentlich? Ist ganz hübsch«, sage ich und blicke zu dem Fresko an der Decke hinauf. Es ist eine Szene vom Tag der Toten mit Skeletten in leuchtenden roten und lila Mariachi-Kostümen, gemalt in dickem Acryl.

Dylan wirft mir einen merkwürdigen Blick zu, dann zuckt

er mit den Schultern. »Einfach ein Restaurant, das mir gefällt«, sagt er.

Der Kellner stellt eine Plastikschale mit Tortilla-Chips und Salsa auf den Tisch. Ich bestelle Guacamole und ziehe mein Handy heraus, um die neuen Nachrichten und E-Mails zu überfliegen. Es sind zwei: Eine ist von John, der mir mitteilt, dass er sich auf unser nächstes Treffen freut, die andere ist von Nathan. Ich lege das Telefon mit dem Bildschirm nach unten neben mein Wasserglas auf die rot-weiße Tischdecke. Kurz darauf drehe ich es wieder um, damit ich unauffällig auf den Bildschirm linsen kann, statt jedes Mal eine große Sache daraus zu machen.

»Geht es dir gut?«, fragt Dylan.

Ich drehe das Handy wieder um. »Ja, warum?«

»Ich weiß nicht, du wirkst irgendwie anders.« Dylan wählt seine Worte sorgfältig.

»Mir geht es gut«, sage ich und strecke meine Beine unter dem Tisch aus. Ich schenke ihm ein breites Lächeln, das ich normalerweise dazu benutze, die Leute zum Schweigen zu bringen. Aber dabei vergesse ich, dass er natürlich alle meine Taschenspielertricks kennt. Ich atme tief durch und fange von vorne an, denn ich weiß selbst nicht mehr, wann ich lüge.

»Man wird mir eine Rolle in diesem Film anbieten, aber ich weiß nicht, ob er nicht einfach nur grottenschlecht ist ...«, sage ich und suche nach einem Stückchen Wahrheit, das nicht zu viel preisgibt.

»Willst du darüber reden?«, fragt Dylan. »Ich weiß nichts über den Film, aber dich kenne ich ziemlich gut.«

»Hm, ja, vielleicht«, sage ich und schaue noch einmal schnell auf mein Handy. Eine Nachricht von Laurel, die wissen will, ob es mir gut geht. »Wusstest du, dass Laurel lesbisch ist?«

Dylan lacht. »Natürlich. Ich habe Lana kennengelernt – und du auch.«

»Was war schlimmer: mit mir befreundet zu sein oder mit mir verheiratet zu sein?«, frage ich und merke sofort, dass ich schon wieder über mich spreche. »Wie auch immer. Wie geht es dir? Was macht das Singleleben?« Ich wollte nur einen Witz machen, aber lande irgendwo zwischen unbeholfen und streitlustig.

Dylan verzieht das Gesicht.

»Entschuldige. Wie geht's den Surfern?«

»Ganz gut«, sagt er, trinkt einen Schluck Wasser und sieht mich immer noch aufmerksam an. »Die Story macht nicht das, was ich will, aber ich weiß, ich sollte einfach locker bleiben.«

»So funktioniert das doch, oder?«, entgegne ich. Dylans Haare sind noch nass vom Duschen. Ein paar Strähnen fallen ihm in die Augen, und es fällt mir schwer, mich auf irgendetwas anderes als sein unverschämt gutes Aussehen zu konzentrieren. Ich stelle mir vor, ihn ins Schlafzimmer zu schieben und wie früher mit ihm zu vögeln – so, als wäre es das letzte Mal. Trotz allem habe ich den Sex mit Dylan immer mehr genossen, als ich es verdient hatte. »Ich dachte, das ist der Sinn der Arbeit mit echten Menschen.«

»Da hast du recht. Die Story ist nie das, was man erwartet. Ich hoffe nur, dass ich bald weiß, was für eine Story es ist«, sagt er und zuckt mit den Schultern. »Wir drehen schon eine ganze Weile.«

»Die Story ist nie das, was man erwartet«, wiederhole ich. »Das gefällt mir.«

Ich nehme noch einen Schluck Wasser und wünschte, ich könnte stattdessen einen Tequila trinken, um mich ein wenig zu entspannen. Vielleicht war es die Nähe zu Dylan, die mich immer dazu brachte, so viel zu trinken. Er hört zu genau zu, erwartet zu viel. Das ist nervenaufreibend, wenn man es nicht gewohnt ist.

»Ich habe mit Esme an einem ... Projekt gearbeitet, aber ich glaube, sie hat das Gefühl, dass ich sie im Stich gelassen habe. Vielleicht muss ich ihr einfach sagen, dass wir die ganze Sache am falschen Ende angepackt haben.«

»Ich bin mir sicher, dass sie dir nicht lange böse sein wird«, sagt Dylan. »Das ist übrigens cool.«

»Was?«

»Dass du so für sie da bist.«

»Ach so. Ich glaube, es ist eher andersherum.« Ich schaufle Guacamole auf einen Tortilla-Chip. »Das ist manchmal schwer zu sagen.«

Ich wische meine salzigen Finger an der Tischdecke ab, und als ich wieder aufsehe, sieht Dylan mich an wie früher: als sei ich etwas Kostbares, etwas Schönes. Und natürlich verspüre ich sofort das Verlangen, es irgendwie zu ruinieren.

»Du wirkst auch irgendwie anders«, sage ich schließlich.

»Inwiefern?«, erwidert Dylan nach einer Pause.

»Ich weiß nicht. Weniger unschuldig oder so. Immerhin bist du zu mir nach Hause gekommen, kurz nachdem deine Freundin mit dir Schluss gemacht hat.«

Dylan schluckt einen Bissen Tortilla-Chips herunter und schweigt einen Moment lang. Eine Mariachi-Version von »I'll Be Home for Christmas« dringt leise aus den Lautsprechern.

»Wir waren am Abend unserer Verlobung hier«, sagt er dann. »Wir saßen genau hier.«

Ich sehe mich noch einmal um, aber nichts an diesem Restaurant kommt mir auch nur im Entferntesten bekannt vor. Der Kellner bleibt am Eingang zur Küche stehen und sieht genauso gequält aus, wie ich mich fühle. Ich rufe mir den Tag unserer Verlobung ins Gedächtnis: Dylan stand morgens mit Blaubeerpfannkuchen und dem Ehering seiner Großmutter am Bett, und ich musste vor Glück weinen. Dann zeigte er mir seinen Ringfinger, auf dem mein Name in schwarzen spitzen Buchstaben tätowiert war. Die Tätowierung war noch wund, und ich musste wieder weinen, weil ich mich genauso fühlte, als ich sie sah. Ich empfand eine tiefe Ehrfurcht vor der Tatsache, dass dieser Mensch sein Leben mit mir teilen wollte. Es war einer dieser seltenen Frühlingstage, an denen ich dachte, dass alles gut werden könnte, und trotzdem nahm ich zu dem Champagner immer wieder heimlich eine Line Koks, wann immer Dylan nicht in der Nähe war. Von dem, was danach passierte, erinnere ich mich nur noch an den Sonnenuntergang am Strand und vage an einen platten Reifen. War da auch noch ein Abendessen?

»Es tut mir leid, ich kann mich wirklich nicht daran erinnern.« Sein Gesichtsausdruck versetzt mir einen Stich, und ich kann ihn nicht mehr ansehen. »Ich glaube, das hier war keine gute Idee.«

»Gott sei Dank habe ich schon alles bestellt, was wir an dem Abend gegessen haben. Es wird also nur noch peinlicher werden. Wie hast du es genannt? Ein Teufelskreis aus Elend?« Dylan fährt sich mit der Hand durch die Haare. »Na ja, du hast mich ja gewarnt.«

»Was hatten wir damals bestellt?«

»Schon gut, wir müssen das nicht nur wegen mir durchziehen.«

»Sag schon, was hatten wir bestellt?«

»Also gut«, sagt er zögernd. »Wir haben Jalapeño-Margaritas getrunken, aber ich mit Wodka statt Tequila, weil du mir an dem Abend, an dem wir uns kennengelernt haben, für immer die Lust auf Tequila genommen hast. Du konntest dich nicht zwischen Burritos und Enchiladas entscheiden, also hast du beides genommen. Obendrauf haben sie ein Herz aus saurer

Sahne gemacht, und aus irgendeinem Grund fandest du das unglaublich toll. Zum Nachtisch haben sie uns mexikanische Hochzeitskekse mit Kokoseis und Schokoladeneis gebracht, weil es so ein besonderer Anlass war. Also, warst du an dem Abend high oder nur betrunken?«

»Sei nicht so gemein, das steht dir nicht«, sage ich, als der Kellner einen Krug Margarita vor uns abstellt, in dem Jalapeños schwimmen. Vielleicht hätte ich mich an die Margaritas erinnert, wenn Dylan sie früher erwähnt hätte.

Ich nehme einen Schluck, und als ich feststelle, dass es ein alkoholfreier Cocktail ist, bin ich beschämenderweise enttäuscht.

»Du weißt schon, dass ich trinken *kann*, oder? Ein Abend wird mich schon nicht umbringen.« Ich verschränke die Arme vor der Brust.

»Nur zu«, sagt Dylan leicht resigniert und winkt dem Kellner. »Können Sie uns eine Flasche Tequila für meine Freundin bringen?«

Der Kellner bringt eine Flasche Don Julio, die wir beide einfach nur anstarren. Ich versuche mich daran zu erinnern, wie es war, als wir uns mochten.

»Grace, es tut mir leid. Ich will wirklich nicht das Arschloch spielen. Ich bin fix und fertig. Ich will eine Lösung für uns finden, aber ich habe nicht den Eindruck, dass du das überhaupt willst.«

»Ich will keine Lösung?«, frage ich mit gepresster Stimme. »Du glaubst, ich will keine Lösung.«

Dylans Körper spannt sich an, er hat gehört, dass etwas an meinem Tonfall anders ist.

Ich beuge mich zu ihm und flüstere: »Willst du wissen, warum ich dich verlassen habe? Ich bin gegangen, weil du nicht sehen wolltest, wer ich wirklich bin. Du hattest eine bestimmte

Vorstellung von mir: das kleine, verlorene Mädchen, das du mit deiner Liebe retten kannst. Und du bist in Panik geraten, als sich herausstellte, dass es so einfach nicht war. Deine Liebe hat mich erstickt, weil sie eine Liebe für jemand anderen war. Du hast dir nie die Zeit genommen herauszufinden, wer ich wirklich bin, und in der einen Nacht, in der ich es dir sagen wollte, wolltest du nichts davon hören. Deshalb bin ich verdammt noch mal gegangen.«

Dylan hört mir schweigend zu. Er hat einen eigenartigen Gesichtsausdruck, den ich noch nie an ihm gesehen habe.

»Du weißt schon, dass sich jeder so fühlt? Dass es wirklich schwer ist, sich der Liebe anderer würdig zu fühlen, weil wir alle wissen, wie beschissen und egoistisch und verkorkst wir im Inneren sind. Aber wir arbeiten trotzdem daran. Du hast genau dasselbe mit mir gemacht. Du hast mich immer für diesen ehrlichen, fleißigen, aufrichtigen, *guten* Kerl gehalten, das komplette Gegenteil von allen anderen in L. A. Du weißt, dass es diesen Menschen nicht gibt, oder? Aber das hat mir nie etwas ausgemacht, es hat mich vielmehr dazu gebracht, noch härter an mir zu arbeiten, um der Mensch zu sein, den du in mir siehst. Menschen können sich ändern, wenn sie es wollen, Grace. So läuft es nun mal, oder nicht?«

Der Kellner bringt einen Teller mit brutzelnden Enchiladas, die mit grüner Sauce und geschmolzenem Käse übergossen sind. Darauf ist ein Herz aus saurer Sahne. Wir blicken auf das Essen, aber keiner von uns beiden rührt sich. Das Percocet in meiner Tasche neben mir strahlt eine magnetische Anziehungskraft aus, aber ich widerstehe dem Drang, mir jetzt gleich eine Tablette in den Mund zu schieben. Ich muss nur warten, bis Dylan auf die Toilette geht oder für einen Augenblick wegschaut, dann kann ich wenigstens ansatzweise versuchen, diesen beschissenen Tag auszuradieren.

»Wann war das?«, fragt er leise.

»Was?«

»Du hast gesagt, du wolltest mit mir reden. Wann war das?«

»In der Nacht, bevor ich weggegangen bin. Auf dem Balkon.«

Für einen kurzen Moment kommt es mir so vor, als würde Dylan anfangen zu lachen, aber dann schließt er die Augen, und als er sie wieder öffnet, sieht er so traurig aus, wie ich ihn noch nie gesehen habe.

»Willst du wissen, was mich in dieser Nacht beschäftigt hat?«, fragt er.

»Dass ich wieder mal Scheiße gebaut habe? Und du wolltest nichts davon hören?«

Dylan schüttelt den Kopf. »Dass ich dich betrogen hatte, Grace. In der Nacht davor. Und ich könnte jetzt sagen, dass ich es getan habe, weil ich wusste, dass ich dich sowieso schon verloren hatte, und vielleicht wäre das auch die Wahrheit. Aber ich war einsam, und ich wollte einfach nur mit jemandem zusammen sein, ohne dass es so verdammt kompliziert und traurig war wie sonst immer.«

Nachdem er zu Ende gesprochen hat, sackt er ein wenig in sich zusammen. Ich sitze reglos da. Wir könnten einem Gemälde von Edward Hopper entsprungen sein: stumm, an einem Tisch mit unangetastetem Essen. Wir wollen uns mit aller Macht beweisen, dass wir nie gut genug füreinander waren.

»War es Wren?«, frage ich, als ich mir sicher bin, dass meine Stimme beim Sprechen nicht bebt.

»Eine Bedienung aus dem Good Life. Ich dachte, du hättest es herausgefunden«, sagt er und begreift im selben Moment wie ich, dass wir in Wirklichkeit immer ein anderes Gespräch führen, als wir uns einbilden. »Aber du bist auch einfach so gegangen.«

»Ach, komm schon. Willst du mir etwa erzählen, das Fremdgehen sei ein Beweis deiner Liebe? Du hast also gewonnen?«

»Es war nie ein Spiel. Und keiner von uns kann gewinnen.« Dylan starrt auf den Tisch. Ich sehe ihn so lange an, bis die Lichter um ihn herum verschwimmen. Jetzt erst wird mir klar, dass ich keine Ahnung habe, wer die Person vor mir eigentlich ist.

»Ich weiß, das war falsch, aber tu bloß nicht so, als wärst du perfekt«, flüstert Dylan. Ich weiß, dass er damit die Abende meint, an denen ich spät nach Hause kam, ohne mich daran zu erinnern, wo ich gewesen war.

»Du hättest mich nie verletzen dürfen, Dylan. Das ist dein Sinn und Zweck.«

»Leute haben keinen Sinn und Zweck. So funktioniert das nicht.«

»Tut es dir gar nicht leid?«, frage ich mit scharfer Stimme.

»Das kann ich dir momentan nicht beantworten, Grace«, sagt er nach kurzem Zögern. Doch das macht mich nur noch wütender, denn er kann offensichtlich eben doch lügen, warum also nicht, um mir einen Gefallen zu tun?

Ich schiebe meinen Stuhl zurück und stehe auf. »In jener Nacht habe ich versucht, dir zu sagen, dass Able mich sexuell missbraucht hat«, sage ich. »Mehrmals.«

Ich gehe, bevor ich sehen kann, wie sich das Entsetzen auf seinem Gesicht ausbreitet.

Ich habe Mario kein grünes Licht gegeben, und so bin ich nicht darauf vorbereitet, dass er in der Dunkelheit versteckt auf mich wartet, als ich aus der Hintertür des Restaurants komme. Er zückt seine Kamera und macht Hunderte Fotos von mir, wie ich allein und tränenüberströmt dastehe. Ich schreie ihn an, er soll aufhören, aber wie sich herausstellt, hatte ich nie wirklich etwas unter Kontrolle.

48

Sobald ich zu Hause bin, nehme ich drei Tabletten, dann setze ich mich im Wohnzimmer aufs Sofa und warte auf den Morgen. Als es endlich so weit ist und die Sonne weißgoldene Streifen in den dunkelblauen Himmel zeichnet, muss ich die Jalousien schließen, weil dieser Anblick viel zu hoffnungsvoll wirkt. Es ist Heiligabend, und diese Stadt ist für Menschen, die jeden Morgen in dem Glauben aufwachen, dass heute der Tag sein könnte, an dem sich ihr Leben für immer verändert – es ist keine Stadt für Menschen wie mich. Ich hätte wissen müssen, dass alles, womit ich in Berührung komme, irgendwann in Trümmern liegt – als hätte Able mich mit einem Fluch belegt.

Ich nehme Dylans Anrufe nicht an und lasse die Jalousien geschlossen, damit ich so tun kann, als wäre ich nicht zu Hause, als er gegen zehn Uhr morgens wie erwartet vorbeikommt, um mit mir zu reden. Er klopft an die Tür und sagt leise meinen Namen, als könne er spüren, dass ich nur wenige Meter von ihm entfernt gegen die Wand gelehnt dastehe. Als ich nicht antworte, bleibt er noch eine Weile draußen auf der Veranda stehen, bevor er wieder ins Auto steigt und den Hügel hinauffährt.

Sobald Dylan weg ist, versuche ich, Erleichterung oder Wut oder Selbstmitleid zu empfinden, aber ich kann mir nicht vormachen, dass es mir dabei um das geht, was er mir gestern Abend gestanden hat. Es geht um das, was ich ihm gesagt habe, und darum, dass ich es nicht ertragen kann, die Wahrheit in seinem vertrauten Gesicht reflektiert zu sehen. Denn damit zeigt er mir – auch wenn er es nicht will –, was ich wirklich bin: ein machtloses, verängstigtes kleines Mädchen. Ein Opfer. Alle sagen immer, dass die Wahrheit dich befreit, aber ich fühle mich einsamer als je zuvor. Ich hätte auf Laurel hören sollen, als sie gestern versucht hat, mit mir zu reden. Es ist wohl so, dass manche Menschen nichts haben dürfen, das ihnen ganz allein gehört. Ich nehme eine weitere Tablette und warte darauf, dass die Wolken mich einhüllen. Von nun an werde ich vorsichtiger sein.

Der Tag wabert an mir vorbei, ohne dass ich etwas davon mitbekomme. Als es dunkel wird, komme ich langsam zu mir und merke, dass es Zeit ist, zu Emilia zu gehen. Ich überlege, ihr eine Nachricht zu schicken, um ihr zu sagen, dass ich es nicht schaffe, aber ich will mir nicht eingestehen, dass letzten Endes alles umsonst war.

Benommen ziehe ich ein altes Smiths-T-Shirt und eine verwaschene Levi's an. Mein Körper fühlt sich schwer und träge an. Ich starre so lange in den Spiegel, dass es mir beinahe gelingt, mich mit den Augen eines Fremden zu sehen: blasse Haut, dunkle, schlafmangelbedingte Ringe unter den Augen und die viel diskutierten Polster an Bauch und Oberschenkeln.

Ich gehe über die Treppe am Strand zu dem pfirsichfarbenen Haus hinauf, was ich seit jenem ersten Tag nicht mehr getan habe. Ich zähle sechsundachtzig Stufen und bin völlig außer Atem, als ich oben ankomme. Meine Stiefel sind mit feinem Sandstaub bedeckt. Ich laufe an der Seite des Hauses entlang. In meiner Hand halte ich die Tüte von Le Labo und das kleine Glas Marmite, das ich Emilia mitbringe, um sie daran zu erinnern, was für eine Enttäuschung Able ist.

Als ich ankomme, sehe ich, dass es wohl eine Planänderung gab. Teure Autos säumen die Straße, und weitere Neuankömmlinge parken kreuz und quer über die Auffahrt verteilt. Aus allen Fenstern fällt warmes, einladendes Licht, das nur schöne Menschen und goldgetünchte Erinnerungen verspricht. Ich gehe zur Haustür, und ein Gefühl der Unumgänglichkeit schnürt mir die Brust zu.

Ich läute und versuche, meine zitternden Hände zu verstecken. Emilia öffnet die Tür und stutzt, als sie sieht, dass ich es bin.

»Grace. Danke, dass du gekommen bist«, sagt sie steif und legt eine schlanke Hand auf den Türrahmen. Schon jetzt liegen Welten zwischen diesem Abend und unserem gestrigen Gespräch auf der Veranda, und ich frage mich, ob ich mir Letzteres nur eingebildet habe.

»Natürlich bin ich gekommen …«, erwidere ich und halte das Marmite hoch.

Emilia führt mich mitten durch die Menschenmenge. Selbstverständlich hat sie das ideale Verhältnis von Schönheit und Macht kuratiert. Ich kenne viele der Gäste aus Filmen, in denen ich mitgespielt habe, oder von diversen Promotouren. Während ich ihr mit gesenktem Kopf folge, überkommt mich ein Gefühl von wachsender Bedrohung.

Ich bleibe stehen, Emilia ebenfalls. Ihre Fingernägel graben sich in meine Haut. Irgendetwas an ihr ist anders, irgendetwas, das ich nicht identifizieren kann, hat von ihr Besitz ergriffen. Aus den Lautsprechern trällert der Geist Frank Sinatras kaum hörbar über dem monotonen Stimmengewirr. Ich drehe mich um, aber ein lächelnder Fremder, der mich begrüßen will, versperrt mir den Weg zum Ausgang. Ich wende mich wieder Emilia zu und mustere sie. Sie sieht benommen aus, irgendwie aufgelöst.

»Geht es dir gut?«, frage ich leise.

»Able wollte feiern, deshalb hat er ein paar Freunde eingeladen. Man sollte meinen, dass diese Leute Weihnachten anderes zu tun hätten, aber du kennst ja Able. Er schnippt mit den Fingern, und die Leute kommen«, sagt Emilia schrill und schnippt dabei selbst mit den Fingern. Ich wende mich von ihr ab, damit sie meinen verblüfften Gesichtsausdruck nicht sehen kann. Trotz ihrer Bemühungen, normal zu wirken, scheint Emilia durch Ables unerwartete Rückkehr genauso verunsichert zu sein wie ich. Sie wirkt wehrlos. Instinktiv möchte ich sie beschützen, so wie sie versucht hat, mich zu schützen.

Emilia reicht mir ein Glas Champagner, bevor sie sich erinnert und entschuldigt. Sie tauscht es gegen ein Glas Wasser aus und stellt mich dann einigen ihrer Freundinnen vor, allesamt PR-Agentinnen. Als ich nach ihrem Arm greife, entzieht sie sich mir, und ich muss allein zurechtkommen.

»Ich habe gehört, dass du nicht mehr mit Nan zusammenarbeitest?«, fragt mich eine der Frauen. Obwohl ich mich noch nicht gefangen habe und angestrengt im Getümmel nach Emilia Ausschau halte, zwinge ich mich dazu, meine Aufmerksamkeit auf sie zu richten. Sie sehen alle gleich aus, diese Frauen mit ihrer strahlenden Haut und Haarschnitten, die so geradlinig sind wie ihre Fragen.

Ich entschuldige mich so schnell wie möglich und lehne mich an eine Wand auf der anderen Seite des Raums. Von hier aus sieht man den gesamten Wohnbereich und hinaus auf die große Terrasse mit Blick aufs Meer. Und dann entdecke ich ihn. Den Mann, der mich gleichzeitig erschaffen und zerstört hat. Er steht mit dem Rücken zur Terrassentür und spricht zu seiner Fangemeinde, so leise, dass die Leute um ihn herum sich zu ihm beugen müssen, um auch jedes Wort zu verstehen. So zieht er die Leute an. Sie schleichen um ihn herum und lachen zu laut, selbst wenn das, was er sagt, nicht lustig ist. Und das ist meistens der Fall. Ich weiß noch, wie wichtig es mir war, in seinem leuchtenden Orbit zu bleiben und alles zu tun, um nicht in die Dunkelheit zurückgeworfen zu werden. Er kontrolliert alle, die sich um ihn herum versammelt haben, und weigert sich, meine Anwesenheit zur Kenntnis zu nehmen, ganz einfach, weil er es nicht muss. Aber ich weiß, dass er mich bemerkt hat, weil er überall anders hinsieht, nur nicht zu mir.

Jetzt steigt die Wut in mir auf. Und zum ersten Mal seit dem Tag, an dem ich ihn kennengelernt habe, hält diese Wut mich über Wasser, anstatt mich in die Tiefe zu ziehen. Ich beobachte ihn aus der Ferne, das Blut pocht in meinen Adern, und meine Finger schließen sich fest um das Glas in meiner Hand. Ich beobachte ihn so eindringlich, dass alles um uns herum zu verschwimmen beginnt, die Lichter flackern unscharf, und die Leute rücken in den Hintergrund. Ables blondes Haar ist dicht und perfekt zerzaust. Seine Haut ist goldbraun, seine roten Lippen voll und seine Schneidezähne scharf und gerade.

Eine Hand schlingt sich um meine Taille, und ich drehe mich schnell um, bereit, Ohrfeigen auszuteilen. Als ich sehe, dass es John Hamilton ist, weiche ich geschickt zurück und drehe den Kopf so, dass er mich auf die Wange küssen kann, ohne Gefahr zu laufen, dass seine Lippen in die Nähe meines Mundes geraten.

»Die Werbung für den Film ist ja schon angelaufen«, sagt er. Ich starre ihn ausdruckslos an. »Die Fotos? Draußen vor meinem Haus?«

»Sorry, ja klar«, sage ich und versuche, mich auf ihn zu konzentrieren. Selbst in der schummrigen Beleuchtung kann ich den Schweißfilm auf seiner Haut sehen, und seine Lippen sind mit einer glänzenden Schicht Speichel überzogen. John ist schwerfällig, sogar abstoßend, und scheinbar ein ganz anderer Typ Mann als Able. Wie es wohl wäre, wenn statt Able er das Gesicht meiner Albträume wäre? Würden die Menschen es besser verstehen, ja mir vielleicht sogar glauben?

»Ich werde dem Mann der Stunde meine Aufwartung machen. Wie ich höre, ist der neue Film sein bisher bester«, sagt John, bevor er mir auf die Schulter klopft. »Nichts für ungut.«

»Schon gut.« Ich trete zur Seite, um ihn an mir vorbeizulassen, und sehe ihm zu, wie er sich zu Ables Fans gesellt.

Kurz darauf kommt Silver auf mich zu. Sie trägt ein gepunktetes Kleid und hält eine Packung Lucky Strikes in der Hand, als wäre sie ein Oscar.

»Was willst du mit den Zigaretten?«

»Ich habe gehört, wie jemand gesagt hat, dass Rauchen so uncool ist, dass es schon wieder cool ist«, erwidert sie. Ich sollte sie vermutlich aufhalten, aber ich lasse sie mit der Zigarettenschachtel in der Hand von dannen ziehen. Ich stelle mein Glas auf den antiken Beistelltisch, den Emilia bei einer Auktion in New Haven gekauft hat, wobei ich Able nicht eine Sekunde aus den Augen lasse.

Als er und John sich mit Zigarren nach draußen verdrücken, gehe ich in den Wohnbereich. Ein gealterter Rockstar sitzt in einem der zwei smaragdgrünen Samtsessel, seine nikotinfleckigen Finger zucken auf der Armlehne. Ein junger Schauspieler, der bei den diesjährigen Preisverleihungen für Furore sorgen soll, sitzt in dem anderen Sessel und vergleicht seine E-Zigarette mit der eines älteren Kollegen. Die Porzellanfiguren, die einst Emilias Großmutter gehörten, bedecken jede Fläche im Raum, und ich muss den Blick abwenden, denn jedes der glänzenden, eingefrorenen Gesichter ist zu einem ewigen Schrei verzogen.

Jemand klopft mir auf die Schulter, ich drehe mich um. Die

Frau, die hinter mir steht, kommt mir bekannt vor, ihre fleischigen Lippen sind mit nassglänzendem Lippenstift bemalt.

»Grace, ich bin's, Lorna«, sagt die Frau, und ihr Mund verzieht sich zu einem Lächeln. Lorna. Ich schüttle verneinend den Kopf. Ich bin zu verwirrt, um mich schuldig zu fühlen, weil ich nicht weiß, wer sie ist.

»Von den ersten beiden Filmen?«, sagt sie verlegen.

Mir geht ein Licht auf. Die andere Auftragskillerin. »Ich habe dich im zweiten Film umgebracht.« Ich versuche, ihr meine Aufmerksamkeit zu widmen und gleichzeitig sicherzustellen, dass ich genau weiß, wo Able ist. Er ist immer noch draußen. Wo ist Emilia? Ich schüttle den Kopf und bemühe mich, eine einigermaßen normale Frage zu formulieren. »Was treibst du so?«

»Ich arbeite in der Drehbuchentwicklung«, antwortet sie wenig begeistert. »Ich schätze, wir können nicht alle berühmt sein.«

»Ich würde mit dir tauschen«, sage ich aufrichtig, und sie zuckt mit den Schultern, vielleicht weil sie einer der wenigen Menschen ist, die mir glauben und nicht freiwillig meinen Platz einnehmen würden. Ich will mich schon abwenden, als mir etwas einfällt – ein weiteres Puzzleteil, das nicht passte.

»Kannst du dich noch an den Tag erinnern, an dem wir deine letzte Szene gedreht haben ... der Tag, an dem Able das Set dichtgemacht hat?«, frage ich, und Lorna nickt. »Was hat der Rest der Crew gemacht? Ich habe euch nie danach gefragt.«

»Na ja.« Lorna legt nachdenklich den Kopf schräg. »Wir waren in Disneyland. Eine der Maskenbildnerinnen hat mir erzählt, dass das schon Wochen im Voraus geplant war. Able muss einfach aus allem eine große Sache machen, oder?«, sagt sie und kaut auf einem Stück Nagelhaut herum. »Es war auf jeden Fall schön, dich wiederzusehen, Grace. Alles Gute weiterhin.«

Ich denke an das Mädchen im Waschsalon, und meine Erinnerung verzerrt sich und flimmert leicht wie die Projektion einer alten Filmspule. So etwas wie Zufall gibt es nicht. Alles in meinem Leben war unumgänglich und vorherbestimmt von dem Moment an, als ich beim Vorsprechen an meiner Schule auf der Bühne weinte. Plötzlich kommt es mir so vor, als würde ich von oben auf den Raum hinunterschauen und mich selbst dabei beobachten, wie ich von einer Person zur nächsten hetze, wobei jede Begegnung mich einen weiteren Teil meines Selbst kostet und ich langsam schrumpfe, bis ich schließlich so groß bin wie Emilias Sternsinger und mein Gesicht in einem stummen Schrei erstarrt. Zum ersten Mal seit langer Zeit verstehe ich mit einer existenziellen Dringlichkeit, was ich tun muss, um mir alles, was ich verloren habe, zurückzuholen.

Ich muss raus aus diesem Haus.

Ich bin schon fast an der Haustür, als Emilia mich abfängt. Sie packt mich am Arm, wobei ihre Nägel sich wieder in meine Haut graben. Ich will mich ihrem Griff entwinden, aber sie packt nur noch fester zu.

»Gracie, ich dachte mir, du willst vielleicht mit unserem Überraschungsgast sprechen. Oder vielleicht bist du ja der Überraschungsgast. Ich habe den Überblick verloren«, sagt sie. Ich kann sehen, dass sie betrunken ist, weil ihre Pupillen langsamer reagieren. Sie tritt einen Schritt zurück, und Able und ich starren uns gegenseitig an. Alle Synapsen in meinem Körper feuern gleichzeitig und wollen, dass ich den Rückzug antrete, aber weil Emilia dabei ist, zwinge ich mich, auf ihn zuzugehen. Ich will nicht, dass sie merkt, wie viel Angst ich habe.

Ich küsse Able steif auf die Wange, und seine goldbraune Haut fühlt sich immer noch papierartig und rau an – genau wie in meinen Albträumen.

»Grace«, sagt er leise und förmlich, als wir uns aus der Umarmung lösen.

»Du warst wahrscheinlich ganz schön erleichtert, dass sich der Sturm gelegt hat«, sage ich mit fester Stimme.

Able runzelt die Stirn und scheint verwirrt und gereizt zugleich. »Der Sturm?«, fragt er, und wir blicken beide zu Emilia. Jetzt begreife ich, dass sie gelogen hat, um mich hierherzulocken, zu ihm, damit sie es mit eigenen Augen sieht. Und nun muss ich mit ansehen, wie sich alles in ihrem Gesicht abzeichnet: die Bestätigung, dass nichts so ist, wie sie dachte, dass das, wovor sie sich am meisten gefürchtet hat, hier in diesem Raum zwischen uns steht.

Emilia stützt sich auf die Rückenlehne des Sofas, und kurz scheint es so, als würde sie zusammenklappen, aber dann erholt sie sich wieder, und selbstverständlich ist auch das schön anzusehen. Sie richtet sich auf und streicht sich eine Haarsträhne hinter das Ohr, bevor sie irgendwo über meinem Kopf ins Leere blickt und Able sanft am Arm berührt.

»Darling, du musst mir unbedingt Jennifer vorstellen. Ich habe so viel Gutes von ihr gehört.«

Sie gleiten erhaben durch die Menge, und ich bleibe allein zurück und konzentriere mich mit aller Kraft darauf zu atmen.

49

Ich bin in Ables Büro. Ich wollte eigentlich gehen, aber ohne es zu wollen, bin ich hier gelandet, und mein Herz hämmert wie wild. Mir ist schlecht, und ich habe Angst. Alles ist genau so wie damals, ich bin genau derselbe Mensch und werde es immer sein.

Die Beleuchtung ist schwach, die Lampen sind versteckt in den Wänden über dem Mahagonischreibtisch. In den Regalen stehen die Bücher, die Able klug und belesen erscheinen lassen sollen: Stanislaw, Tschechow, Miller und Williams. Ich weiß, dass Able die meisten nie auch nur angefasst, geschweige denn gelesen hat. Mit zitternden Händen greife ich nach dem Foto, das immer noch auf dem Schreibtisch steht. Able und Emilia stehen stolz hinter den Mädchen, eingefangen im Alter von drei Jahren, mit Ables Händen auf ihren Schultern.

Die Tür zum Büro öffnet sich, mich überkommt Grauen, und ich springe hinter den Schreibtisch. Emilia. Sie schließt die Tür hinter sich und sieht so traurig und erschöpft aus, wie ich sie noch nie gesehen habe.

Sie bewegt sich auf mich zu, aber ich zucke zurück, und sie bleibt stehen. Irgendwie kann sie verstehen, dass ich jetzt nicht in ihrer Nähe sein kann. Sie riecht nach Champagner und Zigaretten, nach guten Zeiten, aber ihr Blick ist leer und starr.

»Neulich, bei mir in der Küche. Dein Gesicht«, flüstert sie, und ich kann in ihr meine eigene Verletzlichkeit gespiegelt sehen. »Sag mir nur eins. Und dann werde ich dich nie wieder danach fragen.«

Ich nicke. Das Klingeln in meinen Ohren wird von Sekunde zu Sekunde lauter.

»Warst du jemals in meinen Mann verliebt?« Und damit fragt sie mich das, was ich mich selbst jeden einzelnen Tag seit meinem vierzehnten Lebensjahr gefragt habe.

»Nein«, antworte ich.

Jegliche Spannung weicht aus Emilias Körper, wie Luft aus einem Ballon, ihre Schultern sacken nach vorn, als könne sie sich nicht mehr auf den Beinen halten, und ich kann sehen, wie hart sie all die Jahre daran gearbeitet hat, die Fassade aufrechtzuerhalten. Ich kann all die Gerüchte sehen, die langen Nächte, die Selbstzweifel, das falsche Lächeln. Ein wirbelnder Derwisch mit einem Martini in der Hand und Lippenstift auf den Zähnen. Jetzt tut sie mir leid, diese Fremde, die versucht hat, mir zu helfen, als sie glaubte, dass ich Hilfe brauchte. Sie wusste nicht, dass der Fluch bereits auf ihr lag, genauso wie auf mir.

Emilia richtet sich auf und nimmt das Foto von Ables Schreibtisch. »Das habe ich auch nicht geglaubt«, sagt sie und legt es wieder auf den Tisch, mit der Vorderseite nach unten.

Ich bin gerade dabei, das Haus zu verlassen, wohl wissend, dass es das letzte Mal sein wird, als ich merke, dass in der Küche etwas passiert. Die meisten Gäste tun so, als würden sie nichts bemerken, doch ein großer Mann in einem grünen Samtsakko, der bei der Küchentür steht, wirft mir einen Blick zu und hebt fragend eine Augenbraue. Ich runzle missbilligend die Stirn, aber spitze jetzt ebenfalls die Ohren, während ich mit dem Rücken gegen die kühle Wand gelehnt dastehe.

Emilias Stimme ist gepresst, aber schrill und übertönt die Weihnachtsmusik und das Säuseln höflicher Unterhaltung.
»Warum gehen sie nicht einfach?«
»Emilia, bitte. Du machst dich lächerlich.«
Ich höre nicht, was Emilia antwortet, aber Ables Stimme wird leiser, sein Ton schärfer. Ich stehe wie versteinert da. Vielleicht will ich ihr meine Geschichte erzählen, bevor er es tut, oder vielleicht will ich sie vor ihm schützen, oder vielleicht war es auch schon immer viel komplizierter.

Emilia öffnet die Küchentür und schiebt sich an mir vorbei. Ohne jemanden anzusehen, geht sie schnurstracks die Treppe hinauf. Die meisten Gäste bemerken sie zwar, aber niemand will nach Hause gehen, obwohl der Alkohol schon vor mindestens einer Stunde ausgegangen ist. Ich überlege, ihr zu folgen, aber ich weiß nicht, was ich sagen könnte.

Als Emilia wieder auftaucht, trägt sie einen cremefarbenen Seidenpyjama, und ihr Haar ist am Hinterkopf zu einem unordentlichen Knoten zusammengebunden. Sie hat sich abgeschminkt, und da, wo vorhin noch ihre Augenbrauen waren, ist nur noch glatte, glänzende Haut, leicht gerötet, so wie der Rest ihres Gesichts. Sie kommt langsam die Treppe hinunter und bleibt unten kurz stehen, bevor sie sich mit starrem, ausdruckslosem Gesicht auf die unterste Stufe setzt und die Arme vor der Brust verschränkt. Silver läuft zu ihr.

»Mummy, was machst du denn?«, fragt sie laut und sichtlich verängstigt. Emilia ignoriert sie. Sie sitzt da und starrt alle stumm an, bis die Leute gezwungen sind, sie zur Kenntnis zu nehmen. Irgendjemand stellt die Musik ab, und die Gäste fangen einer nach dem anderen an, sich zu verabschieden, schütteln Able fest die Hand und beugen sich dann hinunter, um Emilia einen Kuss auf die saubere Wange zu geben, ohne ihr dabei in die Augen zu sehen. Langsam, aber stetig gehen alle zur Tür hinaus und tratschen währenddessen bereits über den Abend. Das Garderobenmädchen ist die Letzte, die geht, und ich stehe an der Tür und halte sie für sie offen.

Sobald sie weg ist, folge ich Emilia wie ein Schatten in die Küche. Die Mädchen sitzen am Tisch, und Ophelia spielt mit der Käseplatte vor ihr, aber Silver blickt verängstigt drein und beobachtet ihre Mutter genau.

Da kommt Able in die Küche gestürmt und reißt auf der Suche nach irgendetwas alle Schränke auf.

»Tut mir leid, wieso bist du noch hier, Grace?«, fragt er, während er eine Schranktür zuschlägt.

»Sei nicht so unhöflich«, sagt Emilia scharf. Ich denke daran, wie sie in ihrem Schlafanzug auf der Treppe saß und trotz allem ihre Wange zum Abschiedskuss hob, weil es das Allerschlimmste für sie wäre, unhöflich zu sein.

»Ich bin müde, ich bin gerade erst nach Hause gekommen und würde gerne etwas Zeit allein mit meiner Familie verbringen«, sagt Able leise, lehnt sich an die Anrichte und verschränkt die Arme vor der Brust. Ich erkenne das Verhaltensmuster augenblicklich: die bleierne Ruhe, bevor er in die Luft geht.

Silver zupft am Ärmel ihrer Mutter, aber Emilia starrt bloß weiter auf ihre Hände.

»Die Hände sind das Erste, was man sieht. Die Leute sagen, es sei der Hals, aber es sind die Hände«, flüstert sie.

»Okay, Lady Macbeth«, sagt Able, wie immer genervt von Halbgesagtem. »Ich brauche noch einen Drink. Kinder, warum seid ihr noch auf? Und wo zum Teufel ist Marla?«

»Marla hat sich das Bein gebrochen«, sagt Ophelia, ohne den Blick von dem Stück Brie zu heben, in das sie einen Finger gesteckt hat.

»Das habe ich dir schon zweimal gesagt«, flüstert Emilia.

»Kann ich etwas Wein haben?«, fragt Silver, die verzweifelt versucht, die Aufmerksamkeit auf sich zu ziehen. Ihre Wangen sind gerötet, und sie steht kurz vor einem Wutanfall. Ich sitze stocksteif da und verfolge das Familiendrama, das sich vor mir entfaltet – trotz und wegen mir zugleich. Ich bin wie erstarrt.

»Wir haben nichts mehr da«, sagt Emilia kühl zu Able.

»Dann fahre ich eben schnell was holen.« Able stößt sich zu schnell von der Anrichte ab und muss sich an einer Stuhllehne festhalten, um nicht hinzufallen.

»In diesem Zustand fährst du nirgendwohin.«

»Daddy ist betrunken«, singt Silver verzweifelt, bereit, sich selbst zu opfern, um die Atmosphäre aufzulockern.

»Dann hol du mir was«, sagt Able herausfordernd.

»Ich habe auch zu viel getrunken. Es reicht, wir haben genug. Able, setz dich hin, der Abend ist vorbei. Es ist vorbei.«

Emilias Stimme ist hart, und Silver beginnt zu weinen. Emilia dreht sich um, um sie zu trösten.

Langsam und bedächtig stehe ich auf.

»Ich kann dich fahren, Able. Ich habe nichts getrunken.«

Emilia blickt ausdruckslos zwischen uns beiden hin und her, bis Able mich schließlich ansieht.

»Ja, Able. Warum lässt du dich nicht von Grace fahren?«, fordert Emilia ihn mit angespannter Stimme heraus. Die Zeit steht still.

»Okay«, erwidert Able, dreht sich um und geht aus der Küche, wohl wissend, dass ich ihm – selbstverständlich – folgen werde.

50

Able wirft mir die Schlüssel zu und setzt sich schwerfällig auf den Beifahrersitz. Mein Herz hämmert wie verrückt, und meine Hände zittern, als ich den Schlüssel im Zündschloss herumdrehe. Tom Petty tönt leise aus den Lautsprechern, und ich fahre auf die Straße.

»Ich habe gehört, dass du mit John Hamilton wegen *Anatopia* verhandelst«, sagt er und trommelt mit den Fingern auf die Mittelkonsole. »Ein kluger Schachzug.«

Ich schüttle den Kopf. »Ich weiß, was du vorhast. Es wird nicht funktionieren.«

Er zuckt mit den Schultern. »Wenn du meinst.«

Einen Moment lang spricht keiner von uns beiden.

»Fühlst du dich deswegen je schuldig?«, frage ich.

Er starrt schweigend aus der Windschutzscheibe, und es entsteht eine Pause. Offenbar denkt er zumindest darüber nach. »Ich versuche, ohne Schuldgefühle durchs Leben zu gehen.«

»Bloß nichts bereuen«, sage ich. Meine Mutter hat immer dasselbe gesagt. Und keine von uns hat sich je daran gehalten.

Er fummelt an der Stereoanlage herum und überspringt ein paar Titel, bevor er wieder bei Tom Petty landet. Dass er selbst die Songauswahl kontrollieren muss, macht mich so wütend, dass ich für einen Augenblick keinen klaren Gedanken fassen kann.

»Du musst meine Familie in Ruhe lassen, Grace. Das weißt du.«

»Emilia ist diejenige, die ...«

»Emilia hat Mitleid mit dir, weil du einsam bist und psychisch labil«, unterbricht er mich mit erhobener Hand. »Tu nicht so, als ginge es um sie. Du brauchst mich einfach immer noch«, sagt er so nüchtern, dass ich ihm fast glaube.

»Ich brauche dich nicht.« Fast.

»Warum bist du dann ständig mit meiner Familie zusammen? Immer in meinem Haus? Weil du an meinem Leben teilhaben willst.«

»Das ist es nicht.«

»Ich kenne dich besser als du dich selbst, Gracie. Das war schon immer so. Du willst meine Aufmerksamkeit. Deshalb tust du das alles.«

Mein Atem kommt stockend, während ich nach dem Sinn in seinen Worten suche und sie entschlüssle, so wie ich es immer tun musste. Er fängt an, sanft über mein Haar zu streichen, und Panik überfällt mich und umklammert mit ihren eisigen Krallen mein Herz.

»Nach allem, was du mir angetan hast, bitte, bitte gib mir nicht auch noch das Gefühl, ich sei verrückt«, sage ich. Meine Erinnerungen an die Übergriffe sind manchmal glasklar und lebendig und manchmal nur schemenhafte Bruchstücke. Momentan kann ich mir nichts davon ins Gedächtnis rufen – gerade jetzt, wo es darauf ankommt, dass ich an mich glaube. Tränen steigen mir in die Augen, aber ich blinzle sie weg.

»Kannst du mit irgendjemandem darüber sprechen? Oder soll ich das machen? Vielleicht mit Nathan oder mit deinen Eltern?«

»Ich bin kein Kind mehr«, sage ich.

»Dann hör auf, dich wie ein liebeskranker Teenager zu benehmen. Das ist lächerlich.« Er nimmt seine Hand weg. Es ärgert mich, dass er mich danach nicht ein einziges Mal ansieht. Er blickt einfach aus dem Fenster auf eine Landschaft, die er schon tausendmal gesehen hat. Er ist gelangweilt von der Unterhaltung.

»War das Mädchen aus dem Waschsalon eine Schauspielerin?«

»Augen auf die Straße, Grace.«

»Sag mir die Wahrheit.«

»Ich weiß nicht, was du meinst.«

»War das Mädchen aus dem Waschsalon eine Schauspielerin?«, wiederhole ich. »Das Mädchen, das diese ganzen Paillettenkleider anprobiert hat. Das fertige Mädchen, das mich angespuckt hat und das du als Lektion in Sachen Glück benutzt hast.«

»Natürlich war sie eine Schauspielerin«, sagt Able nach einer Pause. »Das wäre schon ein verdammt merkwürdiger Zufall gewesen. Mach die Augen auf, Grace.«

»Ich war doch nur ein Kind«, sage ich, und meine Verzweiflung füllt die Pausen zwischen meinen Worten. Die Lichter auf der Straße vor mir flackern hinter meinen Tränen. »Und ich konnte nicht zugeben, dass ich es nicht wollte, denn dann wäre ich das Opfer gewesen. Ich konnte es mir nicht leisten, das Opfer zu sein.«

»Du bist also hier, weil du willst, dass ich dich aus der Verantwortung entlasse? Wenn das, was du gerade gesagt hast, wahr ist, dann brauchst du mich dafür nicht«, sagt er, den Blick weiter aus dem Fenster gerichtet.

Ich trete ein wenig fester aufs Gaspedal und biege im letzten Moment links in den Malibu Canyon ein. Wie immer entfernt sich die Wahrheit mit jedem seiner Worte mehr.

»Hör auf damit. Darum geht es nicht.« Ich merke, dass ihn

die Geschwindigkeit nervös macht, denn er sieht mich jetzt wieder an.

»Ich weiß. Ich weiß genau, worum es hier geht, denn ich *kenne* dich, Gracie, besser, als du dich selbst kennst. Du bist wütend, weil ich dich nicht mehr brauche. Ich verstehe das, niemand wird gerne zurückgewiesen. Schon gar nicht Schauspieler.«

»Es geht hier nicht um Zurückweisung. Es geht darum, dass ich wegen dir nicht in der Lage bin, eine Beziehung zu führen, und dass ich keinen einzigen Menschen auf der Welt habe, mit dem ich reden kann. Es geht darum, dass du mich zerstört hast. Nicht als Schauspielerin, sondern als Mensch«, sage ich mit belegter Stimme.

»Schau mich wenigstens an, verdammt!«, sage ich und fahre noch schneller. Es kommt mir vor, als wäre ich wieder unter Wasser, strampelnd im Dunkeln mit brennenden Lungen. Ich möchte endlich auftauchen, aber ich weiß nicht, wie.

»Halt an, Gracie, und lass uns wie Erwachsene darüber reden. Ich verstehe dich. Ich habe mich schon immer mehr um dich gekümmert als deine eigenen Eltern. Aber im Moment verkörpere ich für dich alles, was du an deinem Leben hasst, und ich bin bereit, mit diesem Vorwurf zu leben, bis wir dir die Hilfe besorgen können, die du brauchst.«

Ich drücke den Fuß auf das Gaspedal und rase in die nächste Kurve, geblendet von meinen Tränen. Die Straße schlängelt sich durch die Berge, und das Gefälle am Rand beträgt gute fünfzig Meter. Ich spüre, wie Able sich verkrampft, während wir die Straße immer weiter hinauffahren und uns einem Tunnel nähern. »Wo zum Teufel willst du hin? Verdammt noch mal, Grace, halt an.« Ables gelassene Fassade bröckelt. Er beugt sich zu mir und packt das Lenkrad so fest, dass die Knöchel weiß werden. Das Auto macht einen Schlenker, und er lässt augenblicklich los. Adrenalin strömt durch meinen Körper.

»Nicht bevor du zugibst, was du mir angetan hast.« Ich beschleunige weiter, und er versucht, mich am Arm zu packen.

Er schließt die Augen und spricht durch zusammengebissene Zähne, sodass ich mich anstrengen muss, um ihn zu verstehen. »Du bist eine scheiß Psychopathin.«

Wir rasen mit über hundert Kilometern pro Stunde in den Tunnel hinein. Ich schalte die Scheinwerfer aus, sodass die Straße vor uns nur von den schummrigen Lichtern an der Decke über uns beleuchtet wird. Able atmet schwer neben mir, und in der Dunkelheit kann ich seinen sauren, whiskeygeschwängerten Atem riechen. Er dreht sich zu mir und packt meinen Oberschenkel. Er spricht leise, aber schnell, und jedes Wort brennt sich wie ein Brandmal in mich ein.

»Willst du, dass ich dich tatsächlich ficke? Ist es das? Du hast nicht ein einziges Mal Nein gesagt, Grace. Vergiss das nicht...«

Das Ende des Satzes bekomme ich nie zu hören, denn da sind wir schon am anderen Ende des Tunnels und fliegen durch die Nacht. Für eine winzige, perfekte Sekunde stehen wir mitten in der Luft still, bevor wir hundert Meter tief in die Ausläufer der Santa Monica Mountains stürzen. Seltsamerweise denke ich genau in diesem Moment, dass L. A. eigentlich doch ganz schön ist.

Was mir von dem Unfall in Erinnerung geblieben ist: seine Stimme, die in krassem Gegensatz zu allem anderen an ihm ein sanftes Flüstern ist. Seine Hand auf meinem Bein, kurz bevor ich das Lenkrad herumreiße. Irgendein vertrautes Gefühl, das sich kribbelnd durch meinen Körper zieht, zu komplex, um es zu beschreiben. Der Vollmond, der seit langer Zeit zum ersten Mal wieder klar am Himmel steht. Als ich ihn schließlich ansehe, lacht er, weil er nicht glauben kann, dass ich es wirklich machen werde. Wenn ich jetzt darüber nachdenke, war es genau das, was mich dazu gebracht hat, es zu tun. Ein kleiner Ruck am Lenkrad und dann dieser perfekte Moment dazwischen: kurz nachdem wir von der Straße abkommen, aber noch bevor wir in die Tiefe stürzen. Tom Pettys Stimme, während wir stürzen und immer weiter stürzen, hinunter bis auf den Grund der Erde. Etwas reißt auf, gellend und scharfkantig, und dann nichts als Stille.

DANACH

51

Ich wache am ersten Weihnachtstag auf, mit einer zehn Zentimeter langen Wunde über meiner rechten Augenbraue, einer gebrochenen Nase, einer gebrochenen Kniescheibe und einem Mund so trocken wie das Death Valley im August. Wie sich herausstellt, war es sowohl einfallslos als auch schlecht durchdacht von mir, genau an dieser Stelle den Malibu Canyon hinunterzufahren. Mit nur ein klein wenig Recherche hätte ich herausgefunden, dass 1964 ein Paar den Sturz über hundert Meter in genau dieselbe Schlucht unverletzt überstanden hat und dass 2012 sechs Teenager einen Unfall – wieder an genau derselben Stelle – überlebt haben. Ich hätte wissen müssen, dass ich unsterblich bin. Ich bekomme immer das, was ich nicht will.

Ich sage dem Krankenhauspersonal, dass ich keinen Besuch möchte. Die Ärzt:innen und Krankenpfleger:innen überschlagen sich geradezu für mich und beteuern immer wieder, wie viel Glück ich hatte und wie gut meine Genesung voranschreitet. Sie zählen mir andere Schauspielerinnen mit Narben im Gesicht auf und versprechen, mir den besten Schönheitschirurgen für meine zweite Nasenkorrektur zu besorgen. Stündlich treffen Blumenlieferungen oder Geschenke ein. Selbst in meinem desolaten Zustand verstehe ich, dass ich nach diesem Unfall tausendmal interessanter bin als vorher.

Die Polizei kommt, um meine Aussage aufzunehmen, was relativ schnell geht und damit endet, dass die Ermittlerin mich bittet, eine Videobotschaft für ihre Tochter aufzunehmen. Das sollte mich eigentlich nicht mehr überraschen, aber irgendwie tut es das trotzdem.

»Warum tut es Ihnen leid?«, frage ich den anderen Beamten, nachdem er sich zum vierten Mal für das entschuldigt, was mir zugestoßen ist. Seine Haut ist fleischig und pink, wie ein rohes Steak.

»Wir wissen, dass Sie dem Kerl nur einen Gefallen tun wollten. Er war sturzbetrunken.«

»Sturzbetrunken«, wiederhole ich und zwinge mich zu einem Lächeln. »Verstanden.« Ich habe Wortspiele schon immer gehasst.

Der Beamte rutscht verlegen auf seinem Plastikstuhl hin und her, und seine Kollegin übernimmt. Sie ist klein, hat unreine Haut und perfekte Fingernägel, die ich unaufhörlich anstarren muss. Die Polizistin windet verlegen ihre Hände unter meinem Blick und schiebt sie schließlich unter ihre Oberschenkel. Ich zwinge mich, ihr in die Augen zu sehen.

»Solche Typen denken, sie können machen, was sie wollen, was? Er hatte Glück, dass Sie da waren. Sie müssen sein Schutzengel sein.«

Am Tag meiner Entlassung schaue ich in Ables Zimmer vorbei. Meine Krankenschwester hat mir erzählt, dass er eine Schnittwunde über der linken Augenbraue hat, die beinahe das genaue Spiegelbild meiner eigenen ist. Offenbar hat er sie sich zugezogen, als ein großes Stück der Windschutzscheibe in den hinteren Teil des Autos flog und uns beide auf seinem Weg ordentlich aufgeschlitzt hat. Meine musste mit zwölf Stichen genäht werden, seine mit zehn, aber ansonsten sind sie fast identisch. Unsere Narben werden uns jetzt für immer verbinden – zusammen mit allem anderen.

Auch Ables Zimmer ist voller Blumen und Karten, das Meiste davon ebenfalls eine Kopie des ganzen Klimbims, den man mir geschickt hat. Wir beide haben einen Strauß blühender weißer Lilien von John Hamilton erhalten, die in ihrer Üppigkeit beinahe unanständig sind. Able schläft und ist mit einem Netz aus Infusionsnadeln und Schläuchen ans Bett gefesselt. Die Krankenschwester hat mir gesagt, dass seine Genesung aufgrund des Alkohols in seinem Blut langsamer verläuft als meine, woran ich allerdings so meine Zweifel habe, denn jedes Mal, wenn ich mein rechtes Bein belaste, wütet ein unbändiger Schmerz durch mein gesamtes Nervensystem.

Obwohl der Verband auf seinem Kopf leicht von kupferfarbenem Blut durchdrungen ist, sieht Able friedlich, ja vielleicht sogar ausgeruht aus. Das hier ist wahrscheinlich die längste Auszeit, die er sich seit Jahrzehnten genommen hat. Ich habe ihn nicht umgebracht, ich habe ihm Urlaub geschenkt.

Ich beobachte einen Monitor, der seine Herzfrequenz und Gehirnaktivität anzeigt, und glaube, er tut nur so, als würde er schlafen, denn er leckt sich verstohlen über die Lippen. Es verschafft mir nicht die Genugtuung zu wissen, dass er vielleicht Angst hat, jetzt mit mir allein zu sein. Was auch immer passiert, er gewinnt immer.

Laurel kommt ins Zimmer und sagt, dass wir losmüssen. Langsam gehen wir aus dem Krankenhaus, und ich bemühe mich, mein Hinken nicht zu zeigen, während ich mich auf Laurels Arm stütze. Die Paparazzi stehen dicht an dicht – sie harren schon seit Tagen vor dem Krankenhaus aus – und rufen meinen Namen, als wäre ich eine Kriegsheldin.

»Also, was sagst du zu diesem Wetter?«, fragt Laurel, als wir in ihrem Auto sitzen. Ich sehe sie verständnislos an, denn natürlich ist der Himmel himmelblau, unverschämt blau, immer genau dasselbe Blau in L. A. In meinem Kopf hämmert es unablässig, und es fühlt sich an, als hätte ich den schlimmsten Kater meines Lebens hoch zwei. Oder es könnten ungefähr 980 Prozent des schlimmsten Katers meines Lebens sein, ein Kater hoch unendlich, wäre ich ein anderer Mensch und würde die Regeln der Mathematik nicht anerkennen.

»Das war ein Witz, Grace. Was sollte das, verdammte Scheiße?«, sagt Laurel matt, als ich nicht reagiere.

»Ich habe wohl die Kontrolle verloren«, erwidere ich, und als sie sich zu mir dreht und mich fragend mustert, füge ich hinzu: »Über das Auto.«

Laurel lässt den Motor an. Ich halte die Tüte mit den verschreibungspflichtigen Schmerzmitteln fest in meinen feuchten Händen.

»Wir reden also nicht darüber, warum du das getan hast?«, fragt Laurel.

»Warst du wirklich vor meiner Rückkehr sechs Monate lang clean?«, entgegne ich, weil mir plötzlich wieder einfällt, was sie mir erzählt hatte.

Laurel zuckt mit den Schultern, den Blick starr auf die Straße gerichtet. »Ja.«

»Warum bist du dann an dem Abend zu mir gekommen? Ganz schön dumm.«

»Du warst schon immer meine Schwachstelle.« Ich winde mich beschämt auf dem Sitz, denn ich kann nicht anders, als mich an all die Male zu erinnern, die ich sie entweder abgewiesen oder benutzt habe, seit ich wieder in L. A. bin.

»Tut mir leid«, sage ich, und sie wirkt, als wolle sie noch etwas sagen, lässt es dann aber bleiben.

»Danke, dass du mich abgeholt hast.« Ich schaue aus dem Fenster auf die Tabakläden und billigen Dessousgeschäfte am Hollywood Boulevard. »Ich bin hundemüde.«

Wir halten vor einem weißen Bungalow im Craftsman Style in der Nähe des Sunset in Silver Lake. Laurels Freundin Lana sitzt am Küchentisch und macht gerade ein Sudoku auf ihrem iPad. Ihre langen Finger umfassen eine Tasse Kaffee, und aus irgendeinem Grund habe ich einen dicken Kloß im Hals, als ich sie sehe. Ich stütze mich auf meine Krücken, während Lana mich über ihr iPad hinweg auf nicht unfreundliche Weise mustert. Ich frage mich, ob Laurel sie angewiesen hat, nett zu mir zu sein, da ich möglicherweise sowohl selbstmordgefährdet als auch mordlustig bin.

»Ich bin Grace«, sage ich und hebe eine Hand zum Gruß.

»Wir haben uns schon mal getroffen«, erwidert Lana mit einem leichten Lächeln. »In deinem Haus in Venice, weißt du noch?«

»Ja, klar. Natürlich«, sage ich und schiebe jeden Gedanken an mein Haus und meinen Mann weit von mir. Es kommt mir vor, als gehöre Dylan zu einer anderen, längst vergangenen Version meiner selbst.

Laurel zieht einen Stuhl an den Tisch und bedeutet mir, mich zu setzen.

»Danke, dass ich hierbleiben darf. Und das ist auch sicher kein Problem?« Ich richte meine Frage an Lana, und sie nickt.

»Nein, natürlich nicht.«

»Das hätte ins Auge gehen können, Grace«, sagt Laurel, womit sie das Terrain sondieren und sich ein Bild von meinem Geisteszustand machen will, zum Zeitpunkt des Unfalls und auch jetzt. Immerhin werde ich eine Weile bei ihr bleiben.

Während sie spricht, behält sie mich genau im Auge, um meine Reaktion zu beobachten.

»TMZ sagt, dass wenn du die Kontrolle vor dem Tunnel statt danach verloren hättest, dann wärt ihr gegen einen Baum geknallt und auf der Stelle tot gewesen. Irgendein Experte hat lauter Grafiken erstellt, um all die Arten zu zeigen, auf die ihr hättet sterben können, und sie wurden überall verbreitet. Sogar in den Nachrichten waren sie zu sehen. Wärst du langsamer gefahren, hätte sich die Flugbahn irgendwie verändert, keine Ahnung, wie, und du wärst auch gestorben. Eigentlich ist es verrückt – es gab wirklich nur eine einzige Möglichkeit, nicht zu sterben, und zufällig hast du ...«

»Laurel!« Lana unterbricht sie stirnrunzelnd. »Sei nicht so makaber. Ich glaube nicht, dass Grace all die Arten, auf die sie hätte sterben können, unbedingt hören muss. Das Wichtigste ist, dass sie lebt, und ...«

»Entschuldigt, aber ich bin völlig erledigt. Macht es euch etwas aus, wenn ich mich ein bisschen hinlege?« Ich unterbreche sie, auch wenn ich weiß, dass das unhöflich ist. Ich könnte es einfach nicht ertragen, wenn mir eine der beiden auch noch sagen würde, wie viel Glück ich gehabt habe.

Laurel zeigt mir das Gästezimmer. Es ist hellgelb gestrichen, auf einer Seite ist ein Wandbild mit einem Affen, und ein graues Elefanten-Mobile hängt über dem Bett. Ich werfe ihr einen fragenden Blick zu, und sie zuckt mit den Schultern und verkneift sich ein Lächeln.

»Was? Vielleicht irgendwann mal. Kinder sind Lanas Ding. Sieh mich nicht so an. Immer schön ein Tag nach dem anderen. Und wie du weißt, bin ich ja auch wieder beim ersten Tag.«

Sobald ich allein bin, hole ich mein Handy aus der Tasche

und gehe die Nachrichten durch, die ich während meines Krankenhausaufenthalts erhalten habe. Verzweifelte WhatsApp von Dylan und Laurel, die wissen wollen, wie es mir geht, ein paar von Nathan und Kit, die mir gute Besserung wünschen und schreiben, dass sie ein Essen mit John Hamilton organisieren wollen, sobald es mir wieder gut geht – als ob das ein Anreiz wäre, mich schneller zu erholen. Eine weitere von Nathan, der nicht widerstehen konnte zu erwähnen, dass mein Name am ersten Weihnachtstag bei Google der am häufigsten gesuchte war. Eine Nachricht von Esme, in der nur steht: Was hast du getan!?! Zwei Sprachnachrichten von meinen Eltern, die beide fragen, wann sie mich im Krankenhaus besuchen können. Ich schicke meiner Mutter eine Nachricht, um ihr mitzuteilen, dass ich nicht mehr im Krankenhaus bin und erst mal bei Laurel wohnen werde und dass ich sie bald zurückrufe. Keine Nachricht von Emilia. Ich schalte das Handy aus und lege es auf den Nachttisch. Es ist mir peinlich, dass ich je glauben konnte, jemand anderes sein zu können.

52

Bei Laurel vergeht die Zeit anders. Tagsüber verstreicht sie schleichend, bis es Zeit zum Abendessen ist, und ich merke, dass ich den ganzen Tag nicht das Geringste getan habe. Jetzt, wo ich nichts anderes zu tun habe, als auf die Genesung meines verletzten Körpers zu warten, verbringe ich die meiste Zeit im Bett, abgesehen von der gelegentlichen Dusche oder – wenn ich abenteuerlustig bin und nicht will, dass Laurel sich wegen meiner mangelnden Produktivität Sorgen macht – dem langsamen Schlurfen zu dem Moosteich im Garten. Ich nehme sechs Schmerztabletten am Tag und achte darauf, dass ich das warme Gefühl, das sie auslösen, nicht mit etwas verwechsle, das es nicht ist. Ich weiß, dass es nicht echt ist.

Manchmal denke ich an Emilia und daran, was sie damit bezweckte, als sie Able in jener Nacht mit mir losschickte. Ich frage mich, ob sie eine Ahnung hatte, was ich tun würde, ob sie vielleicht wollte, dass auch er für das bestraft wird, was er uns beiden angetan hat. Ich versuche mir vorzustellen, wie sie sich gefühlt hat, als sie nach dem Unfall den Anruf erhielt. Vielleicht dachte ein winziger Teil von ihr, dass der Gerechtigkeit Genüge getan würde. Oder sie litt, weil der Vater ihrer Kinder an Weihnachten bewusstlos in einem Krankenhausbett lag. Vor allem aber frage ich mich, ob irgendetwas an unserer Freundschaft echt war.

Laurel und Lana versuchen mir Freiraum zu lassen, aber sie beobachten mich genau, als wollten sie wissen, was mir in jeder Sekunde durch den Kopf geht. Ich möchte ihnen sagen, dass sie sich nicht einmischen sollen und dass ich mich die meiste Zeit so fühle, als wäre ich immer noch am Boden der Schlucht gefangen, aber dazu kann ich mich nicht aufraffen.

Jeden Morgen wechsle ich den Verband, so wie es mir der Arzt gezeigt hat, und vermeide es, die rohe Haut zu berühren, die so unnatürlich mit Fäden zusammengenäht ist. Jeden Abend streiche ich das zarte, gelbliche Fleisch um die Wunde herum mit Arnikasalbe ein. Meine Nase wurde bei dem Unfall gebrochen und ist jetzt leicht dezentriert und in der Mitte knollig. Ich starre dieses neue, entstellte Gesicht im Spiegel an und verstehe die Ironie: Ich bin weder Grace Turner noch Grace Hyde.

In der Silvesternacht hält Laurel im Wohnzimmer eine indianische Reinigungszeremonie ab, bei der ich das Gefühl habe, dass sie nur für mich gedacht ist. Sie wedelt mit einem brennenden weißen Salbeibündel durch den Raum und spricht davon, dass wir unsere Auren für das kommende Jahr reinigen und die negative Energie, die uns umgibt, vertreiben. Lana und ich versuchen, so zu tun, als wäre das alles etwas ganz Alltägliches, um ihre Gefühle nicht zu verletzen, wobei Lana sich mehr anstrengt als ich.

Ich gehe ins Bett, bevor die Uhr Mitternacht schlägt, weil der Schmerz in meinem Knie hämmert, und ich kann Laurel und Lana im Wohnzimmer hören. Das warme Gemurmel ihrer Stimmen und die leise Jazzmusik aus den Lautsprechern dringen in mein Zimmer, und ich glaube, dass sie miteinander tanzen, auch wenn ich es nicht mit Sicherheit sagen kann.

53

Die ersten Januartage verbringen wir damit, auf dem Sofa zu sitzen und Horrorfilme zu schauen, während die Welt draußen sich ohne uns weiterdreht. Ich versuche zu ignorieren, dass Laurel und Lana statt der grausamen Szenen auf dem Bildschirm die meiste Zeit mich beobachten. Ich bin zu ihrer persönlichen Horrorgeschichte geworden – eine über die Monster und Dämonen, an die man nie denken will.

Später am Abend putze ich mir die Zähne, als plötzlich eine Erinnerung in mir hochsteigt, die mich fast umwirft. Ich muss mich am Rand des Waschbeckens festhalten, um das Gleichgewicht nicht zu verlieren. Die Erinnerung tut mehr weh, als sie sollte. Es geht dabei nicht um Hochzeiten oder Beerdigungen oder dunkle Büros, sondern um eine dieser vergessenen Alltäglichkeiten, die einen an einen Ort transportieren, von dem man nicht einmal wusste, dass es ihn gibt.

Dylan und ich waren im Glashaus. Es war nicht unser erster Tag dort, nicht einmal der erste Monat, aber es war ein guter Tag, und wir saßen an der Küheninsel und frühstückten. Dylan sprach darüber, wie viele Kinder wir haben würden – er wollte mindestens vier –, und ich schlug Namen vor, die immer alberner wurden, weil ich ihn wie immer zum Lachen bringen wollte. Sein Lachen gab mir stets das Gefühl, dass alles gut werden würde, wenn auch nur für ein paar Sekunden. Es ist schon seltsam, dass ich so lange so tun konnte, als wäre ich diese Person, als hätte ich nicht schon längst alles ruiniert.

Ich lege die Zahnbürste hin und gehe ins Schlafzimmer. Ich setze mich aufs Bett, nehme mein Handy aus der Schublade und starre es an wie ein Relikt aus einer anderen Zeit. Ich schalte es ein, und eine Nachricht nach der anderen kommt an, aber nichts von meiner Schwester oder Emilia. Ich lese sie gar nicht erst. Stattdessen tippe ich eine Nummer ein, die ich auswendig kenne, und halte das Telefon an mein Ohr. Meine Brust schnürt sich in schmerzhafter Erwartung zusammen.

»Frohes neues Jahr«, sage ich leise, nachdem Dylan sich gemeldet hat.

»Grace.« Seine Stimme sticht mir ins Herz. »Geht es dir gut?«

Ich ignoriere seine Frage. »Weißt du noch, als wir diesen Pakt geschlossen haben, unsere Kinder nach berühmten Filmschurken zu benennen?«

»Ja.« Ich kann hören, dass er lächelt. »Soweit ich mich erinnere, warst du ziemlich begeistert von dem kleinen Leatherface.«

»Ich weiß nicht, warum ich gerade daran denken musste.«

»Es tut mir so verdammt leid, Grace.«

Ich erwidere nichts, und nach einer kurzen Pause spricht er weiter. »Ich wünschte, du hättest ihn umgebracht. Kann ich ihn umbringen?«

»Ich glaube, ich muss dann mal auflegen«, sage ich mit gepresster Stimme. Das Gefühl ist momentan einfach zu stark, und ich möchte noch eine Schmerztablette nehmen – oder vielleicht auch drei.

»Alle tun so, als wäre dein Leben einer seiner Filme«, sagt Dylan. »Als wäre es ein Wunder, dass ihr beide noch am Leben seid.«

»Ich muss wirklich auflegen, Dylan.« Ich warte darauf, dass die vertraute Scham wieder in mir aufsteigt.

»Kannst du mir nur eine Sache sagen?«, fragt Dylan. Verzweiflung liegt in seiner Stimme.

Ich warte darauf, dass er weiterspricht, aber er macht eine so lange Pause, dass ich schon glaube, er weiß nicht, was er sagen will.

»Kommst du klar?«, fragt er schließlich.

»Ich habe keine Ahnung«, antworte ich, und weil es die Wahrheit ist, weiß ich, dass ich das nicht sagen sollte.

Ich lege auf, und Tränen brennen mir in den Augen.

Ich liege schon seit einiger Zeit im Bett und versuche einzuschlafen, als der unverwechselbare Geruch von Gras unter meiner Schlafzimmertür hindurchwabert. Ich gehe ins Wohnzimmer und durch die offene Tür hinaus in den Garten, wo Lana auf einem Liegestuhl sitzt und raucht. Sie öffnet ein Auge und hält mir den Joint hin, aber ich schüttle den Kopf und setze mich stattdessen neben sie auf einen feuchten Stuhl.

»Es wird wohl demnächst regnen«, sagt Lana nach einem Moment. »Kannst du es riechen?«

Ich schnuppere die Luft, um ihr den Gefallen zu tun, und sie riecht tatsächlich etwas schwerer als sonst.

»Alle sagen, dass es hier nie regnet, aber das ist gelogen«, sage ich. »Es ist wie kollektive Amnesie oder so. Ein Pakt, den die Einheimischen untereinander schließen, um den Mythos zu bewahren, dass L. A. perfekt ist.«

Lana lächelt. »Ich mag es, wenn es regnet.«

»Ich auch.«

Sie nimmt einen weiteren Zug von dem Joint und hält ihn mir dann wieder hin. Diesmal nehme ich ihn, inhaliere und spüre die Hitze an meinen Lippen. Ich muss mich zusammenreißen, um nicht zu husten, als der Rauch meine Kehle hinunterzieht.

»Ja, der Gute kratzt ein wenig. Ich rauche nicht oft, aber wir alle haben schließlich unsere Laster, oder?«, sagt sie und mustert eingehend ihre Hände, bis sie zu lachen beginnt.

»Hey, ich habe wohl kaum das Recht, irgendjemanden zu verurteilen«, erwidere ich. »Ich habe mal Crystal Meth mit dem Synchronsprecher von Scooby-Doo geraucht.«

Lana lacht noch lauter, aber mir ist ein bisschen übel und schwindlig, und ich will gerade wieder ins Bett gehen, als mir etwas einfällt, das Laurel zu mir gesagt hat.

»Ich wollte nur sagen, dass neulich, der Abend, als Laurel ... den Rückfall hatte, dass das ganz allein meine Schuld war. Ich wusste nicht Bescheid, aber ich hätte es wissen müssen ...«, sage ich, wobei ich um die Worte ringen muss. »Ich bin ihr schon lange keine gute Freundin mehr.«

Lana lächelt mich sanft an, und in ihrem Lächeln kann ich ihre Zuneigung zu Laurel erkennen. Ich will schon wieder hineingehen, froh darüber, dass meine Freundin mehr Glück hat als die meisten Menschen, als Lana ihre Hand auf meinen Arm legt, um mich zurückzuhalten. Ich sehe sie an, denn es ist das erste Mal seit Langem, dass mich jemand so liebevoll berührt.

»Darf ich dir etwas sagen, Grace? Ich will nicht, dass du denkst, ich würde dich belehren wollen, aber ich weiß, wie wichtig du für Laurel bist, und ich glaube, ich würde mich schlecht fühlen, wenn ich es nicht sagen würde.«

»Nur zu«, sage ich. Sie legt den Joint in einen Aschenbecher und gießt ein wenig Wasser dazu, sodass es leise zischt.

»Ich weiß nicht genau, was dir zugestoßen ist, aber ich weiß, dass man andere Menschen manchmal nicht ändern kann. Man kann nur ändern, wie man auf sie reagiert, und das muss reichen. Ergibt das einen Sinn für dich?«

»So was habe ich mir schon gedacht«, erwidere ich, während ich aufstehe. »Aber ich habe die Erfahrung gemacht, dass sie auch das kontrollieren.«

54

Am nächsten Morgen betritt Laurel mein Schlafzimmer, das iPhone zwischen Ohr und Schulter geklemmt. »Nein, ich verstehe, natürlich. Olivia, ich finde, das ist völlig normal angesichts der Situation.« Sie formt mit den Lippen das Wort *Sorry*, und mir wird klar, dass sie mit meiner Mutter telefoniert. Ich schüttle heftig den Kopf und winke ab, aber sie setzt sich ans Fußende meines Bettes.

»Wem sagst du das, ich musste das auch auf die harte Tour lernen«, sagt sie und streckt mir entschuldigend die Hände entgegen, als ich sie böse anschaue. Sie flüstert kaum hörbar *Was?*, bevor sie weiterspricht.

»Nein, sie ist gerade bei mir. Wie gesagt, sie hat mir versprochen, dass sie dich anruft, sobald es ihr besser geht. Sie wollte nicht lügen und so tun, als ob es ihr gut geht. Obwohl ... Sie sieht nicht mehr ganz so aus, als würde sie mit einem Bein im Grab stehen. Es ist also perfektes Timing. Okay, ich gebe sie dir. Ich weiß, okay, tschüss.« Sie reicht mir das Telefon, als hätte sie sich daran verbrannt, schüttelt den Kopf und murmelt mir noch ein *Auweia* zu, als sie aus dem Zimmer geht. Ich werfe einen finsteren Blick auf die Tür und hole tief Luft.

»Mom.«

»Ach, du erinnerst dich also an mich.« Die Stimme meiner Mutter ist schrill, und noch irgendetwas anderes liegt darin. Sie hat sich wohl schon eine Weile für diesen Anruf gerüstet.

»Du musst meinem Gedächtnis auf die Sprünge helfen ... Dein Name kommt mir irgendwie bekannt vor ...«

»Grace Hyde. Du hast mich auf die Welt gebracht. Ich habe im Mutterleib meine Zwillingsschwester aufgegessen, und mein Kopf war größenmäßig in den Top 20 des Landes?«, sage ich, weil dieses Geplänkel uns beiden schon immer leichtgefallen ist.

»Wir wissen nicht, ob es eine Schwester war«, antwortet meine Mutter prompt. »Es hätte auch ein Zwillingsbruder sein können. Dein Vater hätte sich sehr darüber gefreut.«

»Mir geht es gut, Mom, danke der Nachfrage.«

»Ich weiß, dass es dir gut geht. Und weißt du, woher ich das weiß? *E! News*. Und Kim Kardashian hat getwittert, wie erleichtert sie war zu hören, dass du wohlauf bist. Ich versuche schon seit einer Woche, dich zu erreichen.«

»Tut mir leid, Mom. Ich durfte keinen Besuch empfangen, und dann habe ich einfach ... mein Handy ausgeschaltet. Warte mal – bist du jetzt etwa auf Twitter?« Ich bin jetzt schon völlig entkräftet.

»Kann ich dich nur eines fragen?«

»Nur zu«, sage ich.

»Womit habe ich diese Behandlung verdient?«, fragt meine Mutter, und ihre Stimme klingt verletzter als vorher. Ich kneife die Augen zusammen, und hinter meiner Stirn pocht es vor Anstrengung. Ein Sparring mit meiner Mutter hat mir gerade noch gefehlt.

»Mom, komm schon. Ich hätte schon noch angerufen.«

»Nein, bitte. Sag mir genau, was ich falsch gemacht habe.« Jetzt, wo die Stimme meiner Mutter wieder lauter wird, fühle ich mich wohler, denn ihre Empörung ist mir wenigstens vertraut. »Erst verliere ich dich, und jetzt will Esme nichts mehr mit mir zu tun haben. Wie könnt ihr beide bloß in dieser Stadt glücklich sein? Ihr atmet die ganze Zeit Smog ein und redet darüber, was für eine furchtbare Mutter ich bin, dass ich immer alles kaputtmache ...«

»Wovon redest du? Was ist mit Esme?«

»Was?«

»Wo ist Esme?« Ich spreche langsam, denn ich bin wie gelähmt vor Angst.

»Ich weiß es nicht, Grace, angeblich ist sie bei dir«, erwidert meine Mutter nach einer Pause.

»Wann hast du sie zuletzt gesehen?«

»Neujahr ... Sie hat bei einer Schulfreundin übernachtet. Als sie nach Hause kam, meinte sie, dass du sie für ein paar Tage eingeladen hättest, bevor die Schule wieder losgeht. Erst gestern hat sie mir eine Nachricht geschickt und gesagt, dass sie mit dir bei Laurel ist.«

Ich schweige. Neujahr ist drei Tage her. Meine Mutter spricht weiter, und die Worte purzeln nur so aus ihr heraus, überschlagen sich.

»Sie war so gut gelaunt, seit sie dich öfter mal besucht hat, aber über Weihnachten war sie wieder ein absoluter Albtraum. Wir wussten uns nicht mehr zu helfen. Es war beinahe so, als würdest du in deiner schlechtesten Verfassung wieder bei uns wohnen. Sie wollte nicht hierbleiben, und wir dachten, es könnte nicht schaden, wenn sie dich besucht, auch weil wir wussten, dass du gerade flachliegst. Wie hätte ich sie auch aufhalten können? Versuch du mal, einer Sechzehnjährigen etwas zu sagen. Du solltest am besten von allen wissen, wie unmöglich ...« Sie bricht ab.

Ich stütze den Kopf in meine Hände und versuche zu verarbeiten, was meine Mutter da sagt. Drei Tage. Esme ist seit drei Tagen allein.

»Vielleicht ist sie stattdessen zu einer Freundin gegangen«, sage ich, und es kostet mich einige Mühe, die Panik aus meiner Stimme zu halten.

Es herrscht Stille am anderen Ende der Leitung. »Grace?«, fragt meine Mutter schließlich. Ihre Stimme ist kaum mehr als ein Flüstern. »Wo ist deine Schwester?«

55

Ich stecke den Schlüssel ins Zündschloss und atme tief durch. Als ich Laurel fragte, ob ich mir ihr Auto leihen kann, habe ich nicht bedacht, dass ich seit Heiligabend nicht mehr hinter einem Steuer saß. Vorsichtig strecke ich das Bein durch, lasse den Motor an und löse schnell die Handbremse, bevor ich es mir anders überlegen kann. Ich ignoriere das heftige Klopfen meines Herzens und den tiefen, brennenden Schmerz in meinem Knie, konzentriere mich auf die Straße und fahre brav von Stoppschild zu Stoppschild, so wie meine Mutter es mir beigebracht hat.

Ich halte vor dem Haus meiner Eltern, das seit meinem letzten Besuch einen hellblauen Anstrich erhalten hat, und gehe, so schnell es mir mein geschundener Körper erlaubt, zur Haustür. Ich klingle, und innerhalb von Sekunden öffnet mir mein Vater. Als er mich mit meinem übel zugerichteten Gesicht auf Krücken gestützt vor sich stehen sieht, tritt er schwankend einen Schritt zurück und muss sich an der Wand abstützen.

»Grace«, sagt meine Mutter leise. Sie steht hinter ihm und trägt einen lila Trainingsanzug aus Velours. »Du siehst furchtbar aus.«

Ich schlurfe auf sie zu, wobei mir jede einzelne Bewegung Schmerzen bereitet. Sie umarmt mich länger als sonst, und ich muss mich zusammenreißen, damit ich mich nicht zu früh von ihr löse, auch wenn ich nur daran denken kann, meine Schwester zu finden.

»Wie geht es dir?«, fragt mein Vater und tätschelt mir sanft die Schulter.

Ich will ihn beruhigen und setze schon zu einem Lächeln an, zucke dann aber doch nur mit den Schultern. »Ich lebe noch«, erwidere ich, und das scheint ihnen zu genügen.

Ich wende mich an meine Mutter. »Was genau hat Esme gesagt, bevor sie gegangen ist?«

»Das habe ich dir schon erzählt. Sie meinte, dass sie für ein paar Tage bei dir bleiben will. Du hast nicht auf unsere Anrufe reagiert, aber das ist ja nichts Neues«, erwidert meine Mutter, aber sie ist nicht wirklich bei der Sache. Sie wirkt noch kleiner, wenn sie Angst hat.

»Mom, bitte.«

»Sie war bei einer Freundin in Ojai, und als sie am nächsten Morgen nach Hause gekommen ist, hat sie einfach angefangen zu packen.«

»Was hat sie für einen Eindruck gemacht, als sie nach Hause kam?«, frage ich meinen Vater.

Er sieht meine Mutter an, aber sie scheinen beide nicht zu wissen, was sie darauf antworten sollen.

»Ich glaube, es ging ihr gut«, sagt meine Mutter hilflos. »Aber vielleicht kenne ich sie auch gar nicht mehr. Glaubst du wirklich, sie ist bei einer Freundin? Soll ich bei der Polizei anrufen? Wie kann ich ihnen erklären, dass wir sie einfach … verloren haben?«

Wir stehen alle schweigend da, und ich höre die Uhr meines Vaters leise an seinem Handgelenk ticken – jede weitere Sekunde eine Erinnerung daran, dass Esme verschwunden ist. Schließlich halte ich es nicht mehr aus. Ich wende mich zum Gehen.

»Wo wohnt Blake?«, frage ich, und meine Mutter sieht überrascht zu mir auf, als hätte sie vergessen, dass ich hier bin. Ihre Wangen sind gerötet, sie sieht aus, als würde sie gleich anfangen zu weinen. Ich kann mich nicht erinnern, sie jemals weinen gesehen zu haben.

»Fünf Häuser weiter auf der linken Seite«, sagt sie dann matt.

Ich humple aus dem Haus und hinunter zu einem Bungalow, der die hellgelbe Version des Hauses meiner Eltern ist. Ich klingle, und die Glocke spielt »The Star-Spangled Banner«. Eine kleine Frau mit blondem gelocktem Haar öffnet die Tür.

»Grace Turner!«, sagt sie, und ihre Freude ist spürbar. Sie trägt eine Perlenkette, die die Aufmerksamkeit auf ihr sonnengeschädigtes Dekolleté lenkt.

»Hyde«, sage ich und zwinge mich trotz meiner Ungeduld zu einem Lächeln. »Meine Eltern sind Ihre Nachbarn. Sie kennen doch die Hydes, oder?«

»Ach ja, genau. Esmes Eltern«, sagt sie und nickt. »Was kann ich für Sie tun?«

»Ist Blake zu Hause?«, frage ich und schaue an ihr vorbei in ein Haus voller ausgestopfter Tiere und amerikanischer Flaggen. Ein gerahmtes Exemplar des Zweiten Verfassungszusatzes hängt neben mir auf der Veranda. Ich habe Schwierigkeiten, mir Blake auch nur in der Nähe dieses Hauses vorzustellen.

»Am Pool«, sagt Blakes Mutter kopfschüttelnd. »Er ist immer am Pool.«

Ich folge ihr durch das Haus, wobei ich versuche, nichts zu berühren, und gehe durch eine Fliegengittertür hinaus in den Garten. Blake sitzt in einem weiten schwarzen T-Shirt und khakifarbenen Shorts am Rand des Pools und lässt die Beine ins Wasser hängen, obwohl der Himmel inzwischen mit einem dunklen Grau droht. Ich glaube, Lana hatte recht, die Dürre könnte bald vorbei sein.

Blakes Mutter bleibt abwartend an der Tür stehen, doch ich lächle sie höflich an und schiebe vor ihrer Nase die Tür zu.

»Wow«, sage ich.

»Ich weiß. Darf ich vorstellen, Anaheim Blake«, sagt Blake und zeigt auf etwas neben mir. Vor dem Fenster stehen zwei Anti-Abtreibungs-Plakate: eines mit einem Fötus im Mutterleib und ein weiteres mit den Worten LÄCHLE! DEINE MOM HAT SICH FÜRS LEBEN ENTSCHIEDEN! in knallpinken Buchstaben mit goldenem Glitter.

»Mom hängt sich wirklich voll rein in diese Abtreibungsgegner-Kampagne«, sagt sie. »Kommt mir fast so vor, als habe sie etwas wiedergutzumachen.«

»Tut mir leid«, sage ich. Ich stütze mich auf meine Krücken und blicke sie forschend an. Mein Knie pocht in der feuchten Luft, und der Schmerz strahlt aus bis hinauf zur Hüfte und hinunter zum Knöchel.

»Was kann ich für dich tun?«, fragt Blake, als ob sie gerade erst realisiert, wie seltsam es ist, dass ich bei ihr zu Hause bin.

»Blake, weißt du, wo meine Schwester ist?«

Blake sieht mich überrascht an. »Wie? Jetzt gerade? Ich dachte, sie wäre bei dir«, entgegnet sie.

»Was ist auf der Party passiert?« Eigentlich will ich es gar nicht hören. Wenn ich an Esme denke, an den Haarflaum vor ihren Ohren, fühle ich mich verwundbar, so als hätte man mir die Brust aufgerissen, und mein Herz läge nun offen.

»Es war schlimm«, erwidert Blake und schüttelt traurig den Kopf.

»Sag schon, Blake.«

»Es war ein dummer Plan. Ich wünschte, sie hätte mir vorher davon erzählt«, sagt sie.

»Ich wusste davon«, sage ich, und etwas in meiner Stimme

veranlasst Blake zu sprechen. Als sie beginnt, fallen dicke Regentropfen auf uns herab, aber keine von uns bewegt sich.

»Anfangs lief alles so, wie sie es sich vorgestellt hatte. Sie hat eine halbe Ewigkeit gebraucht, das Zimmer vorzubereiten und das perfekte Versteck für die Kamera zu finden, um auch wirklich den nackten Jesse vor der Linse zu haben. Und dann kam der verabredete Zeitpunkt. Esme ist in das Zimmer gegangen, Jesse war auch da, nur war er nicht allein. Die Mädchen aus ihrer Schule waren auch da, unter dem Bett und hinter den Vorhängen versteckt, und *sie* haben *Esme* gefilmt und das Video als Livestream ins Internet gestellt. Sie hatte keine Gelegenheit, den Mädchen vorher zu sagen, was sie vorhatte. Sie taten so, als sei Esme vollkommen verrückt, weil sie glaubte, Jesse wolle wieder mit ihr schlafen. Schließlich ist sie aus dem Haus gerannt und per Anhalter zurück nach Anaheim gefahren. Als sie dann zu mir kam, haben wir über alles geredet, und ich dachte, es wäre okay, und sie hätte sich beruhigt und die Sache vielleicht auf sich beruhen lassen können. Ich habe sie am nächsten Morgen sogar noch zu dir gefahren«, erzählt Blake und sieht mich hoffnungsvoll an. »Bist du sicher, dass sie nicht bei dir war?«

Aber ich habe mich schon umgedreht, die Hand am Griff der Fliegengittertür.

»Danke, Blake.« Ich schaue noch einmal auf die Plakate, die am Fenster lehnen, und Blakes triste Kleidung. »Wie lange musst du noch aushalten, bevor du aufs College gehst?«

»Zweihundertdreiundvierzig Tage, siebzehn Stunden und« – Blake schaut auf ihre Uhr – »zwanzig Minuten.«

Es schüttet wie aus Kübeln, als ich das Haus verlasse. Der Regen macht die monatelange Sonnenglut wieder wett. Der Himmel ist eine dicke schiefergraue Decke, und ich bin nass bis auf die Knochen, als ich wieder ins Auto steige.

Es ist der erste Regentag seit Monaten, alle schlittern über die ölverschmierten Fahrbahnen, die im Scheinwerferlicht wie Regenbögen schimmern, aber ich fahre, so schnell ich kann. Ich wünschte, ich könnte die anderen Fahrer wissen lassen, dass ich nicht nur einen Ausflug mache oder zu einem Mittagessen in Santa Monica unterwegs bin. Alles fühlt sich an, als sei es das Ende der Welt, bis man tatsächlich mit dem Ende der Welt konfrontiert wird.

Ich halte vor meinem Haus in Coyote Sumac, das Auto kommt rutschend auf der schlammigen Erde zum Stehen. Auf einer Krücke schwinge ich mich zur Veranda und halte mir die andere Hand über die Stirn, damit ich durch den strömenden Regen etwas sehen kann. Als ich oben auf der Veranda ankomme, erstarre ich für einen Augenblick, und blankes Entsetzen packt mich.

Die Eingangstür steht offen.

Ich lasse meine Krücke fallen und renne ins Haus, ohne auf den stechenden Schmerz in meinem Bein zu achten. Eine leere Schachtel Lucky Charms liegt umgekippt auf dem Küchentisch, umgeben von grellbunten Marshmallows und Cornflakes. Meine Klamotten sind überall auf dem Boden und auf der Küchenzeile verteilt, das schwarze Valentinokleid hängt an einer Lampe über dem Sofa. Der Fernseher ist an, es läuft eine Folge *Friends* in voller Lautstärke. Fliegen schwirren um eine offene Colaflasche, ein Stück halb gegessene Pizza liegt auf einer DVD-Hülle auf dem Boden.

»Esme?«, rufe ich und renne ins Schlafzimmer. Es ist leer. Ich stoße die Badezimmertür auf, ein türkisfarbener Waschbeutel mit einem Katzencartoon, darauf die Worte *You're Purrrrfect*, steht offen auf dem Boden. Ich muss an das ernste

Gesicht meiner Schwester denken, an die Art, wie sie alles immer viel zu wörtlich nimmt, an ihre unbequeme Ehrlichkeit und an die komischen Geräusche, die sie macht, wenn sie verlegen oder frustriert ist.

Ich humple hinaus auf die Veranda und suche nach irgendwelchen Spuren, die mir verraten könnten, wann sie zuletzt hier war. Als ich unten am Strand ankomme, halte ich augenblicklich inne. Alles um mich herum verschwimmt, und mir wird kurz schwindlig. Mein roségoldenes Slipdress und Dylans Pulli von der Ohio State liegen als nasses Bündel im Sand vor dem Haus, die Wellen lecken schon daran. Als ich näher komme, sehe ich, dass Esmes Handy auf dem Kleiderhaufen liegt und Regentropfen von der Hülle mit dem glitzernden Union Jack darauf abperlen. Ich renne auf das Wasser zu. Eine Angst, wie ich sie noch nie erlebt habe, treibt mich durch meinen Schmerz.

Etwa zwanzig Meter von mir entfernt dümpelt meine Schwester im Meer, die Haare sind wie ein Fächer um ihren Kopf herum ausgebreitet. Ich lasse mich in den nassen Sand fallen, das Wort Nein bleibt mir im Hals stecken, während die Angst mich weiter im Griff hat. Es ist ein primitives, grobes Gefühl, das ich noch nie zuvor empfunden habe. Bevor ich weiß, was ich tue, bin ich wieder auf den Beinen und wate ins eiskalte Wasser. Dicke Regentropfen fallen vom Himmel. Seegras schlängelt sich um meinen Knöchel, ich stolpere über einen großen, im Sand eingegrabenen Stein und lande auf meinem kaputten Knie, während die Wellen über mir zusammenschlagen. Ich rudere mit den Armen, um vorwärtszukommen, bis ich schließlich schwimme. Das Wasser peitscht mir ins Gesicht, und die Wunde über meinem Auge brennt vom Salz. Ich kämpfe mich durch den beißenden Schmerz, bis ich unter die Wellen tauche und wie eine Meerjungfrau durch die

Dunkelheit schwimme. Ich muss fast bei ihr sein. Ich komme wieder an die Oberfläche und sehe mich um. Ich kann Esmes schwarzes Haar sehen, das im Wasser um sie herum treibt. Sie ist so nah. Ich strecke eine Hand aus, packe meine Schwester an der Schulter und ziehe sie zu mir. Sie schnappt nach Luft, als ich die Arme um sie schlinge.

Esme schreit irgendetwas, das im Geprassel des Regens untergeht, und wehrt sich gegen mich. Sie rudert mit den Armen und windet sich aus meinem Griff.

»Komm mit«, sage ich, während mir die Tränen über die Wangen strömen. Wieder schlinge ich die Arme um sie.

»Was soll das?«, ruft sie hustend, aber ich lasse nicht los, und wir gehen beide wieder unter. Ich strample mit aller Kraft, schlinge einen Arm um Esmes Taille, und ich lasse sie erst los, als ich wieder Grund unter den Füßen spüre. Wir tauchen gleichzeitig auf, Esme spuckt keuchend Salzwasser aus, und ich reibe mir die Augen.

»Wir haben es geschafft«, sage ich schwer atmend, während Esme den Kopf schüttelt und mich anstarrt, als hätte ich den Verstand verloren.

»Du bist psychotisch«, sagt sie, aber sie lässt sich meine Umarmung gefallen.

»Es tut mir so leid, ich hätte es dir sagen sollen. Dein Plan war miserabel«, sage ich, vor Erleichterung halb schluchzend und halb lachend.

Meine Schwester lässt sich einen Moment von mir halten, und dann sinken wir beide in den Sand, während der Regen auf uns niederprasselt.

56

Esme spricht beinahe die gesamte Fahrt über nicht mit mir. Sie schließt die Augen und tut so, als würde sie schlafen, kaum dass wir im Auto sitzen. Mir soll es recht sein, denn der adrenalingefüllte Kampf durch die Wellen hat mich all meine Kraft gekostet, und ich weiß noch nicht, wie ich das, was ich ihr sagen muss, in Worte fassen soll.

Wir sind auf dem Highway, als meine Schwester die Augen wieder öffnet.

»Wo fahren wir hin?«, fragt sie leise. Der blaugraue Himmel und Sturzbäche aus Regenwasser neben der Straße haben Südkalifornien so sehr verändert, dass es nicht mehr wiederzuerkennen ist.

»Nach Hause. Ich bringe dich natürlich nach Hause«, antworte ich. Sie widerspricht mir nicht – vielleicht, weil sie weiß, dass ich kein Zuhause habe.

»Kannst du dich noch daran erinnern, wie ich dir als Kind immer Geschichten von Patrice, der Meerjungfrau erzählt habe?«, frage ich, kurz bevor wir in Anaheim und damit bei unseren Eltern ankommen.

Esme schweigt so lange, dass ich schon denke, sie schläft, aber nach einer Weile regt sie sich wieder. »Ja, aber ich dachte, Patrice wäre ein Pirat.«

»Nein! Patrice war eine Meerjungfrau. Sie hat die Piraten beklaut«, sage ich entsetzt.

»Ist sie dann nicht auch ein Pirat?« Esme wirft mir einen

eigenartigen Blick zu. »Sie hatte sogar ihr eigenes Schiff. Ihr Name ist quasi ein Anagramm von ›Pirat‹.«

»Patrice hat die Beute der Piraten gestohlen und sie in ihrem Schiffswrack unter dem Meer versteckt«, sage ich und versuche, mich zu erinnern. Ich schüttle den Kopf. »Scheiße, vielleicht war sie ja doch ein Pirat.«

Esme lächelt leicht und schließt wieder die Augen.

Meinen Eltern geben beinahe die Knie nach, als wir das Haus betreten. Ich werde wohl nie die Erleichterung in ihren Gesichtern vergessen, als sie meine Schwester erblicken. Trotz meiner eigenen großen Erleichterung schmerzt die Einsicht, dass ich niemals eine so einfache, elementare Reaktion bei ihnen auslösen werde. Zwischen uns ist zu viel vorgefallen – beziehungsweise nicht vorgefallen.

Esme dagegen scheint bei ihrem Anblick in Panik zu geraten. Sie steht wie erstarrt im Flur, die Haare hängen ihr in nassen Strähnen über die Schultern, und die Wimperntusche läuft ihr in langen, fadendünnen Bahnen über die Wangen.

»Was ist passiert?«, fragt meine Mutter entsetzt. Sie dreht sich zu mir. »Was hast du mit ihr gemacht?«

»Mom«, sagt Esme laut. Sie rutscht an der Wand zu Boden und landet neben einem Haufen Schuhe und dem Stapel alter Zeitungen, die meine Eltern immer wieder vergessen zu recyceln. Wir alle starren auf sie hinab, unsicher, wie wir unsere Liebe zu diesem kleinen, gebrochenen Mädchen zum Ausdruck bringen sollen. Ich fange den Blick meiner Mutter auf, und so etwas wie Erkenntnis breitet sich zwischen uns aus.

Mein Vater bückt sich zu Esme hinunter, hebt sie hoch, und zu meiner Überraschung wehrt sie sich nicht. Er trägt sie den Flur entlang zu ihrem Zimmer und lässt meine Mutter und mich allein an der Haustür zurück. Mom steht mit hängenden Armen da, als wüsste sie nicht, was sie mit ihnen anfangen soll, wenn sie meine Schwester nicht festhalten kann.

»Danke, dass du sie nach Hause gebracht hast«, sagt sie leise. Obwohl die Worte so einfach sind, bin ich von ihrer Kraft überrascht.

»Gern geschehen«, sage ich und dann, nach einem Moment: »Ihr habt das Haus gestrichen.«

»Dein Vater hat es gestrichen, nachdem du nach L. A. zurück bist.«

»Irgendwie fehlt mir das Rosa.«

»Ich wusste, dass du das sagen würdest.« Mein Vater erscheint im Flur, und meine Mutter wendet sich zu ihm. »Ich habe dir doch gesagt, dass sie genau das sagen würde.«

»Ich halte mich da raus«, sagt mein Vater, und wir stehen alle einen Moment lang nur da, weil keiner von uns die Energie hat, einen Streit anzufangen.

»Geht es ihr gut?«, fragt meine Mutter und macht einen Schritt auf Esmes Zimmer zu.

»Lass sie schlafen«, erwidert mein Vater nur und schiebt meine Mutter sanft in Richtung Küche.

Wir setzen uns alle an den Küchentisch, aber niemand bietet an, Tee zu machen.

»Ist es wegen der Suspendierung?«, fragt meine Mutter und starrt mich ausdruckslos an. »Ich kann der Schule eine E-Mail schreiben. Ich bin sicher, das war alles nur ein Missverständnis.«

»Nicht wirklich«, sage ich. Vielleicht ist es feige, aber ich könnte es jetzt nicht ertragen, diejenige zu sein, die ihnen sagt, dass sie ihre Tochter nicht beschützen konnten. Ich habe mein gesamtes Erwachsenenleben damit verbracht, sie irgendwie vor dieser Erkenntnis zu schützen, und plötzlich bin ich einfach nur erschöpft – als ob mich all die Jahre der Anstrengung mit einem Mal einholen. Ich weiß nicht mehr, wie ich ihnen etwas vormachen kann.

»Ich bin so müde«, sage ich. »Ich glaube, ich muss mich eine Weile ausruhen.«

»Was heißt eine Weile?«, fragt meine Mutter. Sowohl die Hoffnungslosigkeit, die in ihrem Tonfall mitschwingt, als auch die Schuldgefühle, die sie hervorruft, sind zu viel für mich.

»Ich weiß es nicht, Mom.« Ich humple den Flur hinunter zu meinem alten Zimmer. Meine Eltern folgen mir bis vor die Tür, und ich kann hören, wie sie unentschlossen im Flur herumstehen, als könnten sie uns jetzt noch irgendwie vor den ganzen Monstern und bösen Geistern beschützen, die uns längst in ihren Fängen hatten.

Mein Vater bringt mir das Abendessen auf dem Tablett mit den Cockerspanieln darauf. Er klopft leise an, bevor er die Tür öffnet, und stellt es am Fußende des Bettes ab. Auf dem Weg nach draußen drückt er mir im Vorbeigehen stumm die Schulter, und ich bin dankbar, dass er mich allein lässt.

Als er weg ist, gehe ich mit dem Tablett über den Flur zu Esmes Zimmer. Ich klopfe und öffne etwas umständlich die Tür, da ich meine Krücke am Arm hängen habe.

Meine Schwester sitzt kauend im Bett, vor ihr das Mohnblumentablett meiner Mutter, darauf ein überbackenes Käsesandwich und Tomatensuppe – dasselbe Essen, das auch ich bekommen habe. Ihr Haar ist zurückgekämmt, und sie hat sich abgeschminkt. Sie rutscht ein bisschen zur Seite, und ich setze mich ans Fußende, so wie sie es früher als Kind bei mir gemacht hat. Die Wände ihres Zimmers sind mit Postern von Boybands und olympischen Eiskunstläufern tapeziert, und auf ihrem

Nachttisch steht ein gerahmtes Foto unserer Familie in Disneyland. Hätte ich vor meinem Weggang nur einmal ihr Zimmer betreten, hätte ich vielleicht erkannt, wie jung sie tatsächlich noch ist. Und dann hätte ich vielleicht auch mit meiner Mutter über Esmes Plan gesprochen. Ich würde gerne glauben, dass die Dinge anders gelaufen wären, aber wahrscheinlich nicht.

»Wünschst du dir, du hättest ihn umgebracht?«, fragt Esme, noch bevor ich den ersten Bissen geschluckt habe.

»Ich weiß es nicht«, erwidere ich, denn ich will sie nicht mehr anlügen.

»In den Nachrichten haben sie gesagt, dass ihr beide sofort gestorben wärt, wenn ihr den Unfall im Tunnel gehabt hättet.« Esme wirft mir einen verstohlenen Blick zu.

»So genau hatte ich es wirklich nicht geplant«, sage ich, und sie prustet.

»Es regnet noch immer«, sage ich. Esme sagt nichts und tunkt ihr Sandwich in die Suppe. »Willst du darüber reden, was auf der Party passiert ist?«

»Nein«, sagt Esme mit vollem Mund. »Ich schätze, es ist wie du gesagt hast: Die Bösen werden wohl immer gewinnen.«

»Als ich dich da im Wasser gesehen habe, Esme, wolltest du ... wolltest du dir was antun?« Ich frage, weil ich es muss.

»Ich weiß es nicht«, antwortet Esme leise, nimmt ihren Stimmungsring ab und dreht ihn zwischen den Fingern hin und her. »Ich glaube nicht. Ich wollte wahrscheinlich einfach nur irgendetwas fühlen.«

»Es tut mir so verdammt leid. Ich hätte dich davon abhalten sollen, auf diese Party zu gehen.«

»Ist schon okay.«

»Das ist es nicht. Ich habe einen Fehler gemacht.«

»Was hat das alles mit dir zu tun?«, fragt Esme und verdreht die Augen.

»Ich bin deine Schwester.« Ich wische mir verlegen mit dem Ärmel über die Augen. »Und ich bin erwachsen und habe dich im Stich gelassen.«

»Na ja, so erwachsen bist du jetzt auch wieder nicht«, sagt Esme und setzt sich ein wenig aufrechter hin. »Denk dran, als du berühmt wurdest, ist die Zeit für dich stehen geblieben. Du bist also eigentlich jünger als ich.«

Ich lächle sie dankbar an, und sie widmet sich wieder ihrem Essen.

»Ich habe sie alle dabei gefilmt, wie sie mir diese Falle stellen wollten«, sagt Esme nach einem Moment düster. »Sie haben ein paar ziemlich erhellende Dinge über mich gesagt. Und dabei aus der englischen Sprache rausgeholt, was geht.«

Ich sehe sie an, und in meiner Brust zerbricht irgendetwas. »Darf ich sie umbringen? Ich bringe sie um, ein Wort von dir genügt. Ich habe Geld, ich kann jemanden bezahlen, der es macht.«

Esme sieht mich an, als sei ich ein hoffnungsloser Fall und völlig verrückt, und für einen Augenblick ist alles wieder so, wie es einmal war. Doch dann holt mich das Prasseln des Regens zurück in die Gegenwart, und mir wird wieder bewusst, dass sich alles verändert hat und dass Esme und ich Narben davongetragen haben, die uns wohl für immer an all das erinnern werden.

»Es tut mir so leid. Das sind doch alles nur Idioten.«

Esme schließt die Augen.

»Wenigstens kannst du das Material für den Film verwenden«, sage ich.

Sie öffnet kurz die Augen und schließt sie dann wieder. »Es wird keinen Film geben.«

»Was meinst du? Natürlich wird es das«, sage ich nachdrücklich.

»Es wird keinen Film geben«, wiederholt Esme. »Gehst du zu der Preisverleihung?«, fragt sie mit hochgezogenen Augenbrauen.

Ich zucke mit den Schultern, aber dann schüttle ich den Kopf. Ich will nicht mehr lügen.

»Siehst du? Es ist vorbei. Alles ist vorbei«, sagt sie, kurz bevor sie die Augen wieder schließt.

Gerade als ich glaube, Esme sei eingeschlafen, sagt sie leise: »Grace?«

»Ja?«

»Deine Entschuldigung war gar nicht so übel. Vielleicht wirst du ja doch erwachsen«, sagt sie, und auf ihrem Gesicht erscheint ein schwaches Lächeln.

57

»Du warst also einfach nur schwimmen«, sagt meine Mutter, wobei sie meine Schwester und mich vorwurfsvoll ansieht. Wir sitzen gerade beim Frühstück: Lucky Charms mit Erdbeerstückchen.

»Ich war einfach nur schwimmen«, bekräftigt Esme.

»Im strömenden Regen.«

»Im strömenden Regen«, wiederholt Esme.

»Und deine Schwester ist an Heiligabend einfach nur so in eine Schlucht gefahren.«

Esme und ich wechseln einen Blick. Ich schlucke einen Bissen milchiger, bunter Chemikalien.

»Einfach so«, sage ich und zucke mit den Schultern.

»Keine Ahnung, wie wir beide solche Adrenalinjunkies großgezogen haben«, sagt mein Vater und schüttet Esme noch mehr bunte Chemikalien in ihre Schüssel. »Dabei habe ich noch nie in meinem Leben auch nur eine Zigarette geraucht.«

Es herrscht einen Moment lang Stille, bevor Esme und ich anfangen müssen zu lachen. Es ist die Art von Lachen, die nach einer Beerdigung kommt: laut und dankbar, wie um sich zu vergewissern, dass man noch lebt. Noch während ich lache, kommt mir der seltsame Gedanke, dass wir vielleicht eines Tages herausfinden, wie sich die Zeit dehnen lässt. Und wenn wir das tun, wäre ich mehr als zufrieden damit, diesen einen kurzen Moment immer wieder zu erleben.

»Übernachtest du heute wieder hier, Grace?«, fragt meine Mutter, nachdem wir aufgehört haben zu lachen.

»Ich weiß nicht«, sage ich und schaue auf meine Hände. »Ich sollte wahrscheinlich zurück, um …«

»Um nichts zu tun?«, fragt Esme und sieht mich herausfordernd an.

»Wahrscheinlich.«

Als ich später in die Küche gehe, treffe ich meinen Vater an, der das Mittagessen zubereitet. Er steht vor dem Ofen und betrachtet stirnrunzelnd eine Stange selbst gemachtes Knoblauchbrot. Die Rinde ist dunkel und knusprig, aber zwischen den Scheiben, in die er das Baguette unterteilt hat, stecken harte Butterklumpen.

»Die Butter will einfach nicht schmelzen«, sagt er und sieht zu mir auf.

»Ich glaube, du hast den Ofen auf Grillen statt auf Backen gestellt«, erwidere ich und schalte ihn um. Mein Vater lächelt dankbar. Ich setze mich auf den Stuhl am Fenster und strecke mein verletztes Bein aus.

»Warum habt ihr hier eigentlich nie Freunde gefunden?«, frage ich.

Mein Vater bricht das Baguette in kleinere Stücke, legt es zurück in den Ofen und verbrennt sich dabei die Hand. Aber er gibt keinen Mucks von sich, sondern geht einfach zum Waschbecken und hält die Hand unter das kalte Wasser.

»Es war ein einziges Chaos, als wir hierhergezogen sind. Je älter man wird, desto schwieriger wird es, neue Leute kennenzulernen. Keine von euch war hier in der Gegend auf der Schule, und wegen der Visa konnten wir anfangs auch nicht arbeiten. Deine Mutter hat es dann einfach nicht mehr versucht.« Er zuckt mit den Schultern. »Du weißt ja, dass ihr die meisten Leute sowieso nicht so sympathisch sind.«

»Wie geht es ihr?«, frage ich. »Abgesehen vom aktuellen Drama.«

»Eigentlich ganz gut. Sie geht mittlerweile zum Pilateskurs einer Nachbarin. Und ob man es glaubt oder nicht, sie ist jetzt Mitglied der Theatergruppe hier.«

»Isst sie mehr?«

»Ein wenig«, sagt er und zuckt wieder mit den Schultern.

»Es wird schon alles wieder in Ordnung kommen«, tröste ich ihn, obwohl wir beide wissen, dass ich keine Ahnung habe.

»Sie hat sich geärgert, als du nicht angerufen hast«, sagt mein Vater und trocknet sich die Hand ab, um eine Dose gehackter Tomaten zu öffnen. »Das haben wir beide.«

»Es waren doch nur sechs Wochen«, erwidere ich, aber ich weiß natürlich, dass ich im Unrecht bin. »Es tut mir leid.«

»Ist schon gut. Wir haben nie von euch verlangt, perfekt zu sein, aber wir müssen einen Weg finden, als Familie miteinander auszukommen. Wir müssen miteinander reden und nach vorn schauen.« Er schüttet die Tomaten in einen Kochtopf. »Ich weiß, es ist nicht leicht, nach Hause zu kommen.«

Er fängt an, eine Zwiebel zu massakrieren. Beim Kochen ist er das genaue Gegenteil von Emilia mit ihren präzisen Handgriffen, bei ihr haben alle Zwiebelstückchen genau dieselbe Größe und Form. Ich muss mich zusammenreißen, um keine Grimasse zu ziehen, als er eine großzügige Portion Ketchup auf die gehackten Tomaten drückt.

»Ich erwische deine Mutter übrigens manchmal dabei, wie sie heimlich Schokolade und Kuchen isst. Vielleicht sind es also nur meine Kochkünste, die sie nicht mag«, sagt er und lächelt. Er legt das Messer zur Seite und betrachtet den Haufen unterschiedlich großer Zwiebelstücke vor ihm.

»Ich hasse Kochen«, sagt er nach einem Moment, mehr zu sich selbst als zu mir, und während ich ihn beobachte, wie er das Messer in die Hand nimmt, um weiter zu metzgern, steigt all meine Liebe für ihn mit solcher Wucht in mir hoch, dass es mich beinahe umwirft.

58

Nach dem Mittagessen sage ich meinen Eltern, dass ich für ein paar Stunden rausgehe. Ich humple im Regen zu *Ralphs* am Ende der Straße. Als ich ankomme, ist mein Gesicht schweißnass. Ich suche so schnell und energiesparend wie möglich nach den Zutaten, die ich brauche, und lese die Schilder über den Gängen sorgfältig, sodass ich nicht länger laufen muss als nötig. Nachdem ich bezahlt habe, mache ich mich langsam auf den Rückweg. Zu Hause angekommen, setze ich mich erst einmal fünf Minuten auf die Veranda, bis von meinem schmerzverzerrten Gesichtsausdruck nichts mehr zu sehen ist. Dann gehe ich hinein und setze mich zu meiner Mutter und Esme aufs Sofa.

Wir sehen uns zusammen einen Film an, und ich versuche, mich auf die schauderhafte Handlung zu konzentrieren, um nicht an Emilias Romane zu denken, in denen sich Tierärztinnen in Cowboys in Montana verlieben. Denn in diesen Momenten merke ich, wie verletzt ich bin, dass sie sich nicht gemeldet hat. Ich hätte wissen müssen, dass sie mir letztlich nicht glauben würde.

Als ich sehe, wie mein Vater aufsteht und in die Küche gehen will, halte ich ihn auf. »Ich kann heute Abend kochen ... wenn du willst.«

Meine Eltern und meine Schwester starren mich an, als hätte ich ihnen gerade angeboten, im Alleingang ein Ferkel aufzuziehen, zu töten und zu grillen.

»Nichts Besonderes, nur Rührei«, sage ich augenrollend. Mein Vater lächelt und lässt sich erleichtert in seinen Sessel zurücksinken. »Das wäre wunderbar.«

Ich gehe in die Küche und mache mich daran, die Eier so zuzubereiten, wie Emilia es mir beigebracht hat. Ich weiß noch, dass sie die Eier mit Gefühl aufschlug, zum einen erfordert es weniger Kraft, als man denkt, und zum anderen ist es auf diese Weise weniger wahrscheinlich, dass Eierschalenstückchen in die Mischung fallen. Ich sehe sie vor mir, wie sie mehr oder weniger in einem einzigen, geschmeidigen Bewegungsablauf über den Fliesenboden ihrer Küche wirbelt, um die Schalen in den Mülleimer zu werfen, und wieder zurück, um die Eier zu schlagen, zu würzen und in die Pfanne zu gießen. Sie konnte sich mit mir unterhalten, sich um die Mädchen kümmern und kochen, und ich hatte trotzdem immer das Gefühl, ihre ungeteilte Aufmerksamkeit zu haben.

Ich röste das Brot, bis es auf beiden Seiten goldgelb ist, und bestreiche dann jede Scheibe hauchdünn mit den Butterstückchen, die ich vorbereitet habe. Schließlich verteile ich das Rührei auf dem Toast und garniere alle vier Teller mit einem Zweig Petersilie und ein paar Pinienkernen.

Ich gehe mit dem Mohnblumentablett und einem Teller darauf ins Wohnzimmer, aber meine Familie sitzt nicht wie üblich vor dem Fernseher. Ich drehe mich um und sehe sie alle an dem Tisch sitzen, der in der Ecke des Wohnzimmers steht und den wir nie benutzen. Sie haben die karierte Tischdecke herausgeholt sowie vier Platzdeckchen aus Bast, die ich noch aus unserer Zeit in England kenne. Ich stelle das Tablett aufs Sofa und den Teller vor Esme auf den Tisch und hole die anderen drei Teller aus der Küche.

»Bitte macht keine große Sache daraus«, warne ich sie, als meine Eltern anfangen zu staunen und zu raunen, nachdem sie probiert haben.»Es ist nur Rührei. Macht euch nicht lächerlich.«

»Wirklich lecker«, sagt mein Vater mit vollem Mund und wischt sich etwas Ei aus dem Mundwinkel.

»Schmeckt toll«, sagt meine Mutter.

»Super gemacht, Grace!«, sagt Esme übertrieben enthusiastisch.

»Haltet die Klappe«, entgegne ich, muss aber grinsen.

Wir essen alle schweigend, bis meine Eltern gleichzeitig zu reden beginnen. Wie immer gibt mein Vater nach und überlässt meiner Mutter das Wort.

»Ich war übrigens neulich im Supermarkt, Grace, und mir ist aufgefallen, dass die Kassiererin einen Ehering hat, der deinem zum Verwechseln ähnlich ist. Es war ein kleiner Opal, eingefasst in winzigen Diamanten«, sagt sie mit gespielter Überraschung.»Ein ganz schöner Zufall, oder?«

»Sie hat ihn nicht gestohlen, Mom«, erwidere ich und hoffe inständig, dass sie nicht in einem ihrer samtenen Ensembles mitten im Laden eine Szene gemacht hat.

»Ja, das weiß ich jetzt auch. Das Mädchen hat mir erzählt, dass ihre Tante eine verrückte rothaarige Frau auf der Straße getroffen hat, die ihr ihren gesamten Schmuck geschenkt hat. Mir war sofort klar, dass es sich um *meine* verrückte, ehemals rothaarige Frau handeln musste.«

»Danke, Mom. Ich bin froh, dass er ein gutes Zuhause gefunden hat.«

»Sie meinte, dass Opale Unglück bringen und dass sie ihn nur trägt, um aufdringliche Männer abzuschrecken, also bin ich mit ihr einen neuen Ring kaufen gegangen«, sagt meine Mutter zufrieden.»Einen Diamantring.«

»Das hättest du nicht ...«

Sie wedelt abwehrend mit der Hand.»Es ist ja sowieso dein

Geld, wie du uns bei deinem letzten Besuch so gnädig in Erinnerung gerufen hast.«

Ich verziehe das Gesicht, und mein Vater schüttelt den Kopf.

»Lass sie in Ruhe, Olivia.«

»Sie in Ruhe lassen? Ich habe ihr den Ring zurückgeholt. Einen Ring, den sie wie eine Geistesgestörte mir nichts, dir nichts an irgendeine Putzfrau verschenkt hat. Ich hoffe, du hast es Dylan nicht erzählt.« Sie blickt theatralisch verzweifelt zur Decke hinauf. »Wie auch immer, ich habe ihn, wenn du ihn willst.«

Sie schiebt die Eier noch ein wenig auf ihrem Teller hin und her, bevor sie eine Gabel mit Toast und Eiern in den Mund steckt. Sie kaut langsam, dann schluckt sie. Und während mein Vater, Esme und ich ihr erstaunt zusehen, isst sie den ganzen Teller leer.

»Was?«, fragt sie und lächelt vor sich hin.

Ich bin fast schon eingeschlafen, als es leise an meiner Zimmertür klopft. Ich nehme an, es ist Esme, und mache am Fußende meines Bettes Platz für sie, als meine Mutter die Tür aufschiebt. Sie wirkt winzig, wie sie da in ihrem Bademantel mitten in meinem Zimmer im Mondlicht steht.

Sie wedelt mit den Fingern, und ich rücke zur Seite, damit sie sich neben mich auf die Bettkante setzen kann, obwohl es etwas ungemütlich ist. Sie nimmt meine Hand und drückt etwas Kühles in meine Handfläche. Mein Ehering. Ich halte ihn fest umschlossen.

»Wir müssen reden«, sagt sie mit vorgeschobenem Kinn. »Wir hätten dieses Gespräch schon vor Jahren führen sollen, aber ich wusste nicht, wie. Und ich könnte nicht damit leben, wenn wir es nicht tun, bevor du wieder gehst.«

»Mom, ich werde in einer Woche dreiundzwanzig. Müssen wir uns wirklich jetzt zum ersten Mal gegenseitig das Herz ausschütten?« Ich ziehe die Augenbrauen hoch und zucke sofort zusammen, weil ich die Wunde an meiner Stirn vergessen habe.

»Hör mir einfach zu, Grace. Und seit wann bist du bitte so eine Klugscheißerin?« Meine Mutter nimmt ihre Brille ab und putzt sie mit dem Saum des Bademantels.

»Bitte«, flüstere ich, aber meine Mutter ist fest entschlossen. Diesen Gesichtsausdruck kenne ich gar nicht von ihr. Sie setzt an, etwas zu sagen, aber hält dann inne. Sie weiß nichts, sage ich mir und umklammere den Ring in meiner Hand so fest, dass ich spüren kann, wie die Adern auf meinem Handrücken hervortreten.

»Du bist über uns hinausgewachsen, als du noch ein Kind warst, und ich bin nicht stolz darauf, dass wir dich so leicht haben gehen lassen. Und auch nicht darauf, dass ich mich nicht gefragt habe, was wohl passiert ist, dass dich so verändert hat. Ich war zu sehr damit beschäftigt, an mich selbst zu denken.«

»Ich will nicht darüber reden«, flüstere ich. Ich weiß nicht, was mein Gesicht verrät, aber meine Mutter muss den Blick abwenden.

»Grace, du hast dich an Heiligabend von einer Klippe gestürzt. Wir müssen darüber reden, denn wenn nicht jetzt, wann dann? Sicher nicht erst, wenn du dich umgebracht hast«, sagt meine Mutter mit stockendem Atem. Da merke ich, wie schwer es ihr fällt zuzugeben, dass auch sie versagt hat. Nach allem, was passiert ist, ist die Entdeckung, dass ich nicht einmal meine Eltern beschützen konnte, das Schlimmste von allem. Plötzlich will ich raus aus diesem Zimmer, raus aus meiner eigenen Haut, wieder unter Wasser sein, wieder in die Schlucht katapultiert werden, einfach irgendwo anders sein als hier.

»Wir haben versagt«, sagt meine Mutter, und selbst ihre Hände zittern unter dem Gewicht ihrer Worte.

»Es tut mir leid, dass ich nicht nach Hause gekommen bin. Ich wollte nicht über dich hinauswachsen«, sage ich leise.

»Das ist es, was Kinder tun sollen. Sie wachsen über ihre Eltern hinaus«, erwidert sie, und ihre Stimme bebt am Ende.

»Wie gesagt, ich bin nicht stolz darauf, wie wir damit umgegangen sind, aber auch ich kann nur die sein, die ich bin. Das gilt für uns alle.«

Die Adern auf meinen Handrücken haben sich tiefblau verfärbt.

»Du weißt ja, dass du die Zeit nicht zurückdrehen kannst«, sagt meine Mutter dann, aber ich starre nur auf die schwarze Nase eines Koalas, der mich vom Schreibtisch in der Ecke meines Zimmers aus ansieht. »Du musst also einfach weitermachen.«

Der Koala starrt mich mit runden, glänzenden Augen an.

»Ich weiß, dass du Angst hast, Grace, aber du musst dich dem stellen, was passiert ist. Dem, was er dir angetan hat«, sagt sie sanft, und mir dreht sich das Herz um. Ich versuche, die Scham zu unterdrücken, die mich überkommt. Plötzlich bin ich wieder fünfzehn, verwirrt und allein und versuche zu begreifen, was mit mir passiert.

Meine Mutter sitzt abwartend neben mir, unsicher, was sie als Nächstes tun soll. Vielleicht wartet sie darauf, dass ich ihr endlich alles erzähle und das Geheimnis lüfte und alles wieder in Ordnung ist, wie wenn man bei Fieber Tylenol nimmt oder eine Liste mit Pros und Kontras erstellt, bevor man eine wichtige Lebensentscheidung trifft. Aber ich weiß, dass es so nicht funktioniert. Mein Geheimnis ist bereits gelüftet, es steckt in den Palmen, die die Straßen von Los Angeles säumen, und im Staub am Fuß der Santa Monica Mountains, und niemandem geht es deswegen besser. Ich sehe auf die Decke über meinen Beinen und fühle mich gefangen, mehr denn je in Ables Netz verstrickt.

»Ich kann nicht«, flüstere ich, und als ich die Enttäuschung in ihrem Gesicht sehe, muss ich den Blick abwenden. Meine Mutter streicht mir über die Haare, und endlich kommen die Tränen. Sie rollen mir über die Wangen und durchweichen den Kragen meines T-Shirts, während mein Körper vor Trauer bebt – Trauer über all die Dinge, die ich zerstört habe, bevor sie mich zerstören konnten.

»Dann musst du vergessen, dass es je passiert ist.«

59

Am Tag der Verleihung der Independent Film Awards wache ich mitten in der Nacht schweißgebadet auf. Mein Kopfkissen ist durchnässt. Ich habe geträumt, dass Able in meinem Zimmer war, aber ich konnte mich nicht bewegen oder um Hilfe rufen, denn er saß auf mir und hielt mich mit dem Knie auf meinem Hals niedergedrückt. Ich taste auf dem Nachttisch nach den Schmerztabletten, bis mir einfällt, dass ich sie bei Laurel gelassen habe. Dann schluchze ich in mein Kissen, bis ich kaum noch Luft bekomme, während der Himmel draußen immer heller wird. Ich weiß nicht, wie es ist, normal zu sein, oder wie ich ihn davon abhalten kann, mir so zuzusetzen.

Ich stehe früh auf, ziehe einen der Trainingsanzüge meiner Mutter an, weil er perfekt über die Kniestütze passt, und mache einen Spaziergang. Es regnet immer noch, und als ich mit einem Kaffee in meiner krückenfreien Hand nach Hause zurückkomme, bin ich nass bis auf die Knochen.

»Gracie.«

Ich erstarre. Emilia sitzt auf einem der Liegestühle, raucht eine Zigarette und trägt ihr Haar zu einem tiefen Dutt gebunden, als wäre sie die Reinkarnation von Carolyn Bessette-Kennedy. Sie ist trocken, und ein feuchter weißer Regenschirm liegt neben ihren Gucci-Schuhen auf der Veranda. Ich sollte niemandem trauen, der in Südkalifornien einen Regenschirm mit sich herumträgt.

»Wie geht es dir?«, fragt Emilia vorsichtig.

Ich zucke mit den Schultern. Ich will ihr nicht zu nahe kommen, aber ich muss mein Bein ausruhen, das nach dem Spaziergang eine Schmerzwelle nach der anderen durch meinen Körper schickt.

»Ganz gut«, sage ich und gehe die Treppe zur Veranda hoch, sodass ich mich ans Geländer lehnen und mein Bein ausstrecken kann.

»Es ist wirklich ein Wunder, dass es dir gut geht«, sagt sie. »Dass es euch beiden gut geht.«

»Seit wann glaubst du an Wunder?« Ich weigere mich, Spielchen mit ihr zu spielen.

»Hör zu, Gracie. Ich bin hergekommen, weil ich dich ... etwas fragen wollte.« Sie blickt auf die Zigarette in ihrer Hand und dann wieder zu mir. »Es fällt mir nicht leicht, das zu sagen, aber ich hoffe, du kannst es verstehen.«

Sie drückt die Zigarette auf dem Boden der Veranda aus und betrachtet sie einen Moment lang, als wüsste sie nicht, wohin damit. Dann atmet sie tief durch, sammelt sich und sieht mir wieder in die Augen.

»Es tut mir so leid, dass dir das passiert ist. Ich habe mich wieder und wieder gefragt, ob ich es irgendwie hätte verhindern können«, sagt Emilia. »Und du weißt, dass ich niemals versuchen würde, es zu entschuldigen.«

»Na ja, zu sagen, man wolle etwas nicht entschuldigen, bedeutet ja, dass man es irgendwie schon tut«, erwidere ich und verschränke die Arme vor der Brust.

Emilia blinzelt. »Able ist zur Genesung in Utah.«

»Genesung«, wiederhole ich und versuche, ihren Worten einen Sinn abzuringen.

»Er ist in Therapie. Er kommt heute Abend zur Preisverleihung zurück, und dann werden wir packen und nach

Greenwich ziehen, um näher bei meiner Familie zu sein. Für immer.«

Ich will schon etwas sagen, aber sie hält ihre perfekt manikürte Hand hoch, und ich halte inne. Ich schaue auf meine eigenen Hände hinunter. Die Finger sind rot und wund, die Nägel abgekaut bis zum Äußersten.

»Es ist vorbei, Gracie. Wir wollen das hier hinter uns lassen. Du hast mein Wort, dass er nie wieder in der Branche arbeiten oder versuchen wird, mit dir Kontakt aufzunehmen. Wir werden nicht mehr nach L. A. zurückkommen.«

»Ich bin so froh, dass du die Gelegenheit ergriffen hast, endlich das zu tun, was du schon immer wolltest«, erwidere ich. »Connecticut im Frühling soll wunderschön sein, habe ich gehört.«

»Gracie ...«

»Weißt du eigentlich, dass nur du und Able mich Gracie nennt? Und auch nur, wenn ihr etwas von mir wollt oder wenn ihr wollt, dass ich mich klein und unbedeutend fühle.«

Emilia holt tief Luft und sieht mich an. »Bitte lass mich dir helfen, Grace. Able will dich wegen des Unfalls anzeigen. Er hat eine Stellungnahme verfasst, in der steht, dass alles, was zwischen euch beiden passiert ist, geschah, als du volljährig warst, und seines Wissens nach in beiderseitigem Einverständnis. Ich kann ihn davon abhalten.«

Ich schüttle ungläubig den Kopf und bin mir kurz nicht sicher, ob ich das alles nur träume. »Wusstest du, dass er mich missbraucht hat, als ich minderjährig war? Den Teil hat er dir verschwiegen, oder?«

»Es ist äußerst unwahrscheinlich, dass der Fall überhaupt vor Gericht kommen würde. Das ist nicht so wie im Film«, sagt Emilia leise. »Es gibt nicht genug Beweise, um die Anklage wegen Missbrauch aufrechtzuerhalten, und es gibt Hunderte von

Leuten, die bezeugen können, wie viel du zu jener Zeit getrunken, wie viele Drogen du genommen hast und wie du ihm jahrelang wie ein Schoßhund hinterhergelaufen bist.«

»Waren wir überhaupt je befreundet?«, frage ich, denn noch während ich ihr zuhöre, wird mir klar, wie sehr wir uns gegenseitig verletzt haben müssen.

»Du solltest die Dinge nicht zu sehr vereinfachen, Grace. Dafür bist du zu schlau. Was hast du denn bitte erwartet?«

»Was willst du eigentlich von mir?« Ich kann es nicht mehr ertragen, sie anzusehen.

»Muss ich dir noch mal sagen, dass es mir leidtut?«

»Du bist nicht diejenige, der es leidtun sollte.«

»Er ist der Vater meiner Kinder, Grace, und er hat einen Fehler gemacht. Er hat deine Gefühle falsch eingeschätzt, und er war schwach und dumm, aber was kann ich denn noch tun? Was würdest du an meiner Stelle tun? Natürlich tut es mir unglaublich leid, was dir da passiert ist.«

»Du entschuldigst dich ständig für das, was ›mir passiert ist‹. Mir ist nichts passiert. Das war kein Unfall. Er hat es mir angetan«, sage ich langsam. »Ich weiß, dass du nicht gerne über schlimme Dinge nachdenkst, aber manchmal muss man das eben.«

»Bitte versprich mir einfach, dass du über das, was ich gesagt habe, nachdenken wirst.«

»Ist dir eigentlich klar, was du da von mir verlangst?«

Emilia sieht mich an, und ein Schatten huscht über ihr Gesicht. »Natürlich ist mir klar, was ich von dir verlange. Du siehst es vielleicht noch nicht, aber es ist die einzige Lösung für uns alle. Wenn der Fall überhaupt vor Gericht kommt, was nicht sehr wahrscheinlich ist, wird er sich wohl über Jahre hinziehen. Deine Karriere wäre währenddessen auf Eis gelegt, denn niemand würde dich engagieren, solange der Fall anhängig ist. Die Verhandlung würde dann von Nachrichtensendern auf der ganzen Welt übertragen werden, und du würdest jeden Tag vor Gericht erscheinen, nur um festzustellen, dass jedes noch so kleine Detail deines Privatlebens nur noch existiert, damit die Geschworenen und die Öffentlichkeit darüber urteilen können. Wenn du glaubst, dass man jetzt schon über dich urteilt, dann warte erst mal ab, was man dann über dich sagen wird. Jede Textnachricht an Able, Fragen zu deinem Sexleben mit Dylan, sogar der medizinische Bericht aus der Zeit, als du die Überdosis genommen hast, werden an die Öffentlichkeit gezerrt werden. Ich habe auch gehört, dass dein eigenes Team dich einweisen lassen wollte, weil sie dachten, du wärst bipolar. Willst du das deinen Eltern wirklich antun? Willst du das Dylan antun? Du musst zugeben, dass du nicht gerade die zuverlässigste Zeugin abgibst.«

Eine Art Kribbeln hat sich in mir ausgebreitet, und als sie geendet hat, fühlt es sich an, als stünde jeder einzelne Nerv in meinem Körper in Flammen. Ich brülle innerlich – eine Löwin, die ihre Kräfte sammelt und sich gegen das zerstörerische Wüten ihrer Feinde wappnet.

»Geh und lass mich in Ruhe. Sofort«, zische ich und hoffe, dass sich meine Worte tief in Emilia einbrennen. Sie steht steif da, und ich wünsche mir, dass sie diesen Moment nie vergisst, so wie ich ihn sicher nie vergessen werde. Dann geht sie langsam die Treppe hinunter. Unten angekommen, bleibt sie stehen, ihr Regenschirm liegt vergessen auf der Veranda, und der Regen läuft ihr übers Gesicht.

»Wir können nicht alle Helden sein, Grace.«

Und wer weiß, wenn sie nicht so traurig aussehen würde, als sie das sagt, wäre ich vielleicht tatsächlich in der Lage, ihren Wunsch zu erfüllen.

60

Vom Bühnenrand aus beobachte ich, wie die junge Schauspielerin Able ganz banal und lächerlich als den Mann vorstellt, der den Indie-Film gerettet hat. Sie hat noch nie in einem seiner Filme mitgespielt, und ich weiß nicht, in welcher Beziehung sie zueinander stehen. Als ihre Anmoderation kurz darauf endet, wird mir klar, dass es keine gibt und sie nur eine weitere Person ist, die verzweifelt versucht, jemand anders zu sein. Der Applaus schwillt an, und ich weiß, dass Able von seinem Tisch in der Mitte des Saals aufgestanden sein muss und zur Bühne geht. Zeitgleich gehe ich erhobenen Hauptes an den Veranstaltern vorbei, die mit Klemmbrettern in den Händen neben der Bühne stehen und alles auf die Sekunde genau timen. Eine Frau mit einem Headset streckt die Hand aus, um mich aufzuhalten, aber ich schüttle sie ab. »Ich bin Grace Turner«, fauche ich. »Ables Überraschungsgast.«

Die Frau seufzt und winkt mich weiter, denn ihr bliebe sonst nichts anderes übrig, als mich mit Gewalt davon abzuhalten, die Bühne zu betreten, oder auf die Sicherheitskräfte zu warten, die mich vor laufender Kamera von der Bühne eskortieren müssten. Sie weiß, wer ich bin, und das Risiko ist ihr zu groß.

Ich bin zu spät gekommen und habe den Zeitpunkt für meinen Auftritt verpasst, den Nathan mir per Messenger geschickt hat. Bevor ich von zu Hause los bin, habe ich noch Camila angerufen, weil ich mir dachte, dass ich sie wenigstens jetzt an der Story teilhaben lassen könnte, wenn ich ihr schon während des letzten Interviews nichts als Lügen aufgetischt habe. Camila flanierte mit mir über den roten Teppich und wusste instinktiv, wie sie den albernen Kommentaren der Fernsehmoderatoren zu meinem Kleid ausweichen konnte, genauso wie den Fragen dazu, wie ich dem Tod von der Schippe gesprungen war und wie sehr ich den Mann der Stunde schätzte. Ich kam auf meine Krücke gestützt nur langsam voran und wurde unzählige Male von Schauspielkollegen aufgehalten, die mir sagten, wie tapfer es sei, mich so kurz nach dem Unfall hier blicken zu lassen. Ich schwieg lächelnd und posierte vor dem IFA-Hintergrund für die Fotograf:innen, wobei mein metallisch blaugraues Kleid das Licht der Blitze einfing und perfekt glitzerte. Die Paparazzi riefen nach mir, als wäre ich eine lebende Legende, und ich bemühte mich, ihnen dieses Mal nicht zu glauben.

Als ich glaube, dass Able in der Nähe der Bühne ist, humple ich ins Scheinwerferlicht und geselle mich zu der Schauspielerin hinter dem Stehpult. Sie ist leicht verwirrt, aber wirft Able einen Luftkuss zu und tänzelt von der Bühne. Ich stehe allein vor dem Publikum und fange an zu sprechen:
»Hi zusammen, entschuldigen Sie bitte die Planänderung. Ich habe mich erst vor einer halben Stunde entschlossen zu kommen.«
Das Publikum kichert höflich. Able ist auf der Treppe neben der Bühne stehen geblieben, eine Hand umklammert das Geländer. Sein Kopf ist komplett rasiert, und man sieht die Wunde über seiner linken Augenbraue, die das perfekte Gegenstück zu meiner ist.
»Komm schon hoch, Able«, sage ich, und nach kurzem Zö-

gern steigt er mit aschfahler Miene die restlichen Stufen hinauf.

Meine Hände zittern, und ich verstecke sie hinter dem Pult.

»Nun gut. Nun ist wohl der Moment gekommen, Able vorzustellen und ihm für sein unermüdliches Engagement für den Indie-Film zu danken, für seinen einzigartigen Beitrag zu unserer Branche im Allgemeinen und insbesondere für alles, was er für mich getan hat. Das ist auf jeden Fall das, was ich tun sollte«, sage ich mit zitternder Stimme. Ich räuspere mich, und das Publikum ist so still, dass ich mich frage, ob sie über das Mikrofon meinen Herzschlag hören können.

»Ich habe Jahre damit verbracht herauszufinden, was ich hätte anders machen können – oder vielleicht, was meine Eltern hätten anders machen können. Ich hätte es jemandem erzählen sollen, nachdem er mich das erste Mal zwang, ihn anzufassen, oder als er mir zum hundertsten Mal sagte, ich sei psychisch labil. Vielleicht hätte ich mit meinem Selbstmordversuch nicht warten sollen, bis mein Leben in Trümmern lag. Vielleicht hätte ich nicht so hart daran arbeiten sollen, eine so unzuverlässige Zeugin zu werden, wie mir erst heute Morgen gesagt wurde. Aber es hing eigentlich nie wirklich von mir ab.« Ich mache eine Pause, denn – wer hätte es gedacht – die Königin von Hollywood ist da und beobachtet mich mit wachsendem Interesse, die Hände vor sich auf dem Tisch gefaltet. Sie ist jetzt fast achtzig und sitzt weiter von der Bühne entfernt als früher, aber in Hollywood, das weniger eine Stadt als ein soziales Konstrukt ist, regiert sie immer noch. Am Nebentisch sitzt der Schauspieler, der vor Kurzem dabei erwischt wurde, wie er mit einer Sexarbeiterin in Kanada geschlafen hat, und er weicht angestrengt meinem Blick aus. John Hamilton ist ebenfalls da und beobachtet mich mit einem Ausdruck stillen Entsetzens. Er weiß, dass ich im Begriff bin, Scheiße zu bauen, aber eigentlich ist das auch egal, denn es gibt einen Haufen andere Mädchen wie mich, die bereitwillig in seinem Film ihre Brüste zeigen würden. Und sie sind wahrscheinlich jünger und dünner als ich. Er beäugt bereits die neunzehnjährige Schauspielerin am Nebentisch. Sie hat in seinem letzten Film einen Latex-Catsuit getragen und denkt wahrscheinlich immer noch daran, dass sie vorhin auf dem roten Teppich den falschen Designernamen gesagt hat. Aber sie weiß bereits, was ich sagen will. Das wissen sie alle. Ob sie nun die Wahrheit über Able und mich kennen oder nicht, sie alle kennen Geschichten wie meine. Und damit bin ich endlich bereit, das Ganze zu beenden. Ich bin bereit dafür, dass die Geschichte in die Welt hinausgeht und sich ihren Weg über Nachrichtenseiten, Textnachrichten und Gespräche in Bars, Fitnessstudios, Restaurants und Büros im ganzen Land bahnt. Ich bin bereit, meine Geschichte nicht mehr nur in mir selbst zu tragen.

»Eigentlich bin ich hier, um dir zu danken, Able. In gewisser Weise.« Ich drehe mich zu ihm um und kann sehen, dass er mich auf der Stelle umbringen würde, wenn er könnte. Ich hole tief Luft.

»Danke, dass du mir gezeigt hast, auf wie viele unterschiedliche Arten man verletzt werden kann – jeden einzelnen Tag, selbst wenn du nicht einmal in meiner Nähe bist.«

In dem Saal ist es mucksmäuschenstill, alle sind wie erstarrt. Mir kommt es vor, als würde ich die Szene von oben betrachten: Meine Worte schweben durch die Luft und fallen sanft zu Boden wie Blütenblätter in die dunkelsten, verlassensten Abgründe Hollywoods.

»Ich weiß, was ich weiß, und stehe trotzdem jeden Tag auf, trotz allem. Und das macht mich stärker und mutiger und besser, als du es bist, Able. Du kannst mich also gar nicht zerstört haben. Nicht einmal einen winzig kleinen Teil von mir.«

Able wendet den Blick ab und schaut zu der Seitenbühne hinter mir. Ich drehe mich um und sehe Emilia dort stehen. Sie tritt einen Schritt zurück und wendet sich schließlich ab und geht. Das Publikum schweigt. Ein Haufen braver, fügsamer Schauspieler:innen, die darauf warten, dass ihnen jemand sagt, was sie tun sollen – irgendein Regisseur oder PR-Agent, der ihnen sagt, auf wessen Seite sie stehen. Und dann fängt die Königin von Hollywood an zu klatschen, erst langsam, aber es hallt wie Donner durch den stillen Saal. Ein paar andere stimmen mit ein, aber ich gehe schon wieder von der Bühne und verlasse das Gebäude, vorbei an den Fotograf:innen, die nicht wissen, was passiert ist, vorbei an den vielen Fans, die darauf warten, einen Blick auf ihre Lieblingsschauspieler:innen zu erhaschen, und vorbei an den schwarzen Limousinen und Geländewagen, die auf der Highland Avenue darauf warten, die Stars in ihr echtes Leben zurückzubringen. Ich gehe an ihnen allen vorbei, humple allein den unheimlich stillen Hollywood Boulevard hinunter, und der Saum meines Kleids schleift über die Namen derer, die vor mir kamen, eingeschlossen in Sterne für Zeit und Ewigkeit.

EPILOG

Ein Jahr später

An meinem vierundzwanzigsten Geburtstag gehen wir bei Musso und Frank essen – genau dort, wo das Herz Hollywoods schlagen würde, wenn es eines hätte. Draußen warten immer noch die Fotograf:innen, aber ich bin jetzt eine andere Art von Promi, und wir wissen alle, dass ich ihnen nicht mehr auf die gleiche Weise gehöre wie früher. Ich lächle ihnen zu, als ich mit Esme an ihnen vorbeigehe, und muss daran denken, wie es bei meinem ersten öffentlichen Auftritt war: unzählige Fremde, die meinen Namen riefen, sodass er zu einem Laut wurde, den ich nicht mehr wiedererkannte. Vielleicht habe ich deshalb vergessen, wer ich war.

Zuerst fühlt es sich seltsam an, meine Freunde und meine Familie in Gespräche vertieft zu sehen. Doch als ich beobachte, wie meine Mutter und Laurel sich in einer Ecke gut gelaunt einen verbalen Schlagabtausch liefern und wie Esme Dylan Löcher in den Bauch fragt – es geht um die Lizenzvergabe von Musik für ihren Film, den sie nun fast fertiggestellt hat –, keimt eine Hoffnung in mir auf, die stärker ist als mein Bedürfnis, alles zu kontrollieren. Irgendwann im Laufe des Abends stehe ich auf, um mich bei allen zu bedanken, aber meine Stimme ist belegt, und meine Augen füllen sich mit Tränen, sodass ich mich sofort wieder hinsetzen muss. Laurel und meine Mutter ersparen mir weitere Peinlichkeiten, indem sie so tun, als würden sie es nicht bemerken, aber Esme nimmt unauffällig meine Hand in ihre, und mein Vater lächelt mich vom anderen Ende des Tisches aufmunternd an. Dylan gibt Lana ein Zeichen, und mein Geburtstagskuchen wird herausgebracht: ein riesiger regenbogenfarbener Biskuitkuchen mit einer großen 24 darauf, und ich schlage mir die Hände vors Gesicht, als alle anfangen, »Happy Birthday« zu singen. Als ich die Augen schließe, um die Kerzen auf dem Kuchen auszublasen, denke ich über zweite Chancen nach und darüber, dass ich vielleicht doch zu den Glücklichen gehöre. Dann, gerade als ich denke, dass es langsam Zeit wird zu gehen, steht Esme auf und klopft mit einem Löffel gegen ihr Glas.

»Auf meine große Schwester«, eröffnet sie ihren Toast, grinst mich an und streckt mir ihr Glas entgegen. »Der nervigste, mutigste und wahrscheinlich beste Mensch, den ich kenne. Herzlichen Glückwunsch zum Geburtstag, du Rächerin der Unterdrückten.«

Ich hebe mein Glas und stoße mit ihr an.

Dylan fährt mich nach Hause. Wir hören unseren Lieblingssong von The Cure, zu dem wir auf unserer Hochzeit beinahe getanzt hätten, wenn uns nicht jemand gesagt hätte, dass er nicht vom Leben, sondern vom Tod handelt. Er wirft mir verstohlene Blicke zu, um sich zu vergewissern, dass es mir gut geht. Das tun die Menschen um mich herum seit den IFAs häufiger.

Ich schaue aus dem Fenster auf die Stadt, die mir alles gab und alles wieder nahm. Langsam erobere ich mir Teile meines Lebens zurück, nicht so, wie ich es vorher getan habe, sondern stetig und sorgfältig und auf eine Weise, von der ich manchmal glaube, dass sie von Dauer sein wird.

»Weißt du, an was ich gedacht habe, als ich vorhin die Kerzen ausgeblasen habe?«, frage ich und überlege, wie ich es formulieren soll, ohne ihn zu beunruhigen oder dramatisch zu wirken. Doch dann denke ich mir *Scheiß drauf*, denn es ist die Wahrheit, und aus irgendeinem unerfindlichen Grund scheint er diese Dinge über mich wissen zu wollen.

»Was?«, entgegnet Dylan. Er wird langsamer, denn wir sind schon fast bei meinem neuen Haus angekommen, ein paar Kilometer von Coyote Sumac entfernt entlang der Küste.

»Während wir da so sitzen, mit all meinen Lieblingsmenschen, spüre ich ... das offensichtlichste, unkomplizierteste Glück, das ich je empfunden habe. Ich versuche, es einfach zu genießen und im Moment zu bleiben, aber *dann* denke ich mir: Ist es nicht beschissen, dass man nie weiß, ob man *tatsächlich* den glücklichsten Moment seines Lebens erlebt, wenn man noch gar nicht alle erlebt hat? Ist das nicht irgendwie ein grober Fehler in der menschlichen Erfahrung?«

Dylan schüttelt den Kopf und lacht. Er will etwas sagen, aber ich halte eine Hand hoch und bringe ihn zum Schweigen.

»Aber dann habe ich weiter darüber nachgedacht, und vielleicht gibt es Dinge, die man nicht unbedingt wissen muss. Vielleicht ist es ganz gut, dass man immer die Möglichkeit hat, noch bessere Momente zu erleben. Außerdem würde man ja wohl nie über so etwas nachdenken, wenn man im Sterben liegt.«

»Das alles ging dir durch den Kopf, als du die Kerzen ausgeblasen hast?«

»Ja«, sage ich mit einem Schulterzucken. »Existenzielles Multitasking ist meine Spezialität.«

»Und was hast du daraus gelernt?« Dylan hält vor dem Haus, und ich kann ihm ansehen, dass er lieber noch weitergefahren wäre.

»Meine Erkenntnis ist: Vielleicht ist es okay, nicht immer okay zu sein.« Ich lächle leicht, denn auch wenn es wie eine abgedroschene Lebensweisheit auf einem Kaffeebecher klingt, meine ich es sehr ernst. »Vielleicht ist es okay, eine Zeit lang nicht perfekt oder die Beste oder etwas Besonderes zu sein.«

Dylan schüttelt den Kopf. Er sieht mich an, als sei ich etwas ganz Zauberhaftes, und ich möchte ihm nur zu gerne glauben. »Kommst du zurecht?«, fragt er, während ich meine Jacke und meine Tasche vom Rücksitz hole. Ich sehe ein, dass er mir diese Frage immer noch stellen muss, denn vor nur etwas mehr als einem Jahr bin ich von einer Klippe in eine Schlucht am Fuße der Santa Monica Mountains gefahren und habe ausreichend Narben davongetragen. Nachdem ich bei den IFAs dem Grund all meiner Albträume ins Auge gesehen hatte, musste ich bei der Polizei stundenlange Verhöre über den emotionalen Missbrauch, die sexuellen Übergriffe und schließlich den Unfall über mich ergehen lassen, sodass ich, als ich endlich gehen konnte, nicht mehr wusste, ob ich mich leichter oder leer fühlte. Der Staatsanwalt wird mich wegen des Unfalls nicht anklagen, aber er überlegt immer noch, was er mit meinen Ansprüchen Able gegenüber machen soll. Mein Anwalt hat mir bestätigt, dass Emilia recht hatte und es nach kalifornischem Recht unwahrscheinlich ist, dass mein Fall vor Gericht landet. Sollte es doch dazu kommen, werde ich wochenlange Angriffe auf meine Glaubwürdigkeit durch Ables Anwälte ertragen müssen, die im besten Fall zu ein paar Monaten Gefängnis und einer kleinen Geldstrafe für ihn führen werden. An manchen Tagen reicht es mir zu wissen, dass es Worte für das gibt, was er getan hat – diese schrecklichen Dinge, von denen ich einst glaubte, sie würden nur mir zustoßen. An anderen Tagen lodert das wütende Feuer in mir so heiß, dass ich vor Gericht stehen und gegen den Mann aussagen möchte, der mich auf so viele Arten missbraucht hat. Ich ändere meine Meinung jeden Tag. Aber das ist mein gutes Recht.

»Ich glaube schon«, sage ich. Es ist die Wahrheit.

Ich küsse Dylan auf die Wange, bevor ich aussteige, und er lächelt. Für den Moment muss das genügen, solange wir noch dabei sind, alles zu klären.

Ich bin nur ein paar Meter gegangen, als Dylan das Fenster herunterlässt.

»Meinst du, es wäre der richtige Moment ... den Satz zu sagen?«, fragt er und grinst so breit, dass ich lachen muss.

»Ich bin mir nicht sicher, ob es jemals der richtige Moment ist, diesen Satz zu sagen.«

»Komm schon ... irgendwie passt er perfekt.«

Ich stehe einen Moment lang da, die Hände in die Hüften gestemmt, und versuche mich daran zu erinnern, wie es sich anfühlte, eine mordlüsterne Prostituierte in einem orangefarbenen Sträflingsanzug zu spielen, deren Wut in jeder Szene in meinen Adern brodelte. Ich denke an den Satz, den mir Fremde immer noch zurufen, wenn ich in den staubigen Straßen der Stadt an ihnen vorbeigehe, den Satz, von dem ich einst glaubte, dass er mir einen Oscar bescheren könnte, von dem ich aber mittlerweile weiß, dass dadurch ein Teil von mir immer anderen Menschen gehören wird. Den Satz, den Able nur für mich geschrieben hat. Ich atme tief ein, während ich die Worte in meinem Kopf umherwälze, doch dann lasse ich die Arme sinken und zucke mit den Schultern.

»Ich glaube, ich habe mir ganz offiziell das Recht verdient, diesen Satz nie wieder in meinem Leben sagen zu müssen.«

Ich grinse Dylan selbstbewusst an. Unsere Blicke treffen sich für eine Sekunde, und ich spüre dieses vertraute Ziehen tief im Bauch.

Wir lächeln beide immer noch, als Dylan winkend davonfährt, seine Hand verschluckt vom Staub Malibus, der hinter ihm in einer Wolke aufwirbelt. Und da bemerke ich den Himmel über dem Pazifik. Habt ihr schon einmal einen Sonnenuntergang wie diesen gesehen? Ich hoffe es sehr – den ungezähmten pinken Himmel, durchzogen von goldenen Streifen. Es ist die Art von Sonnenuntergang, die dich golden und glücklich macht. Die Art, die dir sagen kann, dass du für einen kurzen Moment vielleicht genau da bist, wo du sein musst.

Ich danke ...

... meinen Eltern und Sophie für eure Unterstützung und dafür, dass ihr die lustigste (und beste) Familie der Welt seid.

D – Danke, dass du mich immer zum Schreiben und zur Kreativität ermuntert hast und dass du mir mit gutem Beispiel vorangegangen bist. Ich verspreche, ich werde *Dracula* lesen. M – Danke für all deine wertvollen Ratschläge und dafür, dass du der erste Mensch bist, dem ich alles anvertraue – beim Schreiben und im Leben. S – Danke, dass du mein bester Freund und mein Gedächtnis bist und dass du genug Enthusiasmus für uns beide hast. Ich kann mich MEHR als glücklich schätzen, euch alle an meiner Seite zu haben.

Jen Monroe. Ich könnte mir keine klügere Lektorin wünschen. Danke, dass du mich (und vor allem Grace!) so gut verstehst und zum Kern der Geschichte vorgedrungen bist. Die Arbeit mit dir war ein Traum.

Julia Silk, die schon früh etwas in meinem Schreiben sah und alles ins Rollen brachte. Danke für deine Geduld und deinen schwarzen Humor – einige der Zeilen sind nur dazu da, dich zum Lachen zu bringen.

David Forrer. Deine Entscheidung, mich aufzunehmen, hat mein Leben beinahe über Nacht verändert. Deine Wärme und Magie waren bereits spürbar, als wir das erste Mal miteinander sprachen.

Jin Yu, Jessica Brock, Diana Franco, Craig Burke, Jeanne-Marie Hudson und Claire Zion in Berkley für eure Ideen, euren Enthusiasmus und eure Unterstützung. Ich bin so dankbar für alles, was ihr tut. Colleen Reinhart und Emily Osborne für das wunderschöne Cover. Angelina Krahn, die eine wahrhaft talentierte Lektorin ist und mich besser aussehen lässt, als ich es bin.

Lola Frears, die meine erste Leserin, meine Motivationsrednerin und meine Therapeutin in einem war. Ich kann es kaum erwarten zu sehen, was du als Nächstes machst. WIR HABEN ES IMMER NOCH DRAUF, ODER?

Tilda und James Napier, die daran glaubten, dass ich es schaffen kann, selbst als ich es nicht tat. Danke, dass ihr so positive Kräfte in meinem Leben seid. Und danke für Jackson und Jeanne.

Rachael Blok für das erste Lektorat und die emotionale Unterstützung sowie für die dringend benötigten Lektionen in Sachen Zeichensetzung. Und danke an alle bei CBC, insbesondere an Anna Davis für das erste Lesen und die Ratschläge.

Tim und Martha Craig für die frühe Anleitung in Sachen Vertrauen und Freundlichkeit. Danke an Nora Evans und Mark Owen an der KAS, für die Individualität und Kreativität an erster Stelle steht.

Christian Vesper und Rustic Bodomov für ihre unschätzbaren Einblicke in die Welt des Films und Fernsehens sowie in die Stuntarbeit – alle etwaigen Fehler gehen ausschließlich auf mein Konto. Danke, Christine Louis de Canonville, dass du dich so unermüdlich für die Reform der Gesetze rund um das Thema Zwangskontrolle einsetzt, damit sie die Realität so vieler Menschen widerspiegeln.

Jacqueline, Lili (und Bodhi!), Mary, Dan, Jazz, Charlie, Lottie, Athina, Claire, Vikki, Maggie, Jenni, Ed, Vanna, Will, Sarah, Nenners, Merry, Janet, Dave, Hannah, Owen, Rach, Emma, Bonnie, Kim, Paul und Ben für eure Freundschaft und eure

Geschichten und dafür, dass ihr mich (einigermaßen) bei Verstand gehalten habt. Ich hoffe, ich habe nicht eure besten Sprüche geklaut!

Rocky. Es wäre seltsam, wenn ich dich in circa 100.000 Wörtern nicht wenigstens einmal erwähnen würde. Du bist ein wahrer Engel.

Und schließlich danke ich dir, James. Danke für deinen unerschütterlichen Glauben an mich von dem Moment an, als wir uns kennenlernten, und danke für deine Liebe. Danke, dass du immer mit einem Lächeln im Gesicht einschläfst. Ohne dich hätte ich das hier nicht geschafft.

ANMERKUNG DER AUTORIN

Ich begann mit der Arbeit an *Das Comeback* im Februar 2017 und wusste von Anfang an, wer Grace war und was sie in einem von Männern dominierten toxischen Umfeld erlebt, in dem ihnen niemand etwas entgegensetzt.

Das war acht Monate, bevor die Artikel im *New Yorker* und in der *New York Times* erschienen, die den systemischen Sexismus und die erschreckenden Anschuldigungen bezüglich sexuellen Missbrauchs in Hollywood aufdeckten. Ich beobachtete voller Ehrfurcht, wie die Me-Too-Bewegung, die 2006 von der unnachgiebigen und inspirierenden Tarana Burke ins Leben gerufen wurde, immer weitere Kreise zog. Anfangs waren es nur Geschichten von Menschen wie Grace, die durch die Presse gingen, weil sie einen gewissen Bekanntheitsgrad hatten. Aber schon bald nahmen diese Geschichten ein Eigenleben an: Tausende von Geheimnissen kämpften sich ihren Weg aus Schlafzimmern, Büros und Verstecken auf der ganzen Welt. Die unermüdliche Arbeit von Burke und den Reportern, die diese ersten Geschichten aufdeckten – Megan Twohey, Ronan Farrow und Jodi Kantor –, sowie Tausende mutige Überlebende, die sich in den folgenden Monaten an die Öffentlichkeit wagten, waren ein schönes Beispiel dafür, wie das Internet Menschen zusammenführen und zum Guten genutzt werden kann. Es zeigt außerdem die Macht, die dadurch erwachsen kann, wenn wir sexuellem Missbrauch das Stigma nehmen und nicht mehr nur hinter vorgehaltener Hand darüber tuscheln.

Ich habe die redaktionelle Entscheidung getroffen, die Geschichte von Grace so zu belassen, wie ich sie mir ursprünglich vorgestellt hatte, und nicht auf die Entwicklungen einzugehen, die überall auf der Welt ihren Lauf nahmen und Auswirkungen auf Graces Geschichte hätten haben können. Auch wenn Graces Erfahrung kein Einzelfall ist, ist sie, wie jeder Fall von Missbrauch, letztlich eine sehr persönliche Geschichte über die Scham, die ein Trauma mit sich bringen kann.

Ich stehe voll und ganz hinter den Überlebenden – jedweden Geschlechts – von Missbrauch, sei es sexueller, körperlicher, emotionaler oder sonstiger Missbrauch, und ich hoffe, dass ich ihnen mit Graces Geschichte ein wenig Gerechtigkeit widerfahren lassen konnte.

Die Community für alle, die Bücher lieben

Das Gefühl, wenn man ein Buch in einer einzigen Nacht verschlingt – teile es mit der Community

In der Lesejury kannst du

★ Bücher lesen und rezensieren, die noch nicht erschienen sind

★ Gemeinsam mit anderen buchbegeisterten Menschen in Leserunden diskutieren

★ Autoren persönlich kennenlernen

★ An exklusiven Gewinnspielen und Aktionen teilnehmen

★ Bonuspunkte sammeln und diese gegen tolle Prämien eintauschen

Jetzt kostenlos registrieren: www.lesejury.de

Folge uns auf Instagram & Facebook:
www.instagram.com/lesejury
www.facebook.com/lesejury